Manuel Butt • Zierfische in Händen von Idioten

Manuel Butt

Zierfische in Händen von Idioten

Roman

KEIN & ABER
POCKET

Für Charly

PROLOG

DONNERSTAG, 27. JUNI 1996
18:03 UHR

Tobi war kein Idiot. Natürlich hatte er damit gerechnet, dass es auf ihrem Weg Probleme geben würde. Er war nicht mal davon ausgegangen, es auch nur in die Nähe ihres Ziels zu schaffen. Als die Polizei im Rückspiegel auftauchte, war er trotzdem baff. Denn sie waren noch gar nicht losgefahren. Der Golf III, Sonderedition Bon Jovi, stand unverändert an der Zapfsäule der alten Nordoel-Tankstelle.

Hatten die anderen etwas mitbekommen? Lisa vielleicht. Schließlich saß sie am Steuer und konnte ebenfalls in einen der Spiegel schauen. Georg dagegen wohl eher nicht. Zum Glück, denn wenn er eine Sache gerade nicht gebrauchen konnte, war das zusätzliche Aufregung. Er lag auf der Rückbank, die Augen bedeckt mit seiner Armbeuge. Er sah beinahe lässig aus, wären da nicht der bebende Brustkorb und das unüberhörbare Schleifen gewesen. Sein Luftholen klang, als zöge jemand in der Ferne Kartons über schmutzigen Betonboden.

Auch Tobi hätte ein wenig Entspannung gutgetan. Niemand kontrolliert ein Fahrschulauto, sagte er sich. Logisch. War schließlich klar, dass die Insassen keinen Führerschein hatten. Niemand kontrolliert ein Fahrschulauto, wiederholte er lautlos. Und dieser Satz hätte ihn tatsächlich fast beruhigt, hätte nicht die Stimme im Kopf hinterhergemurmelt: Es sei denn, das Auto ist bereits als gestohlen gemeldet.

Tobis Herz pumpte. Es rauschte in den Ohren. Er blickte in den Rückspiegel. Der Streifenwagen stand nun an der Zapfsäule hinter ihnen. Am Steuer saß ein Polizist in kurzärmeligem Hemd, der Beifahrersitz war frei. Warum tankte der Typ nicht einfach? Worauf wartete er? Auf Verstärkung? Um sich abzulenken, kramte Tobi im Handschuhfach. Alles war jetzt besser als die eigenen Gedanken. Er zog eine CD heraus: Bon Jovi, *These Days*. Das Album war Teil der Sonderausstattung dieses merkwürdigen Autos. Tobi tastete das Handschuhfach bis in die Ecken ab. Er hoffte auf eine zweite CD. Vergeblich. Also schob er seufzend *These Days* in den Schlitz des Players, bis die CD eingezogen wurde. Musik. Endlich war das Rauschen nicht mehr das Lauteste.

Jon Bon Jovi sang ernst und beschwörend. Er gab den Anwalt der Gottverlassenen. Seine Sammelklage mündete im patzig vorgetragenen Chorus: »Hey God, tell me, what the hell is going on?« Gute Frage, dachte Tobi. Auch bei ihnen war einiges schiefgelaufen. Seit der Party am Samstag eigentlich alles.

»Wo bleibt denn Scholzen?«, hustete Georg in seinen Ärmel.

Und auch wenn Tobi sich seit Minuten die gleiche Frage stellte, antwortete er so selbstverständlich wie möglich: »Er sollte ja auch noch Wasser mitbringen.«

»Ja und?«, raunte Georg.

»Da muss man sich ja erst mal entscheiden. Es gibt verschiedene Sorten. Mit oder ohne Kohlensäure. Und Medium, das gibts auch.«

»Wenn der in zwei Minuten nicht da ist, fahren wir«, sagte Lisa, ohne Tobi anzusehen.

»Wir müssen auf Scholzen warten«, gab Tobi dennoch zu bedenken. »Er hat das Asthmaspray.«

Georg richtete sich ächzend auf. »Ich geh ihn holen.«

Keine gute Idee, dachte Tobi. Draußen würde Georg den Polizisten sehen. Und der Polizist ihn. Und dann würde Georg endgültig kollabieren vor Aufregung. Er musste im Wagen bleiben. Tobi drehte sich zu ihm, aber eigentlich nur, um im Auge zu behalten, was hinter ihnen passierte. Der Polizist stand jetzt neben seinem Wagen. Er kratzte sich da, wo das Hemd am meisten spannte, und starrte auf die Anzeige der Zapfsäule. Tobi wollte das Gespräch am Laufen halten. Aber wie? Er und Georg hatten noch nie über das Notwendige hinaus miteinander geredet.

»Vielleicht bringt Scholzen ja Fachingen mit. Könnte dir guttun. Ist eine staatlich anerkannte Heilquelle.« Tobi versuchte Begeisterung mitklingen zu lassen.

Zumindest Lisa erreichte er damit nicht. Sie sah ihn nun doch an, vielleicht zum ersten Mal an diesem Tag. »Wie lange willst du noch über Wasser reden?«, fragte sie genervt. »Ich würde dann währenddessen Musik hören.«

Georg griff an den Türöffner.

»Warte doch mal«, sagte Tobi hastig. »Wusstest du, dass Fachingen weder normaler Sprudel ist noch Medium? Das ist dazwischen, also was den Perlfaktor angeht.«

Während Tobi darüber nachdachte, ob es den Begriff Perlfaktor überhaupt gab, öffnete Georg die Tür.

»Moment noch. Was ist denn dein Lieblingswasser?«

Tobi fand einfach kein besseres Thema. Lisa stieß Luft aus, lauter, als Georg einatmete. Sie hielt ihren Finger auf die Lautstärkeleiste des CD-Players. Volume-Stufe 10 … 11 … 12.

»Nicht so laut«, schimpfte Georg gegen die Musik an.

Der Polizist schaute rüber. Tobi drehte sich nach vorne,

zog Lisas Finger weg und tippte hektisch auf Minus. Dabei schaute er über die Schulter zu Georg. Blickkontakt halten. Solange Georg ihn ansah, konnte er nicht den Polizeiwagen sehen.

»Wir müssen ja auch nicht über Wasser reden«, gab sich Tobi einsichtig. »Was trinkst du denn sonst so?«

Noch bevor Georg antwortete, stellte Lisa die Musik wieder lauter. Tobi hielt dagegen. Lisa drückte auf Plus, er auf Minus, Volume-Patt. Die Musik dröhnte bei 13.

»Eistee«, rief Georg.

»Cool«, log Tobi. »Zitrone oder Pfirsich?«

Lisa zog Tobis Finger von der Leiste. Sie hämmerte immer weiter auf Plus. »BUT HEY HEY HEY HEY GOD? DO YOU EVER THINK ABOUT ME?«

Es klopfte. Ans rechte Seitenfenster. Tobi schaute nicht hin. Er wusste ja, wer da stand. Niemand kontrollierte ein Fahrschulauto, es sei denn, man stellte sich außergewöhnlich dämlich an. Tobi drückte die Musik leise. Es klopfte noch mal. Jetzt hatten es auch die anderen gehört.

Der Polizist stand so nah, dass das Seitenfenster von seinem Bauch ausgefüllt wurde. Georg sank wortlos in sich zusammen. Als ließe jemand die Luft raus. Passend dazu entwich seinen Bronchien ein leises Pfeifen.

Lisa dagegen hatte das Atmen eingestellt. Ihr Blick streifte Tobi und den Polizistenbauch und flatterte weiter. »Was sollen wir machen?«, flüsterte sie.

Der Polizist schaute durchs Fenster und klopfte energischer. Lisa reagierte nicht, Georg auch nicht, also handelte Tobi. Er ließ die Scheibe herunter.

»Guten Tag.« Aus Tobis Mund klang es wie eine Frage, mit deren Bestätigung nicht zu rechnen war.

Auch der Polizist grüßte und genoss die anschließende Pause. Dann legte er nach: »Leute, ich war auch mal jung.

Aber im Straßenverkehr die Musik immer nur so laut, dass sie die anderen nicht stört und einen selbst nicht ablenkt.«

»Wir dachten, weil wir ja gerade stehen und –«

»Wo ist denn euer Fahrlehrer?«, wurde Tobi unterbrochen. Er schwieg.

Lisa sprang ein: »Bezahlen.«

»Ach so, ja klar.« Der Polizist nickte zufrieden. Tobi blickte zum Tankstellenhäuschen. Sosehr er sich fragte, was zur Hölle Scholzen eigentlich da drinnen machte, so sehr hoffte er, dass es noch ein wenig dauern würde. Scholzen hätte an keinem Tag einen glaubwürdigen Fahrlehrer abgegeben, aber an diesem Donnerstagabend erst recht nicht. Vor einer halben Stunde hatte er sich zwei Pillen eingeworfen. Und niemand, nicht mal er, wusste, wie die Dinger wirken würden.

»Moment mal«, sagte der Polizist. Er ging einen Schritt zurück und musterte den Wagen. Dann trat er wieder ans Seitenfenster und ließ seinen Blick das Armaturenbrett entlangwandern. Seine Augen weiteten sich. »Handelt es sich bei diesem Wagen etwa um …«, er stockte, beugte den Oberkörper nach hinten und schaute noch mal prüfend auf den Kotflügel, »… den Golf Bon Jovi?«

Tobi nickte mit zusammengepressten Lippen, die alles Nötige ausdrücken sollten: eine Mischung aus Spott und Bedauern für jeden, der mit so einem Modell gesehen wurde.

Der Polizist strahlte. »Schönes Teil. Hat der Wirbelkammereinspritzung?«

Tobi schaute fragend hinter sich. Wenn irgendjemand mit technischen Details vertraut war, dann Georg. Aber der schwieg.

»Woher sollt ihr so etwas auch wissen? Ihr seid ja nur die Fahrschüler«, dachte der Polizist laut. Er lächelte ins

Wageninnere. Kollektives Nicken. »Ich warte einfach kurz auf euren Fahrlehrer. Der wirds mir sagen können.«

Tobi nickte immer noch, während er mit einem Auge zum Tankstellenshop lugte. Er versuchte, Scholzen hinter den großen Fenstern auszumachen. Aber alles, was er auf den dunklen Scheiben sah, war die Reflexion eines vermeintlich schönen Sommertages: Landstraße, dahinter Felder. Davor ein Golf mit Bügel auf dem Dach und einem Polizisten an der Seite, der offenkundig alle Zeit der Welt hatte.

Sie warteten auf einen Lehrer, den es nicht gab, jedenfalls nicht an der Nordoel-Tanke. Tobis Hoffnung schwand. Auch Jon Bon Jovi hatte mittlerweile jede Zuversicht verloren. »This ain't a love song«, lamentierte er, wenigstens so leise, dass es fast nicht nervte.

Im Streifenwagen knackte und rauschte es. In das Rauschen kratzte eine Stimme kurze, energische Sätze. Der Polizist, selbst überrascht, versuchte mit zusammengekniffenen Augen die Funksalven aus der Ferne zu entschlüsseln. Es gelang ihm nicht. »Der Dienst ruft. Dann noch viel Spaß, ne?« Er klopfte aufs Dach und ging zurück zu seinem Wagen, wo er sich auf den Fahrersitz plumpsen ließ und mit dem Funkgerät hantierte.

»Fahr«, zischte Georg. Er hatte seinen Kopf zwischen die Lehnen der Vordersitze gesteckt.

Lisa sortierte ihre Füße an den Pedalen. Als sie die Hand am Zündschlüssel hatte, öffnete sich die Tür des Tankstellenhäuschens. Eigentlich wurde sie aufgestoßen.

»Der Spinner hat ja meine …« Georg stutzte. »Wieso hat der meine Pistole?«

Alle drei starrten auf Scholzen. Der rannte in großen Schritten auf sie zu, in der linken Hand eine volle Plastiktüte, in der rechten Georgs Waffe. Er blieb kurz stehen, drehte sich um und schoss auf die Tür, durch die er einen Moment vorher gestolpert war.

Im Auto rührte sich niemand. Jeder versuchte das Bild zu verstehen. Dem Polizisten ging es da nicht anders. Er war aufgestanden. Die Ellenbogen aufgestützt zwischen Fahrertür und Autodach, sah er mit offenem Mund, wie Scholzen den Golf erreichte. Der riss die hintere Tür auf und warf sich auf die Rückbank, beziehungsweise auf Georg. Die Tür stand noch immer auf, Scholzens Beine hingen raus, als Lisa den Zündschlüssel drehte und aufs Gas trat. Der Wagen machte einen Satz nach vorne, schüttelte sich und verstummte. Immerhin war die hintere Tür dabei zugeschlagen. Lisa machte alles noch mal. Der Motor keuchte kurz. Wieder Ruhe. Der Polizist setzte sich schwerfällig in Bewegung.

Georg rief Kommandos, langsam kommen lassen, Standgas, dies und das, es half nichts. Im Gegenteil. In immer kürzeren Abständen zerrte Lisa am Zündschlüssel. Hinter ihnen stampfte der Polizist auf sie zu. Dann lief der Motor. Lisa gab viel zu viel Gas, und der Golf hoppelte in Richtung Straße. Der Polizist rannte zurück zu seinem Wagen, während Lisa auf die Landstraße steuerte und dabei fast einen Leitpfosten rasierte. Auf der Rückbank brüllte Georg. Lisa übertönte ihn: »Scholzen!«

»Ja?« Scholzen strahlte. Und damit war auch klar, wie die beiden geschluckten Pillen wirkten. Triumphierend schwenkte er die Tüte. »Leute, ich hab Aquarius. Das ist isotonisch.«

»Alter, du hast die Nordoel überfallen«, rief Georg.

»Aber ihr habt mich da doch reingeschickt. Ihr wisst ja, dass ich keine Kohle habe. Außerdem hab ich noch ne Überraschung!«

Blaulicht zuckte in den Rückspiegeln. Der Streifenwagen zog links neben den Golf. Über die Außensprechanlage tönte: »Fahrt rechts ran, sofort!«

Lisa schaute stur nach vorne. Auch die anderen reagierten nicht.

Wegen eines entgegenkommenden Autos ordnete sich der Polizist hinter dem Golf ein, blieb aber dran. Er berührte fast die Stoßstange.

Tobi fand als Letzter seine Sprache wieder, viel zu laut. »Schneller!«, rief er. »Der hat uns doch gleich!«

Lisa geriet fast auf die Gegenspur. Ein hupendes Auto zischte vorbei. Sie brüllte zurück: »Du gibst mir keine Kommandos! Oder bist du hier der Fahrlehrer?«

Nein, war er nicht. Tobi war genau genommen gar nichts. Nicht in diesem Auto und nicht in Lisas Welt. Aber er saß auf dem Platz des Fahrlehrers. Ihm fielen die Pedale ein, die es in diesem Wagen auch auf seiner Seite gab. Also trat er aufs Gas. Sofort zog der Golf an. Lisa wurde überrascht und versuchte zu bremsen. Sie nahm die rechte Hand vom Steuer und zerrte an Tobis Bein, gleichzeitig zog sie den Wagen nach rechts. Tobi griff ins Steuer.

»Guck nach vorne!«, schrillte Georg.

Lisa, Tobi und Georg konzentrierten sich auf die Straße. Niemand kümmerte sich um Scholzen. Ein Fehler. Der ließ sein Fenster herunter, steckte den Kopf raus, verschluckte sich am Fahrtwind und rief: »I'm a motherfucking cop killer!«

Nachdem alle Adrenalinschleusen geöffnet waren, zirkulierte in Scholzen ein Gemisch, das selbst ihn zu neuen Ufern führte. Er zückte Georgs Pistole und schoss auf den Streifenwagen, der dank Tobis Tempo-Offensive nun etwa zehn Meter hinter ihnen lag.

Georg zerrte Scholzen wieder rein. Seine Stimme überschlug sich: »Bist du bescheuert?«

Er versuchte, Scholzens Hand vom Pistolengriff zu lösen, Finger für Finger. Ohne Erfolg. Scholzen hatte den Griff fest umklammert. Auf der Rückbank kam es zur Rangelei. Lisa und Tobi schauten nach vorne und hielten den Golf per Arbeitsteilung in der Spur. Hinter ihnen Gebrüll.

Dann löste sich der Schuss. Etwas spritzte an Tobis Hinterkopf. Sein Nacken war feucht, seine Haare auch. Er fasste hin und sah auf die Innenfläche seiner Hand: tiefes Rot. Das Rauschen in Tobis Ohren dröhnte jetzt. Irgendwo hinter dem Dröhnen nölte Jon Bon Jovi: »These days are fast, nothing lasts in this graceless age. There ain't nobody left but us. These days.«

EINS

FREITAG, 21. JUNI 1996
12:05 UHR

Sechs Tage zuvor wurde die Welt auf Anfang gestellt. Sommeranfang.

Tobi starrte mit seinem Vater auf den Wandkalender im Arbeitszimmer. Die großen Ferien hatten gerade begonnen, und der Urlaub seiner Eltern stand unmittelbar bevor. In vierzehn Tagen kämen sie wieder. Sein Vater kreiste zur Sicherheit den 5. Juli mit rotem Filzstift ein. Dann widmete er sich dem aktuellen Datum. »Sonnenwende«, murmelte er. »Ab jetzt werden die Tage wieder kürzer.«

Tobi sah seinen Vater von der Seite an. Er kannte ihn nun schon siebzehn Jahre. Lang genug, um zu wissen, dass das sein Ernst war. Während der Rest der nördlichen Halbkugel den ersten Tag des Sommers feierte, erkannte sein Vater darin nur den Vorboten des Winters.

Draußen zaghaftes Hupen, so kurz, dass es fast wie ein Versehen wirkte. Tobis Mutter. Sie hatte ihre Sommerjacke bereits vor einer Dreiviertelstunde angezogen und war damit ruhelos durchs Haus gestreift. Bis sie sich ins Auto gesetzt hatte, das schon am Vorabend aus der Garage geholt worden war.

»Ich glaub, ihr müsst«, drängte Tobi.

Sein Vater bewegte sich, allerdings nur auf der Stelle.

Er drehte sich zur gegenüberliegenden Wand, an der ein großes und ein kleines Aquarium auf einer Kommode standen.

»Weißt du, worauf du bei den Seepferdchen achten musst?«

»Ja. Du hast es mir heute Morgen gesagt. Und gestern Abend.«

»Jeden Tag mit dem Köcher ein paar Flusskrebse abschöpfen und dann rüber zu den Seepferdchen.« Tobis Vater deutete zuerst auf das kleine Aquarium, dann auf das größere, als wären die Tiere ohne diesen Hinweis nicht zu unterscheiden. »Und abends noch einen Löffel vom Trockenfutter.« Er zeigte auf die einzige Dose im Raum.

Auch Tobi zeigte jetzt auf sie, genau genommen auf ihre Beschriftung. »Warum kriegen die eigentlich Zierfischfutter?«, fragte er und bereute es sofort.

»Tobias, weil Seepferdchen Zierfische sind. Was dachtest du denn? Kleine Pferde?«

Eigentlich hatte Tobi nur ein wenig Interesse imitieren wollen, stattdessen blickte er nun in das verunsicherte Gesicht seines Vaters. Tobi konnte sich nur wundern. Über die eigene Dummheit. Und über Seepferdchen. Das waren Fische? Er hörte das zum ersten Mal, entschied sich aber, die Lage zu beruhigen. »Das weiß ich doch«, sagte er. »Ich dachte nur, dass es da Spezialfutter gibt, weil Seepferdchen ja schon irgendwie, na ja, Spezialzierfische sind.«

»Dafür haben wir die Flusskrebse. Im kleinen Aquarium.«

Ursprünglich war das Kurzschnäuzige Seepferdchen oder, wie Tobis Vater gern dozierte, das Hippocampus hippocampus, in der Nordsee zu Hause gewesen, aber dort waren schon seit Jahrzehnten keine mehr gesichtet worden. Diese in irgendeinem Becken gezüchteten Zierfische, die niemals ein Meer gesehen hatten, reichten Tobis Vater dennoch als Sehnsuchtssymbol. Oft hatte er seinem Sohn den Unterschied der beiden Meere erklärt. Nordsee: das Tor zur Welt, größer, stürmischer, besser. Die Ostsee dagegen war klein, ruhig, langweilig. Kurz: Die Ostsee war ihr Meer. Tobis Familie lebte in Holmstedt an der Ostküste Schleswig-Holsteins. Hätten sie an der Westküste gewohnt, wären seinem Vater mit Sicherheit genügend Gründe eingefallen, warum er nur an der Ostsee glücklich werden könnte.

Hupen, drei Mal kurz hintereinander. Die ganze Woche schon hatten die Eltern davon gesprochen, wie wichtig es wäre, pünktlich am Hamburger Flughafen zu sein. Die Vorstellung, dass ihr Name ausgerufen wurde, an einem so großen Ort, mit so vielen Lautsprechern und noch mehr Menschen, hatte sie in der vergangenen Nacht kaum schlafen lassen. Noch mehr Unruhe löste nur der Gedanke aus, das Flugzeug zu erreichen und zweitausend Kilometer weit zu fliegen. Aber Tobis Eltern hatten keine Wahl. Seit Jahren hatten sie donnerstagabends mit den Nachbarn Canasta gespielt, um kleine Beträge für die Urlaubskasse. Und dann passierte eines Tages, was passieren musste: Die Reisefinanzierung stand. Nachdem zwei Wochen betreuter Urlaub in einer türkischen Ferienanlage gebucht worden waren, hatten sie die Donnerstagsrunde mit sofortiger Wirkung aufgelöst. Urlaub in einem fremden Land würde ihnen kein zweites Mal passieren.

Hupen, diesmal länger. Tobis Vater seufzte. Er umarmte seinen Sohn, blickte ihn ernst an und sagte: »Hoffentlich war die Sache mit Niels kein Fehler.« Dann ging er.

Tobi stellte sich ans Küchenfenster und winkte dem Wagen hinterher. Danach war es still. Er atmete durch und schaute sich an, was seine Mutter am Vormittag in mühevoller Kleinarbeit auf dem Tisch aufgebaut hatte. Ein Lebensmittelparcours, der in genau dieser Reihenfolge abgearbeitet werden sollte. Zu Beginn gab es noch ein paar frische Zutaten: Kartoffeln, Tomaten und Brokkoli, der, wie Tobis Mutter betont hatte, noch am selben Tag wegmüsse. Weiter hinten standen nur noch Dosen, überwiegend von Erasco. Ein Zettel erinnerte daran, dass der Bofrost-Mann am Vortag noch mal da gewesen war, um die Tiefkühltruhe mit Mikrowellengerichten zu füllen. Tobis Vater hatte außerdem noch hundert Mark für Notfälle auf den Tisch gelegt, beschwert mit einer Ersatzdose Zierfischfutter.

Die Brokkolispitzen hatten bereits ein helles Grün angenommen, das noch im Laufe des Tages ein klares Gelb werden würde. Höchste Zeit zu handeln. Tobi nahm die hundert Mark und ging.

13:03 UHR

Tobi versuchte herauszufinden, welcher der beiden Eisbecher schneller schmolz. Letztlich war es egal, beide schmolzen zu schnell. Er stellte sie in den Schatten der Parkbank, auf der er wartete, und ärgerte sich. Über den Eisverkäufer, der sofort erraten hatte, für wen die zweite Portion war. Und über seine Reaktion. Er hatte zu schnell geantwortet und dem Zurückweichen des Verkäufers zufolge auch zu laut. Beide Becher seien für ihn, einer für jetzt, einer für später. Im Affekt hatte er zehn Mark bezahlt, inklusive üppigem Trinkgeld, oder, wie man es in diesem Fall wohl nennen musste, Schweigegeld.

Alles war komplizierter geworden, seitdem Lisa ihn nicht mehr sehen durfte. Warum musste Niels ausgerechnet ihr Bruder sein? Die Sache mit Niels war definitiv ein Fehler gewesen, dachte Tobi.

Als Lisa auftauchte, verflog sein Missmut. Sie war wie immer fünf Minuten zu spät und somit auf ihre Art wieder pünktlich. Er erkannte sie bereits, als sie noch am anderen Ende des Parks war, denn nur Lisa ging wie Lisa. Sie war das einzige Mädchen, das beim Gehen die Hände in den Hosentaschen hatte. Sie trug ihre Lieblingsjeans. Eine 501, die sie so oft anhatte, dass sie mittlerweile aussah wie eine von diesen abgewetzten Levi's, die die anderen tütenweise aus Hamburgs Secondhandläden mitbrachten. Tobi überlegte, ob es wohl einen Punkt gäbe, an dem gebrauchte Jeans so angesagt wären, dass Lisa ihre nicht mehr tragen würde. Denn sie hatte ein Faible für alles Uncoole. Das zumindest war Tobis Erklärung, weshalb sie mit ihm zusammen war.

Sie hatte ihn vor ein paar Monaten in der Schule angesprochen. Gefragt, ob er ihr *Whatever* von Oasis aufnehmen könne, die einzige Single, die auf keinem der beiden Alben war. Als Dankeschön würde sie ihn dann mal ins Kino einladen. Er hatte daraufhin vorgerechnet, dass es sie deutlich billiger käme, die Maxi bei WOM für 6 Mark 99 selbst zu kaufen, sogar wenn sie nur deswegen mit dem Bus nach Kiel fahren würde. An ihrem Gesicht hatte er aber dann erkannt, dass er bei dieser Rechnung etwas übersehen haben musste. Als Tobi die Maxi zu Hause gesucht hatte, war ihm wieder eingefallen, sie Scholzen geliehen zu haben. Weil Scholzens Zimmer aber ein alles verschluckendes Schwarzes Loch war, war Tobi am nächsten langen Donnerstag zu WOM gefahren und hatte sie ein zweites Mal gekauft. Wenige Tage später hatten Tobi und Lisa sich im Kino geküsst. Genau genommen hatte sie ihn geküsst.

Lisa war jetzt so nah, dass Tobi ihre Sommersprossen

sehen konnte. Ein paar auf ihrer Nase, ein paar drumherum. Rechts weniger, als hätte man ihr von links eine Handvoll ins Gesicht geworfen, von denen es nur wenige über die Nase geschafft hatten.

Als Lisa das Eis sah, nahm sie die Hände aus den Taschen und applaudierte. Sie lachte dabei. Ihr Lachen klingt, als würde sie Honig gurgeln, hatte Tobi mal gedacht. Er wusste, dass das Quatsch war. Dass man Honig nicht gurgeln konnte und wenn doch, es wohl eher merkwürdig als schön klingen würde. Trotzdem gefiel ihm der Vergleich, weil irgendetwas daran eben stimmte.

Tobi drückte ihr den Pappbecher in die Hand. Sie ließ sich auf die Parkbank fallen und küsste ihn.

»Meine Alten sind endlich weg«, hörte Tobi sich sagen und stutzte. Meine Alten? Er hatte seine Eltern noch nie so genannt, aber nach dem zähen Vormittag fühlte er genau diesen Wortlaut.

»Damit mein Vater mal in Urlaub fährt, würde ich ihm glatt den Flug bezahlen.« Honiggurgeln.

Lisa löffelte ihr Eis. Sie schaute nicht hoch und klang fast so, als würde sie mit sich selbst reden. »Ich habe ihn gefragt, ob ich morgen bei Georg schlafen kann, wegen der Party und Aufräumen am nächsten Morgen und so.«

Auch Tobi starrte nun auf seinen Becher. Lisa hatte ihm früh erklärt, dass Georg ein wichtiger Mensch für sie war, ihr bester Freund, dass da aber nie etwas gelaufen war. Dass es sie verbinden würde, ohne Mutter aufzuwachsen. Vermutlich war vor Tobi noch nie jemand auf Georg eifersüchtig gewesen. Denn Georg war der uncoolste Mensch der Welt. Aber gerade das machte ihn in Tobis Augen so gefährlich. Lisas Faible entsprechend wäre Georg damit für sie noch attraktiver als er. Denn Tobi schaffte es auf der Liste der uncoolen Leute nur auf den zweiten Platz.

Ihn störte die Vorstellung, dass Georg Lisa länger kannte, vielleicht sogar besser. Wie bitte sollte es funktionieren, Lisa so gut und lange zu kennen, ohne in sie verliebt zu sein? Und jetzt wollte sie auch noch bei Georg pennen? Warum?

Tobi hatte noch immer nichts gesagt. Auch Lisa schwieg, sah ihn jetzt aber an. Also suchte Tobi die richtigen Worte, fand aber nur: »Wie du meinst.«

»Ich dachte, weil deine Eltern ja im Urlaub sind.«

Was genau hatte das denn bitte mit seinen Eltern zu tun? Tobi stocherte im zähflüssigen Rest seines Bechers.

Lisa wartete, aber als klar war, dass da nichts mehr kommen würde, sprach sie weiter. »Ich kann ja wohl kaum fragen, ob ich bei dir übernachten darf.«

»Aber das ist doch kein Grund, bei Georg zu pennen«, antwortete Tobi und zerknüllte den leeren Pappbecher.

Lisa nahm ihm den Becher aus der Hand und legte ihn neben sich. Sie griff seine Hände und schaute ihn an wie eine Ärztin einen rätselhaften Patienten. Dann lächelte sie. »Tobs«, so nannte sie ihn neuerdings, »ich will eigentlich nur offiziell bei Georg schlafen.«

Das war tatsächlich eine Wendung, die Tobi nicht hatte kommen sehen. Eine ganze Nacht mit Lisa, eine super Idee! Eigentlich.

»Ähhh, Scholzen pennt morgen schon bei mir.«

»Wie? Warum das denn?«

»Na ja, er muss mal bei sich zu Hause raus und zieht bei mir ein. Solange meine Eltern weg sind.«

»Dann zieht er halt erst übermorgen ein.«

Lisa lächelte zufrieden, weil nun alles geklärt war: das Missverständnis, die Übernachtung und Scholzens Umzugspläne.

Scheiße, dachte Tobi, es würde nicht einfach werden,

Scholzen wieder auszuladen. Aber er hatte keine Kapazitäten, um da länger drüber nachzudenken. Denn Lisa fragte beiläufig: »Und hast du eigentlich Kondome?«

SAMSTAG, 22. JUNI 1996
13:15 UHR

»Wie bitte?« Scholzen schaute von den Panini-Stickern hoch, die er auf dem Tisch im Dubrovnik verteilt hatte. Tobi saß ihm gegenüber und versuchte die Nachfrage einzuordnen. War Scholzen empört, oder hatte er ihn akustisch nicht verstanden? Kurz zuvor war es laut geworden im Schnellrestaurant. Ivo hatte Scholzens Bestellung auf die Bratfläche gelegt, wo sie vor sich hin spratzte, darüber grollte die Dunstabzugshaube im aussichtslosen Kampf gegen die fettige Luft.

»Aber es war abgemacht, dass ich bei dir penne. Ich muss zu Hause echt mal raus. Mit meinem Vater und mir, das eskaliert sonst«, maulte Scholzen.

Tobis Problem war also nicht die Akustik. »Du kannst ja auch zu mir«, versuchte er zu besänftigen. »Halt nur einen Tag später.«

»Und wenn Lisa dann wieder bei dir pennen will?«

»Nicht so laut!« Tobi traute dem Schutz der Geräuschkulisse nicht, und Ivo durfte auf keinen Fall hören, dass Lisa bei ihm schlafen würde. Bei Klatsch, der sich im Ort grundsätzlich wie eine Epidemie verbreitete, war Ivo in aller Regel Patient null. Gern hätte Tobi das Thema gewechselt, aber Scholzen gab sich noch nicht geschlagen. An seinen flackernden Augen sah man, dass er Argumente suchte, am zuckenden Mund, dass er schon erste Halbsätze gefunden hatte.

»Ich lieg ja nicht bei euch im Bett, sondern im Schlafzimmer deiner Eltern.«

»Das ist direkt nebenan.«

»Dann penn ich im Arbeitszimmer von deinem Vater. Da steht ne Schlafcouch drin. Und das ist unten, im Erdgeschoss.«

»Tut mir leid. Du kannst erst ab morgen zu mir.«

Scholzen schmollte. Er entzog seinem Freund die Aufmerksamkeit und riss ein neues Panini-Tütchen auf. Daraus fingerte er fünf EM-Spieler. Nach sorgfältiger Prüfung sortierte er die Sticker auf die Haufen vor ihm. Tobi erkannte kein System.

Ivo kam zum Tisch der beiden, in den Händen zwei Schalen mit lieblos geviertelten Tomaten und ein paar zu dicken Gurkenscheiben. »Schon gehört? Deborah hat mit Niels Schluss gemacht. Traurig, oder?«

»Nicht für Deborah«, kommentierte Tobi die Neuigkeit.

»Der war gut, den merk ich mir.« Ivo lachte, als er die Schalen auf den Tisch stellte.

»Aber merk dir bitte nicht, dass ich das gesagt habe. Keinen Bock auf noch mehr Ärger.«

»Ja, klar. Schlimm, die Sache mit Niels.«

Ivo machte eine Schnute, die Mitgefühl ausdrücken sollte, aber lediglich seinen Schnäuzer noch imposanter wirken ließ. Ein Zischen hinter der Theke erinnerte daran, dass der Rest der Bestellung noch auf der Bratfläche brutzelte. Ivo ging zurück.

»Scholzen, noch was«, nahm Tobi ihr Gespräch wieder auf. »Du musst für mich in die Apotheke gehen. Kondome besorgen.«

Scholzen riss ein weiteres Tütchen auf. Er zog die Sticker raus und schaute sie durch. Seine Augen weiteten sich, Ehrfurcht stand in seinem Gesicht, als wäre er gerade Zeuge eines Wunders geworden. Sein Wunder trug ein Trikot mit der Nummer achtzehn.

»Der Klinsi. Der ist viel wert«, raunte Scholzen.

»Hast du gehört? Ich brauche Kondome.«

Ohne hochzuschauen, sagte Scholzen: »Wer poppen will, kann auch Gummis kaufen.«

Scholzen wusste, dass das nicht ging. Die einzige Apotheke im Ort gehörte Lambrecht, Lisas Vater.

Tobi rückte näher. »Aber der Lambrecht ist doch kein Idiot. Der weiß sofort, was los ist, wenn Lisa nicht zu Hause pennt und ich am gleichen Tag Kondome besorge.«

Unbeeindruckt hielt Scholzen fünf neue Sticker in der Hand und fächerte sie auf wie ein Kartenblatt. Dazu setzte er die Miene eines Pokerspielers auf.

»Okay. Ich besorg uns ein Fünferpäckchen, drei für dich, zwei für mich – als Provision.«

»Aber was ist, wenn ich heute Nacht fünf brauche?«

»Ja, genau.« Scholzen schüttelte lachend den Kopf, während er die Fußballer den verschiedenen Stapeln zuordnete. Ivo brachte den Rest der Bestellung: Cevapcici für Scholzen und für Tobi eine Reispfanne. Beim Abstellen der Teller begutachtete er die ausgebreiteten Sammelbilder. Sein Blick blieb an Klinsmann hängen.

»Oh, der Klinsi. Tauschst du den?«

»Auf keinen Fall. Der fehlt mir noch. So jemanden hättet ihr am Mittwoch auch gut gebrauchen können. Was war da los?«

Scholzen deutete auf den EM-Plan, der mit Reißnägeln an die Wand gepinnt worden war. Ivo hatte darin mit Edding die bisherigen Ergebnisse notiert. Am letzten Spieltag der Gruppenphase hatte Kroatien 3:0 gegen Portugal verloren.

»Ach, keine Ahnung, wir haben unsere Kräfte gespart für morgen. Hauptsache, wir gewinnen da.« Ivo hatte das anstehende Viertelfinale schon eingetragen: Kroatien gegen Deutschland.

Tobi wusste nicht viel über Fußball. Er hielt sich raus. Außerdem galt seine Aufmerksamkeit der Uhr, die neben dem Turnierplan hing: Es war halb zwei. Samstags schlossen die Geschäfte um vierzehn Uhr. In spätestens zehn Minuten müssten sie los, damit Scholzen es noch in die Apotheke schaffen würde.

Die Glocke an der Tür bimmelte. Wie immer ein wenig zu aufgeregt dafür, dass lediglich jemand eintrat. Eine Frau. Tobi erkannte sie: die Prüferin vom TÜV. Sein Fahrlehrer Pohlmann hatte sie ihm mal gezeigt. Tobi würde sie am Dienstag bei seiner Führerscheinprüfung wiedersehen. Aber das war heute unendlich weit weg. Wie sollte er sich eine Autofahrt mit dieser Frau in drei Tagen ausmalen, wenn er sich nicht mal vorstellen konnte, die anstehende Nacht mit Lisa zu erleben?

Ivo registrierte die neue Kundschaft. Auf dem Weg hinter die Theke rief er noch ein kampflustiges »Komm morgen vorbei, gucken wir zusammen!«.

Scholzen nahm die Einladung an, auch für seinen Freund: »Wir kommen!«

»Wir müssen in fünf Minuten los«, drängte Tobi. Sein Teller war bereits leer, während Scholzens noch halb voll war.

Scholzen nickte und schob sich ein Cevapcici in den Mund und gleich noch drei Pommes hinterher. Er wischte die fettigen Finger an seiner Jeans ab, nahm die Panini-Bilder vom Tisch und steckte sie ein. Tobi schaffte währenddessen Tatsachen. Er griff sich beide Teller und trug sie zur Theke. Scholzen folgte ihm. Ivo, eigentlich von robuster Gleichgültigkeit, war in einem Punkt empfindlich. »Scholzen, warum isst du nicht auf?«

Tobi antwortete für seinen Freund: »Ivo, war lecker wie immer, aber wir müssen noch zur Apotheke.«

»Die hat doch schon zu.«

»Geschäfte machen samstags um zwei zu.«

»Die Geschäfte um zwei, die Apotheke um eins.«

»Eine Apotheke ist doch auch ein Geschäft«, konterte Tobi.

Ivo rief durch den Raum, zu der Frau, die sich mittlerweile an einen Tisch gesetzt hatte: »Wie lange hat samstags die Apotheke auf?«

»Bis eins.«

Tobi gab sich geschlagen. Jemand vom TÜV würde es schon wissen. Und irgendwas klingelte da auch bei ihm. Die Apotheke war ein Sonderfall, warum auch immer. Die hatte auch mittwochnachmittags zu. Lambrecht, die faule Sau, dachte Tobi.

»Braucht ihr ein wichtiges Medikament?«, fragte Ivo. Wie immer hüllte er seine Tratschsucht in den Mantel der Sorge.

»Nee, Gummis«, antwortete Scholzen, worauf Tobi sofort ergänzte: »Also, der Scholzen braucht die.«

Ivo kratzte sich an seinem spärlichen Resthaar: »Ich hab welche zu Hause. Muss ich eh gleich mal hin. Dann könntest du dir die Kondome hier heute Nachmittag abholen.«

Tobi übernahm die Verhandlungen. »Ja, das wäre doch super, oder, Scholzen? Was kostet denn so ein Päckchen?«

»Ich will doch kein Geld.« Ivo winkte ab und lächelte gütig.

Scholzen und Tobi lächelten nun auch. Ivo beugte sich

über die Theke und sah Scholzen direkt in die Augen. »Ich will den Klinsi.«

Scholzen erschrak. »Für ein paar Gummis?«

Tobi verstand nicht, was das Problem war. Aber er ahnte, dass es seines werden würde. »Jetzt gib ihm doch den Klinsmann.«

Scholzen drehte sich zu Tobi. »Hier können nicht alle immer nur fordern: Penn nicht bei mir, besorg Gummis, gib den Klinsi.«

Den gehobenen Augenbrauen nach hatte Ivo bereits Witterung aufgenommen. Tobi zog Scholzen von der Theke weg. »Bitte«, flüsterte er, »ich brauch die.«

»Das ist aber Abzocke! Und was krieg ich eigentlich dafür?« Scholzen verschränkte seine Arme.

»Ich zahl für dich mit«, bot Tobi an.

»Aber das ist ja eh klar. Du weißt doch, dass ich keine Kohle habe.«

Tobi holte tief Luft: »Okay. Wenn du den Klinsi tauschst, kannst du schon heute bei mir pennen. Im Arbeitszimmer.«

14:58 UHR

Es roch nach Bratkartoffeln. Allerdings nicht nach frischen, es war eher so, als wäre alles in diesem Haus mit einer feinen Bratfettpatina überzogen. Tobi stand im Wohnzimmer der Pohlmanns. Er war Georg nach der wortkargen Begrüßung einfach hinterhergegangen. Der sank nun in einen grünen Sessel mit dunklen Holzlehnen. Sein Vater saß auf einer dazu passenden Zweiercouch. Und als Tobi Vater und Sohn Pohlmann da so sitzen sah, konnte er plötzlich den Satz rekonstruieren, den Georg an der

Haustür, schon in halber Drehung, genuschelt hatte: Lisa ist noch nicht da.

Tobi atmete durch, etwas schwerer als beabsichtigt. Pohlmann brummte davon unbeirrt ein »Na, Tobias, alles klar?«. Dann war wieder Ruhe. Weil niemand einen Platz anbot, blieb Tobi stehen. Er fühlte sich, als wäre er in ein Puppenhaus geraten. Alles war aufgeräumt, eng und ein bisschen zu klein. Zumindest in Relation zu Pohlmann. Der war groß und massig und wusste nicht so recht, wohin mit seinen Beinen, weil der Couchtisch viel zu nah stand.

Tobi war gekommen, um bei den Partyvorbereitungen zu helfen. Natürlich hatte er nicht wirklich Lust darauf. Und Georg wusste das. Tobi hatte sich hier mit Lisa verabredet. Sie wollte Georg helfen, Salat machen, Bowle ansetzen, dekorieren, so was halt. Tobi dagegen wollte einfach nur bei Lisa sein. Dafür würde er sogar ein paar Stunden mit Georg verbringen. Selbst Pohlmann würde er schon irgendwie aushalten. Sein Fahrlehrer und er lagen – vorsichtig formuliert – nicht auf einer Wellenlänge.

Tobi ärgerte sich still. Scheiß Vorbereitung. Was sollte das überhaupt für eine Party sein? Gefeiert wurde nicht etwa Georgs achtzehnter Geburtstag, der erst in ein paar Wochen sein würde, sondern der bestandene Führerschein. Wie Tobi von Lisa wusste, aber nicht wissen durfte, hatte Pohlmann zu dieser Feier gedrängt. Als Werbemaßnahme. Pohlmann hatte ein neues Fahrschulauto bestellt, einen Golf Bon Jovi, oder, wie Pohlmann es seit Tag eins der Bestellung nannte: das John-Mobil. Um aber die Raten zahlen zu können, brauchte Pohlmann dringend mehr Schüler. Sein Kalkül: Dank dieser Feier würden sich noch ein paar Unentschlossene in den Sommerferien anmelden. Vermutlich würde an diesem Abend die erste Party der Welt stattfinden, zu der ein Jugendlicher von einem Elternteil gedrängt worden war.

Weil schon lange niemand mehr etwas gesagt hatte, suchte Tobi nach einem Thema. Wetter, Schule, Ferien, alles nicht ergiebig. Aber dann fiel es ihm ein, na klar, die Fahrprüfung vom Vormittag. Georg könnte von einem Erfolgserlebnis berichten, Pohlmann wäre eh in seinem Element. Ein ergiebiges Thema, ein Gesprächsgarant. Tobi würde die Pohlmanns bremsen müssen, spätestens wenn Lisa kam.

»Georg, ganz vergessen: Glückwunsch zum Führerschein. Wie lief es denn?«

»Gut.«

Georg schaute zu seinem Vater, auch Tobi sah nun Pohlmann an.

»Ja.« Pohlmann nickte. Stille.

Weil Tobi beim besten Willen kein zweites Thema einfiel, versuchte er das erste am Köcheln zu halten, oder besser gesagt erst einmal etwas anzuwärmen. »Und, Georg, hast du noch ein paar Tipps für meine Prüfung? Ich bin ja am Dienstag dran.«

»Keine Fehler machen.«

Pohlmann bestätigte stumm. Dann ergänzte er: »Setz dich doch«, und haute zwei Mal mit der flachen Hand neben sich auf das grüne Polster.

Tobi zwängte sich zwischen Couch und Tisch und sank auf die freie Hälfte des Zweisitzers. Damit waren alle Plätze belegt. Wenn Lisa käme, müssten sie aufstehen. Gott sei Dank. Die vier würden sich aufteilen. Den Partykeller herrichten, in der Küche was zubereiten. Vielleicht ein paar Lampions im Garten aufhängen. Auf jeden Fall wäre etwas zu tun, und man müsste nicht mehr reden.

Vielleicht liefe ja sogar schon Musik. In Tobi keimte Hoffnung. Aber Lisa kam nicht.

Tobi wunderte sich. Er wusste ja, dass Pohlmann mürrisch war, und auch Georg war sonst keine Quasselstrippe. Dieses Schweigen aber war anders, es war raumfüllend.

»Wann wollte Lisa denn kommen?« Tobi wandte sich direkt an Georg.

Der sah ihn nicht an. »Gleich«, gab er zurück.

Pohlmann erhob sich mit einer Mischung aus Seufzen und Stöhnen und verließ das Wohnzimmer. Tobi hörte Schritte auf der Holztreppe im Flur, konnte aber nicht sagen, ob Pohlmann in den ersten Stock oder in den Keller ging. War auch egal. Zu zweit würde die Situation bestimmt angenehmer. Tobi und Georg waren schließlich Klassenkameraden, oder zumindest in einer Klasse.

»Möchtest du vielleicht was trinken?«, fragte Georg in den Raum. Weil ja sonst niemand da war, nickte Tobi. Er wartete darauf, dass das Angebot in irgendeiner Form konkretisiert wurde. Aber Georg stand auf und schlappte in seinen Adiletten in den Flur, um von dort in die Küche zu verschwinden.

Tobi sah sich um, auf der Suche nach einer Gemeinsamkeit zwischen ihm und den Pohlmanns. Gegenüber der Sitzgruppe war eine Regalwand, aus dem gleichen dunklen Braun wie die Armlehnen, auf denen Tobis Hände einen feuchten Abdruck hinterlassen hatten. In dem Regal standen Bücher, nach Größe sortiert. Von den Titeln, die Tobi lesen konnte, kannte er keinen. Den Umschlägen nach zu urteilen waren sie alt und mussten aus einer Zeit stammen, als Georg und sein Vater noch in der DDR lebten. 1991 waren sie in die schleswig-holsteinische Provinz gezogen und hatten die Fahrschule des Ortes übernommen. Fünf Jahre war das her. Trotzdem wusste man im Ort kaum etwas über diese Familie, obwohl Pohlmann sofort in die Freiwillige Feuerwehr eingetreten war. Jeder Neue im Ort tat das, um Kontakte zu knüpfen, Sozialkompetenz zu beweisen und vor allem, um begründet Bier zu trinken. Pohlmann aber hatte meist nur an den Übungen teilgenommen.

Tobi ließ seinen Blick weiterwandern. Neben dem Regal hingen ein paar Bilder, die Pohlmann in Uniform zeigten, aufgehoben im Kreis anderer Uniformierter. In der DDR hatte er Soldaten das Panzerfahren beigebracht, das war noch heute in den Fahrstunden spürbar. Ebenfalls an der Wand: ein paar Urkunden, die Georg als Sportschützen auszeichneten. Und Fotos von ihm auf Siegertreppchen. Bei keiner der Aufnahmen schaute Georg in die Kamera. Immer galt sein Blick den anderen. Stand er links oder rechts, schaute er mit schmalen Lippen in die Mitte zum Erstplatzierten. Stand er in der Mitte, schaute er mit großen Augen zum Zweiten.

Nur von Georgs Mutter fehlte in diesem Raum jede Spur. Keine Urkunde, kein Bild, nicht mal ein Möbelstück, das so aussah, als sei es von einer Frau ausgesucht worden. Zu ihr waberten verschiedene Gerüchte durch den Ort. Einigkeit bestand nur darin, dass sie gestorben war, lange bevor Georg und sein Vater in den Westen gezogen waren. Ivo hatte mal erzählt, es werde gemunkelt, Pohlmann hätte sie bei morgendlichen Schießübungen aus Versehen getroffen, drei Mal. Seine Ausführungen hatte Ivo wie üblich mit sorgenvollem Blick und der Frage abgerundet, was das bloß für Menschen seien, die solche Gerüchte streuten.

Als Georg mit einem Glas Sprudel wiederkam, merkte Tobi erst, dass er sich auch ohne einen der Pohlmanns in diesem Zimmer unwohl gefühlt hatte.

Es klingelte. Georg drehte sich um und wollte mit dem Wasser in der Hand zurücklaufen. Aber auch Pohlmann stand im Flur und öffnete die Haustür. Tobi hörte Lisas Stimme. Endlich. Kurzes Geplänkel im Flur, mit dem Lisa sich nicht lange aufhielt. Einen Augenblick später stand sie im Wohnzimmer und schloss Georg in die Arme. Tobi war überrascht von dieser körperlichen Begrüßung, verstand aber im nächsten Moment, dass eine Umarmung bei den beiden kein Regelfall war. Denn auch Georg wirkte verwundert.

Lisa sah ihn nun an. »Tut mir total leid«, sagte sie. »Wie konnte das passieren?«

Pohlmann stockte. Georg auch. Lisa redete weiter: »Ich mein, du kannst doch eigentlich fahren. Was war los?«

Tobi verstand mehr, als er wollte. Und auch mehr, als er sollte.

»Darüber wird nicht gesprochen«, rief Pohlmann in die Mitte des Wohnzimmers und wandte sich dann direkt an seinen Sohn: »Zu keinem ein Wort!« Noch lauter: »Was war daran unklar? Hatte ich nicht erklärt, wie wichtig das ist?«

Georg sah zu Boden. »Ich habs nur Lisa gesagt.«

»Und jetzt weiß es der da auch schon.« Pohlmanns Hand zuckte kurz in Tobis Richtung, als ginge es darum, ihn zu verscheuchen. »Ich mach mich ja lächerlich, wenn ich nicht mal den eigenen Sohn durch die Prüfung kriege!« Spuckefunken flogen. »Dann können wir es auch lassen. Dann können wir gleich alles lassen.«

Tobi wünschte sich die Zeit zurück, als hier geschwiegen worden war. Lisas Blick sprang zwischen ihm und dem tobenden Pohlmann hin und her. Georg sah weiterhin niemanden an. Wenn die Party abgesagt werden würde, könnte Tobi die Nacht mit Lisa vergessen. Jemand musste handeln. Und jemand, das wurde Tobi immer klarer, konnte nur er sein.

»Herr Pohlmann. Wir werden nichts sagen. Lisa ist doch Georgs beste Freundin. Und ich, ich bin … also ich werde auf jeden Fall den Mund halten.«

»Und darauf soll ich mich jetzt verlassen?« Pohlmann stellte die Frage seinem Sohn. Der schwieg.

Tobi improvisierte. »Wenn Sie die Party jetzt noch absagen, wird über den Grund doch spekuliert und viel mehr getratscht. Und dann meldet sich erst recht niemand bei Ihnen an. Lisa und ich sind ja auch Ihre Fahrschüler, und wir machen den ganzen Abend Werbung für Sie. Drei Leute kriegen wir so auf jeden Fall, ich weiß auch schon, wen.«

Pohlmann brüllte: »Und das weiß er auch?« Er stampfte zwei Schritte auf Georg zu. Der schaute Lisa an. Und da fiel es Tobi wieder ein. Von der Schieflage der Schule durfte er ja gar nicht wissen. Aus der Not heraus erhöhte er.

»Wir schaffen auch vier neue Schüler!«

Pohlmann holte tief Luft und machte etwas, das nur er konnte: Reden und gleichzeitig mit den Zähnen knirschen. »Ich gehe jetzt in die Fahrschule und werde dort übernachten. Und wenn ich morgen wiederkomme, siehts hier so aus, als hätte keine Party stattgefunden.« Erschöpft schritt er aus dem Wohnzimmer. An der Schwelle zum Flur drehte er sich noch mal um. »Und am Montag erwarte ich fünf Anmeldungen.«

Als er weg war, sprach Lisa als Erste. »Von mir weiß niemand, dass du durchgefallen bist.«

»Und ich habs ja gerade erst erfahren«, versicherte Tobi. »Es kann sich also überhaupt nicht herumgesprochen haben, dass du die Prüfung nicht geschafft hast.« Und Tobi glaubte das wirklich. Bis ihm die TÜV-Prüferin in der Tratschzentrale Dubrovnik wieder einfiel.

21:10 UHR

Ein paar Jungs tanzten ironisch zu den Backstreet Boys. Und Tobi stand im Weg. Wie immer auf Partys. Egal wo er sich platzierte, da wollten die anderen durch. Und so wurde er nach und nach an den Rand des Partykellers gedrängt, bis ihm das aufgebaute Büfett den Weg versperrte.

Weil er schon mal da war, brach er etwas von einem Baguette ab. Krümel fielen in die darunter stehende Bowle und waren Sekunden später nicht mehr vom Fruchtfleisch zu unterscheiden. Sofern es sich überhaupt um Fruchtfleisch handelte. Während er kaute, riss er ein weiteres Stück Brot ab. Eine vernünftige Grundlage musste her. Er hielt bereits die zweite Flasche Bier in der Hand. Die erste hatte er viel zu zügig getrunken, halb aus Langeweile, halb aus Verlegenheit. Er fand einfach keinen Anschluss. Scholzen war noch nicht da. Und Lisa hielt Abstand, damit sie nicht zusammen gesehen wurden. Aber wohl auch, weil beide schon den ganzen Tag nicht wussten, was sie miteinander reden sollten. Fürs Erste war alles gesagt. Und ein neues Thema zu beginnen wäre merkwürdig gewesen, solange das große noch im Raum stand. Auch die anderen mieden ihn. Grüppchen, zu denen Tobi sich gestellt hatte, hatten sich bald aufgelöst. Kein Wunder. Niels hatte sich für die Party angekündigt. Und jeder wusste von der Sache mit Niels. Wer wollte da schon zwischen die Fronten geraten?

Tobi ließ den Blick über das Büfett schweifen. Zum Brot gab es Fleischwurstringe, in großzügige Stücke geschnitten, Frikadellen und einen mit gehackten Zwiebeln bedeckten Mettberg. Für Tobi alles keine Option. Lisa aß kein Fleisch, und wenn er wollte, dass sie ihn später küsste, aß er besser auch keins. Er blickte auf die Wanduhr, die über den beiden Tischen mit schwitzenden Fleischwaren angebracht war. Eine Gravur ließ wissen: »Alkohol tötet langsam. Wir haben Zeit.« Viertel nach neun. Scholzen schaute noch das Spiel Frankreich gegen die Niederlande, aber danach wollte er sofort kommen und die Kondome bringen, die er am Nachmittag bei Ivo abgeholt hatte.

Als Tobi am frühen Abend nochmals zu Hause gewesen war, um die Seepferdchen zu füttern, hatte er bei Scholzen angerufen. Sein Freund hatte da bereits leichte Konzentrationsschwierigkeiten gehabt. Scholzen hatte zu Beginn der EM erklärt, er müsse für jedes gefallene Tor einen Ouzo trinken, denn so, und nur so, würde Deutschland Europameister. Entsprechend wenig hatte Tobi sich während des Telefonats gewundert. Kurz zuvor hatten sich müde Engländer gegen noch müdere Spanier ins erste Elfmeterschießen des Turniers geschleppt. Das Spiel endete 4:2 für England. Oder in Schnäpsen gerechnet 6:0 für Scholzen. Dabei hätte er das scheiß Spiel doch auch hier gucken können, ärgerte sich Tobi. Auf der anderen Seite des Raums hatte Georg einen Fernseher auf die Theke gestellt, auf dem nun eine wachsende Gästetraube Frankreich gegen die Niederlande verfolgte.

Tobi mümmelte gerade am dritten Stück Brot, als die reguläre Spielzeit vorbei war. Das bedeutete Verlängerung. Für das Spiel und für Tobis Abend.

22:02 UHR

Tobi atmete flach und lautlos im dunklen Wohnzimmer der Pohlmanns. Er wagte weder einen Schritt vor noch einen zurück. Eigentlich hatte er nur Scholzen entgegengehen wollen, raus aus dem vollen Keller, in dem es zum Elfmeterschießen noch lauter geworden war. Selbst hier oben hörte man, wie sich der mitfiebernde Chor im Minutentakt entlud. Wann immer ein Elfer geschossen wurde, raunte ein Lager und das andere jubelte. Jemand brüllte »verdammte Käsköppe«. Klar, eigentlich mussten damit die Holländer gemeint sein. Andererseits, überlegte Tobi, war Frankreich ebenfalls so etwas wie eine Käsenation. Worüber dachte er hier eigentlich nach? Er hatte weiß Gott andere Probleme.

Draußen vor der geöffneten Terrassentür saß Deborah auf einem weißen Plastikstuhl, besser gesagt: Sie thronte. Vor ihr hockte Niels und redete mit sanfter Stimme auf sie ein. Sie blickte in die Ferne, während sie mit spitzen Fingern rauchte. Tobi verstand nicht, warum sich alle Jungs für Deborah interessierten. Natürlich sah sie gut aus, aber in dieser schönen Hülle war nichts, kein Interesse, keine Überzeugung. Und schon jetzt konnte man sehen, dass sie ihre Schönheit nicht ins Alter würde retten können. Das, was sie ausmachte, würde schon bald unter den Höhensonnen dieser Welt verglühen.

Niels mühte sich sichtlich um das Wohlwollen seiner Ex-Freundin, mindestens aber um ihre Aufmerksamkeit. Mal klang seine Stimme charmant, mal wie die eines kleinen Kindes. Aber Deborah sah unverändert über ihn hinweg und blieb frei von jeder Mimik. Niels versuchte es weiter: »Und weißt du, was gleich passiert? Das Geilste überhaupt.« Er lachte. Deborah nicht, also fuhr er fort. »Georg kriegt das Geschenk seines Lebens. Ein T-Shirt!«

Deborah schnippte ihre Kippe in die Dunkelheit und sah Niels verständnislos an. »Ja, und?«

»Georg hat doch ne Tierhaarallergie. Und deswegen haben wir«, Niels lachte wieder, »das T-Shirt mit Katzenhaaren eingerieben. Der ziehts an und kriegt, bumm, voll den Anfall.« Niels prustete, während Deborah über das gerade Gehörte nachdachte.

Tobi wäre auch gern so begriffsstutzig gewesen. War er aber nicht. Er würde einfach zurückgehen, langsamer und leiser, als er ins Wohnzimmer gegangen war, da hatte ihn ja auch niemand gehört. Und dann würde er Georg warnen. Tobi drehte sich um, weil die zwei Flaschen Bier aber schon erste Wirkung zeigten, stieß er prompt gegen die Holzlehne der Couch.

»Was willst du?« Das war Niels' Stimme, wie Tobi sie kannte. Alles Sanfte darin war verschwunden. Und damit war auch klar, dass diese Frage nicht mehr Deborah galt. Weil Weglaufen keine Lösung war, weder auf dieser Party noch in diesem Ort, drehte Tobi sich um, ging direkt zur Terrassentür und blieb auf der Schwelle stehen.

Was willst du – das konnte bei Niels sowohl der Auftakt für Ärger sein oder auch echtes kaufmännisches Interesse, denn auf Partys vertickte er neuerdings Pillen, die er aus den Vorräten der väterlichen Apotheke herstellte. Und wie Tobi von Scholzen wusste, verstand Niels sein Handwerk. Niels wiederholte seine Frage.

Weil Tobi ahnte, dass es bei ihm nicht ums Geschäft ging, antwortete er gewohnt defensiv: »Nichts. Ich such nur Scholzen.«

Niels stand auf und kam Tobi entgegen, bis er ihm an der Schwelle der Terrassentür gegenüberstand. Er war vermutlich das Schlimmste, was Testosteron aus Menschen machen konnte. Niels war groß, breit und aggressiv. Sein Gesicht war immer ein wenig zu rotwangig, erst recht, wenn er getrunken hatte. Die kurzen blonden Haare, die mit Gel gestylt waren, schienen im Kampfmodus noch ein wenig strammer zu stehen.

Tobi und Niels sahen sich zum ersten Mal wieder seit der Sache. Es ist definitiv ein Fehler gewesen, dachte Tobi und hätte gar nicht sagen können, was er alles damit meinte: die letzte Begegnung mit Niels, die Reaktion seines Vaters, dieser Abend und vermutlich auch, dass er eben nicht doch einfach weggelaufen war.

Ihre letzte Begegnung war vier Wochen her und hatte begonnen wie so viele davor. Niels hatte irgendeinen Grund gesucht, um seinen Frust an Tobi auszulassen, und mühelos gefunden. Es hatte einen Zeugen gegeben, der gesehen hatte, wie Niels Tobi den Weg versperrt hatte. Wie er aufgestampft und dabei die Hand gehoben hatte, um einen Schlag anzudeuten. Und wie Tobi erschrocken einen Schritt zurückgestolpert und hingefallen war. Auf den Hinterkopf. Schädelhirntrauma ersten Grades. Kurze Bewusstlosigkeit, Erinnerungslücke, danach Kopfschmerzen und Übelkeit. Man hatte Tobi zwei Tage im Krankenhaus behalten, zur Beobachtung, wie es hieß.

Im Ort wusste man, dass Niels von seinem Vater geschlagen wurde, schon immer. Und dass Niels eigentlich nur versuchte, diese Demütigung weiterzureichen. Tobis Vater hatte es diesmal trotzdem gereicht. Er hatte Anzeige erstattet wegen Körperverletzung. Der alte Lambrecht war außer sich darüber, dass sein Stammhalter von der Polizei befragt worden war. Und auch, wenn die Konsequenzen für Niels noch offen waren, stand das Urteil für Tobi bereits fest: Höchststrafe. Lambrecht verhängte

Kontaktverbot. Er verbat seiner Tochter Lisa, Tobi zu sehen.

Niels kam noch ein Stück näher. So nah, dass Tobi seinen Bieratem riechen konnte. Er flüsterte fast: »Schön, dass wir uns mal wieder sehen.«

»Ja, weiß nicht. Blöd, das alles. Das mit der Anzeige, also das war die Idee meines Vaters.« Tobi merkte, wie ihm die Silben verklebten, weil sein Mund trocken wurde. Er versuchte, Niels' Blick standzuhalten, fühlte sich aber so unwohl, dass er einen Schritt zurücktrat.

Niels gab sich versöhnlich. »Ach, die Anzeige ist schon okay. Wir sind doch alle für Gerechtigkeit.«

Tobi hatte keine Ahnung, worauf das hinauslaufen sollte, nickte aber zaghaft.

Niels lächelte jetzt. »Du bist doch auch für Gerechtigkeit, oder?«, fragte er.

Wieder stummes Minimalnicken.

»Prima. Denn ich bin da für was angezeigt worden, das ich nicht gemacht habe. Ich habe dich nicht mal berührt, du Hampelmann.«

»Na ja«, fing Tobi an, »ich habe ja auch keine Erinnerung, und –«

»Und das bedeutet, ich hab einen gut«, unterbrach ihn Niels. »Ich kann dir ein Mal eine ballern. So, dass du umfällst und liegen bleibst.«

Niels stampfte auf. Tobi zuckte zurück. Immerhin stolperte er diesmal nicht. Niels' Wangen wurden noch fleckiger. Gepresstes Lachen.

»Keine Angst, das ist mein Joker, den heb ich mir auf, soll ein ganz besonderer Tag werden.«

Tobi blickte Hilfe suchend auf die Terrasse, Mädchen waren immer gut, wenn es darum ging, zu schlichten. Aber Deborah war mit Rauchen beschäftigt.

»Und jetzt verpiss dich«, raunte Niels.

Das ließ sich Tobi nicht zwei Mal sagen. Die weichen Knie trugen ihn vorbei an der grünen Couch, doch kurz bevor er den Flur erreichte, hörte er Niels: »Warte mal. Hast du uns eben eigentlich belauscht? Was haste denn gehört?«

Wieder entschied Tobi sich gegen Wegrennen, wieder ärgerte er sich darüber.

»Nichts.«

»Sicher? Auch nicht das mit dem T-Shirt für Georg?«

»Nein.« Tobi war ein lausiger Lügner.

»Wenn du ein Wort zu Georg sagst, gibts richtig Ärger.«

Tobi nickte und schwieg. Im Keller brandete Jubel auf, das Spiel war anscheinend vorbei.

Niels drehte sich zur Terrassentür. »Deborah, komm, wir gehen runter. Gibt gleich das Geschenk für Georg. Und bis dahin passen wir besser mal auf Tobi auf. Nicht, dass der heute schon wieder hinfällt.«

23:15 UHR

Georg stand in der Mitte des Partykellers. Umringt von Leuten, die er nicht mochte, die ihn nicht mochten und die überhaupt nur gekommen waren, weil es an einem Samstagabend in Holmstedt nichts Besseres zu tun gab. Jemand hatte die Musik ausgemacht. Ein anderer, Tobi kannte ihn vom Sehen, sprach ein paar Worte und überreichte Georg schließlich ein Geschenk zur bestandenen Führerscheinprüfung. Die Gäste schauten erwartungsvoll, während Georg das Paket, etwas kleiner als ein Schuhkarton, an sein Ohr hielt und schüttelte. Auch ohne ihm sonderlich nahezustehen, konnte man erkennen, wie unwohl er sich fühlte.

Eine Dreiviertelstunde lang hatte Tobi versucht, Georg zu warnen. Er hatte ihm sagen wollen, was er da geschenkt bekommen würde. Dass er es nicht auspacken und schon gar nicht anziehen sollte. Aber Niels war ihm nicht von der Seite gewichen, und in dessen Beisein die Aktion auffliegen zu lassen, das hatte Tobi sich nicht getraut. Und so hoffte er auch jetzt noch, Blickkontakt mit Georg herzustellen. Endlich schaute der rüber. Tobi deutete mit einer Hand aufs Paket und schüttelte den Kopf in Zeitlupe. Hatte Georg die Nachricht bemerkt? Und genauso wichtig: Hatte Niels sie nicht bemerkt? Und wo blieb eigentlich Scholzen? Dem wäre bestimmt was eingefallen.

Niels stand neben Tobi und hatte einen Ellenbogen auf dessen Schulter gelegt. Zufrieden sah er Georg dabei zu, wie der immer noch unschlüssig das Paket hin und her wog.

»Ich hol mir mal ein Glas Bowle«, meldete sich Tobi bei Niels ab.

Der hielt ihn kurz am Arm fest. »Mach jetzt keinen Fehler«, sagte er. Dann ließ Niels ihn ohne weitere Auflagen ziehen, wohl auch, weil die Bowle am anderen Ende des Kellers stand und Tobi dort keine Chance hatte, Georg etwas zu verraten. Aber Tobis Idee war eine andere. Georg selbst etwas zu sagen, das würde er nicht hinkriegen, aber Stille Post, das müsste doch funktionieren. Lisa stand am Büfett und stopfte trockenes Brot in sich hinein, während sie skeptisch dabei zusah, wie Georg das Geschenk auspackte.

Schließlich hatte Georg es geschafft, das Geschenkpapier zu entfernen, ohne es zu zerreißen. Er öffnete den Karton und zog ein weißes T-Shirt heraus.

Weil Tobi sich sicher war, dass Niels ihn beobachtete, schüttete er mit einer Kelle einen Plastikbecher voll. Ohne von der Schüssel aufzuschauen, sprach er: »Lisa, Georg darf dieses T-Shirt nicht anziehen. Du musst ihm das sagen.«

Aber Lisas Aufmerksamkeit galt Georg. Außerdem wurde es in diesem Moment lauter. Die Meute, die nicht daran dachte, Georg aus ihrer Mitte zu lassen, rief: »Anziehen, anziehen!«

Geschützt durch den Geräuschpegel der anderen traute Tobi sich, lauter zu sprechen: »Lisa, hast du mich gehört?«

»Was steht denn da drauf? Mein Gott, sind die arm.«

Tobi schaute zur Mitte des Raums. Georg hielt das T-Shirt hoch, mit einem angestrengten Lächeln. Auf dem Shirt stand »FoF«.

Schon seit etwa einem Jahr nannte man Georg auf dem Schulhof so. FoF – Freak ohne Freunde. Erst war es hinter seinem Rücken geschehen, dann in seinem Beisein. Es ließ sich relativ einfach rekonstruieren, wie die anderen auf diesen gehässigen Spitznamen gekommen waren. Georg brachte alles mit, was man nach landläufiger Vorstellung als Freak ohne Freunde brauchte: Mitgliedschaft in einem Schützenverein, ein Faible für Gotcha und ein Modem für dieses Internet, über das man nicht viel wusste, außer, dass sich dort Leute wie Georg tummelten.

Tobi schaute kurz zu Niels, der ihn tatsächlich im Blick behalten hatte. Weil die anderen immer lautstärker forderten, Georg solle endlich das T-Shirt anziehen, sprach Tobi nun so deutlich wie möglich: »Lisa, Georg darf das T-Shirt nicht anziehen. Sag ihm das. Katzenhaare, hörst du?«

Die Menge johlte. Einer war aus der Gruppe getreten und rief: »Das zweite F steht ab heute natürlich für Führerschein. Freak ohne Führerschein!« Der gesamte Raum lachte. Und damit war auch geklärt, wer mittlerweile von der versemmelten Prüfung wusste: alle.

Lisa blickte kurz zu Tobi: »Was hast du gesagt? Warte, ich komme gleich wieder.« Sie drückte Tobi ihr Brot in die Hand und marschierte in die Mitte des Raums, stellte sich vor Georg und brüllte in die Menge: »Komischer Zufall, dass die am lautesten lachen, die in der Schule jeden noch so leichten Test verkacken.«

Lisa wurde übertönt. Der Mob skandierte unerbittlich: »Anziehen, anziehen, anziehen!«

Georg schob Lisa ein Stück zur Seite, zog sich sein T-Shirt aus. Die Leute pfiffen jetzt, durchaus zu Recht, denn Georg war trainierter als gedacht. Dann streifte er sich das Geschenk über. Niels grinste zufrieden. Und Tobi verließ den Partykeller. Er würde oben auf Scholzen warten. Er wusste, was gleich mit Georg passieren würde, er musste es nicht auch noch sehen.

23:20 UHR

»Hey Alter, alles klar?«

Die Frage war so falsch, dass Tobi gar nicht erst antwortete. Scholzen wankte ihm im Flur entgegen, in der einen Hand eine Frikadelle, in der anderen einen Pappbecher Bowle.

»Wo hast du das denn her?« Tobi deutete auf Scholzens Proviant.

»Stand draußen vor der Tür.«

Natürlich hätte es da noch weitere Fragen gegeben, aber Tobi hakte nicht nach. Angesichts des schlechten Zustands seines Freundes drängte sich ein anderes Thema auf: »Wie ging das Elfmeterschießen aus?«

Scholzen dachte nach, konzentriert und mit geschlossenen Augen, als müsste er ein Erlebnis aus frühster Kindheit rekonstruieren. Dann: »5:4 für Frankreich. Oder Holland.«

Tobi rechnete. »Das heißt, wenn du für jedes Tor… Du hast schon fünfzehn Ouzos drin?«

Scholzen nickte zufrieden. »Alles für den Titel, mein Freund, alles für den Titel.«

»Okay. Egal. Hast du die Kondome?«

Scholzen überlegte, noch angestrengter als beim abgefragten Spielausgang. »Moment, ich muss kurz kotzen.« Er sah sich um, ging einen Schritt zur Toilette, drückte die Klinke runter. Besetzt. Scholzen versuchte sich zu orientieren, zunehmend hektischer, und polterte schließlich die Holztreppe hoch. Tobi eilte hinterher.

Oben angekommen stolperte Scholzen ins Badezimmer. Auch dahin folgte Tobi. Hinter verschlossener Tür würde wenigstens niemand die Kondomübergabe sehen. Schon im Flur hatte Scholzen einen ausgeprägten Linksdrall, der ihn im Bad ohne Umwege über den Wannenrand fallen ließ. In der Bewegung riss er den Duschvorhang von der Stange und lieferte sich damit in der Wanne eine Rangelei, die er zu verlieren drohte.

»Was willst du?«, ächzte er.

Und auch wenn nicht klar war, ob die Frage vielleicht doch dem Vorhang galt, antwortete Tobi: »Die Kondome.«

Nach einem glanzlosen Sieg über seinen Gegner stand Scholzen wieder. Er stützte sich an ein Regalbrett, das sofort unter der Last nachgab und samt einiger Fläschchen zu Boden fiel. Scholzen hinterher. Weil er eh schon mal da unten war, brachte er sich kniend in Position und schoss eine Millisekunde später einen Strahl schlecht gekaute Frikadelle in die Toilette. Verdünnt war das Ganze mit immer noch prickelnder Bowle, deren platzende Schaumblasen wie Applaus klangen. Danach drehte er sich um und fixierte Tobi bedrohlich.

»Welche Kondome?«

»Die, die du von Ivo besorgt hast.«

»Ach, die.«

Scholzen drehte sich wieder weg. Applaus, Applaus, Applaus.

»Die sind in meiner Jacke«, klang es dumpf aus der Schüssel. Gott sei Dank, er hatte dran gedacht.

»Und wo ist die Jacke?«

Mit schweren Lidern drehte Scholzen sich wieder um. Er dachte nach, dachte länger nach, und legte sich schließlich fest: »Keine Ahnung.«

Es hämmerte an die Tür, heftig und verzweifelt. Tobi schloss auf. Georg stand da und sah sich mit weit aufgerissenen Augen um. Dazu schimpfte er in einer Sprache, die mal Deutsch gewesen sein musste. Er taumelte zwei Schritte herein, riss den Badezimmerschrank auf, in dem ein ganzes Bataillon aus Inhalatoren aufgereiht war, und grapschte nach einem. Vier, fünf der kleinen Dosen prasselten dabei auf Scholzen nieder. Georg inhalierte gierig, während er sich auf den Badewannenrand sinken ließ.

Georg saß da und starrte ins Nichts. Tobi wollte was sagen, aber Georg winkte ab. Totale Stille, nur ab und zu hustete Scholzen bedrohlich in die Keramik. Schweigend schaute Tobi dabei zu, wie Georgs Gesicht abschwoll, wie der Sauerstoff in ihn zurückkehrte und er sich langsam beruhigte.

Nach zehn Minuten und ein paar weiteren Stößen Cortison war Georg wieder zu verstehen: »Was macht ihr hier? Das ist das Familienbad.«

Egal wie orientierungslos Scholzen war, er wusste immer noch, wo für akute Notfälle ein paar schlagende

Argumente bereitlagen: »Musste schnell gehen. Alter, was war denn da in den Frikadellen drin? Willst du uns alle umbringen?«

»Nichts ist da drin. Also Hack halt, halb und halb.«

Aber Scholzen hörte schon nicht mehr zu. Sein Kopf steckte wieder tief in der Toilettenschüssel.

Georgs Stimme nahm einen schärferen Ton an. »Das hier, das bringt ihr alles wieder in Ordnung.« Sein Zeigefinger kreiste durch den Raum, und nachdem er alles mit unsichtbaren Linien verbunden hatte, den Duschvorhang, das Brett und die auf dem Boden verteilten Fläschchen, endete sein Finger auf Tobi. Damit war auch geklärt, wen er hier beim Projekt Wiederaufbau in der Verantwortung sah. Als Georg schon fast das Badezimmer verlassen hatte, steckte er noch mal seinen Kopf durch die Tür: »Und passt mit euren Straßenschuhen auf, das ist ein Barfußteppich.« Georgs Kopf verschwand endgültig.

Scholzen blickte auf den Teppich, strich mit der Hand darüber und legte sich schließlich mit angezogenen Beinen darauf. Immerhin war der Teppich so kurz, dass seine Schuhe auf den Fliesen blieben. Als Scholzen so dalag, sah er einen von Georgs Inhalatoren, die beim hektischen Aufreißen des Schranks herausgefallen waren. Er nahm ihn und steckte ihn ein. »Geil.«

»Was willst du denn damit?«

»Das weitet die Bronchien. Das ist so, als wenn du beim Vergaser die Sauerstoffzufuhr erhöhst. Das ist ein 1A-Kiff-Multiplikator.«

Das klang relativ plausibel. Tobi versuchte, diesen hellen Moment zu nutzen. »Denk noch mal nach«, drängte er. »Ich brauch die Kondome.«

»In der Jacke.«

»Okay. Aber wo ist die?«

»Wer?«

Es hatte keinen Sinn. Scholzen hatte sein Kurzzeitgedächtnis mit ausgekotzt.

00:07 UHR

Die Luft im Partykeller war heiß und verbraucht. Passend zur subtropischen Luftfeuchtigkeit schepperte aus den überforderten Boxen *Macarena*. Die peinlichste Nummer des beginnenden Sommers, da waren sich alle einig. Trotzdem beherrschten die Mädchen die Choreografie, die Viva den Leuten seit Wochen per High Rotation einimpfte.

Die Jungs standen in sicherem Abstand zu dem, was zur Tanzfläche erklärt worden war. Darauf tanzten die Mädchen sich gegenseitig an, ließen ihre Hüften kreisen und beobachteten genau, wie sie beobachtet wurden.

Entsprechend unzufrieden waren beide Lager, als Georg das Licht an- und die Musik ausstellte. Kollektives Aufjaulen, das in Gesang der Jungs überging. Sie sangen den Refrain, genau genommen nur »Heeey Macarena«, das aber immer und immer wieder, begleitet von einigermaßen rhythmischem Klatschen. Die Mädchen, ebenfalls nicht mehr ganz rhythmusfest, arbeiteten sich unerbittlich an der Choreo ab.

Nachdem Georg ergebnislos darauf gewartet hatte, dass sich die Lage beruhigen würde, rief er in die kurzen Pausen, in denen gerade nicht gegrölt wurde.

»Leute, ihr habt ja gesehen«

»Heeey Macarena!«

»es geht mir nicht gut«

»Heeey Macarena!«

»und deswegen muss ich leider«

»Heeey Macarena!«
»die Party beenden.«
»Heeey Macarena!«
»Ich muss euch wirklich bitten«
»Heeey Macarena!«
»jetzt zu gehen.«

00:21 UHR

»Leute, das ist jetzt echt mein Ernst.«
»Heeey Macarena!«

01:35 UHR

Nachdem es Georg doch noch geschafft hatte, den *Macarena*-Chor die enge Kellertreppe hochzutreiben und in die Nacht hinauszuscheuchen, war es leicht, Scholzens Jacke mit den Kondomen zu finden. Es lag schlichtweg nur noch eine Jacke auf dem Boden im Flur, und Tobi konnte sich nicht erklären, warum er die vorhin übersehen hatte. Er nahm sie, fingerte erfolgreich das Päckchen Gummis heraus und steckte es ein. Dann reichte er die Jacke dem schwankenden Scholzen. Das Wichtigste war geschafft. Das schien auch Georg so zu sehen, der nach der aufgelösten Party deutlich an Anspannung verloren hatte. Selbst Scholzen löste in ihm keine größere Unruhe mehr aus. Und das, obwohl Scholzen den Barfußteppich wie ein erlegtes Tier auf seinen Schultern trug.

Und so standen sie nun im Flur: Georg, Lisa, Tobi und Scholzen. Alle vier suchten nach Worten, um den Abend abschließend zusammenzufassen. Georg hielt die Klinke in der Hand und hatte die Haustür nur aus Rücksicht auf die Nachbarn noch nicht geöffnet. Er schien wenig interessiert an wohlwollendem Abschiedsgeplänkel. Er murmelte ein »Na dann« und drückte die Klinke nach unten. Die Tür war schon einen Spalt weit geöffnet, als Deborah dazukam. Georg musste sie bei seiner groß angelegten Räumungsaktion übersehen haben.

Sie wirkte ein wenig überrascht vom Ende der Party, blickte in die Gesichter der Jungs, mit denen sie nicht viel anfangen konnte, und verharrte dann bei Lisa: »Können wir zusammen gehen?«

»Klar. Kein Problem.«

Schöne Scheiße, dachte Tobi, hätte sich diese Einschätzung aber wohl noch aufbewahrt, hätte er gewusst, wer im nächsten Moment aus dem dunklen Wohnzimmer treten würde.

»Ich bring Deborah«, fuhr Niels dazwischen.

»Nein, ich geh mit Lisa«, wehrte sich Deborah.

Es rächte sich einmal mehr, dass Niels Lisas Bruder war. Er kannte Lisas offizielle Vereinbarung mit seinem Vater. »Aber Lisa pennt ja hier, bei Georg. Ich nehm dich mit.«

»Dann, äh, bringt mich Tobi.« Deborah wollte sichtbar und auf keinen Fall mit ihrem Ex-Freund Niels gehen. Sie hakte sich bei Tobi ein. Der musste gar nicht erst zu Niels schauen, um zu wissen, dass sich seine Lebenserwartung gerade drastisch verkürzt hatte.

Georg war es herzlich egal, wer mit wem ging, Hauptsache es wurde gegangen, und zwar jetzt. »Das könnt ihr ja dann vielleicht auf dem Weg klären.«

»Gute Idee«, fand Niels, der direkten Verhandlungen mit Tobi, nachts auf der Straße, gelassen entgegensah. »Ich hol noch eben meine Sachen«, erklärte er und verschwand im Keller.

Lisa übernahm die Kommandos. Sie packte Tobi und zog ihn ins Wohnzimmer. »Tobs, ihr bringt Deborah nach Hause. Ich halte Niels hin. Und wenn der weg ist, komme ich zu dir.«

01:55 UHR

Tobis Gesicht kribbelte. Vom Alkohol, wegen der kühl gewordenen Nacht und vor Nervosität. Dafür, dass er Deborah von Niels wegschaffte, würde er definitiv einen Preis zahlen müssen. Aber immer, wenn seine Hand in die Hosentasche glitt und seine Finger die Pappkanten des Fünferpacks Kondome ertasteten, musste er auch ein wenig lächeln. Fast konnte er Niels dankbar sein. Denn gerade löste sich für Tobi ein anderes Problem. Seit dem Mittagessen bei Ivo hatte er irgendwie nicht den richtigen Moment gefunden, um Lisa zu sagen, dass Scholzen ebenfalls bei ihm pennen würde. Jetzt aber musste er Scholzen einfach nur mitnehmen und im Arbeitszimmer deponieren. Scholzen war noch immer ausreichend betrunken. Er würde schon schlafen, wenn Lisa gleich käme, und immer noch, wenn sie am Morgen wieder ginge.

Als die drei Tobis Haus erreichten, erkundigte Tobi sich bei Deborah, ob sie den Rest ihrer Strecke auch allein schaffen würde. Sie wohnte gerade mal zwei Straßen weiter. Deborah bestätigte glaubwürdig, allein zurechtzukommen. Also verabschiedete man sich in gebotener Kürze. Tobi traf das Schloss im zweiten Versuch, und als er den Schlüssel drehte, hörte er Scholzen hinter sich halb laut rufen: »Deborah, hast du noch ne Kippe?«

Deborah schlurfte zurück. »Ich hab nur noch eine. Komm, wir teilen uns die.« Sie holte ihre letzte Marlboro

Menthol aus der Packung, zündete sie an, nahm einen langen Zug und reichte sie Scholzen.

Alles kein Problem, beruhigte sich Tobi. Lisa würde frühestens in einer Viertelstunde hier sein, und das hier war ja gerade mal eine halbe Zigarette, weil zwei daran rauchten.

Tobi wollte sich noch die Zähne putzen, bevor Lisa kam. Also verabschiedete er sich ein zweites Mal von Deborah, erklärte Scholzen, dass er nach der Kippe reingehen müsse und den Rest der Nacht bitte leise sein solle. Tobi ließ die Haustür angelehnt und hastete die Treppe hoch ins Bad.

03:16 UHR

Wie schafften die Menschen es bloß, aus dem gewöhnlichsten Obst der Welt etwas so Sensationelles herzustellen wie Apfelshampoo? Tobi roch an Lisas Haaren. Sie standen am offenen Fenster. Er umarmte sie. Lisa hatte ihren Kopf auf Tobis Schulter gelegt. Endlich allein. Zumindest fast. Tobi dachte an Scholzen. Ein bisschen wunderte er sich darüber, dass alles gut gegangen war. Während er im Badezimmer war, hatte er gehört, wie die Haustür geschlossen wurde. Danach ein leises Schlurfen, ein kurzes Poltern und das Quietschen der Arbeitszimmertür. Seitdem war Ruhe. Vermutlich schlief Scholzen längst, dachte Tobi, fest entschlossen, sich nun auf Lisa zu konzentrieren.

An Lisas hochgezogenen Schultern erkannte er, dass sie fror. »Komm, wir gehen ins Bett«, flüsterte er.

Obwohl ihre Augen sich längst an die Dunkelheit gewöhnt hatten, stolperten sie die letzten Schritte. Früher war frische Bettwäsche ein Beleg dafür gewesen, dass sich jemand kümmerte. Diesmal hatte Tobi am Nachmittag selbst sein Bett bezogen. Vielleicht das deutlichste Zeichen dafür, dass er erwachsen wurde.

Er zog Lisas T-Shirt über ihren Kopf und gab so ihrer Frisur den Rest. Der lange Tag hatte Spuren hinterlassen und ließ erahnen, wie wunderbar Lisa am nächsten Morgen aussehen würde, mit einer ganzen Nacht in ihren Haaren. Wieder redete keiner von beiden. Aber diesmal fühlte sich die Stille viel besser an als das Schweigen des Tages. Tobi küsste Lisa. Er dachte an ihren ersten Kuss, damals im Kino, wie die Zungenspitzen beim Kontakt noch zurückgeschreckt waren. Jetzt schien ihre Berührung das Schlüssigste der Welt zu sein.

Er griff nach ihrem BH. Auf Scholzens Anraten hatte Tobi das einhändige Öffnen des Verschlusses geübt. An einem BH seiner Mutter, getragen von Scholzen. Aber nun konnte er sich beim besten Willen nicht mehr daran erinnern, warum es mal wichtig gewesen war, nur eine Hand zu benutzen. Er nahm die andere dazu und öffnete den Verschluss problemlos. Lisa ließ den BH nach unten fallen. Tobi hatte ihre Brüste schon vorher berührt, aber zum ersten Mal sah er ihre Konturen im heller werdenden Grau der Nacht.

Lisa zog Tobis Shirt aus. Dann öffneten sie die Hose des anderen und strampelten die eigene runter, bis sie sie mit einem Bein ins Dunkel schleudern konnten. Irgendwas wurde getroffen und fiel um. Egal. Lisa lag nun auf Tobi. Seine Hände glitten unter ihren Slip an ihren kalten Hintern. Er zog ihre Unterhose aus und warf einen Augenblick später seine Shorts hinterher. Und dann waren sie nackt. Zum ersten Mal.

Tobi drehte sich mit Lisa. Und als sie auf dem Rücken lag, küsste er ihren Bauch. Eine warme weiche Wölbung umrahmte ihren Bauchnabel und ließ ihn ein wenig tiefer wirken. Lisa hatte beim Tanzen geschwitzt und ihre Haut schmeckte wie Popcorn süß-salzig gemischt.

»Wo sind denn die Kondome?«, fragte Lisa. Vielleicht hatte sie recht, und sie sollten einfach mal anfangen. Der Rest würde sich finden. Tobi griff nach der Packung, die er vorhin extra neben das Bett gelegt hatte. Er fummelte ein Kondom heraus. Lisa hielt den Atem an und sah zu. So wie man sonst gespannt dabei zusah, wenn jemand einen Glückskeks öffnete, in der Hoffnung, dass die Plattitüde mal eben alle offenen Fragen beantwortete. Und Fragen gab es genug: Wie würde es sein? Vor allem: Wie würde es danach sein? Wären sie enger verbunden oder verunsichert und distanziert wie schon den ganzen Abend? Eine andere Frage überwog allerdings: Wie zur Hölle kriegte man mit frisch geschnittenen Fingernägeln diese Verpackung auf?

Endlich gelang es Tobi, das feuchte Kondom herauszuholen. Er zog es über. Eigentlich versuchte er es nur, denn das Abrollen funktionierte überhaupt nicht. Na klasse, falsch herum aufgesetzt. Tobi erinnerte sich, dass man ein so aufgesetztes Kondom nicht mehr benutzen sollte, weil es nicht mehr sicher war. Kein Problem. Sie hatten ja noch vier. Tobi packte das nächste aus, setzte es auf und – war er denn bescheuert, oder was? Wieder falsche Seite.

Tobi sah Lisa an: »Wir haben ja noch drei.« Ein Satz, der beruhigen sollten. Ein bisschen sie, vor allem aber ihn. Lisa richtete sich auf, um sich einen besseren Überblick über das Krisenszenario zu verschaffen. Tobi griff wieder in die Packung und holte das letzte Kondom heraus. Das Letzte? Er schaute rein, schüttelte die Packung. Leer, bis auf die Gebrauchsanweisung. Lächerlich, dachte Tobi.

Wer brauchte denn schon eine Gebrauchsanweisung für Gummis? Ein letzter Griff in die Packung. Tatsächlich: In der Fünferpackung waren nur drei Stück gewesen. Scholzen musste sich zwei genommen haben. Tobi versuchte es mit demonstrativer Gelassenheit. Hatte ja niemand was davon, wenn auch Lisa unruhig wurde. Er nahm das letzte Kondom. Alles oder nichts. Tobi öffnete das Kuvert, steckte das Kondom unabgerollt auf seinen Zeigefinger und hielt ihn in die Höhe. Theoretisch wusste Tobi, wenn das Kondom wie ein Hütchen mit Krempe aussah, war alles richtig. Also pustete er ins Reservoir. Hütchen mit Krempe. Sicherheitshalber pustete er auch noch mal in die andere Richtung. Im Direktvergleich gab es kein Vertun. Drittes Mal pusten. Wieder ein Hütchen. Tobi erinnerte sich außerdem noch an einen Satz von Scholzen: Bevor man das Hütchen aufsetzte, musste man das Mützchen zurückziehen. Tobi stutzte. Dafür, dass er gerade nackt war, dachte er viel über Kopfbedeckungen nach.

Ein Vogel riss ihn aus seinen Gedanken. Ein zweiter stimmte ein. Auch wenn Tobi es nicht beweisen konnte, hatte er das Gefühl, dass die verfluchten Vögel über ihn lachten. Ein dritter Vogel meldete sich. Draußen mischte sich der Morgen in die dunkelgraue Nacht. Auch das noch. Man konnte schon wieder klare Konturen erkennen. Wenigstens hatte Tobi am Vormittag aufgeräumt. In einer halben Stunde würde es taghell sein. War es gut, im Hellen miteinander zu schlafen? Auge in Auge? Oder wäre Dunkelheit nicht erst mal auch ein Schutz? Aber was war die Alternative? Bewusst das Licht auslassen war die eine Sache. Aber jetzt extra aufzustehen, um den Rollladen herunterzulassen, wirkte schon sehr verklemmt. Außerdem würde Lisa beim Aufstehen Tobis Erektion sehen, und das wäre ihm irgendwie unangenehm gewesen. Beeilung war angesagt. Ein Wettlauf gegen den Tag, der Tobi auf die Pelle rückte.

Er atmete tief ein. Jetzt konzentrieren. Mützchen zurück, Hütchen drauf. Er hatte es geschafft. Lisa schaute sich das Ergebnis an: »Da ist oben zu viel Luft drin. Dann kann das platzen, Tobs. Wie viel haben wir noch? Zwei?«

»Ähm. Nein, also nicht hier. Aber ich weiß, wo noch welche sind.«

03:54 UHR

Tobi stand vor der geschlossenen Tür des Arbeitszimmers. Er würde die Klinke langsam und leise herunterdrücken. Denn weder wollte er Scholzen wecken noch Lisa akustisch daran teilhaben lassen, wo genau im Haus er die beiden fehlenden Kondome besorgen würde. Er schaute an sich herunter und sah den Morgenmantel der Mutter, den er sich noch schnell übergezogen hatte, um nicht nackt zu Scholzen zu gehen. Seine Erektion war als Spitze unter dem dünnen Stoff erkennbar. Kurz flackerte in ihm die Frage auf, wie er diesen Moment erklären würde. Was er sagen würde, wenn jetzt seine Eltern zur Tür hereinkämen. Er schob den Gedanken beiseite und drückte die Klinke herunter. Die Tür bewegte sich nicht. Tobi verstärkte den Druck, erfolglos. Scholzen hatte sich eingeschlossen. Vermutlich musste Tobi ihn aufwecken, gleichzeitig wollte er vermeiden, dass Lisa etwas hörte. Denn dass er an Türen klopfte, hinter denen offiziell niemand war, wäre schwer zu erklären gewesen. Zaghaftes Rütteln an der Klinke.

»Scholzen!« Tobi mischte Rufen und Flüstern zu einem energischen Zischen. Um dem Ganzen Nachdruck zu verleihen, rüttelte er in Zeitlupe an der Klinke. Stille. Oder? Hörte er da was? Ein Rascheln? Ein Röcheln? Tobi presste sein Ohr ans Eichenfurnier der Tür. Tatsächlich ein Geräusch. Er klopfte wieder. Diesmal lauter. Was zur Hölle passierte da drin? Kotzte Scholzen? Und wenn, dann hoffentlich nicht auf die Couch, sondern auf die Fliesen.

»Scholzen? Alles klar?« Keine Antwort. Oder kotzte Scholzen im Schlaf? Tobi hatte davon im Erste-Hilfe-Kurs gehört. Wenn bei Betrunkenen die Reflexe versagten, konnten sie am Erbrochenen ersticken. Er hämmerte mit dem Faustballen dumpf gegen die Tür.

Wie brach man eine Tür auf? Warf man sich mit dem ganzen Gewicht dagegen? Oder trat man sie ein? Wie richtete man möglichst wenig Schaden an? Schließlich würde er das irgendwie seinen Eltern erklären müssen. Tobi würde es auf die Seepferdchen schieben. Die Tür hatte geklemmt, und um die Zierfische vor dem sicheren Hungertod zu bewahren, hatte er die Tür eintreten müssen. Das würde sein Vater verstehen. Vielleicht wäre er sogar stolz auf ihn. Tobi würde es erst mal mit der Schulter versuchen. So hatte er es häufig in Filmen gesehen. Er nahm Anlauf, soweit das in dem recht engen Flur überhaupt möglich war, und lief dann zwei, drei Schritte auf die Tür zu, bremste aber im Vorfeld schon wieder ab, sodass er nur halbherzig gegen die Tür wummste. Die Tür blieb geschlossen. Tobi hatte nicht mal ein Wackeln feststellen können. Eintreten. Er würde es mit Eintreten versuchen.

Wieder ging er einen Schritt zurück, atmete noch einmal tief ein, als es an der Tür klackerte. Der Schlüssel wurde umgedreht, die Tür ein wenig geöffnet. Scholzens Kopf lugte durch den Spalt.

»Alter, was machst du hier?«

»Warum schließt du ab?«

»Na, damit Lisa nicht reinplatzt oder so.«

Tobi atmete durch. Scholzen lebte. Er würde seinen Eltern keine kaputte Tür erklären müssen. Lisa schien nichts gehört zu haben. Alles gut also. Bis die eigentliche Verärgerung langsam wieder an die Oberfläche drang.

»Du hast zwei Kondome gezockt.«

»Das war meine Provision!«

»Nein, deine Provision ist, dass du schon heute hier pennst.«

»Aber du hast doch noch drei. Das reicht.«

»Die ersten drei hab ich schon … äh … benutzt.«

»Okay, okay. Warte.«

Scholzens Kopf verschwand. Kurzes Kramen hinter der Tür, dann tauchte der Kopf wieder auf. Scholzen reichte ein Kondom durch den Spalt.

Tobi war unzufrieden. »Ich will beide.«

»Das geht nicht.«

»Doch!«

»Nein.«

»Warum?«

Scholzen öffnete die Tür ein Stück mehr. Tobi sah nun, dass sein Freund nackt war. Bis auf eine Kleinigkeit, denn Scholzen trug ein Kondom.

»Warum zur Hölle ziehst du ein Kondom an?«

»Na, weil …«

»Scholzen? Kommst du?«

Tobi kannte die Stimme, die er da gehört hatte.

»Ernsthaft? Deborah? Bist du bescheuert? Morgen früh seid ihr weg. Oder da, aber im Zimmer. Keine Ahnung. Ich will euch nicht sehen. Lisa darf euch nicht sehen. Hast du das verstanden?«

»Ja.«

»Gute Nacht.« Tobi drehte sich um, was mit dem wehenden Morgenmantel seiner Mutter ein bisschen zu theatralisch wirkte.

04:23 UHR

Tobi hatte den Morgenmantel ab- und das Kondom übergestreift. Im gut ausgeleuchteten Badezimmer und ohne Lisas prüfenden Blick war das kein Problem gewesen. Als er zurück in seinem Zimmer war, konnte man schon wieder alles erkennen. Warum auch nicht? Sollte doch jeder sehen, wie perfekt er die Tüte aufgesetzt hatte. Tobi schaute sich seine eingepackte Erektion mit ehrlicher Begeisterung an. So musste es sich angefühlt haben, als irgendwann ein Mann zum ersten Mal Feuer gemacht hatte und es nun seiner Frau präsentierte. Tobi hätte wetten können, die Höhlenfrau war damals stolz auf ihren Kerl gewesen, und auf das, was er mit seinen geschickten Händen und seiner visionären Kraft geschaffen hatte. Sie hatte bestimmt frohen Mutes in die Zukunft geblickt, weil sie gewusst hatte, dass ihr Leben sich nun für immer verändern würde, und zwar zum Guten.

Und Tobi war sich sicher, so hätte auch Lisa auf diese perfekt in Latex gehüllte Latte geschaut. Wenn – ja, wenn sie nicht seelenruhig geschlafen hätte. Wie sollte Tobi damit umgehen? Wecken? Anstupsen? Oder erst mal räuspern? Wie konnte man überhaupt bei dem Terror pennen, den die Vögel da mittlerweile vor dem offenen Fenster veranstalteten? Keine Ahnung, wie, aber Lisa konnte.

Tobi legte sich zu ihr. Lisa und die Nacht ergänzten sich perfekt. Die Nacht war kühl, Lisa warm. Nachdem er sie zugedeckt hatte, schaute er in ihr Gesicht. Man konnte schon wieder ihre Sommersprossen sehen. Irgendwann gaben die Vögel Ruhe. Vermutlich taten ihnen die kleinen gefiederten Bäuche vom Lachen weh.

SONNTAG, 23. JUNI 1996
15:55 UHR

Auf dem Weg ins Dubrovnik hatte Tobi seine Übernächtigung noch stolz zur Schau getragen, wie einen Orden für besondere Verdienste. Aber nun brach er ein. Wohl auch, weil die fettgesättigte Luft bei Ivo noch mal fünf Grad mehr hatte als der Sommer vor der Tür.

Die deutsche Nationalhymne schepperte aus einem alten Röhrenfernseher, der für die EM mit zwei Regalwinkeln notdürftig an die Wand montiert worden war. Tobi hielt Sicherheitsabstand und wartete auf Scholzen. Der hatte Ivos Einladung unbedingt annehmen wollen und Tobi entsprechend bearbeitet. Erstes Argument: Fußballgucken mache mehr Spaß, wenn es auch einen gegnerischen Fanblock gebe. Schlagendes Argument: Sie wären auf jeden Fall in der Überzahl, da Ivo der einzige Kroate im Ort war. Schließlich hatte Tobi zugestimmt. Er wollte eh nur irgendwie das restliche Wochenende rumkriegen, bis er am Montag Lisa wiedersehen würde.

Ivo begrüßte freudig zwei Jungs in rot-weißen Fußballtrikots sowie entsprechend geschminkten Gesichtern, die Scholzens Plan relativierten. Ivo mochte der einzige Kroate im Ort sein, der einzige im Umkreis war er offensichtlich nicht.

Die zwei Besucher hatten sich gerade auf die Stühle

am Nachbartisch fallen lassen, als sich der lautere an Tobi wandte. »Für wen bist du?«

Tobi blickte durchs Schaufenster. Von Scholzen nichts zu sehen. Er entschied sich für etwas, das keine Lüge war, sondern die verkürzte Wahrheit: »Ich interessiere mich nicht so sehr für Fußball. Ich bin eigentlich nur zum Essen hier.«

»Aber du bist Deutscher. Also bist du schon für die Deutschen, oder?«

Die kroatische Nationalhymne verschaffte Tobi eine Verschnaufpause. Die beiden vom Nachbartisch rückten zusammen und übertönten mit ihrem Gesang den Fernseher.

Und dann, um Punkt 16 Uhr, begann in Manchester das, was Christian Ziege im Anschluss das schmutzigste Spiel seiner Karriere nennen würde. Schon in der fünften Minute sah Matthias Sammer gelb. Er protestierte äußerst zurückhaltend, was in seinem Fall einem Schuldeingeständnis gleichkam. Nur zwei Minuten später, die aufgesprungenen rot-weißen Fans saßen noch nicht wieder, rollte Kroatiens Stürmer Vlaović mehrere Meter durchs Mittelfeld. Klinsmann hatte ihm von hinten die Beine weggetreten. Wieder Gelb. Wieder kein Protest auf der deutschen Bank. Die ersten Bierdeckel trafen Tobi. Gastgeber Ivo verbuchte das unter Revanchefoul und ließ die Partie weiterlaufen.

Dann sah Tobi Scholzen durch das große Fenster. Und bereute sofort, dass er sich eben noch gewünscht hatte, nicht mehr allein im deutschen Fanblock zu sitzen. Scholzen trat durch die Tür, grüßte Ivo und stand da, in ganzer Pracht. Er trug sein Klinsmann-Trikot mit der 18, an jedem Handgelenk einen DFB-Schal und eine Deutschlandflagge als Umhang um den Hals geknotet. Scholzen begrüßte Tobi mit »Deutschlaaand, Deutschlaaand« und klärte damit auch endgültig, wer im Dubrovnik zu welchem Fanlager gehörte.

Tobi war genervt. »Wo warst du?«, fragte er. »Ich sitze hier schon seit einer Stunde. Wir hatten fünfzehn Uhr gesagt.«

»Aber es ist doch erst kurz nach drei. Die paar Minuten.«

Als Beweis zeigte Scholzen seine Uhr, auf der es tatsächlich erst Viertel nach drei war. »Ich habe doch erzählt, dass bei mir zu Beginn der EM alle Uhren eine Stunde zurückgestellt werden, auf die englische Zeit. Für das bessere Vor-Ort-Feeling.«

Weil Tobis Liste der Vorwürfe noch länger war, ging er zum nächsten Punkt über. »Und Hauptsache der gegnerische Fanblock ist kleiner, oder was? Tolle Idee!«

Scholzen schaute sich um, als würde er erst jetzt bemerken, dass bei Ivo noch andere Gäste waren.

»Wart mal ab. Du weißt doch gar nicht, ob das Kroaten sind.«

»Sie haben rot-weiß geschminkte Gesichter.«

»Das sind auch die Farben Österreichs.«

»Österreich ist nicht mal qualifiziert für die EM.«

»Aber deswegen gibts trotzdem noch österreichische Fans. Die lösen sich ja nicht in Luft auf.« Scholzen wischte die Diskussion mit einer Handbewegung weg. Auch er hatte ein paar Themen auf der Agenda, die er klären wollte: »Und?«

»Was, und?«

»Was lief mit Lisa?«

»Sag ich nicht.«

»Warum das denn? Ich sag dir ja auch, was mit Deborah lief.«

»Ich will gar nicht wissen, was mit Deborah lief. Schlimm genug, dass –«

»Also wir haben gepoppt.«

Ivo kam an den Tisch, um die Bestellung aufzunehmen. Tobi nutzte die Gelegenheit, um das Gespräch mit Scholzen zu beenden. Er ließ seinen Blick kurz über die Karte wandern. Ohne Lisa musste es nicht zwingend vegetarisch sein. Es reichte völlig, wenn anteilig mehr Pflanze als Fleisch auf dem Teller war. Er entschied sich für den Balkaneintopf, dessen Zutaten stark an die serbische Bohnensuppe erinnerten, die Ivo vor den Jugoslawienkriegen angeboten hatte.

Scholzen suchte noch. »Alles, bloß keine Cevapcici. Wenn ich ein so 'n Ding esse, muss ich wieder kotzen. Mir ist immer noch schlecht von den Frikadellen gestern.«

Schließlich entschied auch er sich für den Eintopf. Nachdem Ivo wieder hinter der Theke war, rückte Scholzen näher. »Ich hab ja auch gesagt, was mit Deborah lief.«

Tobi schwieg und richtete seinen Blick stur auf den Fernseher. So konzentriert hatte er sich noch nie einem Fußballspiel gewidmet.

Scholzen ließ nicht locker. »Ich mein, vier Kondome? Mein lieber Scholli.«

Plötzlich stand Ivo wieder bei den beiden und stellte einen Brotkorb auf den Tisch. Wo kam der denn plötzlich her? Tobi trat Scholzen unterm Tisch. Der verstand ausnahmsweise mal und schwieg.

Temperatur, Luftfeuchtigkeit, Lautstärke, alles stieg in Ivos Schnellrestaurant. Sammer wurde über rechts mit einem langen Pass in den gegnerischen Strafraum geschickt. Der kroatische Verteidiger Jerkan war eine Millisekunde früher am Ball, allerdings mit der Hand. Sammer motzte mit hochgerissenen Armen, hätte sich die Luft aber sparen können, denn der Schiedsrichter pfiff im selben Moment. Elfmeter. Kapitän Klinsmann kam zum Punkt gelaufen, legte sich den Ball zurecht. Dann war Ruhe. In Manchester. Und im Dubrovnik.

Als niemand mehr im Strafraum stand, ertönte der Pfiff, den Klinsmann eher als Startsignal verstand. Er rannte los, als würde er, wenn nötig, den Torwart umrennen, und donnerte den Ball in die linke Ecke. 1:0 für Deutschland.

Scholzen sprang auf. Er zog Tobi vom Stuhl und umarmte ihn tanzend.

Tobi, der auch ohne die kritischen Blicke der rot-weißen Gesichter nicht gewusst hätte, wie er jubeln sollte, tanzte mit. Eigentlich rang er eher mit Scholzen, der ohne Tobis Festhalten deutlich ausgelassener gefeiert hätte. Tobi wollte sich wieder setzen, irgendwann musste es schließlich auch mal gut sein. Scholzen aber besprang ihn von hinten und sang, ohne erkennbar Luft zu holen: »Olé, olé, olé, olé, Deutschlaaand, olé.«

Auch die kroatischen Jungs standen nun. Der Wortführer brüllte: »Seid ihr schwule Homos, oder was? Hinsetzen, und zwar pronto!«

Klar hätte man an dieser Stelle fragen können, worin sich schwule Homos von Schwulen unterschieden, nach kurzem Abwägen entschied Tobi sich aber fürs Hinsetzen, und zwar pronto. Nachdem er auch Scholzen wieder auf seinen Platz gezogen hatte, schaute der ihn wenig überrascht an: »Typisch Österreicher.«

Ivo kam hinter der Theke hervor. Er blickte streng zu den kroatischen Fans und bat Scholzen, nicht unnötig zu provozieren. Scholzen nickte und drapierte die verrutschte Deutschlandflagge wieder auf seinen Schultern. Ivo ging zurück und kümmerte sich um den Balkaneintopf. Das Spiel lief weiter. Scholzens Befragung auch: »Okay, ich hab nur eine Frage. Eine einzige Frage: Wars geil?«

Tobi änderte seine Strategie: »Es ist nichts passiert.«

»Wie? Und was ist mit den vier Gummis?«

»Nichts ist damit.«

Dann schaute Scholzen zufrieden. »Verstehe. Der Gentleman genießt und schweigt. Alles klar.«

»Nein. Es ist nichts gelaufen.«

Ivo balancierte zwei randvolle Suppenteller zu Tobi und Scholzen und stellte sie vor ihnen ab. Er wünschte guten Appetit, blieb am Tisch stehen und schaute dem Spiel zu, das in den letzten Minuten noch ruppiger geworden war.

Scholzen schaufelte sich den Eintopf rein. Dabei rutschte er näher an Tobi heran und zischte ihm ins Ohr: »Würdest du es mir denn erzählen, wenn was gelaufen wäre?

»Nein.«

»Aha! Also ist es möglich, dass was mit Lisa lief.« Die rote Suppe glänzte in Scholzens Mundwinkeln.

»Nicht jetzt«, sagte Tobi und deutete mit dem Kopf leicht in Ivos Richtung, der noch immer viel zu nah bei den beiden stand und auf den Fernseher starrte. In Manchester lag plötzlich Klinsmann auf dem Rasen. Für den Lauten vom Nachbartisch war das Maß voll. »Warum steht der nicht wieder auf? Seid ihr alle schwule Mädchen, oder was?«

Kurz darauf humpelte Klinsmann vom Platz. Für ihn war das Spiel in der neununddreißigsten Minute gelaufen. Die beiden vom Nachbartisch suchten nun gezielt Ärger, plump, aber effektiv.

Der Laute: »Esst ihr da serbische Bohnensuppe? Seid ihr für die Serben, oder was?«

Tobi gab sich etwas unwissender, als er war. »Nee, nee«, beschwichtigte er. »Das ist der Balkaneintopf.«

Der Laute stand auf und mischte seine beiden Grundthemen: »Nur Schwule essen Suppe.«

Ivo schritt ein. Unklar, ob es ihm dabei um Tobi und

Scholzen ging, oder ob er seinen Eintopf verunglimpft sah. »Leute, die beiden sind nicht schwul. Die haben sich gestern noch bei mir höchstpersönlich eine Packung Kondome besorgt.«

Der andere aus dem rot-weißen Block hatte einen berechtigten Einwand. »Ja und?«, fragte er. »Schwule benutzen auch Kondome.«

Das war es, was dem Lauten anscheinend noch gefehlt hatte, ein Indiz, vielleicht sogar ein Beweis. Er baute sich vor Tobi und Scholzen auf. »Habt ihr euch schön gefickt, oder was?«

Ivo beschwichtigte: »Nein, unser Tobi hier hat gestern Nacht die Kondome mit einem Mädchen benutzt. Vier Stück!«

Damit war dann auch geklärt, was Ivo eben mitgehört hatte, nämlich alles. Der Laute gab sich mit Ivos Informationen jedoch nicht zufrieden. Er ging einen Schritt auf Tobi zu: »Stimmt das? Vier Kondome mit einem Mädchen? Gestern Nacht?«

Scholzen schaute Tobi an. Gefahr hin, Gefahr her, erst mal interessierte auch er sich für die Antwort. Tobi wusste, er musste das richtigstellen. Ivo, der alte Tratscher, durfte nicht in dem Glauben gelassen werden, es sei etwas mit Lisa gelaufen. Tobi schüttelte den Kopf: »Nein, es ist gestern nichts gelaufen.«

Der Leise schien langsam in Fahrt zu kommen. Wieder mischte er sich ein: »Vier Kondome und ein Mädchen? Und es ist nichts gelaufen? Wie schwul ist das denn?«

Ivo stellte sich zwischen die beiden Parteien, es kam trotzdem zur Rudelbildung. Auch der Leise baute sich nun vor Tobi auf. Ivo flehte Tobi fast an: »Sag doch einfach, dass ihr Spaß hattet, du weißt schon, und alles ist gut.«

»Ich hatte aber keinen Spaß, mit niemandem«, sagte Tobi laut, für seine Verhältnisse fast gebrüllt. Die beiden rot-weißen Gesichter waren mit der Antwort unzufrieden, auch wenn sie vermutlich selbst nicht mehr genau hätten sagen können, worum es hier eigentlich ging. Der Laute hatte Tobi kurz geschubst und dann in den Schwitzkasten genommen. Scholzen, grundsätzlich nicht ängstlich, hatte daraufhin den Lauten in den Schwitzkasten genommen. Eigentlich hatte er es nur versucht. Dadurch, dass der Laute so viel massiver und kräftiger war, blieb er einfach aufrecht stehen und trug Scholzen nun als eine Art Halsschmuck.

Der überforderte Ivo versuchte weiterhin, den Konflikt zu lösen, auf seine Art: »Ein Gentleman genießt und schweigt.«

Tobi nutzte die wenige Luft, die er noch hatte, und rief: »Nein!«

Scholzen hing nun kopfüber am Lauten. Ivo wiederholte sein Mantra: »Ein Gentleman genießt und schweigt!«

Auch der Laute hing in einer Schleife fest: »Stimmt das? Hä? Stimmt das? Hä?«

Waren denn alle verrückt geworden? Tobi wollte, dass es vorbei war. Musste er tatsächlich nur schweigen, um die Schwachköpfe hier zufriedenzustellen? Er röchelte: »Okay, okay.«

Das reichte dem Lauten, um Tobi aus dem Schwitzkasten zu lassen und ihm eine weitere Chance zu geben. Jetzt, wo der Bullige beide Hände freihatte, schüttelte er Scholzen mühelos ab. Er wiederholte seine Frage: »Stimmt das? Genießt der Gentleman und schweigt?«

Tobi holte tief Luft. Und schwieg. Stille. Dann jubelte Ivo sichtlich erleichtert: »Na also!«

Auch die beiden rot-weißen Gesichter strahlten nun.

Der Laute schlug Tobi viel zu fest auf den Rücken: »Vier Mal! Respekt!«

Ivo nutzte die Gelegenheit, um die gute Stimmung nachhaltig zu festigen: »Ich geb ne Runde Slibowitz aus! Auf unseren Helden Tobi!«

Im Hintergrund wurde die erste Halbzeit abgepfiffen. Tobi packte Scholzen: »Wir trinken den Schnaps und dann weg hier.«

Und vermutlich wären sie wirklich einfach gegangen. Hätten bezahlt, Ivo und seinen Jungs noch ein schönes Spiel gewünscht und wären raus. Hätte sich in diesem Moment nicht Niels in den Türrahmen gestellt.

16:56 UHR

Seit zehn Minuten stand Niels nun schon da und rührte sich nicht. Er lehnte am Türrahmen und schaute auf Ivos Fernseher ein paar Szenen der ersten Halbzeit, die das ZDF in verschiedenen Geschwindigkeiten wiederholte. Die anderen schenkten ihm wenig Aufmerksamkeit. Sie hielten ihn wohl für einen neugierigen Passanten. Aber Tobi wusste es besser. Er kannte dieses rotfleckige Gesicht. Niels schaute nicht wirklich das Spiel, eigentlich beobachtete er Tobi. Und er machte keinen Hehl daraus. Tobi sollte begreifen, dass er in der Falle saß.

Auch Scholzen erkannte in dem Auftritt von Niels eine Bedrohung. »Gib mir mal einen Zwanni«, sagte er zu Tobi.

»Warum?«

»Weil ich davon bei Niels ein paar Pillen kaufe.«

»Der Hunderter von meinem Vater ist schon fast zur Hälfte weg. Ich kann nicht auch noch deine Drogen bezahlen.«

»Ich kauf die doch nicht für mich. Ich kaufe die, damit Niels dich in Ruhe lässt. Handel bringt Wandel.«

Tobi kramte in seiner Hosentasche und reichte Scholzen einen Zwanzigmarkschein. Der nahm das Geld, tätschelte Tobis Oberarm und schlenderte zu Niels. Gemeinsam gingen die beiden drei Schritte vors Dubrovnik. Ivos Schaufenster wurde für Tobi zur Leinwand eines Stummfilms, nur die musikalische Untermalung zur Einordnung des Gesehenen fehlte. Es sprach ausschließlich Scholzen. Und das tat er offensichtlich wie immer in zu vielen Schachtelsätzen. Niels hörte zu, reagierte aber nicht sichtbar auf Scholzens Sprachsalven. Scholzen redete, kratzte sich ausgiebig am Kopf, redete weiter, fasste Niels an den Arm. Ohne sich von der Stelle zu bewegen, schüttelte Niels Scholzens Hand ab. Der schachtelte unbeeindruckt weiter. Tobi kannte diese Strategie. Scholzen sprach zu schnell, machte hier ein Komma und dort einen Einschub, bis niemand mehr wusste, wo Scholzen inhaltlich herkam, und schon gar nicht, wo er eigentlich hinwollte. Und irgendwann, wenn es keine roten Fäden und auch keine erkennbaren Konfliktlinien mehr gab, war das Gegenüber zum Frieden bereit, wenn dann nur Ruhe war.

In Manchester wurde die zweite Hälfte angepfiffen, im Dubrovnik ein kroatischer Schlachtengesang gebrüllt. Tobi war kurz abgelenkt vom Stakkato der anderen. Als er wieder aus dem Fenster schaute, lachte Scholzen. Niels nicht. Jetzt lachte auch Scholzen nicht mehr. Beide standen nun einfach da.

Dann holte er den Zwanziger aus seiner Jeanstasche, strich den Schein ein wenig glatt und gab ihn Niels. Tobi überlegte, was das nun wieder zu bedeuten hatte. Wurde er da gerade freigekauft? Und falls ja: für zwanzig Mark? Aber dann zückte Niels ein kleines Döschen aus seiner

Hipbag, öffnete es und ließ zwei Pillen in Scholzens Hand kullern. Der steckte sie ein, Niels sagte noch ein paar Worte, dann gingen sie zurück. Besser gesagt, Scholzen ging zurück, Niels begleitete ihn bis zum Eingang und kippte dann wieder an den Rahmen der offen stehenden Tür.

Scholzen ließ sich auf seinen Stuhl plumpsen.

»Und?«, fragte Tobi nervös.

Er wusste, dass Scholzen mit seiner Art Probleme lösen konnte, er konnte damit aber auch welche schaffen, die es vorher nicht mal ansatzweise gegeben hatte.

»Alles gut. Ich hab zwei Pillen gekauft. Falls Niels fragt, eine davon ist für dich.«

»Wie – falls Niels fragt?«

»Ach so, richtig, du sollst mal zu ihm kommen.«

»Ich bin doch nicht bescheuert.«

»Jetzt ist die Gelegenheit, die Lage mit Niels zu klären. Er ist geschmeidig, weil du über mich ne Pille gekauft hast. Und außerdem sind hier ja noch andere Leute.«

Da hatte Scholzen vermutlich recht. Vor Zeugen würde sich Niels zusammenreißen, solange die Sache mit der Anzeige nicht abgeschlossen war. Tobi atmete durch, zählte runter von drei bis null, wie er es immer machte, wenn er sich überwinden musste, und ging zur Tür. In seinem Rücken hörte er ein Raunen und ein »Jetzt mach doch!«. Er versuchte sich einzubilden, dass all das ihm galt. Tatsächlich konnte Tobi nur hoffen, dass Niels nicht begriff, wie unbeobachtet die beiden in Wahrheit gerade waren.

»Hey, Niels, na?« Ein lockerer Einstieg, warum nicht? Sicherheitshalber erinnerte Tobi Niels an die noch junge Geschäftsbeziehung. »Bin ja echt mal gespannt auf die Pille.« Niels zeigte keine Reaktion, sodass Tobi nachlegte:

»Also, die Pille, die Scholzen eben für mich gekauft hat.« Und nach kurzer Stille: »Wie die ballert, meine ich, da bin ich gespannt.«

»Glaubst du ernsthaft, du kannst mit Deborah von FoFs Party abziehen und mich dann besänftigen, indem du ne Pille kaufst?«

»Deborah musste echt dringend nach Hause.«

Niels packte Tobi am Kragen. »Und glaubst du ernsthaft, ich erfahre nicht, wenn Deborah morgens dein Haus verlässt?«

»Ich wollte sie nach Hause bringen, weil sie aber so müde war …«

»Hast du sie schön mitgenommen.«

»Nein. Wir haben nicht mal in einem Bett geschlafen. Sie hat auf der Couch im Arbeitszimmer meines Vaters gepennt. Ehrlich.«

»Sicher?«, zischte Niels, während er einen Schritt auf Tobi zuging und nun fast Stirn an Stirn stand.

»Ja, echt.«

»Schwörst du?«

Tobi holte Luft, wurde aber vor dem ersten Laut unterbrochen: »Ich meine, schwörst du auf das Leben meiner kleinen Schwester?«

Niels wusste natürlich, dass Tobi niemals Lisa in Gefahr bringen würde, nicht mal auf eine theoretische Art. Sicherheitshalber ging Tobi das gerade Gesagte noch mal im Kopf durch: Deborah im Arbeitszimmer, er im eigenen Bett, es war nichts gelaufen, zumindest nichts zwischen Deborah und ihm. Das konnte er schwören, worauf auch immer, juristisch war das sauber.

»Ich schwöre, auf Lisas Leben.«

Niels sah Tobi schweigend an. Einerseits glaubte er ihm, andererseits ärgerte er sich über die weggebrochene Möglichkeit, sich abzureagieren. Ein letzter prüfender Blick, dann: »Okay, verpiss dich. Und zwar pronto.«

Tobi nickte, dachte kurz darüber nach, seit wann eigentlich alles immer pronto passieren musste, und ging zurück zum Tisch.

Scholzen schenkte ihm keine Beachtung. »Schieß doch!«, brüllte er Richtung Fernseher.

Steffen Freund schoss aber nicht. Er wartete zu lange und spielte schließlich einen Kroaten an. Der passte zu Davor Šuker, der wiederum ließ Andi Köpke stehen und schob den Ball ins freie Tor. Sechste Minute der zweiten Halbzeit. Es stand 1:1. Ivo hüpfte hinter der Theke hervor und jubelte. Auch die anderen beiden Kroatien-Fans standen nun, umarmten sich und klopften sich gegenseitig auf den Rücken. Der Bullige zog sein Trikot aus und tanzte oben ohne vor seinem Kumpel, natürlich außerordentlich heterosexuell. Der Jubel der beiden sollte noch größer werden, als Ivo seine Flasche Slibowitz hervorzauberte und rief: »Noch ne Runde für alle!« Er baute ein paar Gläser auf der Theke auf, zu klein für Softdrinks, zu groß für Schnaps. Ivo goss beherzt ein. Und weil er gerade in Geberlaune war, winkte er Niels dazu.

Scholzen stand als Erster an Ivos Theke, gefolgt vom kroatischen Fanlager. Auch Tobi hielt schließlich ein Glas in der Hand, so voll, dass damit keine schnelle Bewegung möglich war. Und selbst Niels brauchte keine zweite Aufforderung, auch wenn er sich demonstrativ viel Zeit gelassen hatte auf dem Weg zur Theke.

Der Treffer zum 1:1 setzte bei den kroatischen Fans ungeahnte Begeisterung frei. Ivo hielt sein Glas hoch und rief: »Möge der Bessere gewinnen. Kroatien!« Jubel bei den kroatischen Jungs. Und auch wenn das Spiel noch lange nicht entscheiden war, benahmen sie sich nun wie gütige Sieger. Vergessen war die anfängliche Kabbelei mit Tobi und Scholzen. Vergessen auch der Versuch, den beiden ihre Heterosexualität abzusprechen. Auf der Seite der Kroaten gab es keine Berührungsängste mehr.

Der Laute legte Tobi den wuchtigen Arm um seine Schulter. »Und wir trinken natürlich auch auf diesen Gentleman hier, der heute Nacht vier Mal irgendeine Alte gebumst hat!«

Wieder Jubel, wenn auch nicht bei allen. Scholzen schaute sich fragend um, ob da noch ein weiterer Trinkspruch folgen würde oder ob denn nun endlich getrunken werden konnte. Ivo schaute da schon etwas sorgenvoller. Tobi wurde blass. Im Gegensatz zu Niels, dessen Gesicht mehr Flecken bekam. Er machte einen Schritt auf Tobi zu. »Also doch!«, presste er hervor.

Tobi schüttelte den Kopf, während sein Mund so trocken war, dass er nicht mal mehr schlucken konnte. Die kroatischen Fans dienten gern als Interpretationshilfe und skandierten: »Gentleman, Gentleman, Gentleman!«

Niels ging einen weiteren Schritt auf Tobi zu, packte ihn am Hals und schob ihn mit ausgestrecktem Arm quer durchs Dubrovnik. »Du hast es geschworen. Und was hör ich jetzt? Vier Mal gefickt?«

Ivo, der mit den Armen in der Luft herumwirbelte, suchte nach einer Deeskalationsstrategie und entschied sich schließlich für: »Nein, Niels, der Tobi hat die Nacht mit Lisa verbracht. Ganz sicher. Hab ich gehört. Kannste sie ja später auch fragen.«

Tobi krachte mit dem Rücken gegen die Wand, was Niels nicht davon abhielt, weiter zu schieben. Und weil die Wut irgendwohin musste, passte er den Vorwurf der Zeugenaussage an: »Du hast Lisa gefickt? Vier Mal? Meine kleine Schwester?«

Tobi schüttelte den Kopf, soweit Niels' Würgegriff das zuließ.

Niels erwies sich da grundsätzlich als flexibel und überließ Tobi gern den Grund für die Eskalation. »Also doch nicht Lisa? Wen dann? Deborah?«

Scholzen nahm das Glas, das ursprünglich mal für Niels gefüllt worden war, kippte den Slibowitz herunter und rief, während er sich in Richtung Tür bewegte: »Jetzt lass mal Tobi in Ruhe. Deborah hat im Arbeitszimmer gepennt. Und da mit mir gepoppt.«

Überraschte Gesichter bei Ivo und seinen Jungs. Und auch bei Niels. Der ließ Tobi los und schaute zur Tür. Scholzen wollte noch einen Satz nachlegen, kam aber nur noch zu einem »Tja …«. Dann rannte er los, raus aus dem Dubrovnik.

Und Niels hinterher. Tobi zückte sein Portemonnaie, denn selten war es klarer gewesen, dass er für Scholzen mitzahlen würde.

MONTAG, 24. JUNI 1996
18:25 UHR

Die Seepferdchen waren an die Glaswand geschwommen. Sie schauten zu Tobi. Vermutlich hofften sie, dass er zur Fütterung gekommen war. Tatsächlich hielt er aber den Telefonhörer in der Hand und fühlte sich unwohl. Zuvor hatte er Scholzen gebeten, das Arbeitszimmer zu verlassen. Es war ihm peinlich zu telefonieren, wenn jemand zuhörte. Aber wie war es, wenn nur zugeschaut wurde? Andererseits: Wer sagte eigentlich, dass Seepferdchen nicht hören konnten? Vielleicht sollte er die Fische seines Vaters doch erst mal füttern. Das musste ja eh gemacht werden. Und die blöden Viecher wären fürs Erste abgelenkt. Mit ein bisschen Glück würde Lisa in dieser Zeit kommen, und Tobi hätte sich den ganzen Anruf gespart. Er war mit Lisa um fünf verabredet gewesen. Und mehr als zehn Minuten zu spät kam sie eigentlich nie.

Tobi stand nun vor der Kommode mit den beiden Aquarien. Mit dem Köcher strich er durch das Wasser des kleinen, und als ein paar Flusskrebse im Netz hingen, schüttete er den Fang über dem großen Aquarium aus. Er sah den Seepferdchen dabei zu, wie sie nach ihrem Abendessen schnappten und dabei ungeschickter wirkten, als sie vermutlich waren.

Noch immer kein Klingeln an der Tür. Tobi hatte noch

nie gern bei den Lambrechts angerufen. Selbst als es das Niels-Problem noch nicht gab, hatte Lisas Vater keinen Hehl daraus gemacht, dass er keine Sympathien für Tobi hegte. Er schaute auf die Uhr. In diesen Minuten schloss die Apotheke. Lambrecht würde noch ein wenig aufräumen und wäre dann um kurz vor sieben zu Hause. Und wenn er erst mal zu Hause war, wäre es unmöglich, zu telefonieren. Jetzt oder nie. Tobi wählte Lisas Nummer. Es klingelte zwei Mal, dann wurde abgehoben.

»Lambrecht.«

Scheiße.

»Guten Abend, Herr Lambrecht. Hier ist Tobias. Ich würde gern –«

Klicken. Die Leitung war tot. Blick auf die Akku-Anzeige: Zwei von drei Balken. Manchmal gab es Probleme mit diesen neuen schnurlosen Telefonen. Andererseits war er ja extra in der Nähe der Telefonstation geblieben, um eine gute Verbindung zu haben. Oder hatte Lambrecht einfach aufgelegt? Das wäre selbst für seine Verhältnisse unfreundlich. Tobi drückte die Wahlwiederholung. Es wurde abgehoben: »Ja?«

»Herr Lambrecht, ich bin es noch mal, Tobias. Da war wohl was mit meinem Telefon. Kann ich denn mal Lisa sprechen?«

»Nein.«

»Wann kommt sie denn wieder?«

»Lisa ist zu Hause. Sie möchte nicht mit dir sprechen. Ruf hier nicht mehr an.«

Wieder ein Klicken. Stille in der Leitung.

Tobi ärgerte sich. Darüber, dass der Lambrecht aus irgendeinem Grund schon zu Hause war. Darüber, dass er zu lang mit dem Anruf gewartet hatte. Und über die Seepferdchen, die ihn schon wieder anglotzten. Bildete er sich das ein, oder hatten sie ihr Köpfchen zur Seite geneigt? Wurde er gerade etwa von Seepferdchen bemitleidet? War es möglich, dass sie sein Leben noch trauriger fanden als das eigene? Er schaute die Seepferdchen an. »Und jetzt?«, fragte er. Wie sollte er zu Lisa durchkommen, wenn der Vater das Telefon bewachte? Und obwohl er nun wahrlich nicht mit einer Antwort gerechnet hatte, kam er dank der Zierfische seines Vaters doch auf eine Idee. Na klar: Seepferdchen – Pferdchen – Pferd – Trojanisches Pferd. Jemand anderes müsste bei den Lambrechts anrufen, sich an Lisa weiterreichen lassen, und dann würde Tobi heimlich den Hörer übernehmen. Und er wusste auch schon, wer sein Trojanisches Pferd war.

18:40 UHR

Nachdem Scholzen sich alles angehört hatte, erklärte er mit der Ruhe eines Arztes Diagnose, Behandlung und das therapeutische Ziel: »Das ist natürlich krass. Aber jetzt trinken wir erst mal einen Futschi, und danach sieht die Welt schon wieder anders aus.«

Er holte aus der Küche eine unkaputtbare 1,5-Liter-Flasche Cola und zwei Gläser, stellte alles auf den Schreibtisch und öffnete die Hausbar von Tobis Vater. Dann griff er nach der noch ungeöffneten Flasche Rémy Martin und machte das, was man eine ordentliche Mischung nannte.

Nach dem ersten Glas war aus dem einzigen Plan ein guter geworden, nach dem zweiten ein perfekter. Tobi reichte Scholzen das Telefon und diktierte Lisas Nummer. Er schob hinterher: »Oder du drückst einfach Wahlwiederholung.« Die zwei Futschis zeigten Wirkung.

Scholzen hatte bereits die Nummer gewählt und wartete. Dann: »Guten Abend, Herr Lambrecht. Hier ist Pascal.«

Pause.

»Jean-Pascal.«

Pause.

»Jean-Pascal Scholzen.«

Tobi war mit seinem Freund im Vorfeld verschiedene mögliche Gesprächsverläufe durchgegangen. Die wahrscheinlichste Frage von Lisas Vater war beiden aber nicht eingefallen. Scholzen musste überlegen. Ein ungewohntes Bild. Nach einer Pause antwortete er: »Wegen, äh, den Hausaufgaben.«

Auch wenn Tobi den Alkohol schon spürte, war ihm klar, dass Hausaufgaben an Tag fünf der großen Ferien kein besonders glaubwürdiger Grund waren. Lisas Vater sah das wohl ähnlich.

»Hallo? Herr Lambrecht?«

Scholzen legte den Hörer zurück auf die Station. Und weil er sowieso am Schreibtisch stand, schüttete er die Gläser noch mal voll.

»Wir brauchen jemanden, dem der Lambrecht vertraut«, dachte Scholzen laut.

»Da fällt mir nur Georg ein«, überlegte Tobi.

»Ja klar, mit Georgs Hilfe schießen wir uns den Weg frei«, rief Scholzen. Er sah Tobis fragenden Blick und relativierte seinen Plan: »Wir erschießen den Lambrecht ja nicht. Wir schlagen ihn nur in die Flucht.«

»Oder – wir trinken erst mal keinen Futschi mehr.«

Zu spät. In Scholzen rumorte bereits der nächste Plan. »Wir könnten auch in die Apotheke einbrechen. Da wird Alarm ausgelöst, der Lambrecht fährt hin und du kannst in der Zeit einfach bei Lisa vorbeischauen.«

Scholzen nickte zufrieden. Auch Tobi nickte. Tatsächlich hatte Scholzen da ein paar Einzelteile für einen guten Plan geliefert. Man musste sie nur noch neu zusammenbauen. Darauf einen Futschi.

19:35 UHR

Tobi holte tief Luft. Auf dem Weg zu Georg hatten er und Scholzen ein paar Sätze vorformuliert. Er dachte über die richtige Reihenfolge nach. Auch dabei waren die drei Cognac-Cola keine Hilfe. Scholzen drückte auf die Klingel.

Einen Moment später konnte Georg seine Überraschung nicht verbergen. Er stand im Türrahmen und machte keinerlei Anstalten, Tobi und Scholzen ins Haus zu lassen.

»Was wollt ihr denn hier?« Georg betonte sowohl »ihr« als auch »hier«.

Tobi holte wieder Luft, wusste aber nicht so recht, mit welchem seiner Sätze er beginnen sollte. Bevor Scholzen im Affekt übernehmen würde, haute er aber schon mal ein »Folgendes« raus.

Im Hintergrund, auf einem kleinen Beistelltisch im Flur, klingelte das Telefon der Pohlmanns. Georg drehte sich um. Als er gerade rangehen wollte, kam sein Vater aus dem anliegenden Wohnzimmer. Pohlmann grüßte die beiden Besucher mit »Na, Männer« und sprach dann noch mal direkt Tobi an: »Tobias, ich habe erst zwei neue Anmeldungen bekommen. Ihr hattet fünf zugesichert.« Tobi erschrak. Aber Pohlmann zwinkerte ihm gut gelaunt zu. Er schien mit der Ausbeute durchaus zufrieden zu sein, auch wenn Tobi nichts dazu beigetragen hatte. Aber das wusste Pohlmann ja nicht. Der schaute nun wieder ernst. »Und denk dran: Morgen ist der große Tag. Das John-

Mobil wurde heute früh geliefert. Und du bist der Erste, der damit fahren darf. Also heute mal zeitig ins Bett, und keinen Alkohol!«

Tobi trat einen Schritt zurück und stellte sicherheitshalber das Atmen ein.

Dann zwinkerte Pohlmann ihm noch mal zu und nahm den Telefonhörer ab. Während Georgs Vater im Hintergrund konzentriert einem Anrufer zuhörte, versuchte Georg Tobis Plan zu folgen. Der erklärte so leise wie möglich alles Nötige: Lisas Vater. Dessen Problem mit Tobi. Sein Wunsch, mit Lisa zu reden. Und natürlich Georgs Aufgabe. Obwohl es ihm sichtbar schmeichelte, dass er die Lösung eines Problems sein konnte, zeigte er sich skeptisch: »Ich soll zur Apotheke und von da den Lambrecht anrufen? Habt ihr ne Ahnung, was das kostet?«

Tobi hatte mehr als nur eine Ahnung, er hatte es extra noch mal nachgeschaut: eine Mark dreißig. Pro Einheit. Für Notfälle außerhalb der Geschäftszeiten hatte Lambrecht eine Mobilfunknummer im Schaukasten seiner Apotheke notiert. Wie Tobi von Lisa wusste, ging dessen Kalkül auf: Die Kosten waren so abschreckend, dass diese Nummer wirklich nur in absoluten Notfällen angerufen wurde, meist von der gegenüberliegenden Telefonzelle. Tobi sprach noch etwas leiser, denn seinen nächsten Vorschlag sollte Pohlmann nun wirklich nicht hören: »Dein Vater hat doch ein Mobilfunktelefon im Auto. Und mit dem ist es ja viel billiger, eine andere Mobilfunknummer anzurufen. Also, glaub ich.«

Georg blieb skeptisch. Lambrecht anlügen, heimlich das Handy seines Vaters nehmen: Das allein waren für ihn gute Gründe, dieser Aktion fernzubleiben. Außerdem schien er grundsätzlich Verständnis dafür zu haben, jemanden wie Tobi nicht zur eigenen Tochter zu lassen.

Scholzen versuchte, Georg bei der Ehre zu packen. »Du tust es ja nicht für Tobi, sondern für Lisa. Du bist doch Lisas bester Freund, oder? Der Einzige, auf den sie sich in dieser schwierigen Lage verlassen kann.«

Balsam für Georg. Während vor der Tür erste Fortschritte erzielt wurden, entwickelte sich die Gesprächsatmosphäre hinter Georg in entgegengesetzte Richtung. Pohlmann telefonierte noch immer. Er sprach nun leiser und gleichzeitig bedrohlicher. Georg trat einen Schritt vor die Haustür und lehnte sie an. Auch er sprach jetzt leise.

»Was ist, wenn Herr Lambrecht ein Rezept sehen will? Und was soll ich überhaupt verlangen?«

»Vielleicht was für deinen Vater? Dann ist es nicht so auffällig, wenn du keine Nachfragen beantworten kannst.«

Georgs Vater brüllte, wie Tobi ihn noch nie hatte brüllen hören. Und Pohlmann war bei seinen Fahrstunden oft laut geworden. Manchmal wegen anderer Verkehrsteilnehmer, meistens wegen Tobi. Aber während Pohlmann sich im Auto genauso schnell wieder ab- wie aufregte, kriegte er sich diesmal überhaupt nicht mehr ein. Ohne Luft zu holen, schimpfte er weiter: »Nein, jetzt hören Sie mir mal zu! Das hier ist mein Privatanschluss! Ich verbiete Ihnen, hier anzurufen!«

Georg war das alles sehr unangenehm. Er zog die Tür ins Schloss. Trotzdem konnte man jedes Wort seines immer noch lauter werdenden Vaters hören: »Wenn überhaupt, wenden Sie sich an mein Büro! Wenn Sie noch mal diese Nummer wählen, komme ich persönlich vorbei und prügele Ihnen die Scheiße aus dem Leib! Haben Sie mich verstanden!« Pohlmann kam in diesem Zustand grundsätzlich ohne Fragezeichen aus.

Georg schwieg. Dann: »Aber was sollte mein Vater für ein Medikament brauchen?«

»Vielleicht ein Beruhigungsmittel?«, antwortete Scholzen.

Georg wollte nicht mit den beiden gehen, zurück wollte er aber auch nicht. Mittlerweile war es totenstill hinter der Haustür. Und das war noch angsteinflößender als Pohlmanns vorausgegangene Explosion. Georg schaute noch einmal hinter sich. »Okay, ich machs. Aber nicht für euch. Nur für Lisa.«

20:05 UHR

Tobi und Scholzen lagen vor dem Haus der Lambrechts auf der Lauer. Nur noch wenige Minuten, dann wäre der Weg zu Lisa frei. Wenige Minuten, die allerdings sehr lange dauerten. Die beiden kauerten hinter einem Auto auf der gegenüberliegenden Straßenseite. Und kauerten. Und kauerten. Eigentlich hätte Georg längst an der Apotheke sein müssen. Er hatte sich geweigert, das Mobilfunktelefon seines Vaters mitzunehmen. Vielleicht musste er also warten, weil vor ihm jemand die Telefonzelle blockierte. Aber selbst das konnte doch nicht ewig dauern. Zweifel kamen auf. Hatte Georg es sich anders überlegt und war wieder nach Hause gegangen? Oder hatte Lisas Vater den Plan einmal mehr durchschaut? Auch möglich: Georg telefonierte gerade mit Lisa und dachte gar nicht daran, Tobi zu helfen, weil er doch heimlich in sie verliebt war.

Das Gedankenkarussell wurde abrupt gestoppt, als sich die Haustür der Lambrechts öffnete. Lisas Vater trat heraus und schaute sich um. Dann warf er einen Blick auf seine Armbanduhr und stieg ins Auto. Er fuhr Richtung Marktplatz, an dem seine Apotheke lag. Scholzen ballte die Faust und feierte das Etappenziel.

Tobi flüsterte Scholzen zu, er solle auf der anderen Straßenseite Schmiere stehen, und lief ein wenig geduckt – warum auch immer – zur Haustür der Lambrechts. Er klingelte. Hinter der undurchsichtigen Glastür keine erkennbare Bewegung. Also klingelte er noch mal. Endlich, ein Schatten. Lisa. Dann ihre Stimme in der Gegensprechanlage: »Hau ab.«

Damit hatte Tobi nicht gerechnet. Der Vater war in der Apotheke. Und Niels war montagabends beim Fußballtraining. Hatte er etwas übersehen?

»Lisa? Warum? Was heißt das?«

»Was das heißt? Welchen Teil von ›Hau ab‹ hast du nicht verstanden?«

Eigentlich beide. Es gab nur eine mögliche Erklärung: Lisa konnte die Tür gerade nicht öffnen. Vielleicht war Niels doch zu Hause. »Okay, ich gehe«, sagte Tobi mit deutlicher Stimme, damit derjenige, der Lisa in Schach hielt, es auch mitbekäme.

Wieder bei Scholzen erklärte Tobi die Lage und hatte schon eine Lösung parat: »Und deshalb gehen wir jetzt zu Lisas Fenster. In ihrem Zimmer kann sie ungestört reden.«

»Aber das ist ja Hochparterre. Mindestens.«

»Deswegen kommst du mit. Und nimmst mich huckepack.«

Gemeinsam mit Scholzen lief Tobi wieder zum Haus der Lambrechts. Sie betraten das Grundstück und liefen über die Einfahrt in den Garten. Lisas Fenster, das zum Garten ging, stand auf, dahinter bewegte sich eine zugezogene Gardine im leichten Durchzug. Scholzen hockte sich unter das Fenster, damit Tobi sich auf seine Schultern setzen konnte. Es kostete ihn viel Konzentration, mit Tobi auf den Schultern wieder in den Stand zu kommen, aber die Höhe reichte. Tobis Kopf ragte über Lisas Fenstersims. Er konnte ins Zimmer schauen. Und hinter der weichzeichnenden Gardine sah er Lisa. Er rief sie. Sie schaute. Durch die Gardine konnte er ihre Mimik nicht richtig einschätzen. Ihre Geste allerdings schon. Sie kam zum Fenster. Und ließ den Rollladen herunter. Durch einen kleinen Spalt, den sie gelassen hatte, hörte Tobi ihre Stimme: »Geh einfach.«

Er verstand nichts. Vielleicht auch, weil er sich darauf konzentrieren musste, den wackeligen Scholzen auszubalancieren. Die beiden wirkten wie zwei akrobatische Clowns im Zirkus. Tobi hielt sich mit beiden Händen am Sims fest.

»Ich gehe nicht. Ich will erst wissen, was los ist.«

»Mein Vater weiß von Samstagnacht.«

»Was immer Niels erzählt hat, ist gelogen. Jetzt zieh doch mal den Rollladen hoch.«

Der Rollladen blieb unten. In Lisas Stimme lag eine Enttäuschung, die Tobi noch nie gehört hatte. »Weißt du, im Dubrovnik überhaupt von unserer Nacht zu erzählen ist die eine Sache. Und zu behaupten, wir hätten miteinander geschlafen, ist echt armselig. Aber Niels was von vier Malen zu erzählen ist wirklich das Letzte.«

»Lisa, so war das nicht. Ivo hat uns belauscht. Und seine Leute hielten uns für schwul. Und dann hat Klinsmann auch noch das 1:0 geschossen. Jetzt mach doch mal das Ding hoch.«

»Ich muss die kompletten Ferien im Haus bleiben und darf nur noch die Fahrstunden machen. Aber das reicht mir auch. In einem Monat bin ich achtzehn, dann habe ich meinen Führerschein, setze mich ins nächste Auto und komme nie wieder.«

»Jetzt zieh doch mal den scheiß Rollladen hoch.«

Tobi konnte gar nicht genau sagen, was das ändern sollte. Er hatte einfach das Gefühl, dass sich dieses Missverständnis viel besser klären ließ, wenn er und Lisa sich sehen würden.

»Schnallst du es nicht? Das wars. Ich will niemanden mehr sehen. Hau einfach ab.«

Der Scholzen-Tobi-Turm schwankte gewaltig.

»Ich geh nirgendwo hin, bevor du mir nicht ins Gesicht schaust und sagst, dass es aus ist.«

»Mein Vater ist gleich wieder da.«

»Das ist mir egal. Ich bleibe hier.«

»Weißt du, was los ist, wenn mein Vater dich hier sieht?«

»Ich habe keine Angst vor deinem Vater.«

»Du musst ja auch keine Angst haben.«

»Was sollte ich denn tun? Ich habe denen tausendmal gesagt, dass nichts lief. Aber alle hielten sich immer weiter dran. Und dann kam auch noch Niels. Und irgendwann habe ich einfach geschwiegen, weil die oder Niels oder alle mir sonst auf die Schnauze gehauen hätten.«

Der Rollladen wurde nach oben gezogen. Tobi konnte Lisa jetzt viel besser verstehen.

»Na, dann bin ich ja froh, dass du nichts auf die Schnauze gekriegt hast.«

Lisa zog die Gardine zur Seite. Und Tobi sah ihr Gesicht.

DIENSTAG, 25. JUNI 1996
09:15 UHR

Geweckt wurde Tobi durch eine Explosion. Laut, hell und schmerzhaft. Weitere Detonationen folgten, begleitet von einem alles durchdringenden Schrillen. Tobi vermutete einen Alarm. Bei jeder Sprengung schlug es gegen seine Schädeldecke. Allerdings von innen. Erste Orientierungsversuche: Explosionen in seinem Kopf, Schrillen da draußen. Klang wie eine Türklingel. Die eigene Türklingel. Wieder und wieder. Es würde erst aufhören, wenn er es bis zur Tür schaffte. Undenkbar.

Langsam kehrte die Welt zurück. Tobi fiel Lisas Gesicht wieder ein. Ihre Augen. Die Lippe. Die Nase. Die Blutergüsse. Wie sie den Rollladen wieder herunterließ, nicht laut, nicht mal heftig. Wie alles vorbei war. Und alles andere egal. Wie Scholzen dastand, mit ihm auf den Schultern. Wie Scholzen ihn runterließ. Und er Tobi wegzog. Weg von Lisas Fenster. Weg von Lisa. Und immer wieder Rémy Martin. Und wie Tobi danach zum guten Cognac seines Vaters griff, in dem Glauben, es sei irgendwie sinnvoll, bei einer Alkoholsorte zu bleiben. Bis nichts mehr da war, vom Cognac und dem Rest der Welt.

Tobi richtete sich auf und pumpte so weiteren Schmerz in seinen prall gefüllten Schädel. Er verlor das Gleichgewicht, konnte sich aber mit einem Ausfallschritt in einen

Aschenbecher stabilisieren. Dem Boden nach zu urteilen war das bereits einige Male passiert. Wann hatte er mit dem Rauchen angefangen?

Und immer wieder die unbarmherzige Türklingel. Tobi ging runter, ins Erdgeschoss, mit dem Treppengeländer als Krückstock. Als er die Haustür öffnete, hörte endlich der Alarm auf. Vor ihm stand Pohlmann. Beide schauten in völlig überraschte Gesichter.

»Tobias, wie zur Hölle siehst du denn aus?«

Tobi überlegte: Wenn er nur halb so schlimm aussah, wie er sich fühlte, sah er zum Fürchten aus. Er durchstöberte seinen aktiven Wortschatz nach einer Begrüßungsfloskel.

Pohlmann hatte den Begrüßungsteil jedoch bereits abgehakt. »In einer Dreiviertelstunde hast du deine Fahrprüfung«, bellte er.

Tobi wollte ihm sagen, dass das keinen Sinn hatte. Dass er nicht konnte, auf gar keinen Fall. Aber es folgte eine lückenhafte Buchstabenreihung, die selbst treue Glücksrad-Zuschauer nicht hätten lösen können. Tobis Stimme klang mindestens zwei Oktaven tiefer. Pohlmann hatte es seine komplett verschlagen. Er sah Tobi schweigend an. Vermutlich dachte er darüber nach, einen Arzt zu rufen, vielleicht auch einen Exorzisten. Dann bewegte er sich wieder. Er drängte Tobi ins Haus und schloss hinter sich die Tür.

»Wir können die Prüfung nicht mehr absagen. Bist du betrunken?«

Pohlmann ging einen Schritt auf Tobi zu, ersparte es ihnen aber, sich von ihm anhauchen zu lassen. Der Befund war auch so eindeutig.

»Erst Georg und jetzt du? Ich lass mir von euch doch nicht meine Prüfungsbilanz kaputt machen. Ihr ruiniert mir die ganze Fahrschule. Du nimmst jetzt eine Dusche, und ich mache Kaffee. Und in zehn Minuten bist du fit. Abmarsch!«

»Herr Pohlmann, ich –«

»Ab! Marsch!«

Weil jede Diskussion anstrengender gewesen wäre, schlich Tobi Richtung Bad.

09:35 UHR

Pohlmann saß am Tisch, als Tobi geduscht in die Küche kam. Ihm gegenüber eine Tasse Kaffee und ein Rührei mit Zwiebeln und Knoblauch. Bei genauem Hinsehen wurde klar, dass es sich dabei hauptsächlich um Zwiebeln mit Knoblauch handelte, in die ein Ei geschlagen worden war, um das Ganze irgendwie zu binden.

»Iss das. Damit die Prüferin deine Fahne nicht riecht.«

Tobi nickte in Zeitlupe. Wenn man Feuer mit Feuer bekämpfen konnte, warum dann nicht auch Mundgeruch mit Mundgeruch? Er setzte sich vor den Teller. Kauen, Schmecken, Runterschlucken, alles unvorstellbar. Pohlmanns Blick ließ keinen Zweifel: Das würde gegessen werden. Also gab Tobi den Befehl weiter an seine zittrige Hand. Vielleicht wäre alles einfacher gewesen, wenn der signalgelbe Brokkoli nicht auf dem Tisch gelegen hätte. Das Ding roch schlimmer als das Zeug auf seinem Teller.

»Wo ist euer Bad?«

»Gästetoilette ist hier unten.«

»Habe ich nach der Gästetoilette gefragt oder nach dem Bad?«

»Oben.«

Pohlmann stampfte aus der Küche. Das Rührei zog Fäden. Tobi fragte sich, ob es sich dabei wohl um Käse handelte, oder ob das Ganze mit ein paar atemerfrischenden Kaugummis garniert worden war. Pohlmann stand schon wieder in der Küche. In der Hand hielt er ein getöntes Puder von Tobis Mutter. Er öffnete das Döschen und pinselte seinem Fahrschüler ein wenig Leben ins Gesicht.

»Wir müssen los. Im Auto hab ich Aspirin.«

Pohlmann zog Tobi in die Senkrechte und marschierte mit ihm im Schlepptau nach draußen. Vor der Tür führte er Tobi zu dem, was er am Vorabend noch feierlich John-Mobil genannt hatte. Der Wagen war nicht als Fahrschulauto zu erkennen, weil Dachbügel und Schilder wegen der Prüfung abmontiert waren. Pohlmann öffnete eine der hinteren Türen und legte Tobi wie einen Verletzten auf die Rückbank. Nur dass er ihn eben nicht in ein Lazarett fuhr, sondern direkt in die Schlacht. Türen knallten. Erst die hintere, dann die Fahrertür. Der Motor hustete wütend, und schon fuhren sie.

Während der Golf Bon Jovi zum TÜV raste, der zwei Orte weiter war, arbeitete in Tobi das Rührei-Kaffee-Gemisch. Es schwappte und schlug in hohen Wellen gegen seine Magenwand. Es brodelte in Tobi. Pohlmann war da schon einen Schritt weiter. Er kotzte Satzteile, einzelne Wörter: Die Prüferin hätte einen Pakt geschlossen, mit der neuen Fahrschule im Nachbarort, gegen ihn. Aber er würde diesen Krieg gewinnen. Nachdem er schon seinen besten Mann verloren hatte, müsste nun eben Tobi die Dinge richten. Einen weiteren Ausfall würde er auf keinen Fall dulden.

»Ich kann wirklich nicht, Herr Pohlmann.«

»Das ist keine Option.«

Keine schlechte Kriegsstrategie, den eigenen Soldaten

einfach das Sterben zu verbieten. Was eben noch unvorstellbar schien, trat jetzt ein: Es ging Tobi schlechter. Sein Magen fühlte sich an, wie Lavalampen aussahen. Er setzte sich aufrecht. Besser, man sah, wo die Reise hinging. Außerdem hoffte er, so mit der Schwerkraft eine Allianz gegen seinen Mageninhalt schließen zu können. Oder war es schon zu spät? Tobi spürte, wie ihm ein Schnäuzer aus kaltem Schweiß spross. Sie hatten noch fünfzehn Minuten Zeit, eigentlich war es nicht mehr zu schaffen. Pohlmann bretterte trotzdem die Landstraße entlang, als ginge es um Leben und Tod. Als sie auf halber Strecke an der Tankstelle vorbeirasten, legte Pohlmann plötzlich eine Vollbremsung hin. Tobi schlug mit dem Gesicht gegen die Kopflehne vor ihm und spürte, wie sein Mageninhalt Anlauf nahm. Drei, zwei, eins. Es gelang ihm gerade noch rechtzeitig, die Tür aufzureißen, um sich nach draußen zu übergeben. Und eigentlich wäre alles gut gegangen, hätte Pohlmann in diesem Moment nicht den Rückwärtsgang eingelegt. Die Trägheit der Masse zeigte eindrucksvoll, wozu sie im Stande war, und ein Teil des Mageninhalts landete an der Innenseite von Tobis Tür.

Endlose zehn Sekunden später standen sie vor der Nordoel-Tankstelle. Pohlmann stieg aus. Sein Blick wechselte zwischen der besudelten Tür und Tobis Gesicht hin und her. Seine geschwollene Hauptschlagader jagte immer weiter Blut in seinen Kopf. Wo immer das Blut landete, das Sprachzentrum war es nicht. Er schnappte nach Luft wie ein Fisch, den man aus dem Wasser gerissen hatte. Eigentlich hätte Tobi Angst haben müssen. Vor diesem Mann, dessen Lebenswerk aus unerklärlichen Gründen an einem seidenen Faden hing, in den Tobi sich unglücklich verheddert hatte. Aber er fühlte nichts. Er ging eh davon aus, diesen Tag nicht zu überleben. Pohlmann, noch immer ohne Worte, marschierte in die Tankstelle. Nur einen Moment später kam er wieder. Mit Cola, Dextro Energen, Wasser und einer Handvoll Duftbäume. Er reichte Tobi Traubenzucker und drei Aspirin, und Tobi spülte alles mithilfe der Cola runter. Das Übergeben hatte ihm gutgetan. Es fühlte sich so an, als würde er all das im Magen behalten können. Während in Tobi ansatzweise so etwas wie Leben zurückkehrte, goss Pohlmann die Innenseite der Tür mit zwei Flaschen Wasser sauber. Als er damit fertig war, riss er die Duftbäume aus ihren Verpackungen und verteilte sie im Auto, unter den Sitzen, in den Seitenablagen, und einen Baum hing er schließlich an den Rückspiegel. Innerhalb von drei Sekunden war der komplette Sauerstoff im Auto ersetzt worden durch etwas, das laut Aufdruck nach »Magic Bubble Gum« roch.

Pohlmann saß schon wieder. Er fuhr los. Während er das Lenkrad mit seinen Knien fixierte, schüttelte er ein Michael-Schumacher-Parfüm aus seinem Karton. Als er es endlich in der Hand hielt, sprühte er sich und den Wagen damit ein. Seit dieser Saison fuhr der amtierende Weltmeister nun für Ferrari und verkackte ein Rennen nach dem anderen. Und so roch auch Schumachers Parfüm. Das komplette Auto stank nach Niederlage.

10:06 UHR

Auf dem TÜV-Parkplatz hatte Pohlmann Tobi hinters Lenkrad kommandiert. Er gab letzte Instruktionen: »Ich werde gleich vor den Augen der Prüferin die Signalanlage anstellen. Das heißt, wenn ich danach die Pedale benutze, ertönt ein Signal. Dann weiß sie, dass ich dir geholfen habe, und damit wären wir dann durchgefallen.«

»Wir?«

»Ja, wir! Hier gehts längst nicht mehr nur um dich. Ich werde die Prüferin aber noch mal aus dem Auto locken, und du stellst die Anlage dann wieder ab.«

»Warum?«

»Weil du vermutlich immer noch drei Promille hast, und ich, wenn nötig, die Pedale übernehmen werde. Noch Fragen?« Tobi hatte keine. Vermutlich besser so.

Pohlmann stieg aus, um die Prüferin zu begrüßen. Beide lächelten schmallippig. So viel erkannte selbst der beeinträchtigte Tobi: Das Verhältnis zwischen Pohlmann und Prüferin war angespannt. An einem normalen Tag hätte er wohl die Sorge gehabt, zwischen die Fronten zu geraten. Heute aber hatte er für solche Gedankenspiele keine Kapazitäten.

Nach kurzem Small Talk mit Pohlmann kam die Prüferin an Tobis Seitenfenster: »Na, und wir schauen heute mal, ob wir Sie auf die Allgemeinheit loslassen können? Sind bisschen blass. Die Aufregung, was?«

Tobi bestätigte all das mit kurzen Geräuschen.

Sie schaute ihn an: »Was ist denn mit Ihrer Stimme?«

Pohlmann übernahm: »Den Jungen hats erwischt. Erkältet, nichts Tragisches.«

Die Prüferin wandte sich noch mal an Tobi: »Sind Sie denn fahrtüchtig? Haben Sie Medikamente genommen?«

Wieder antwortete Pohlmann: »Medikamente? Welche Medikamente?«

»Jetzt lassen Sie doch Ihren Schüler mal selbst antworten. Also?«

Die beiden sahen Tobi erwartungsvoll an. Pohlmanns Blick ließ keinen Zweifel daran, dass Tobi spätestens nach der falschen Antwort diverse Medikamente brauchen würde. Also verneinte er.

Die Prüferin stieg hinten rechts ein, Pohlmann ließ sich mit einem Seufzen auf den Beifahrersitz fallen. Dann stellte er mit großer Geste seine Anlage an und überprüfte sie, indem er auf die Bremse trat. Sofort ertönte ein durchgehendes Signal. Laut genug, um es nicht ignorieren zu können. Plötzlich fiel Pohlmann irgendein Problem mit dem Reifendruck ein, und er bat die Prüferin, noch mal auszusteigen, um da einen Blick drauf zu werfen, als Fachfrau sozusagen. Die beiden stiegen aus und sahen sich die Hinterreifen an. Die Prüferin schaute genau hin, konnte aber nichts erkennen. Pohlmann dagegen erklärte, dass das Auto die Fahrt über irgendwie schief gelegen hätte, gerade in Kurven.

Tobi hörte den beiden angestrengt zu. Und fragte sich, warum man eigentlich die Augen zusammenkniff, wenn man besser hören wollte. Er dachte an Niels' Augen, die eigentlich immer zusammengekniffen waren, es sei denn, er sprach mit Deborah. Deborahs Lieblingsgetränk war Eckes Edelkirsch. Kirschen. Nach dem Kirschenessen kein Wasser trinken. Das hatte Tobis Großmutter immer gesagt. Oma. Er dachte an Oma. Daran, wie einfach das Leben bei Oma gewesen war. Mit ihrem Malzkaffee. Kalter Malzkaffee im Sommer. Das war überhaupt das Beste. Tobi trank Malzkaffee aus einer großen Tasse. Lecker. Oma deckte ihn zu. Nichts tat mehr weh.

Dann wackelte alles. Tobi öffnete die Augen. Pohlmann und die Prüferin hatten sich wieder ins Auto gesetzt. Hatte er geschlafen? Lange? Wie war er denn auf Malzkaffee gekommen? Hatte die Prüferin was gemerkt? Wohl nicht, denn sie erklärte ihm den Ablauf der Prüfung. Sie würde immer wieder Anweisungen geben, falls nicht, sollte er einfach dem Straßenverlauf folgen, unter Berücksichtigung der Straßenverkehrsordnung. Außerdem erklärte sie noch, dass die Prüfung nach maximal einer Stunde vorbei sei, vielleicht auch früher, wenn Tobi soweit alles eindeutig geschafft hatte, oder eben eindeutig nicht.

Es ging los. Tobi drehte den Zündschlüssel, und als er die Kupplung trat und das Gas kommen ließ, fiel es ihm ein. Er hatte es vergessen. Verpennt im eigentlichen Sinne. Die Signalanlage war noch immer angestellt.

10:39 UHR

»Biegen Sie bitte bei der nächsten Gelegenheit rechts ab.«

Tobi setzte den Blinker, schaute links, rechts, links und lenkte den Golf auf die freie Straße. Er musste fehlerfreier als fehlerfrei fahren. Denn wenn Pohlmann auch nur eine Unachtsamkeit vermutete, würde er Tobi mit seinen Pedalen unterstützen wollen. Tobi konzentrierte sich. Ganz egal ob Bremsen, Gasgeben oder Schalten. Er musste einfach alles rechtzeitig machen, besser eine halbe Sekunde zu früh. Dann konnte nichts passieren.

Die Prüferin rutschte unruhig auf der Rückbank hin und her: »Was ist denn das für ein Geruch?«

»Das ist der Magic-Baum. So eine Neuheit aus der Forschung«, antwortete Pohlmann ein bisschen zu euphorisch.

»Herr Pohlmann, ich kenne Duftbäume. Aber da ist auch was Säuerliches dabei.«

»Ich hab das neue Parfüm vom Schumi drauf. Ganz was Edles.«

»Ja, aber trotzdem.«

»Und unser Freund hier hat mir vorhin gestanden, dass er sich gestern schön ein Gyros komplett reingezogen hat mit Zwiebeln und Zickizacki.« Pohlmann tätschelte Tobis Schulter.

»Na super. An der Kreuzung links.«

Blinker links und weiter. Pohlmann versuchte, die Situation ein wenig aufzulockern.

»Und morgen Abend? Wir gegen England? Wer gewinnt?«

»Nicht Ihren Schüler ablenken. An der nächsten Gabelung bitte der Hauptstraße folgen.«

Die Stimme der Prüferin hatte Tobi schon vorher wehgetan, aber jetzt, wo sie lauter und strenger wurde, fühlte es sich so an, als wollte sie ihm damit die Hirnwindungen abschleifen. Tobi folgte den Anweisungen, bis sie auf einer Landstraße waren und durch schleswig-holsteinisches Nichts fuhren. Plötzlich ertönte ein alles durchdringendes Signal. Tobi sank noch ein wenig mehr zusammen. Das wars dann also. Als er schon drauf und dran war, rechts ranzufahren, um der ganzen Farce ein Ende zu setzen, schrillte wieder das Signal, und dann noch mal. Es klang anders als eben. Andere Taktung, anderer Sound, vor allem: nicht durchgehend. Der am Armaturenbrett befestigte Nokia 9000 Communicator blinkte. Gott sei Dank, nur ein Anruf. Pohlmann drückte auf einen der Knöpfe des Handys. Der Lautsprecher sprang an. Er telefonierte, und alle hörten mit. Eine Frauenstimme wollte ihre Fahrstunde verschieben von Donnerstag auf Freitag oder umgekehrt, wegen der schlechten Verbindung war es schwer zu verstehen. Und dann mischte sich auch noch die Prüferin ein: »Müssen Sie unbedingt während einer Prüfung telefonieren?«

»Ja, denn ich kann mir keine Sekretärin leisten, die Anrufe entgegennimmt, während ich hier im Auto sitze. Ich muss mit diesem Geschäft meine Existenz sichern. Das ist vielleicht schwer zu verstehen, für jemanden, der beim TÜV verbeamtet ist.«

Die Stimme der Prüferin wurde schneidend. »Kein

Grund, persönlich zu werden. Und dann auch noch auf laut gestellt. Also ehrlich, Herr Pohlmann.«

»Entschuldigung, dass ich so verantwortungsvoll bin und per Freisprecheinrichtung telefoniere, um mich auf den Verkehr zu konzentrieren. Ich bin hier auch Vorbild.«

»Aber das stört doch Ihren Schüler. Vielleicht ist Ihr Sohn am Samstag auch deswegen durchgefallen, weil Sie laufend telefoniert haben und er sich nicht konzentrieren konnte.«

»Lassen Sie meinen Sohn aus dem Spiel. Der Junge kann normalerweise blind fahren. Wenn Sie nicht einen Parcours der Unmöglichkeit gewählt hätten, hätte er jetzt seinen Führerschein.« Pohlmann spuckte schon wieder beim Reden. »Glauben Sie, ich habe Lust, mich von irgendeiner Tante während meiner Fahrten anrufen zu lassen, damit die zum x-ten Mal ihre Stunde verschiebt?«

Dann knackte es aus dem Lautsprecher: »Herr Pohlmann, ich kann Sie hören. Was ist denn jetzt mit meinem neuen Termin?«

»Was weiß denn ich. Keine Ahnung, der Kalender liegt im Büro. Ich ruf zurück.«

Pohlmann beendete das Telefonat. Plötzlich ein Stoppschild. Tobi trat auf die Bremse. Es zog ihn und Pohlmann nach vorne. Zum Glück war Pohlmann noch abgelenkter als Tobi und hatte nicht versucht, für ihn zu bremsen.

Die Stimme der Prüferin peitschte durchs Wageninnere: »Nun wollen wir uns alle noch mal ein wenig konzentrieren. Folgen Sie bitte der Straße und nehmen dann die nächste Auffahrt zur Autobahn.«

Dann wandte sie sich wieder an Pohlmann: »Und das mit Ihrem Sohn sollten Sie sich nicht so zu Herzen nehmen. Die zusätzlichen Stunden, die er bis zur nächsten Prüfung nehmen muss, kosten Sie ja schließlich nichts.«

Tobi hatte kein Mitleid mit Georg. Dank der verbockten Prüfung und der aufgebrummten Stunden konnte er im Gegensatz zu ihm Lisa sehen, schließlich waren die Fahrstunden die einzige Ausnahme von Lisas Hausarrest. Tobi dachte nach: Georgs verbockte Prüfung. Zusätzliche Stunden. Lisa sehen. Verbockte Prüfung. Zusätzliche Stunden. Lisa sehen. Prüfung verbocken. Lisa sehen. Vermutlich lag es am Restalkohol, dass Tobi so lange brauchte, bis er die Chance erkannte. Und es lag wohl auch am Restalkohol, dass er fest entschlossen war, diese Chance zu nutzen. Lisa würde erst in einem Monat geprüft werden. Sie hätten also weiterhin Fahrstunden zusammen. Und Lisa müsste mit ihm reden. Während Tobi mittlerweile auf dem Autobahn-Zubringer Gas gab, wurde alles immer klarer. Durchfallen war die einzige Möglichkeit, mit Lisa die Dinge in Ruhe zu klären. Durchfallen, aber wie? Auf der Autobahn gibt es keine kleinen Fehler, hatte Pohlmann während der Fahrstunden immer gesagt. Tobi ging alle Optionen durch und kam zu dem Schluss, dass Pohlmann da wohl recht hatte.

Tobi fuhr konstant 100 km/h. Die Welt zischte an ihm vorbei. Minutenlang.

»Dann fahren wir jetzt mal zurück zum TÜV, einparken können wir ja auch dort noch.«

Die Stimme der Prüferin zog Tobi zurück ins Hier und Jetzt. Sie nahmen die nächste Ausfahrt und befanden sich damit auf dem Rückweg.

Tobi blieben noch geschätzte zehn Minuten, vielleicht drei, vier Kilometer, um durch diese Prüfung zu fallen. Der Golf fuhr geradewegs auf eine rote Ampel zu. Noch hundert Meter. Sollte Tobi einfach weiterfahren? Was aber passierte, wenn von links oder rechts ein Auto käme, oder, noch schwieriger, Fußgänger die Straße überquerten? Wie viele fremde Leben durfte man riskieren, um seine Liebe zu retten? Noch sechzig Meter. Tobi bremste, aber viel zu langsam, viel zu wenig. Vierzig Meter. Wenn er in dem Tempo weiterbremste, würde er die rote Ampel locker überfahren und mitten auf der Kreuzung zum Stehen kommen. Zwanzig Meter. Aber so weit würde es ja nicht kommen, da war sich Tobi sicher. Weil Pohlmann vorher mitbremsen würde, ganz sanft, ganz unauffällig, er dabei aber trotzdem das Signal auslösen würde. Noch zehn Meter. Pohlmann schaute aus dem Seitenfenster. Fünf Meter. Der Wagen rollte nur noch, das aber zu schnell. Von links kamen Autos. Tobi bremste. Sie standen. Toller Fahrlehrer!

Als die Ampel auf Grün schaltete, fuhr Tobi weiter. Das war die letzte Ampel gewesen. Es blieb nur noch der Gegenverkehr. Aber da reinzulenken war keine gute Idee. Was nützte es Tobi, wenn er im Krankenhaus lag, während Lisa ihren Führerschein zu Ende machte? Ob Lisa ihn im Krankenhaus besuchen dürfte? Und wenn ja, würde sie? Schwer zu sagen. Tobi blieb allerdings auch keine Zeit mehr, um all das in Ruhe abzuwägen. Am Horizont sah man schon den Sechzigerjahrebau, und kurz darauf blitzten zwischen den Baumkronen die blau-weißen TÜV-Buchstaben hervor. Kein Gegenverkehr, niemand mehr, dem Tobi die Vorfahrt hätte nehmen können. Er setzte den Blinker und fuhr im Schritttempo auf den Parkplatz. Letzte Möglichkeit, um zu scheitern: einparken. Tobi würde einfach beim Rückwärtseinparken jeden Winkel falsch setzen, sodass man ihm den Führerschein nicht geben konnte. Guter Plan.

»Dann fahren Sie mal da vorwärts in die Parklücke.«

Ausgerechnet jetzt kam ihm die Prüferin entgegen und gönnte Tobi das, was Pohlmann gern die Idiotenvariante nannte. Vorwärts in eine schräge Parktasche. Was konnte da schon schiefgehen? Wenn Tobi aus diesem Auto ausstieg, wäre sein Schicksal besiegelt, und er würde Lisa lange nicht mehr wiedersehen. In der Zwischenzeit würde sie irgendeinen neuen Typen kennenlernen, in der Fahrschule, jemand, der gerade in den Ort gezogen war, ein blendend aussehender Arztsohn, jemand, mit dem auch Lisas Vater einverstanden wäre, die Väter würden beim Golf verabreden, dass noch viel mehr Medikamente verschrieben werden müssten. Und während alle Holmstedter langsam in die Medikamentenabhängigkeit getrieben würden, verdienten die beiden Väter immer mehr Geld. Mittelfristig würden sie den ganzen Ort kaufen, auch Tobis Elternhaus, nur um es niederzubrennen, damit Tobi nicht mehr wusste, wohin, und den Ort verlassen musste. Und Lisa würde es erdulden, weil sie mittlerweile schwanger war vom Arztsohn, Drillinge, da hatte ihr Schwiegervater auch wieder irgendwas getrickst. Was für kranke Schweine!

Tobi zwang sich, die Gedanken abzuschütteln, und sich auf die letzte Aufgabe zu konzentrieren. Er fuhr gerade mal noch Schritttempo, der Wagen kroch in die Parktasche. Und dann ergriff Tobi die letzte Chance. Er bremste einfach nicht. Der Golf rollte langsam weiter. Hoffentlich würde er nicht einfach von selbst stehen bleiben. Extra Gas zu geben traute Tobi sich nicht. Die Schnauze des gegenüber geparkten Autos kam näher. Immer näher. Noch näher. Tobi hatte seinen Fuß vom Pedal genommen, um nicht doch noch im Reflex zu bremsen. Pohlmann atmete hörbar. Er knurrte jetzt fast. Tobi ignorierte es. Dann stand der Wagen plötzlich mit einem Ruck, der die Prüferin kurz nach vorne wippen ließ. Ein Signal ertönte. Durchgehend.

DONNERSTAG, 27. JUNI 1996
15:45 UHR

Tobi saß auf den Stufen vor dem Haus, in dem Scholzen wohnte. Es war Teil dessen, was in Holmstedt abfällig die Hochhaussiedlung genannt wurde. Die Häuser hatten fünf Stockwerke.

Als Lisa Tobi sah, zuckte sie kurz. Nicht ängstlich, eher genervt. Sie lenkte Pohlmanns Auto an den Straßenrand. Nun schaute sie mit angestrengter Beiläufigkeit nach vorne und vermied so jeden Blickkontakt mit ihrem Ex-Freund. Auch Pohlmann, der Tobi ebenfalls gesehen hatte, blieb unbewegt auf dem Beifahrersitz und dachte gar nicht daran, seinen Fahrschüler zu grüßen. Tobi nickte kaum sichtbar, aber zufrieden. Alles lief perfekt.

Er hatte Scholzen mittags ins Dubrovnik eingeladen und ihn bei zwei Portionen Cevapcici-Komplett überredet, seine Fahrstunde abzutreten. Tobi hatte gewusst, dass Lisa vor Scholzen dran sein würde. Und er wusste, dass Pohlmann seine Fahrschüler meistens den nächsten abholen ließ, damit der dann nach einem Wechsel am Steuer seinen Vorgänger nach Hause fahren konnte. Als Gegenleistung für diesen Chauffeurdienst duldeten die Schüler in aller Regel eine Route, auf der Geschäfte lagen, in die Pohlmann mal eben reinspringen musste. Und auch das war Teil von Tobis Plan. Denn wenn Pohlmann das Auto kurz verlassen würde, wären Lisa und er endlich allein. Und er könnte den ganzen Scheiß aus der Welt schaffen.

Tobi hatte sich von den Stufen erhoben und schlenderte auf den Wagen zu. Lisa machte keine Anstalten auszusteigen, um auf die Rückbank zu wechseln. Und auch Pohlmann zeigte weiterhin keine Reaktion. Tobi ließ sich davon nicht irritieren, die beiden warteten schließlich auf Scholzen. Er ging ums Auto und klopfte an Pohlmanns Scheibe. Der ließ sie herunter und brummte einen Gruß.

»Hallo, Herr Pohlmann. Scholzen kann heute nicht. Eine Magen-Darm-Geschichte. Und da dachte er, ich könnte ja die Stunde übernehmen.«

Pohlmann schwieg so ausdauernd, dass Tobi »damit Sie keinen Ausfall haben« hinterherschob und abschließend noch ein »deswegen«.

Noch immer keine Reaktion. Tobi hatte damit gerechnet, dass Lisa anfangs keine Lust haben würde, mit ihm im Auto zu sitzen. Daran, dass auch Pohlmann ihn zwei Tage nach der versauten Prüfung noch verfluchte, hatte er nicht gedacht.

Endlich knurrte Pohlmann etwas, das als Einverständniserklärung gedeutet werden konnte. Lisa schnallte sich ab, öffnete die Fahrertür, stieg aus und war einen Augenblick später durch die hintere Tür zurück ins Wageninnere geschlüpft. Tobi stand noch immer auf der Beifahrerseite. Rückblickend war wohl das der Moment, in dem sein Plan von der Idealspur abwich. Er hatte gehofft, dass es schon beim Fahrerwechsel zu einem kurzen Körper- oder Blickkontakt kommen würde, ein erstes Eisbrechen. Vielleicht hätte er Lisa sogar die Tür aufgehalten, als Geste. Aber jetzt saß sie bereits auf der Rückbank.

Wieder knurrte Pohlmann. Vermutlich eine Aufforderung, einzusteigen. Während Tobi um das Auto herumging, rutschte Lisa auf der Rückbank von links nach rechts und hielt so maximale Distanz zum Fahrersitz. Auch Tobi nahm Platz und zog die Tür zu. Er stellte seinen Sitz zurück, verbunden mit der Frage, ob hinten noch genug Platz sei. Lisa antwortete nicht. Nachvollziehbar. Als Nächstes stellte Tobi den Rückspiegel ein, damit er alles Wichtige hinter ihm sehen konnte, konkret: Lisas Gesicht. Da fiel ihm erst auf, dass Lisa geschminkt war. Zum ersten Mal, seitdem er sie kannte. Sie hatte die Spuren der letzten Tage einfach übermalt. Lisa bemerkte seinen Blick und rutschte nach links, hinter Tobi, in seinen toten Winkel. Räumliche Nähe war ihr dann also doch lieber als Blickkontakt. Weil es jetzt immerhin angebracht war, fragte Tobi einfach noch mal: »Und hinter mir genügend Platz?«

Dann sprach Lisa endlich: »Herr Pohlmann, können Sie ab morgen darauf achten, dass meine Stunden nicht mehr vor oder nach Tobi liegen?«

Pohlmann nickte. Tobi zuckte. Lisa hatte ihn Tobi genannt. Als hätte es Tobs nie gegeben. Er hatte also nur noch diese Fahrstunde, um Lisa alles zu erklären. Warum um alles in der Welt hatten Fahrstunden eigentlich nur fünfundvierzig Minuten?

»Dann wollen wir mal«, sagte Pohlmann. Tobi fuhr an. Es war so still im Auto, dass er die Gänge nach Gehör schalten konnte. Endlich ein Kommando von Pohlmann: »Fahr doch mal eben zum Marktplatz.«

In Tobi wuchs die Hoffnung. Es war Donnerstag, in Pohlmanns Welt also höchste Zeit, den Lottoschein für die nächste Ziehung abzugeben, wohlgemerkt die nächste Ziehung vom Mittwochslotto. Und tatsächlich: Am Marktplatz bat Pohlmann Tobi zu halten. Blinker, Schulterblick, bei dem Tobi sich erfolglos verrenkte, um kurz

Lisa zu sehen. Der Golf Bon Jovi stand auf der Höhe des Tabakwarenladens.

Tobi wartete darauf, dass Pohlmann aussteigen würde. Mit ein bisschen Glück müsste er seinen Lottoschein sogar noch ausfüllen und würde Tobi noch mehr wertvolle exklusive Minuten mit Lisa schenken. Pohlmann öffnete das Handschuhfach. Nach kurzem Kramen zog er einen bereits fertigen Schein heraus. Egal. Es war trotzdem noch alles möglich. Vielleicht wäre im Laden eine lange Schlange. Oder Pohlmann würde sich Zeit lassen, weil er verstanden hatte, wie wichtig es für Tobi war, mit Lisa allein zu sein. Tobi blieb optimistisch. Schließlich war seine Absicht offensichtlich. Zumindest offensichtlich genug für Lisa. Sie wandte sich an Pohlmann: »Kann ich den Lottoschein für Sie abgeben?«

Pohlmann gab einen Laut von sich und reichte den Lottoschein und einen Zwanziger nach hinten. Unklar, ob er die Lage begriff und auf Lisas Seite war, oder ob es ihm einfach nur schlüssig erschien, dass Rangniedere ihm solche Botengänge abnahmen. Lisa stieg aus.

Tobi versuchte auch diese Zweisamkeit für ein klärendes Gespräch zu nutzen. »Es tut mir leid wegen der Prüfung, also wegen Ihrer Bilanz, mein ich.«

Pohlmann sah ihn an. Erst da bemerkte Tobi, dass Pohlmann sich seit dem letzten Treffen nicht rasiert haben musste. So hatte er ihn noch nie gesehen.

»Ach Junge, das ist jetzt auch egal.«

Dann kam Lisa auch schon wieder. Sie sah Tobi kurz in die Augen. Sie trug nicht mal ihren spöttischen Zug um den Mund, wie sie ihn gern aufsetzte, wenn sie Typen sah, die ihr missfielen. Andererseits, vielleicht tat sie es doch, irgendwo unter ihrem Make-up-Panzer. Sie nahm wieder hinter Tobi Platz und schloss die Tür.

Als sie gerade wieder fuhren, ertönte ein Signal, das Tobi schon während der Prüfung gehört hatte. Das Mobiltelefon. Pohlmann nahm das Gespräch an. Dank der Freisprecheinrichtung hörten alle Insassen, dass Georg darum bat, vom Vereinsheim abgeholt zu werden. Er war früher fertig, weil irgendetwas ausgefallen war. Pohlmann erklärte seinem Sohn, dass es noch ein wenig dauern könne, weil erst Lisa nach Hause gebracht werden müsse. Tobi erkannte die Chance, die gemeinsame Fahrt zu verlängern: »Von mir aus können wir auch erst Georg abholen, das ist doch von der Route her viel günstiger.«

Bald hielt der Golf Bon Jovi am Ortsrand vor dem, was auf dem Schulhof die Psychopathenzucht genannt wurde. Georg nannte es seinen Schützenverein. Er stand bereits vor dem Gelände und winkte. Er ging direkt zum Kofferraum, öffnete ihn und wuchtete seine rote Trainingstasche samt Schusswaffen und Munition in den Kofferraum. Dabei stöhnte er stolz, um zu demonstrieren, wie viel seine Kampfgerätschaft wog. Anschließend setzte er sich auf die Rückbank, neben Lisa, und grüßte in die Runde. Er fragte Lisa und Tobi, ob es denn am Montagabend mit ihrem Gespräch noch geklappt habe. Tobi konnte nicht sehen, wie Lisa reagierte, denn Georgs verschwörerisches Grinsen füllte den Rückspiegel aus. Georg war offensichtlich nicht auf dem aktuellen Stand.

Lisa beließ es dabei und wandte sich stattdessen an Pohlmann: »Können wir jetzt zu mir fahren? Ich muss noch Hausaufgaben machen.«

Warum nur fiel niemandem eine bessere Ausrede als Hausaufgaben in den großen Ferien ein? Pohlmann ließ Tobi den Wagen starten, und weiter ging es. Auch dieser Teil der Fahrt wurde schweigend verbracht.

Das Mobiltelefon klingelte. Pohlmann nahm ab. Das

Telefonat war wieder für alle hörbar. Es meldete sich eine Stimme mit Akzent. Tobi tat es gut, dass überhaupt mal jemand in diesem Auto sprach. Der Anrufer erklärte, dass nun wirklich Eile geboten sei und er Pohlmann gern die Adresse geben würde. Schon dieser Satz genügte, um Pohlmann eskalieren zu lassen: »Habe ich Ihnen nicht verboten, mich zu Hause anzurufen? Behalten Sie Ihre Adresse besser für sich. Denn wenn ich weiß, wo Ihr scheiß Laden steht, werden Sie sich noch wünschen, mich niemals angerufen zu haben.«

Der Mann am anderen Ende der Leitung blieb erstaunlich ruhig. Er wirkte weder aggressiv noch ängstlich. Er erwiderte nur, dass er den Wunsch Pohlmanns respektiert habe. Schließlich habe er ja diesmal nicht die Privatnummer gewählt, sondern den Anschluss im Büro angerufen. Dort sei vom Anrufbeantworter diese Nummer genannt worden. Ein Argument, das Pohlmann kurz verstummen ließ. Der Mann mit Akzent nutzte die Pause: »Ich möchte Sie nun wirklich bitten, einen Entschluss zu fassen. Vielleicht bereden Sie das Ganze ja einfach mal mit Ihrem Sohn. Der ist schließlich auch schon erwachsen. Ihre Frau wünscht sich sehr, Sie und Ihren Sohn zu sehen. Vielleicht ermöglichen Sie es mir, mal persönlich mit ihm zu sprechen.«

Pohlmann brüllte etwas, das nicht mehr zu verstehen war. Er klang wie ein Hund, auf den eingetreten wurde, der sowohl jaulte als auch wütend kläffte, fest entschlossen, wenigstens die Knochen seines Gegners zu zerbeißen. Auch davon zeigte sich der lautgestellte Mann unbeeindruckt: »Ich verstehe Ihre gemischten Gefühle.«

Das sah Pohlmann erwartungsgemäß anders. »Einen! Scheiß! Verstehen! Sie!«

Nachdem er das Telefonat abgebrochen hatte, herrschte

Ruhe im Wagen, noch stiller als eben. Viel stiller. Das Einzige, das zu hören war, war Georgs schweres Atmen. Pohlmann selbst rührte sich nicht. Er schaute stur nach vorne und schwieg. Weil Pohlmann keine Anweisungen gab, fuhr Tobi selbstständig zu den Lambrechts. Er war froh, irgendetwas zu tun zu haben. Georg durchbrach die Stille: »Wer war das?«

Ohne seinen Blick von der Fahrbahn zu nehmen, antwortete Pohlmann: »Niemand.«

»Deine Frau möchte dich sehen? Uns? Wen meint der?«

Keine Antwort.

»Was sollst du mit mir besprechen?«

Keine Antwort.

»Papa, wer war das?« Georg richtete sich auf. Seine Lunge fiepte. »Ich mein, spinnt der? Deine Frau – meine Mutter – ist doch tot.«

Dann sprach Pohlmann wieder. Diesmal brüllte er nicht, er sprach ganz leise: »Deine Mutter ist auch tot. Und es war ihre Entscheidung. Sie ist gestorben, als sie abgehauen ist und es sie einen Scheiß interessiert hat, was aus ihrem Kind wird.«

Nun schwieg Georg. Notgedrungen. Er inhalierte sein Cortison. Tobi hielt sich am Steuer fest. Die Welt war offensichtlich verloren, wenn nicht mal mehr bei den biederen Pohlmanns ein Stein auf dem anderen stand. Tobi konnte nicht sehen, was Lisa gerade machte. Ob sie sich irgendwie zu Georg verhielt. Oder ob sie einfach nur noch nach Hause wollte, in ihr eigenes Irrenhaus.

Der Golf bog in Lisas Straße ein, als Georg wieder sprechen konnte. »Also lebt meine Mutter?«

Tobi trat so sacht wie möglich auf die Bremse. Er hatte es nicht eilig. Weder wollte er, dass Lisa ging, noch wollte er allein sein mit den beiden Pohlmanns. Am liebsten wäre er mit ausgestiegen. Aber draußen wartete schon der nächste Irre. Lisas Vater war aus irgendeinem Grund nicht in der Apotheke. Er stand vor dem Haus und stutzte die Hecke zwischen Garageneinfahrt und Garten. Als er den Wagen bemerkte, winkte er freundlich. Sein Gesichtsausdruck änderte sich erst, als er Tobi am Steuer sah. Er kam schnellen Schrittes auf den Golf zu. Auf halber Strecke ließ er die Heckenschere fallen. Dann brüllte er in Richtung Lisa: »Komm da raus.«

Tobi hörte, wie Lisa ihre Tür öffnete. Lambrecht war schon auf der Fahrerseite des Wagens. Er riss Lisas Tür auf und zog an ihrem Arm, aber Lisa war immer noch angeschnallt. Lambrecht griff nun zusätzlich in Lisas Haare und versuchte sie am Kopf aus dem Wagen zu ziehen, während Lisa mit der freien Hand nach dem Gurtverschluss tastete.

Auch Pohlmann brüllte jetzt. Nachdem Tobi sich abgeschnallt hatte, stieß er seine Tür auf. Tobi packte Lambrecht am Arm. Nicht so fest, wie er gekonnt hätte. Er wollte nur, dass Lambrecht Lisa losließ. Er stand aber viel zu nah, um irgendeine Wirkung auf ihn zu haben. Tobi roch Lambrechts Rasierwasser, das sich mit Schweiß gemischt hatte. Lambrecht dagegen schenkte Tobi keinerlei Beachtung. Sein Blick, seine Kraft, galt Lisa. Halb steckte er nun selbst im Wagen und riss weiter an seiner Tochter. Tobi zerrte an Lambrechts Oberarm, beidhändig. Weil Lambrecht Lisa nicht losließ, machte Tobi alles nur noch schlimmer und zog indirekt an ihr. Wann hatte es bloß angefangen, dass er für Lisa alles immer nur noch schlimmer machte? Dann wurde Tobi gepackt. Er hatte Pohlmann gar nicht kommen sehen. Der brauchte nur einen entschiedenen Griff, um Tobi von Lambrecht zu trennen. Tobi taumelte und fiel hin. Danach packte Pohlmann Lambrecht und löste ihn von Lisa. Als Tobi wieder stand, brüllte Pohlmann ihm ein »In! Den! Wagen!« entgegen.

Lisa öffnete ihren Gurt und wollte aussteigen. Pohlmann zeigte kurz auf sie, begleitet von einem »Sitzen! Bleiben!«. Dann schlug er ihre Tür zu. Tobi setzte sich wieder in den Wagen. Weil er bei Lisa sein wollte. Und weil seine Beine zitterten. Auch die Fahrertür wurde von außen zugeschlagen. Pohlmann legte den Arm um Lambrecht, weit entfernt von einer freundschaftlichen Geste. Es glich eher einem Abführen. Pohlmann ging mit Lambrecht vom Auto weg. Nach wenigen Metern, die beiden standen nun in Lisas Vorgarten, hielt Pohlmann an. Im Golf konnte niemand hören, was er sagte. Aber offensichtlich handelte es sich um sehr kurze Sätze. In Wageninneren herrschte wieder die gleiche Sprachlosigkeit, die schon die komplette Fahrt begleitet hatte. Auch Lisa atmete nun hörbar.

Tobi schaute in den Rückspiegel, und auch wenn er wieder nur Georg sah, war die Frage an ihn und Lisa gerichtet: »Alles okay?«

Keine Antwort. Zu Recht. In diesem Auto war nichts okay. Nicht mal in der Nähe von okay.

Dann sprach Georg. Er hustete ein: »Fahr los.«

Tobi schaute nach draußen. Die Väter redeten immer noch miteinander. Dann sah er wieder in den Rückspiegel. »Wie jetzt?«

»Fahr los. Weg hier.«

Tobi schoss ein Gedanke quer. Natürlich war der nicht ganz fair, aber die ganzen letzten Tage waren nicht fair gewesen. Und hätte Tobi mehr Zeit gehabt, hätte er wohl anders reagiert. So aber erklärte er: »Ich fahre erst, wenn Lisa wieder mit mir redet.«

Draußen beruhigte sich die Szene langsam. Pohlmann stand vor Lambrecht und hielt ihn an beiden Schultern, während er nun deutlich wohlwollender auf ihn einredete. Georgs Atmen schmirgelte. »Jetzt fahr doch.« Georg klang so, als würden ihm gleich die Lungenbläschen platzen. Draußen verabschiedeten sich die Väter. Pohlmann gab Lambrecht die Hand. Dann kam er allein zurück. Lambrecht wartete im Garten. Georg wiederholte seine Aufforderung: »Fahr. Bitte!«

Auch Tobi wiederholte sich: »Ich fahre erst, wenn Lisa wieder mit mir spricht.«

Und Lisa sprach. Vielmehr brüllte sie: »Jetzt fahr, du Vollhorst!«

Tobi drehte den Zündschlüssel, ließ die Kupplung kommen und gab Gas. Pohlmann erkannte die Situation minimal zeitversetzt. Der Golf war schon in Bewegung, als er losrannte. Und während Pohlmann im Rückspiegel immer kleiner wurde, konzentrierte Tobi sich auf das Positive: Vollhorst, das war er. Lisa hatte mit ihm gesprochen.

16:58 UHR

Eigentlich wollten sie nur kurz anhalten, Luft holen und nachdenken. Aber jetzt saßen Lisa und Tobi am Rand der Nordoel-Tanke, auf dem Metallgeländer, an dem üblicherweise Fußmatten ausgeklopft wurden, und schauten Georg zu. Man dürfe nicht einfach so an Tankstellen parken, ohne etwas vom Serviceangebot in Anspruch zu nehmen, hatte dieser sie belehrt, während er eine Mark zückte und in den Schlitz des Saugautomaten steckte. Seitdem zerrte er ungelenk am sich windenden Schlauch, mit dem er mehr und mehr im Wageninneren verschwunden war.

Lisa saß mit dem größtmöglichen Abstand neben Tobi auf dem Geländer. Schon zum zweiten Mal holte sie tief Luft, stieß sie dann aber doch wieder wortlos aus. Vielleicht wusste sie nicht, was zu sagen war. Vielleicht hatte sie aber auch nur erkannt, dass gegen den dröhnenden Saugautomaten eh kein Ankommen war. Schließlich rutschte sie vom Geländer und ging zu Georg. Sie legte eine Hand auf seinen Rücken, der zur Hälfte in der offenen Fahrertür steckte, und rief: »Jetzt mach doch mal das Ding aus.«

Georg saugte unbeirrt weiter. Aber Lisa blieb bei ihm. Sie klopfte mit der flachen Hand auf Georgs Rücken, halb tätschelnd, halb streichelnd. Sie hielt Körperkontakt. Als wollte sie ein aufgeschrecktes Pferd besänftigen. Schließlich reagierte Georg. Er kroch aus dem Wagen. Mit der Saugdüse in der Hand und einem Lächeln im Gesicht erklärte er: »Man kann einen Saugautomaten nicht ausstellen, so ist das nun mal.«

»Dann leg das Ding halt weg.«

»Außerdem, und das kann ja wohl niemand ernsthaft anzweifeln, hat das Auto eine Grundreinigung dringend nötig. Habt ihr das denn nicht gerochen, dieses Säuerliche?«

Nachdem Georg anfangs nur der Schweiß auf der Stirn stand, glitzerte mittlerweile sein komplettes Gesicht. Sein Oberkörper verschwand wieder im Golf.

Tobi beobachtete die Diskussion aus sicherer Entfernung. Er vergrub seine Hände in den Hosentaschen und fand in der linken drei Markstücke, mit denen er nervös spielte. Konnte das wirklich der Rest des Hunderters sein, den sein Vater ihm dagelassen hatte? Er überflog die

Kosten der letzten Tage: das Eis mit Lisa, die Mahlzeiten mit Scholzen, die Pillen von Niels. Eigentlich erstaunlich, dass überhaupt noch etwas übrig war.

Georg saugte das Auto mit einer Gründlichkeit, als wollte er es danach direkt zum Gebrauchtwagenmarkt fahren. Endlich erbarmte sich der Automat und beendete mit einem Seufzer seinen Einsatz. Georg hielt inne, kramte in seinen Hosentaschen, schaute Tobi an, dann Lisa: »Ich habe kein Kleingeld mehr.« Er ging einen Schritt auf Lisa zu. »Hast du noch ne Mark?«

»Du kriegst jetzt bestimmt kein Kleingeld von mir«, sagte sie ruhig. »Hol mal Luft.«

Georg ließ Lisa stehen und wandte sich an Tobi: »Hast du noch ne Mark? Kriegst du auch wieder.«

Hinter Georg stand Lisa und schüttelte den Kopf. Tobi hatte ihr lautloses Soufflieren verstanden und sprach den von Lisa gewünschten Text: »Lasst uns mal hinsetzen und überlegen.«

Georg antwortete nicht. Er drehte sich um, ging wieder zum Golf und steckte seinen Oberkörper durch die Tür. Er zog eine der Fußmatten aus dem Wagen, ging damit auf Tobi zu und schlug die Matte gegen das Metallgeländer. Tobi stand auf und brachte sich in Sicherheit, während Georg immer weiter auf das Geländer einprügelte.

Abrupt hörte Georg auf. Er sank auf den Boden. Dreck klebte in seinem feuchten Gesicht. Er schaute Lisa an. »Was soll ich denn jetzt machen?«, fragte er tonlos.

Tobi ahnte, dass er da gerade keine Hilfe war. Um sich trotzdem nützlich zu machen, entschied er sich, in den Tankstellenshop zu gehen und die letzten drei Mark in ein paar Getränke zu investieren.

Als er mit drei eiskalten Dosen Cherry Coke wiederkam, saßen Lisa und Georg nebeneinander unter einem

Baum. Sie wirkten wie die Ersatzbank einer Mannschaft, die hoffnungslos zurücklag. Lisa versuchte Georg Mut zu machen. »Dein Vater muss dir antworten. Er muss! Ich komme mit, wenn du möchtest.«

Georg schaute weiterhin ins Nichts. »Du weißt doch, wie er ist«, sagte er.

»Du darfst nicht lockerlassen.«

Georg schwieg.

Lisa legte nach: »Du musst schließlich wissen, was los ist.«

Tobi ließ sich auf den vertrockneten Rasen fallen und verteilte die Dosen. Georg öffnete seine Cola, nahm aber keinen Schluck. Lisa ließ ihre noch zu, kühlte damit erst ihr Gesicht, dann Georgs Nacken. Tobi trank einfach. Dabei tastete er einen Gedanken ab: »Ruf doch … den Typen von eben zurück. Der wollte eh mit dir sprechen.«

Georg löste den Blick von seiner Dose und sah Tobi an. »Wie denn? Ich weiß überhaupt nicht, wer das ist.«

»Aber die Nummer steht bei Handys doch im Display.«

»Ja, wenn es klingelt. Bis man abnimmt.«

»Nein, auch danach. Da gibts so eine Liste von den letzten zehn Anrufern oder so.«

Georg nahm einen Schluck. »Ich kann doch nicht irgendeinen wildfremden Typen anrufen.«

»Also einen von beiden musst du anrufen«, fasste Lisa zusammen. »Den Mann oder deinen Vater.«

Georg kaute auf seiner Unterlippe. »Okay. Ich ruf den Typen an. Aber im Auto. Allein.«

Gemeinsam gingen die drei zum Wagen. Während Lisa und Tobi sich wieder auf das Geländer setzten, nahm Georg auf dem Fahrersitz Platz und schloss die Tür. Er nahm den Nokia Communicator aus der Halterung, überlegte, drückte das Knöpfchen seiner Tür nach unten und dann ein paar Tasten des Telefons. Zögerlich führte er das Handy ans Ohr, nahm es wieder weg, schaute aufs Display und hielt es sich danach wieder ans Ohr. Er sprach kurz und hörte lange zu. Dabei hielt er sich am Lenkrad fest. Irgendwann legte er auf und saß einfach nur da. Die nächste Bewegung war das Hervorholen seines Inhalators, den er ansetzte, um einen tiefen Zug zu nehmen. Ohne jede Hektik. Als würde er an einer guten Zigarre ziehen. Dann stieg er aus, noch verschwitzter als eben. Mimisch wirkte er unentschlossen. Schließlich lachte er. Er sank lachend neben den Wagen, angelehnt an die Tür. Zuerst dachte Tobi, dass Georg irgendwie anders lachte als sonst. Dann wurde ihm klar, dass er ihn vorher noch nie lachen gehört hatte.

Georg wischte sich mit dem Ärmel quer durchs Gesicht und sah Tobi und Lisa an. »Es gibt eine gute und eine schlechte Nachricht. Die gute: Meine Mutter lebt. Die schlechte: aber nicht mehr lange.«

Wieder musste Georg lachen. Lisa setzte sich vor Georg und nahm seine Hände. »Mit wem hast du gesprochen?«, fragte sie.

»Mit einem Seelsorger oder so. Jemand, der sich um meine Mutter kümmert.«

»Was hat er gesagt? Was ist mit deiner Mutter?«

»Er geht davon aus, dass sie nur noch wenige Tage hat, zwei oder drei.«

Tobi wusste nicht, was er sagen sollte. Beileid auszusprechen war ja irgendwie noch zu früh. Vermutlich war es eh besser, dass Lisa mit Georg sprach.

»Wo ist deine Mutter?«

Georg musste wieder lachen: »In einem Krankenhaus.«

»Willst du hinfahren? Jetzt?«

»Keine Ahnung. Ich kenn die ja gar nicht.«

»Wir können da zusammen hin. In welchem Krankenhaus liegt sie?«

»Whipps Cross Hospital. In London.«

Georg lachte nicht mehr.

17:19 UHR

Den ganzen Tag hatte Tobi auf diese Situation hingearbeitet. Aber als er endlich allein mit Lisa war, gab es keinen guten ersten Satz. Vermutlich auch keinen brauchbaren zweiten.

Er und sie hatten sich in den Schatten des Baumes zurückgezogen, weil Georg allein nachdenken wollte. Lisa schaute Tobi weiterhin nicht an. Diesmal wirkte es aber nicht wie eine Entscheidung gegen ihn, sondern eine für Georg. Sie behielt ihren besten Freund im Blick, während der Runden um den Wagen drehte. Er setzte sich ins Auto, stieg wieder aus, polierte irgendeinen Fleck auf der Motorhaube weg und ging anschließend weiter im Kreis.

Später, Tobi und Lisa hatten längst ausgetrunken, kam Georg zu ihnen. Langsam und entschlossen. »Ich fahre da jetzt hin«, sagte er. »Aber ich kann nicht vorher noch mal nach Hause. Ihr müsst allein zurück.«

»Ja klar. Kein Problem«, zeigte Tobi Verständnis. Er schaute Lisa an. »Wir können uns ja noch was zu trinken besorgen. Für den Weg.« Tobi gefiel die Idee, mit Lisa die farbenfrohen Felder entlangzuspazieren.

Doch Lisa hatte andere Pläne. »Nimm mich mit. Du brauchst ja jemanden, der dich am Steuer ablöst.«

Georg schaute sie an. »Auf keinen Fall. Das muss ich allein machen. Außerdem gibt das doch nur noch mehr Ärger für dich.«

»Noch mehr Ärger? Wie soll das denn aussehen? Du hast doch meinen Vater erlebt. Ich gehe nicht zurück. Und schon gar nicht mit dem da.« Lisa deutete kurz in Tobis Richtung.

Georg gab nach: »Okay. Von mir aus.«

Tobi konnte nicht glauben, was er da hörte: Lisa wollte mal eben aus dem Stand nach London. Ohne Geld, ohne Klamotten, ohne Plan. Ohne ihn. Was für eine bescheuerte Idee. Tobi sagte das einzig Schlüssige: »Besser, ich fahre auch mit.«

Falls das überhaupt möglich war, hatte sich das Verhältnis zwischen Lisa und Tobi gerade verschlechtert. Aber darauf konnte Tobi nun wahrlich keine Rücksicht nehmen. Er war nicht extra durch die Fahrprüfung gefallen, um jetzt allein die beschissenen Felder entlangzulatschen.

Ohne Tobi zu beachten, schaute Lisa Georg an: »Auf keinen Fall. Wir fahren zu zweit.«

Auch Tobi wandte sich nun direkt an Georg: »Jetzt mal ehrlich. Ausland, Linksverkehr, dafür brauchst du einen guten Co-Piloten.«

»Und das bist du, oder was?«, fuhr Lisa dazwischen. »Wer ist denn vor zwei Tagen durch die Prüfung gefallen?« Sie wurde lauter. »Tobi kommt auf keinen Fall mit. Nicht mal im Kofferraum.«

Lisa ging ein paar Schritte Richtung Auto. Georg folgte. Vielleicht war es ja wirklich Unsinn, immer weiter hinter Lisa herzulaufen, dachte Tobi. Vielleicht war jetzt der Zeitpunkt gekommen, an dem er das alles akzeptieren musste.

Vielleicht aber auch nicht. Georg nahm eine weitere Ladung Cortison, besser gesagt, wollte eine Ladung nehmen, pumpte aber nur noch Luft in die Lungen. Sein

Inhalator war leer. Georg schaute ungläubig auf seinen Spender.

Tobi sah ihn an. »Du kannst auf keinen Fall ohne Spray nach London«, sagte er. »Und nach Hause kannst du auch nicht.«

Georg starrte apathisch vor sich hin.

»Wenn ich dir ein neues Spray besorge, dann nimmst du mich mit. Okay?« Tobi glaubte immer noch daran, dass er das mit Lisa wieder hinbekommen würde. Alles, was sie brauchten, war ein ruhiger Moment, abseits des ganzen Irrsinns hier, irgendwo zwischen der Nordoel und London.

Georg sah Tobi an. »Wie willst du das denn machen? Die sind rezeptpflichtig.«

»Ich muss nur kurz telefonieren.«

Lisa kam wieder näher und schaute ihren Ex-Freund misstrauisch an. »Wen willst du anrufen? Meinen Vater?«

»Quatsch.«

»Also kann der nun doch mitfahren?«, fragte Lisa an Georg gewandt. »Ist das dein Ernst? Ich denke, du bist mit mir befreundet.«

»Ich brauche einen Inhalator.«

Lisas Augen blitzten in Tobis Richtung. »Was ist denn das bitte für eine Arschlochstrategie?«

»Jetzt gehts ja vor allen Dingen erst mal um Georgs Gesundheit«, antwortete Tobi. »Also, was ist jetzt?«, drängte er Georg zu einer Entscheidung. »Inhalator gegen Mitfahrt.«

Georg nickte stumm.

»Dann brauch ich das Telefon.«

Die drei gingen zum Wagen. Während Lisa sich fluchend hinters Steuer setzte, diesen Platz würde sie wohl bis aufs Blut verteidigen, ging Georg zur Beifahrertür. Er nahm das Handy aus der Halterung und gab es Tobi. Der wählte seine eigene Telefonnummer, nichts passierte.

Georg erkannte den Fehler. »Du musst immer die Vorwahl wählen, weil das ja Mobilfunk ist.«

Tobi drückte noch mal die großen Tasten des noch größeren Geräts. Dann ging er ein paar Meter, denn es war besser, Georg würde das Gespräch nicht mithören. Am anderen Ende wurde abgenommen.

»Scholzen, ich hab dir doch verboten, ans Telefon zu gehen. Egal. Hör mir zu. Ich brauche sofort deine Hilfe. Hast du noch den Inhalator, den du am Samstag in Georgs Bad gezockt hast?«

»Klar.«

»Gut. Ich brauch das Teil. Jetzt.«

»Warum?«

»Lange Geschichte. Aber ich stehe hier mit Georg und Lisa an der Nordoel. Georg braucht Cortisonspray, kann aber nicht mehr nach Hause, weil da sein Vater ist. Wir müssen direkt von hier nach London fahren. Mit deinem Spray. Und du musst dich die nächsten Tage um die Seepferdchen von meinem Vater kümmern.«

»Oh. Das ist ja blöd, ich hatte gedacht, das würde eher so ein langweiliger Tag werden.«

»Aber dann ist doch gut, dass was passiert.«

»Ja, ja, sicher. Es gibt nur ein Problem. Ich habe mir gerade die Pillen von Niels eingeworfen, und die müssten jetzt jeden Moment wirken.«

»Spürst du schon was?

»Nein.«

»Dann beeil dich.«

17:44 UHR

Bevor Tobi Scholzen gesehen hatte, hatte er schon dessen Mofa gehört. Seit Scholzen am Vergaser herumgeschraubt hatte, war es ein wenig schneller geworden, vor allem aber viel lauter. Scholzen trug einen Rucksack vor seiner Brust und hatte eine Gitarrentasche auf den Rücken geschnallt. Erst nachdem das Mofa bereits vor Tobi stand, sah er, was da auf den Gepäckträger montiert worden war.

»Warum hast du das Aquarium dabei?«

»Du hast doch gesagt, dass ich mich die nächsten Tage um die Seepferdchen kümmern soll.«

»Was hat das damit zu tun?«

»Na, ich komme mit nach London.«

»Das geht nicht. Schon allein deswegen, weil du das Flusskrebsaquarium mitgenommen hast.«

»Aber da sind ja auch die Seepferdchen drin. Ich hab die da reingeschüttet.«

Tobi schaute sich das mit Klarsichtfolie umwickelte Aquarium genauer an. Tatsächlich schwammen darin auch die Zierfische seines Vaters. Sogar ein wenig Geäst und Grünzeug hatte Scholzen vom großen ins kleine Aquarium umgeladen. Für ihre Verhältnisse waren die Seepferdchen regelrecht agil. Waren sie aufgeregt wegen der angekündigten Reise? Oder doch nur nervös, weil sie sich in den Händen von Scholzen befanden?

»Du kannst nicht einfach die Seepferdchen zu den Flusskrebsen stecken.«

»Aber das große Aquarium hat nicht auf den Gepäckträger gepasst. Außerdem haben die Seepferdchen jetzt ein lecker Flusskrebsbüfett. All you can eat.«

»Was ist, wenn die alle auf einmal fressen?«

»Für den Fall hab ich natürlich noch das hier mitgenommen.« Scholzen zog eine Dose Fischfutter aus seinem Rucksack und präsentierte sie zufrieden.

Georgs Blick war zwischen den beiden hin- und hergependelt wie bei einem sehr trägen Tennis-Match. Nun verharrte er bei Tobi. »Der kommt nicht mit. Auf gar keinen Fall.«

Scholzen dachte nicht daran, die Verhandlung aus der Hand zu geben, und schob sich zwischen Georg und Tobi. »Natürlich komme ich mit. Am Sonntag findet in London das EM-Finale statt. Mit Deutschland.«

»Ja, und?«

»Und Tschechien. Außerdem muss ich hier weg. Niels ist hinter mir her wegen der Sache mit Deborah.«

Georg vermied es, direkt mit Scholzen zu diskutieren. Er sprach weiterhin über dessen Schulter zu Tobi: »Und eine Gitarre hat er dabei? Was glaubt er, was wir hier machen? Ne Jugendfahrt?«

»Tobi versuchte den Blick auf das Positive zu lenken. »Aber er hat ja auch das Spray für dich dabei.«

»Das Spray ist *dein* Ticket nach London.«

Scholzen war damit nicht einverstanden: »Wieso ist denn bitte schön mein Spray Tobis Ticket?«

Lisa, die unverändert hinterm Steuer saß, schimpfte irgendwas, das auf »nicht auch noch der« endete, und knallte die Fahrertür zu. Tobi versuchte, auf Scholzen einzuwirken: »Es ist wirklich wichtig für mich mitzufahren.«

»Sollst du ja auch. Kein Problem. Ihr seid drei, und auf den vierten Platz setze ich mich.«

»Aber es ist immer noch mein Auto«, mischte Georg sich ein.

»Und immer noch mein Spray.«

Georg ging einen Schritt auf Scholzen zu. »Gib das jetzt her.«

Scholzen wich zurück.

Einen Augenblick später rannten beide ums Auto herum. An einem normalen Tag wäre Georg schneller gewesen, aber nicht heute, in dieser Verfassung. Scholzen erhöhte den Verhandlungsdruck: »Das ist mein Spray, und mit meinem Spray kann ich machen, was ich will.« Während er im Kreis um den Golf rannte, begann er, das Cortison zu inhalieren.

Natürlich hätte Tobi sagen können, dass es sich streng genommen um Georgs Spray handelte, das Scholzen nur aus dessen Barfußteppichbad geklaut hatte. Aber das schien ihm wenig lösungsorientiert. Georg blieb stehen, seinen Bronchien stand wahrlich nicht der Sinn nach Sport.

Tobi ahnte, dass Scholzen sich nicht abschütteln ließ, also suchte er nach einem Kompromiss. »Wie wäre es, wenn Scholzen mitfahren darf, aber ein Extra-Ticket für den freien Platz lösen muss.«

»Und was soll das sein?«, keuchte Georg.

»Das wird eine lange Reise. Und wir haben keine Kohle. Scholzen tankt den Wagen voll und besorgt Proviant an der Tanke. Wasser und so, was weiß ich.«

Während Georg noch überlegte, erklärte Scholzen sich einverstanden.

Schließlich nickte auch Georg den Vorschlag ab. Er war fertig, vom Tag, von der anstehenden Reise. Außerdem brauchte er langsam sein Spray. Lisa sprach nun mit niemandem mehr. Nicht mit Georg, nicht mit Scholzen, und mit Tobi schon gar nicht.

Sie ließ die Runde nur wissen, dass sie auf keinen Fall den Fahrersitz an Tobi oder Scholzen abtreten würde. Sie setzte den Wagen zurück an die Zapfsäule. Die drei Jungs trotteten hinterher. Georg drängte jetzt: »Gib mir das Spray.«

»Das kriegst du, wenn ich im Auto sitze«, antwortete Scholzen. »Ich bin doch kein Idiot.«

Georg nickte kraftlos. Er hatte nicht genügend Luft, um zu diskutieren. Georg legte sich auf die Rückbank, um auf Scholzens Medizin zu warten. Tobi sollte es recht sein. Denn wenn Georg die ganze Rückbank beanspruchte, musste er ja auf dem Beifahrersitz Platz nehmen, direkt neben Lisa. Scholzen nahm das Aquarium vom Gepäckträger und schleppte es hinter den Wagen. Er stellte es ab und öffnete den Kofferraum. Vielleicht hätte jemand auf Scholzen achten sollen. Aber Lisa war damit beschäftigt, ausdrücklich alle zu ignorieren. Tobi damit, so unsichtbar wie möglich neben Lisa zu sitzen. Und Georg lag immer noch keuchend da, das Gesicht unter seinem Arm vergraben. Als Scholzen im Kofferraum kramte, um Aquarium und Gitarre zu verstauen, warnte Georg ihn noch: »Pass auf, in der Tasche sind meine Waffen.«

»In der roten?«

»Ja.«

»Alles klar. Bis gleich.«

18:19 UHR

»These days are fast, nothing lasts in this graceless age. There ain't nobody left but us. These days.« Jon Bon Jovi klang seltsam ernüchtert.

Blaulicht flackerte. Der Polizeiwagen lag etwa zwanzig Meter hinter dem Fahrschulauto. Während draußen die Welt vorbeiraste, hing Lisa viel zu nah vor der verschmierten Windschutzscheibe. Tränen liefen über ihr rot gesprenkeltes Gesicht. Tobi bemerkte einen fünfmarkstückgroßen roten Fleck, den Lisa unter ihrem Ohr zwischen Hals und

Gesicht trug. Schwer zu sagen, ob der Fleck auf der Haut war oder stressbedingt darunter. Noch vor wenigen Tagen hätte Tobi ihn einfach berührt.

Lisa sprach als Erste, ohne den Blick von der Scheibe zu nehmen: »Scholzen? Alles klar?«

Wie bei eigentlich jeder Frage, die man ihm an diesem Tag gestellt hatte, wirkte Scholzen auch diesmal überrascht: »Ja, wieso?«

Ohne darauf einzugehen, warf Lisa einen ängstlichen Blick in den Rückspiegel.

»Georg? Bei dir?«

»Ja, alles klar.«

Und obwohl Tobi ihr am nächsten saß, wurde Lisa nun lauter: »Tobs!«

Sie schaute zum Beifahrersitz und zog dabei reflexartig das Steuer nach rechts, als wäre sie so schneller bei ihm. Der trat auf seine Bremse, griff ins Lenkrad und brüllte gegen das Quietschen der Reifen.

»Alles in Ordnung, guck nach vorne.«

»Aber von wem ist das Blut?«

»Das ist kein Blut, das ist Farbe«, schimpfte Georg und klang, als wäre das mindestens genauso schlimm. »Scholzen hat mit meiner Gotcha-Pistole geschossen.«

Als hätte Scholzen an diesem Tag nicht schon genug auf den Nerven der anderen herumgekaut, mischte er sich ein: »Deswegen kann ich auch nicht verstehen, dass ich nicht auf den Polizisten schießen darf. Wo bleibt denn da der Fun?«

Georg sprach leise und konzentriert: »Wenn wir auf den Polizisten schießen, dann darf der auch auf uns schießen. Nur dass es bei ihm vermutlich keine roten Farbkugeln sind.«

Lisas stilles Weinen kippte jetzt ins Schluchzen. Nachdem sie wusste, dass es kein Gehirn war, das bis in den letzten Winkel des Autos verteilt war, öffneten sich bei ihr die Schleusen. Tobi wäre jetzt gern Lisas Freund gewesen, der sie beruhigte. Aber selbst wenn sie noch ein Paar gewesen wären, hätten sie dafür keine Zeit gehabt. Der Polizist hatte wieder aufgeholt und war so nah, dass man im Rückspiegel seine Zornesfalte sehen konnte. Über die Außensprechanlage versuchte er es noch mal: »Die Kollegen haben mit der Tankstelle gesprochen. Leute, noch können wir es wieder in Ordnung bringen. Fahrt rechts ran, und wir besprechen alles.«

Lisa hatte sich etwas beruhigt. »Vielleicht sollten wir wirklich anhalten.«

»Dafür ist es zu spät«, meldete sich Georg von hinten. »Ich kann jetzt nicht die nächsten zwei Tage bei der Polizei rumhängen und all das hier zu Protokoll geben.«

Er hatte recht. Wenn sie jetzt anhielten, würde Tobi Lisa lange nicht mehr wiedersehen. Tobi trat aufs Gas. Während Lisa einhändig lenkte, versuchte sie mit der anderen Hand die Windschutzscheibe sauber zu wischen, machte damit aber alles noch schlimmer. Mehr und mehr verschmierte sie den roten Film auf der Scheibe und reduzierte ihr Sichtfeld weiter.

Georg schaute ihr dabei zu, dann sagte er ruhig, aber bestimmt: »Lisa, setz den Blinker. Und Tobias, geh vom Gas. Lasst uns rechts ranfahren. Und wenn wir fast stehen, überraschen wir den Typen und geben wieder Vollgas.«

Während Georg bisher so wirkte, als sei er nur in diesen Tag hineingeraten, schien er nun eine Idee zu haben, die den Tag aktiv vorantreiben sollte. Lisa tat, was er sagte. Georg kurbelte sein Fenster herunter und gab dem Polizisten ein versöhnliches Handzeichen. Scholzen freute sich auf der Rückbank und winkte durch die Heckscheibe.

Wieder rieb Lisa über die verschmierte Scheibe. »Ich kann kaum noch was sehen. Überall die scheiß Farbe.«

Sie fuhren nun Schritttempo, der Polizeiwagen war ebenfalls langsamer und hatte den Sicherheitsabstand wieder erhöht.

»Sobald ich aus dem Fenster hänge, beschleunigst du wieder«, sagte Georg.

Noch bevor Tobi nachfragen konnte, was genau nun eigentlich passieren sollte, riss Georg die Gotcha-Pistole aus Scholzens Hand und lehnte sich damit aus dem Fenster. Er feuerte nun selbst auf das Polizeiauto. Nur dass er im Gegensatz zu Scholzen ein trainierter Schütze war und traf. Tobi trat aufs Gas und sah im Rückspiegel, wie eine Farbkugel nach der anderen auf die Windschutzscheibe des Polizeiwagens platschte wie satte, riesige Mücken bei voller Fahrt. Der Polizist beschleunigte ebenfalls, drohte aber die Kontrolle zu verlieren, das Auto schlingerte. Dann entschied er sich für das vermutlich Schlechteste, was er tun konnte: Er betätigte die Scheibenwischer, die sich gemächlich von rechts nach links bewegten und so der kompletten Windschutzscheibe einen gleichmäßigen tiefroten Anstrich gaben. Er schlingerte noch mehr, der Abstand wurde größer, bis er stehen blieb.

Tobi gab unverändert Gas. Freie Fahrt auf einer asphaltierten Schneise durch die Felder und Wiesen. Im Rückspiegel sah Tobi das kleiner werdende Polizeiauto, das schließlich vom Horizont geschluckt wurde.

Sie hatten die Polizei abgehängt. Trotzdem kein Jubel, nicht mal ein hörbares Durchatmen. Es war noch gar nichts geschafft. Alles fing gerade erst an.

ZWEI

DONNERSTAG, 27. JUNI 1996
18:36 UHR

Die Landstraße, die es eigentlich schon immer gegeben hatte, machte einen Schlenker um den großen, alten Baum. So wie die Eiche irgendwann einer Asphaltwalze getrotzt hatte, würde sie auch diesmal nicht ausweichen. Georg, der gerade erst das Steuer von Lisa übernommen hatte, hielt den Baum per Schulterblick fest im Visier. Der Rückwärtsgang, der die ersten Meter noch vor sich hin gequengelt hatte, kreischte nun. An den Seitenfenstern rasten hohe Brombeersträucher vorbei. Aber Tobi hatte nur Augen für die Eiche, die im Rückspiegel größer und größer wurde. Hatten die anderen in der Schule recht gehabt, als sie Georg einen Freak nannten? War er gerade dabei, das Auto gegen den Baum zu fahren?

Als die Eiche so nah war, dass darin sitzende Vögel auf die Heckscheibe hätten kacken können, korrigierte Georg das Lenkrad nach links, und der Golf schoss am Stamm vorbei durch eine Lücke in der Brombeerhecke. Hinter der Hecke manövrierte Georg den Wagen durch weitere Sträucher und über holprigen Grund, bis Georg schließlich so stark bremste, dass man das Aquarium im Kofferraum schwappen hörte.

Dann Stille. Lisa starrte Georg an. Tobi starrte Georg an. Scholzen starrte vor sich hin.

»Spinnst du?« Lisas Stimme überschlug sich.

Georg dagegen wirkte seltsam zufrieden: »Lisa, alles gut, ich weiß, was ich tue.«

Im nächsten Moment jaulten hinter der Hecke Sirenen die Straße entlang, so dicht beieinander, dass man nicht sagen konnte, um wie viele Polizeiwagen es sich handelte.

Georg deutete Richtung Sirenenbrei. »Deswegen mussten wir erst mal von der Straße runter.« Lisa erwiderte nichts. Sie wirkte komplett bedient. Tobi dagegen hatte zum ersten Mal das Gefühl, dass das was werden konnte. Dass Georg vermutlich dank seiner merkwürdigen Gotcha-Welt ein Gespür hatte, das ihnen noch nützen würde.

Doch sofort bekam sein frisch gewonnener Optimismus einen empfindlichen Dämpfer. Georg schaute im Rückspiegel Lisa an, dann Tobi auf dem Beifahrersitz. »Und für den Irren endet die Fahrt hier«, sagte er, mit dem Finger auf Scholzen deutend.

Scholzen hatte wohl nicht verstanden, dass gerade über ihn gesprochen wurde. Oder es war ihm egal. Er klebte mit der Nase an seinem Fenster.

Georg legte nach: »Der Typ ist ein unkalkulierbares Risiko.«

Weil Scholzen weiterhin gebannt rausschaute, sprang Tobi ein: »Man kann so jemanden wie Scholzen auch immer wieder gebrauchen. Weil er … anders ist … und … und andere Ideen hat.«

Georg schaute mit zusammengekniffenen Augen geradeaus. »Der macht immer das, was man gerade am wenigsten gebrauchen kann.«

Scholzen öffnete seine Tür, und Georg atmete hörbar durch. Aber Scholzen stieg nicht aus. Er saß regungslos da und fixierte mit offenem Mund einen Punkt zwischen den Sträuchern.

»Miez-miez-miez. Komm, du kleines Kätzchen. Miez-miez-miez.«

Mit gehörigem Sicherheitsabstand zum Wagen stand eine Katze zwischen den Sträuchern und beobachtete, wer da in ihr Revier eingebrochen war.

Ein spöttisches Lächeln tänzelte um Georgs Mundwinkel. »Andere Ideen, ja?«

»Ja, klar«, nickte Tobi.

»Scholzen lockt gerade eine Katze ins Auto. Das Tier, das bei mir einen allergischen Schock auslöst.«

»Ja gut, das ist jetzt vielleicht nicht seine beste Idee.«

»Falls du es schon vergessen hast: Ich wäre deswegen auf meiner Party fast erstickt.«

»Aber das muss man ihm einfach nur sagen. Dann lässt er die Katze natürlich draußen. Kein Problem, oder, Scholzen?«

»Miez-miez-miez.« Scholzen hörte weder Georgs Anklage noch Tobis Verteidigung. Er wollte das Kätzchen und kroch aus dem Auto. »Miez-miez-miez.«

Tobi dachte darüber nach, ob es besser wäre, den Zündschlüssel abzuziehen, damit Georg die Gunst der Stunde nicht nutzen konnte. Damit wäre die Situation aber wohl endgültig eskaliert. Also versuchte er es mit einem »Georg, du fährst jetzt nicht los«.

»Natürlich fahre ich jetzt nicht los. Erst mal muss sich die Lage da draußen beruhigen.«

Scholzen tapste auf allen vieren dem Kätzchen entgegen, das im gleichen Tempo zurückwich. Dann stieg auch Georg aus. Vorsichtshalber folgte Tobi. Lisa blieb sitzen, ohne jemandem hinterherzuschauen. Als Georg seine Tür zuschlug, erschrak die Katze und rannte weg.

Scholzen kam enttäuscht auf allen vieren zurück und schaute hoch zu Georg und Tobi. Niels' Pillen standen nun in der Blüte ihrer Wirkung. Beim Versuch aufzustehen musste das selbst Scholzen erkennen. Er stützte sich auf die Motorhaube. Irgendwas zwischen Schluckauf und Husten folgte, und seine Augen verdrehten sich asynchron. Dann sackte er zusammen und landete auf der Front des Wagens, von der er auf den Boden rutschte. Vielleicht gar nicht schlecht, dachte Tobi, wie eine Wegfahrsperre. Er kniete sich neben Scholzen. Dank des Erste-Hilfe-Kurses, den er wegen des Führerscheins hatte machen müssen, wusste er grob, was zu tun war. Er legte ihn auf den Rücken. Mit dem Ohr an Scholzens Nase und Mund prüfte er die Atmung. Aber drumherum raschelten die Brombeersträucher im Wind und übertönten jedes eventuelle Luftholen. Beim zweiten Check sah Tobi, wie sich Scholzens Brustkorb hob und senkte. Puls hatte er auch. Sein Herz hämmerte schnell und kräftig. Tobi sprach ihn an, tätschelte sein Gesicht. Keine Reaktion. Dann drapierte er Scholzen in die stabile Seitenlage. Georg lehnte mit verschränkten Armen am Auto und sah schweigend dabei zu. Tobi versuchte es mit einem Appell an Georgs Ehre. Das musste doch fruchten. »Man lässt keinen Kameraden in der Schlacht zurück.«

»Scholzen ist kein Kamerad, sondern eine Gefahr für die komplette Truppe.«

»Wir können ihn aber hier nicht einfach liegen lassen. Was ist, wenn plötzlich sein Atem aussetzt? Oder er heute Nacht zu sich kommt und keine Ahnung hat, wo er ist?«

Georg blickte stur in die Ferne. »Wenn du nicht willst, dass Scholzen hier allein zurückbleibt«, sagte er, »sehe ich nur eine Lösung: Du bleibst auch hier.«

»Aber wir haben einen Deal. Ich habe dir dein Allergiespray klargemacht. Und Scholzen hat den Wagen vollgetankt.«

»Vor allem hat er uns die Bullen auf den Hals gehetzt.« Tobi suchte fieberhaft nach einer Relativierung, aber Georg redete einfach weiter. »Und was mich am allermeisten aufregt: Scholzen dreht wie immer komplett am Rad.«

Georg stapfte ans hintere Ende des Autos. Tobi folgte ihm. Er hatte Georg noch nie so wütend gesehen. Besser, man behielt ihn im Auge. Georg öffnete den Kofferraum und griff nach seiner Sporttasche, aus der er das Shirt zerrte, das er auf seiner Party überreicht bekommen hatte. Er hielt es vor Tobis Gesicht.

»Aber ich bin hier der Freak, oder was?«

»Warum wirfst du das scheiß Shirt nicht einfach weg?«

»Weil ich es beim Sport trage. Dann schwitze ich wenigstens keines von den guten T-Shirts voll.«

Georg schmiss das feuchte Shirt auf den Boden und sah Tobi an. »Okay. Wir laden den Spinner wieder ein. Aber ich will nie wieder FoF genannt werden.«

»Kein Problem. Wir haben dich eh nie –«

Georg unterbrach Tobi: »Ab jetzt ist Scholzen FoF.«

Es schien ihm ernst zu sein.

»Das wird bestimmt kein Problem sein. Lasst uns Scholzen erst mal auf die Rückbank legen.«

Georg nickte. Sie gingen um den Wagen. Als sie vor der Motorhaube standen, sahen sie nach unten, einander an und wieder auf den Boden. Sie schauten sich um, sahen über die hügelige Wiese, unter den Wagen, hinter den nächsten Strauch. Scholzen war weg.

18:51 UHR

Tobi rannte so schnell, wie man eben über eine unebene Wiese mit stacheligen Sträuchern rennen konnte. Die Sträucher waren etwa eineinhalb Meter hoch. Da von Scholzen nichts zu sehen war, musste er also wieder auf allen vieren unterwegs sein.

Kurz zuvor hatte Georg die Aufgaben verteilt: Er sicherte zur Straße ab. Lisa blieb beim Wagen und würde zwei Mal hupen, falls Scholzen dort auftauchte. Und Tobi sollte nach seinem Freund suchen.

Nach etwa fünfundzwanzig Metern hüpfte Tobi, in der Hoffnung, dass plötzlich doch irgendwo Scholzens wirre Locken herausragten. Der Golf war wegen der hohen Gräser und der Sträucher schon nicht mehr zu sehen. Konnte es sein, dass Georg Tobi in die Tiefe der Wiese geschickt hatte, um mit Lisa abzuhauen? Wäre es besser, in der Nähe des Wagens zu bleiben? Andererseits, was hätte Tobi tun können, wenn die beiden wirklich fahren wollten? Demnächst würde es dunkel werden. Er konnte den orientierungslosen Scholzen hier auf keinen Fall zurücklassen. Und überhaupt, wieso glaubte er eigentlich, Scholzen würde auf dem Boden herumkrabbeln? Was, wenn er wieder kollabiert war?

Tobi ging weiter, hektisch wie eine Entenmutter, die eines ihrer Küken suchte. »Scholzen, Schoolzeeen!«

Wieder Sirenen. Diesmal aus der anderen Richtung. Die Polizeiwagen kamen mit Blaulicht zurück. Das Martinshorn wurde leiser und schließlich komplett vom Rauschen der Natur geschluckt. Dann die Hupe, zwei Mal. Tobi stellte sich hin und reckte den Kopf, doch er sah nichts. So schnell wie möglich lief er zurück. Es war nicht gut, Scholzen mit Georg allein zu lassen.

Am Auto lehnte Lisa. Einige Meter weiter lugte Georgs Kopf aus den Sträuchern heraus. Er stand da wie ein Soldat, der einen verseuchten Gegner in Schach hielt. Natürlich mit dem nötigen Sicherheitsabstand. Scholzen lag im Feld, auf dem Rücken, neben der Katze, die genau wie er alle viere von sich streckte. Er kraulte die Kehle der Katze. Es ging ihm gut, oder wenigstens besser.

Georg sah Tobi an. »Scholzen ist komplett mit Katze kontaminiert«, sagte er.

»Das sind die Fähigkeiten, die ich meine.« Weil Tobis Punkt wohl nicht ganz deutlich geworden war, ergänzte er: »Scholzen zähmt sogar eine scheue Katze. Was ist jetzt? Pack mal mit an.«

»Auf keinen Fall.«

Schon bei dem Gedanken an Körperkontakt pfiffen Georgs Bronchien. Also zog Tobi Scholzen allein in den Stand. Nach kurzer Diskussion ließ Scholzen das Kätzchen zurück und kam mit zum Auto. Als Tobi ihn gerade auf den Rücksitz packen wollte, meldete Georg sich zu Wort: »Moment. Mit seinem T-Shirt kann er nicht mehr in den Wagen. Das ist voller Katzenhaare. Außerdem haben wir eine Abmachung.« Georg hob das T-Shirt vom Boden auf. »Scholzen soll das hier anziehen. Und FoF steht ab jetzt für Freak of Freaks!«

Streng genommen war diese Vereinbarung nur mit Tobi getroffen worden. Er versuchte Blickkontakt mit Scholzen herzustellen, ihm zu signalisieren, dass er jetzt einfach mal den Ball flach halten sollte.

Aber Scholzen sah nicht zu ihm. Er las den Schriftzug des Shirts. »Du willst, dass ich hier der Freak of Freaks bin? Soll das ein Witz sein?«

»Ich mache keine Witze«, versicherte Georg glaubhaft.

Scholzen trat einen Schritt auf ihn zu und griff das

T-Shirt. Er hielt es fest, mit beiden Händen, und blickte ernst in Georgs Augen. »Es ist mir eine Ehre. Hiermit gelobe ich feierlich, das T-Shirt mit Würde zu tragen.«

19:41 UHR

Georg hielt das Tempo konstant bei 82 km/h, Höchstgeschwindigkeit plus Toleranz von drei Prozent, wie er beim Beschleunigen erklärt hatte. Kurz davor hatte er die Route ausgegeben: »Im Westen geht die Sonne unter. Wir müssen nach Westen zur holländischen Küste, um von dort mit der Fähre nach England überzusetzen. Also fahren wir erst mal der Sonne entgegen.«

Am Straßenrand zogen links und rechts Bäume vorbei. Die Schatten ihrer ausladenden Kronen huschten über die Windschutzscheibe. Das Flackern erinnerte an eine Kinoleinwand. Und tatsächlich wirkte alles ein wenig wie im Film. Tobi dachte an die letzten Roadmovies, die er gesehen hatte. Im Kino *Thelma & Louise* und als Raubkopie bei Scholzen *Natural Born Killers*. Beide Filme hatten kein klassisches Happy End.

Auf der Rückbank saß Scholzen mit geschlossenen Augen und kühlte seine Stirn mit einer Dose Aquarius. Sein Rausch war nahtlos in Kopfschmerzen übergegangen.

Langsam sickerte auch zu ihm durch, dass das, was er »die Tankstellensituation« nannte, nicht optimal gelaufen war. Trotzdem blieb er zuversichtlich: »Die Polizei hat die Suche mittlerweile bestimmt eingestellt. Die wissen ja jetzt, dass ich nur ne Spielzeugpistole hatte.«

»Es handelt sich dabei um ein Sportgerät«, korrigierte Georg, ohne den Blick von der Straße zu nehmen.

Plötzlich ertönte ein Klingeln. Gleichzeitig, wenn auch

nicht synchron, blinkte der Nokia 9000 Communicator. Scholzen quittierte die schrillen Töne mit einem leisen Wimmern. Georg dagegen tat so, als hörte er nichts. Aber auch er konnte auf dem Display lesen, wer versuchte, sie zu erreichen. Der Anrufer war als »Zuhause« eingespeichert.

»Irgendjemand muss machen, dass das aufhört«, forderte Scholzen.

Tobi reagierte nicht. Das waren weder seine Kopfschmerzen noch sein Handy.

Scholzen richtete sich auf. »Ihr hört das auch, oder?«

»Ja«, antwortete Georg.

»Und? Gehst du ran?«

»Nein.«

»Aber mein Kopf platzt.«

»Das ist dein Problem. Ich habe meine eigenen.«

Ohne die 82 km/h zu reduzieren, öffnete Georg das Handschuhfach und fingerte eine Sonnenbrille hervor. Er setzte sie auf, noch bevor er die Klappe schloss. Jetzt schaute er wieder nach vorne, Richtung Sonne, die am Horizont dümpelte und längst nicht mehr die Kraft besaß zu blenden. In absehbarer Zeit würde sie ganz verschwunden sein, und damit auch der einzige Orientierungspunkt. Alle im Wagen wussten es, aber niemand sprach es aus. Überhaupt war es ziemlich ruhig geworden, abgesehen vom Telefon. Und Scholzen.

Er tippte Tobi auf die Schulter. »Dann geh du ran.«

Georg antwortete für Tobi: »Nein.«

Scholzen steckte seinen Kopf zwischen die Vordersitze. »Georg, da gibts einen Knopf, mit dem kann man den Anrufer wegdrücken.«

»Ich weiß.«

»Und?«

»Und was?«

»Machst du es?«

»Nein.«

»Aber warum denn nicht?« Scholzen klang aufrichtig verzweifelt.

»Weil mein Vater dann weiß, dass ich das Klingeln gehört habe.«

»Ja und?«

»Wenn er weiß, dass ich das Telefon höre, muss ich rangehen.«

Scholzen rutschte noch ein Stück weiter nach vorne. Er streckte seine rechte Hand nach dem am Armaturenbrett befestigten Telefon aus. Georg nahm die Hand und schmiss sie wie ein zusammengeknülltes Stück Papier nach hinten.

Scholzen kehrte zur Verhandlung zurück. »Aber irgendwann musst du doch mit deinem Vater reden«, sagte er.

»Nicht bevor ich weiß, was mit meiner Mutter passiert ist.«

»Aber dein Vater ist doch der Einzige, der es dir sagen kann.« Anscheinend verhalfen die Kopfschmerzen Scholzen zu ungewohnter Klarheit.

Die Stille wurde im Dreisekundentakt durch das viel zu hohe Nokia-Schrillen zertrümmert. Tobi nervte alles. Das klingelnde Telefon, der redende Scholzen, die schweigende Lisa. Also versuchte er zu vermitteln: »Es musst ja nicht du sein, der mit deinem Vater spricht.«

Georg schaute kurz zu ihm herüber. »Wer denn sonst?«

»Ich machs«, brachte sich Scholzen erneut in Stellung.

Georg hustete ein Lachen. »Auf keinen Fall.«

Von hinten legte Lisa Georg eine Hand auf den Oberarm. »Ich könnte das übernehmen«, sagte sie.

Georg zuckte mit den Schultern. Lisa drehte sich zu Tobi

und sprach so ruhig wie seit Tagen nicht mehr: »Nimm doch mal das Gespräch an und stell auf Lautsprecher.«

Da in Tobis Familie niemand ein Handy besaß, wusste er überhaupt nicht, was zu tun war.

Georg merkte das. »Die Taste mit dem grünen Hörer drückst du, um Gespräche anzunehmen«, erklärte er, »die daneben, mit dem roten Hörer, wenn du Gespräche beenden möchtest. Rechts oben drückst du auf Lautsprecher.«

Georg ließ die Möglichkeit ungenutzt, von oben herab zu belehren. Nachdem Tobi auf die beiden Tasten gedrückt hatte, hörten sie ein Rauschen, das nur einen Moment später von Georgs Vater in den Hintergrund gebrüllt wurde: »Georg? Georg!«

»Hallo, Herr Pohlmann. Hier ist Lisa.«

»Wo ist Georg?«

Lisa stockte und schaute Hilfe suchend zu Georg. Der wischte mit einer Hand durch die Luft, als wollte er ein paar Fruchtfliegen vertreiben. Also sprach sie weiter. »Der ist nicht da.«

»Hol ihn.«

»Georg will nicht mit Ihnen reden. Er möchte vorher wissen, was eigentlich los ist.«

Pohlmann legte noch eine Schippe Dezibel obendrauf. »Ich kann dir sagen, was los ist. Ihr sitzt ohne Führerschein in meinem Wagen. Das kostet mich die Lizenz.«

»Ich meine, Georgs Mutter, Ihre Frau. Herr Pohlmann, es ist wirklich wichtig für Georg zu erfahren –«

»Lisa! Du kommst jetzt sofort nach Hause.« Lambrecht. Auch Pohlmann war also nicht allein und hatte sein Telefon auf laut gestellt. Lisa verstummte. Ihr Vater brüllte unverändert: »Sofort! Sonst wirst du das bereuen.«

Georgs Vater übertönte nun Lambrecht: »Georg? Ich will jetzt mit Georg sprechen. Lisa? Gib mir Georg.«

Lisa hatte sich nicht bewegt, seitdem sie ihren Vater gehört hatte. Beide Männer riefen nun abgehackt den Namen ihres Kindes über eine Verbindung, die zunehmend schlechter wurde. Weder Georg noch Lisa würden dieses Gespräch weiterführen, so viel war klar. Also übernahm Tobi: »Herr Pohlmann, hier ist Tobi.«

»Tobias! Ich zeig dich an. Das ist Entführung einer Minderjährigen«, bellte Lambrecht.

Tobi hielt sich unbeirrt an Pohlmann: »Bitte erklären Sie Ihrem Sohn, was mit seiner Mutter passiert ist. Sonst kommt er nicht wieder. Auf keinen Fall. Glaube ich.«

»Also hört er doch zu! Georg?«

Georg verließ den Toleranzbereich, 84, 86, 90 km/h, als wollte er dem Telefonat davonfahren. Der Motor wurde lauter, die Väter auch. Sie brüllten nun nicht mehr nur ihre Kinder an, sondern stritten auch miteinander: Entführung, Quatsch, Stockholm-Syndrom, Stock-im-Arsch-Syndrom. Bis es Scholzen reichte. »Sie müssen sich jetzt wirklich mal beruhigen«, sagte er mit klarer Stimme.

Und tatsächlich herrschte am anderen Ende der Leitung plötzlich Ruhe. Nach einer kurzen Pause fragte ein irritierter Pohlmann: »Wer spricht da?«

»Hier ist Pascal.«

»Wer?«

»Jean-Pascal.«

»Wer?«

»Jean-Pascal Scholzen.«

»Scholzen? Georg! Was macht der Spinner in meinem Wagen?«

Pohlmann und Lambrecht waren angesichts der neuen Gefahrenlage wieder vereint. Ihre aufgeriebenen Stimmen waren nicht mehr voneinander zu unterscheiden: »Lisa!« »Georg!« »Lisa!« »Georg!«

Aber Georg antwortete nicht. Er drückte die Taste mit dem roten Hörer.

19:48 UHR

Der Nokia Communicator klingelte. Auf dem Display blinkte »Zuhause«. Scholzen stöhnte. Er hielt sich nun an jede Schläfe eine Dose Aquarius. Georg drückte nach dem dritten Klingeln den Anrufer weg. Scholzen seufzte erleichtert. All das wiederholte sich im Minutentakt. Klingeln. Stöhnen. Drücken. Seufzen. Und dann war plötzlich Ruhe.

20:10 UHR

Klingeln. Stöhnen. Drücken. Seufzen. Klingeln.

»Es muss was passieren! Jetzt!« Scholzen, eigentlich Meister darin, die Nerven anderer wund zu scheuern, war selbst am Ende seiner Kraft. »Gib mir das Ding. Ich rede jetzt mit deinem Vater.«

»Meinst du nicht, du hast für heute genug Scheiße gebaut?« Georg sprach so laut, dass es wehtat.

Scholzen legte nach: »Aber es hört nur auf, wenn jemand ans Telefon geht. Du willst nicht, Lisa kann nicht. Und auf Tobi hört keiner.«

Tobi hatte einen Einwand, der nicht weiter beachtet wurde. Vielleicht drückte er auch deswegen beim nächsten Klingeln den grünen Hörer. Um mal zu zeigen, dass er durchaus imstande war, so etwas zu lösen.

Pohlmann verlangte nicht mehr explizit nach seinem Sohn. Er wandte sich nun an alle: »Habt ihr komplett den

Arsch auf? Die Polizei war gerade hier. Ihr habt eine Tankstelle überfallen? Mit meinem Wagen?«

Tobi war fest entschlossen, dieses Gespräch zu führen, ruhig, sachlich, lösungsorientiert. »Aber –«, fing er an.

»Kein aber. Und geschossen! Auf einen Polizisten! Seid ihr irre?«

»Da muss man jetzt schon dazu sagen, dass –«

»Nichts muss man. Ihr kommt jetzt nach Hause. Sofort.«

»Einerseits ist das natürlich –«

»Das war kein Gesprächsangebot. Das ist ein Befehl.«

»Also, ich denke –«

»Ich habe den Wagen als gestohlen gemeldet. Ihr könnt nirgendwo hinfahren. Nach dem Wagen wird gefahndet. Noch habe ich nur Anzeige gegen unbekannt gestellt. Ihr habt fünfzehn Minuten. Wenn ihr bis dahin nicht samt dem John-Mobil wieder hier seid, nenne ich der Polizei eure Namen.«

»Aber –«

»Fünfzehn Minuten. Ab jetzt.«

»Herr Pohlmann, wir können das ja alles erklären. Das mit dem Überfall, gut, das ist irgendwie blöd gelaufen. Und wir haben ja nicht wirklich geschossen, also schon, aber eben mit keiner richtigen Waffe. Und es geht ja auch um etwas anderes. Georg wollte ja wissen, was mit seiner Mutter, also wie das sein kann, dass … Herr Pohlmann? Hallo?«

20:16 UHR

Georg war auf den nächsten ausgeschilderten Parkplatz gefahren. »Steig mal mit aus«, wandte er sich an Tobi, während er die Tür öffnete. Draußen schaute Georg sich um. Es war niemand zu sehen. Nur ein paar wenige Autos standen großzügig verteilt auf dem Parkplatz. »Die fahnden ja nach einem Fahrschulauto. Also muss alles runter, was nach Fahrschule aussieht.«

Georg öffnete auf seiner Seite den Klickverschluss des Dachbügels. Tobi machte es ihm auf der Beifahrerseite nach. Gemeinsam hoben sie den Bügel, an dem das Leuchtschild der Fahrschule befestigt war, über das Dach und legten ihn neben den Golf ins Gebüsch. An den beiden vorderen Türen war jeweils eine magnetische Werbefolie der Fahrschule Pohlmann angebracht. Auch die zog Georg ab und legte sie neben das Auto. Anschließend öffnete er den Kofferraum und holte eine Werkzeugtasche hervor. »Wir tauschen die Nummernschilder mit einem der anderen Autos«, verkündete er.

»Warum?«

»Weil auch unser Nummernschild zur Fahndung ausgeschrieben ist. Und an der Grenze werden immer noch die Nummernschilder gecheckt, teilweise nur per Kamera, das merkste gar nicht.«

Georg ging mit dem Werkzeug zum Wagen, der fünf Parktaschen weiter stand, schaute prüfend, stutzte und ging zum nächsten Auto. Da die gleiche Prozedur: Gucken, stutzen, weitergehen. So drehte er eine komplette Runde über den Parkplatz, bis er wieder bei Tobi stand.

»Die haben alle keine Nummernschilder mehr.«

»Wie kann das denn sein?«

»Das muss ein Autofriedhof sein. Leute stellen hier ihre alte Karre ab, entfernen die Nummernschilder, feilen die Karosserienummer raus und sparen sich so die Verschrottung. Das ist verboten!«

Tobi wollte einwenden, dass auch das Tauschen von Nummernschildern nur bedingt gesetzeskonform war,

Georg war aber noch nicht fertig: »Da braucht man einmal Nummernschilder! Und dann landet man auf einem illegalen Schrottplatz.«

Eine der hinteren Türen öffnete sich. Scholzen kam dazu. »Was geht?«, fragte er.

»Nichts. Es geht nichts mehr.« Georg atmete durch und wirkte merkwürdig gefasst. »Ich ruf meinen Vater an und sag ihm, dass wir wiederkommen. Das erspart euch die Anzeige.«

»Aufgeben? Auf keinen Fall!« Scholzen klang kämpferisch. Er öffnete die Dose Aquarius, die er sich bis zu diesem Moment an die Stirn gehalten hatte. Erst ein Knacken, dann ein Zischen. Scholzen schlürfte die sprudelnde Limonade weg. Danach reichte er die Dose Georg. »Das ist isotonisch«, erklärte er. »Wird dir guttun.« Georg schüttelte den Kopf, und Scholzen sprach unbeeindruckt weiter: »Dein Vater nennt unsere Namen doch nicht wirklich der Polizei. Der blufft. Er hat doch eben selbst gesagt, dass er dann seine Lizenz verliert.«

»Ob er unsere Namen nennt, ist fast egal. Wenn der Wagen als gestohlen registriert ist, schaffen wir es damit nicht über die Grenze.«

»Aber in diesem Fall wäre dein Vater doch auch am Arsch. Das müssen wir ihm vielleicht nur mal erklären. Oder noch besser: Wir stellen deinem Vater ein Ultimatum.«

Jetzt stieg auch Lisa aus. »Ein Ultimatum stellen?«, fragte sie ungläubig. »Pohlmann?«

Für Scholzen war der Sachverhalt klar. »Ja, sicher. Wir machen das wie im Fußball. Bertis Jungs reagieren nicht, sondern agieren. Sie bestimmen das Spiel. Verstehst du? Und deswegen rufe ich da jetzt mal an.«

»Aber dich hält er für einen Spinner«, warf Lisa ein.

»Warum das denn?« Scholzen wirkte aufrichtig überrascht, wischte den Einwand aber weg. »Selbst wenn. Umso besser!«

»Was soll denn daran besser sein?«

»Einen Spinner kann er schlechter einschätzen.«

In einer Minute würde Pohlmanns Ultimatum ablaufen.

»Jetzt gebt mir mal das Telefon, ich mach das schon.«

Georg löste den Nokia-Bolzen aus der Halterung und reichte ihn, ohne hinzusehen. Scholzen hielt das Gerät in seiner rechten Hand. Mit seiner linken fasste er an das FoF-Shirt: »Ich danke dir für das Vertrauen, das du in mich setzt. Ich werde dich nicht enttäuschen. Der Freak of Freaks wird dich nicht enttäuschen.«

»Jetzt mach hin, wir haben noch dreißig Sekunden.«

Scholzen stellte auf Lautsprecher und rief an.

Pohlmann ließ fünf Mal klingeln, obwohl klar war, dass er neben dem Telefon saß. Er war bei Verhandlungen eben auch kein Anfänger. Dann nahm er ab. »Ihr sollt nicht anrufen, ihr sollt kommen«, sagte er mit schneidender Stimme.

»Hallo, Herr Pohlmann. Hier ist Scholzen.«

»Mit dir rede ich nicht.«

»Das ist inhaltlich schlichtweg falsch. Sie haben diesen Satz ja gerade zu mir gesagt. Insofern ist der Satz ›Mit dir rede ich nicht‹ vermutlich immer falsch, zumindest gesprochen, geschrieben gehts.«

»Gib mir meinen Sohn!«

Scholzen hatte nur drei Sätze gebraucht, um Pohlmann wieder brüllen zu lassen.

»Wenn Sie möchten, können Sie natürlich brüllen, aber entscheiden Sie sich bitte für eine konstante Lautstärke, damit ich Ihr Handy entsprechend leiser drehen kann. Ich habe keine Lust, alle zehn Sekunden die Lautstärke neu einzustellen.«

Pohlmann drehte durch, Scholzen drehte leiser. In Georgs Gesicht zuckte ein nervöses Lächeln. Wieder Scholzen: »Wir nehmen zwei Big Macs, einen McRib und einen Royal T, also ohne S, alles im Menü, mit Pommes und Cola.«

»Was soll das denn jetzt?«

»Nein, ohne Salat! Mit Tomate, aber ohne Salat. Herr Pohlmann, ich muss mich entschuldigen, hier gibts gerade Probleme mit der Bestellung. Ich melde mich gleich noch mal. Tschüss, ne?«

Nachdem Scholzen aufgelegt hatte, schaute ihn der Rest der Runde fragend an.

Er erklärte: »Wir bestimmen das Spiel. Wie Bertis Jungs. Außerdem denkt dein Vater jetzt, dass wir beim McDrive sind, also komplett in anderer Richtung unterwegs. Nur für den Fall, dass die Verhandlungen scheitern und er doch noch die Polizei ruft.«

Georg hätte es wohl auch unter Folter nicht zugegeben, aber er wirkte ein kleines bisschen beeindruckt.

Scholzen drückte auf Wahlwiederholung. »Herr Pohlmann, ich bins. Tschuldigung noch mal. Wo waren wir stehen geblieben. Ach ja, richtig: Wir stellen Ihnen ein Ultimatum von fünfzehn Minuten.«

Trotz der schlechten Verbindung konnte man Pohlmann atmen hören. »Ihr? Mir?«, keuchte er. »Ich habe euch ein Ultimatum gestellt. Und da ihr nicht hier seid, rufe ich jetzt die Polizei an.«

»Das ist eine gute Idee. Und ganz im Sinne unseres Ultimatums.«

»Wenn du mich provozieren willst, sag ich dir, das kannst du vergessen!« Den letzten Teil hatte Pohlmann schon wieder gebrüllt.

»Sie rufen jetzt die Polizei an …«

»Das mach ich auch!«

»Und dann sagen Sie denen, dass der Wagen wieder bei Ihnen steht, er also nicht gestohlen ist.«

»Junge, mach keinen Quatsch. Ich zeig euch an.«

»Also, im Moment siehts so aus, als würden Sie angezeigt werden. Wegen Verletzung der Aufsichtspflicht. Wir haben eben mit Tobis Vater telefoniert. Der ist stinksauer, und Sie wissen ja, wie schnell der jemanden anzeigt.«

Tobi fuchtelte fragend vor Scholzens Gesicht herum.

Auch Pohlmann hatte Fragen: »Verletzung der Aufsichtspflicht? Seid ihr bescheuert?«

»Sie hätten den Schlüssel abziehen müssen, als Sie den Wagen verlassen haben. Sagt Tobis Vater. Und das kostet Sie die Lizenz. Also, sagt Tobis Vater.«

»Das ist mir egal.«

»Das klang eben aber noch anders.«

Pohlmann brüllte jetzt wieder: »Treibs nicht zu weit!«

»Bitte bleiben Sie jetzt bei dieser Lautstärke. Ich habe leiser gedreht.«

»Ich bin so laut, wie ich will.«

»Können Sie das noch mal sagen? Etwas lauter vielleicht? Weil ich ja gerade leiser gedreht habe.«

»Willst du mich verarschen?« Das allerdings war laut genug.

»Erklären Sie jetzt der Polizei, dass der Wagen nicht länger gesucht werden muss. Und wenn Sie das geschafft haben, rufen Sie uns noch mal an. Sonst zeigt Tobis Vater Sie an. Sie haben fünfzehn Minuten.« Scholzen legte auf.

Georg lief ein Mal im Kreis, blieb stehen und fragte in die Runde: »Aber was ist, wenn er uns doch anzeigt?«

Scholzen überlegte kurz. »Ja, dann sind wir komplett am Arsch.«

20:32 UHR

Der Nokia Communicator klingelte. Scholzen nahm das Gespräch an: »Ja?«

»Ich habe mit der Polizei telefoniert.« Pohlmann klang müde. »Der Wagen ist nicht mehr als gestohlen gemeldet. Ich habe am Montag einen Termin auf der Wache, bei dem alles Weitere geklärt wird. Georg? Hörst du mich?«

Georg schüttelte den Kopf. Also sprach Scholzen: »Georg ist gerade verhindert. Kann ich ihm was ausrichten?«

»Sag ihm, er soll nach Hause kommen.«

Ein Klacken. Pohlmann hatte aufgelegt.

23:13 UHR

Tobi erwachte ohne Orientierung. Wo war er? Wo waren die anderen? Waren sie ohne ihn weitergefahren? Doch Tobi konnte sich sofort Entwarnung geben, er saß noch immer auf dem Beifahrersitz. Sofern die anderen nicht zu Fuß nach England weitergezogen waren, mussten sie hier irgendwo sein. Immerhin hatte der Schreck dafür gesorgt, dass Tobis System wieder hochgefahren war.

Die Türen waren angelehnt, der Zündschlüssel steckte, Georg musste also in der Nähe sein. Warum war Tobi aufgewacht? Hatte er Scholzen rufen gehört? Er stieg aus. Es war so dunkel, dass er den Parkplatz nur erkennen konnte, weil er wusste, dass er da war. Von den anderen keine Spur.

»Hallo? Scholzen? Georg?«

Keine Antwort. Tobi hatte nicht so laut gerufen, wie er konnte. Das heißt, wahrscheinlich hatte er es nicht getan. Denn eigentlich wusste er nicht, wie laut er sein konnte.

Er hatte es nie getestet. Und auch jetzt, nachts allein auf einem Parkplatz im Nirgendwo, wäre es ihm unverhältnismäßig vorgekommen. Tobi wollte niemanden wecken. Irgendjemand würde bestimmt schlafen. Tiere zum Beispiel. Die hatten ja gerade auch lange Tage.

In größer werdenden Kreisen ging Tobi ums Auto. Abwechselnd rief er die Namen der Jungs, Lisas sparte er sich. Sie würde eh nicht antworten.

»Komm rein jetzt!«

Scholzen! Tobi versuchte die Stimme zu orten. Obwohl Scholzen gebrüllt hatte, war er nur leise zu hören gewesen. Tobi lief zurück zum Wagen und zog den Zündschlüssel ab, damit nicht irgendjemand mit dem Wagen abhauen konnte. Er ertappte sich dabei, dass er zu irgendjemand auch Georg zählte. Mit dem Autoschlüssel in der Hosentasche folgte er der Richtung, aus der er Scholzen gehört hatte. Die Augen gewöhnten sich an die Dunkelheit. Die Welt wurde zu einer dunkelgrauen Andeutung. Mit einer Hand, die Tobi schützend vors Gesicht hielt, ging er einen schmalen Trampelpfad entlang, durch Büsche hindurch, die viel intensiver rochen als am Tag.

»Scholzen! Scholzen? Scholzeeen!«

Die kühle Luft tat gut. Wenigstens das. Tobi ging weiter. Der Pfad wurde breiter, bis er kein Weg mehr war. Tobi stand auf einer Wiese. Er hörte etwas, also rief er wieder: »Scholzen!«

»Pssst!« Ein lautes Zischen. Georg. Er saß auf einer Bank.

Tobi ließ sich erleichtert neben ihn fallen. »Wo sind denn die anderen?«

»Da.«

Tobi schaute nach vorne. Minimales Glitzern. Er saß an einem See. Weder Lisa noch Scholzen waren zu sehen, also rief Tobi wieder den Namen seines Freundes.

Georg schritt ein: »Jetzt brüll hier doch nicht so rum.«

»Warum?«

»Nachher weckst du noch Wespen oder so. Noch nie was von Wespenallergie gehört?«

»Oh, du bist allergisch gegen Wespenstiche?«

»Woher soll ich denn das wissen? Bin noch nie gestochen worden.«

Im See bewegten sich zwei Schatten. Wie gern wäre Tobi jetzt zu Lisa ins Wasser gegangen, beide nackt. Aber er saß am Ufer neben Georg. Beide angezogen, immerhin.

»Was für ein krasser Tag. Möchtest du darüber reden oder so?«, fragte Tobi in einer Lautstärke, die ganz bestimmt keine Wespen weckte.

Georg sah ihn an. »Du interessierst dich doch nicht wirklich für meinen Tag.«

»Warum denn nicht?«

»Weil du nur wegen Lisa dabei bist.«

»Wie kommst du denn darauf?«

»Du sitzt also lieber hier mit mir auf der Bank, als zu Lisa ins Wasser zu gehen.«

»Ja, klar.«

»Um mit mir über den Tag zu reden.«

»Natürlich.«

Aus dem Wasser hörten sie ein lustvolles Quieken. Kurze, spitze Schreie. Scholzen hatte Spaß.

»Okay, dann reden wir. Das war der beschissenste Tag in meinem Leben. Was möchtest du sonst noch wissen?«

Irgendwie war es falsch, dass Scholzen und Lisa allein im Wasser waren. Natürlich vertraute Tobi seinem Freund. Trotzdem sollte er an seiner Stelle sein. Schließlich war Lisa Tobis Freundin. Gut, Ex-Freundin, streng genommen.

»Tobias? Also keine weiteren Fragen? Das wars schon, was du bereden wolltest?«

»Was? Ach so, nee.«

Tobi hätte jetzt eine Frage stellen müssen, ganz klar. Und es schwirrten ja auch genügend Fragen herum. Ob Lisa ihn gesehen hatte? Blieb sie im Wasser, weil Tobi am Ufer saß? Oder blieb sie, weil sie hoffte, dass er endlich dazukommen würde? Schwer einzuschätzen.

Georg schaute Tobi an. Er hatte gerade etwas gesagt. Ganz bestimmt. Tobi konnte sich erinnern. An Georgs Stimme. Die Satzmelodie, die immer nach einer Beschwerde klang. Blöderweise war aber nicht ein einziges Wort zu ihm durchgedrungen. Trotzdem war es an ihm zu antworten, also sagte er: »Mhm.«

Georg atmete hörbar ein und aus: »Okay, pass auf. Du willst bei mir sein. Mir beistehen und so.«

Tobi blieb bei seiner Strategie: »Mhm.«

»Und wenn ich zu Lisa gehe, musst du mitkommen, weil du ja unbedingt mit mir Zeit verbringen möchtest.«

Vielleicht war Georg gar kein schlechter Typ. Vielleicht ging Tobi ihm aber auch nur auf die Nerven. So sehr, dass Georg bereit war, seine beste Freundin zu opfern, um endlich wieder Ruhe zu haben. Aber in Richtung Lisa zu gehen wäre ja auf jeden Fall eine Verbesserung.

»Okay, vielleicht tut uns das ja auch gut. Kaltes Wasser, um mal runterzukommen, nach dem Tag.«

»Ich geh nicht in den See. Und hör doch endlich mit dem Tag auf.« Georg stand auf und ging zum Wasser. Tobi folgte ihm.

»Kommt rein. Ist total geil«, rief Scholzen aus dem See.

Tobi streifte sein T-Shirt ab. Georg stand unbewegt daneben. Tobi zog Schuhe und Socken aus, dann die Jeans. Weil Georg noch immer alle Klamotten trug, wäre es Tobi seltsam vorgekommen, noch mehr auszuziehen. Er ließ die Shorts an und schlurfte vorsichtig ins Wasser. Der See hatte die Wärme des Tages gespeichert. Tobi ging weiter. Als ihm das Wasser bis zu den Kniekehlen reichte, war er auf Scholzens Höhe. Der konnte nicht viel weiter in den See hinein, weil er Nichtschwimmer war. Lisa hatte das genutzt, um Scholzen deutlich hinter sich zu lassen. Tobi sprach kurz mit ihm, dann watete er weiter. Nach ein paar Metern warf er sich ins Wasser und schwamm raus. Zu Lisa.

Tobi hatte sich verschluckt und hustete so laut, dass spätestens jetzt alle Wespen schlüpften, um nachzuschauen, wer da so einen Krach machte. Es klang so erbärmlich, dass selbst Lisa sich sorgte. »Alles klar?«, fragte sie.

»Geht schon. Ich dachte, wir könnten mal in Ruhe reden.«

»Worüber?«

»Über uns.«

»Jetzt? Hier? Aber es geht doch gerade überhaupt nicht um uns.«

»Um wen denn sonst?

»Um Georg.«

»Ach, komm. Wir sind beide nicht wegen Georg hier.«

»Anfangs vielleicht nicht. Aber jetzt schon.«

»Dann lass uns Frieden schließen. Für Georg. Weil er es echt nicht gebrauchen kann, dass wir uns hier bekriegen.« Gutes Argument. Wo Tobi so etwas manchmal bloß hernahm.

Lisa schwieg, dann: »Waffenstillstand. Für Georg.«

Das war mehr, als Tobi erwartet hatte. Lisa hielt ihm ihre Hand hin. Einerseits brauchte Tobi beide Arme, um sich über Wasser zu halten, denn er war ein erbärmlicher Schwimmer. Andererseits war ein Handschlag fast so was wie Händchenhalten, und das wollte er sich nicht entgehen lassen. Tobi nahm die Hand. Und einen tiefen

Schluck See. Lisa ließ los. Sie sah Tobi an und legte ihre Stirn in Falten: »Lass uns zurückschwimmen, bevor du hier noch absäufst. Echt kein Bock auf Mund-zu-Mund-Beatmung.«

Als die beiden das seichte Wasser erreichten, diskutierte Scholzen mit Georg, der noch immer am Ufer stand. Scholzen kündigte an, Georg ins Wasser zu ziehen, sollte er nicht freiwillig kommen. Georg konterte mit der Drohung, Scholzen in diesem Fall ins tiefe Wasser zu ziehen.

Lisa mischte sich ein: »Georg, komm doch rein. Das tut echt gut.«

»Ich kenne den See ja überhaupt nicht.«

»Dann kommen wir jetzt raus. Das ist doch scheiße, wenn du da allein rumstehst.«

Georg seufzte. Er zog die Schuhe aus, krempelte seine Army-Hose hoch und ging zwei, drei Schritte auf die anderen zu. Der See umschloss seine Waden.

Scholzen war zufrieden. Begeistert schaute er die anderen an. »Wahnsinn, wenn man bedenkt, dass ich nackt bin und wir von dem gleichen Wasser umspült werden. Das bedeutet, dass mein Schwanz euch indirekt berührt.«

Man konnte nur erahnen, wie sehr Georg es bereute, mit seinen Füßen im gleichen Wasser wie Scholzen zu sein. Aber er blieb. Zum ersten Mal seit ihrem Aufbruch saßen alle vier in einem Boot. Halt nur ohne Boot.

FREITAG, 28. JUNI 1996
06:03 UHR

Als Tobi erwachte, saß Georg am Steuer, als stünde er mit dem Golf lediglich an einer Ampel, die jede Sekunde auf Grün umspringen könnte. Tobi brauchte einen Moment, um zu begreifen, wo sie waren. Es war Morgen, der nächste Morgen. Sie standen noch immer auf dem illegalen Autofriedhof. Auf der Rückbank hatten sich Lisa und Scholzen arrangiert. Beide schliefen, aber Scholzen bewegte sich bereits und würde damit wohl auch Lisa bald wecken.

Tobi nuschelte ein »Morgen«. Georg nickte brummend. Es war Tobi vorher nie aufgefallen, wie ähnlich Georg und Pohlmann sich in ihren Gesten waren.

Das Nokia-Display zeigte vierunddreißig Anrufe in Abwesenheit. Georg hatte das Telefon am Vorabend auf lautlos gestellt, zu Recht, wie man nun sah.

»Hey Leute.« Scholzen war wach. Einen Moment später murmelte auch Lisa etwas.

Tobi öffnete die Beifahrertür. Beim Aussteigen klang er wie ein alter Mann, und eigentlich fühlte er sich auch so. Die anderen stöhnten und seufzten ebenfalls, als sie nach draußen schlüpften. Wie wenig Sauerstoff noch im Auto gewesen war, merkten sie erst jetzt.

Tobi ging sofort zum Kofferraum, holte das Aquarium

heraus und stellte es auf den Boden. Er wusste nicht, ob den Seepferdchen Sonne irgendetwas bedeutete, aber sicher war sicher. Im Tageslicht bewegten sie sich mehr, es sah so aus, als hüpften sie im Wasser. Wie freudig erregte Kinder, die nicht abwarten konnten, was der Tag so bringen würde. Tobi hatte sie noch nie so lebendig gesehen.

Weil noch ein paar Flusskrebse auf dem Grund des Aquariums waren, schüttete er nur eine kleine Menge Zierfischfutter dazu. Er klopfte mit einem Finger auf die schräg gehaltene Dose, als ginge es darum, das Wasser lediglich ein wenig zu würzen. Die anderen schauten bei der Fütterung zu, etwas zu gebannt, wie Tobi fand.

»Sag mal«, wandte sich Georg an Scholzen, »deine Überraschung, ist das zufällig was zu essen?«

»Welche Überraschung?«

»Gestern nach der Nordoel hast du gesagt, du hast Aquarius und eine Überraschung.«

»Echt?« Scholzen versuchte sich zu erinnern. Ergebnislos. Sein Blick fiel in den offen stehenden Kofferraum. Da hatten sie alles verstaut, was auf der Rückbank beim Schlafen gestört hätte. Er kramte. Und wurde fündig: »Lecko mio, wir haben vier Carazzas!«

Scholzens Überraschung war gelungen – bei Scholzen.

Georg hakte nach. »Bitte was haben wir?«

»Carazza. Das ist neu! Ein Pizzataschensnack, gefüllt mit dem Besten der Bifi.«

Lisa fragte halb spöttisch, halb neugierig: »Das Beste der Bifi? Was soll das sein? Die Plastikpelle?«

Georg sah sich um. Zwischen den vor sich hin rostenden Autos stand ein Tisch mit zwei fest installierten Holzbänken. »Kommt, wir setzen uns und frühstücken erst mal in Ruhe.«

Tisch und Bänke waren mit wenigen Handgriffen aus Baumstämmen gesägt worden, dem Zustand nach vor sehr langer Zeit. Offensichtlich wurden sie aber noch genutzt, denn die Sitzgruppe war das Zentrum der auf dem Parkplatz herumwehenden Abfälle.

Während Georg mit der Hand über die Holzbank wischte, erklärte Lisa: »Gute Nachrichten, ihr könnt jeder zwei essen. Tobi und ich sind Vegetarier.«

Tobi horchte auf. Es tat gut, mal wieder in einem Satz von Lisa stattzufinden. Aber irgendwie ärgerte es ihn auch, dass sie es war, die ungefragt die Gemeinsamkeiten festlegte. Denn streng genommen war nicht Tobi der Vegetarier, sondern Tobs. Sie hatten sich ja nicht auf einem Vegetarierkongress kennengelernt, sondern er war ihr zuliebe konvertiert. Tobi war selbst ein wenig überrascht, als er sich sagen hörte: »Also ich nehm so ’n Carazzo.«

Er wusste noch immer ein gutes Stück Fleisch zu schätzen. Das Problem war nur: Bei Bifi handelte es sich um einiges, aber bestimmt nicht um ein gutes Stück Fleisch. Tobi hasste alles an Salami. Die weißen Fettstücke, das blutige Rot drumherum, den Geruch, und die Information, dass richtige Salami aus Esel hergestellt wurde, machte alles noch schlimmer. Als Kind hatte er mal von Salami gekotzt und seitdem nie wieder etwas Vergleichbares angerührt. Aber zum Glück würde er dieses Bifi-Ding ja nicht wirklich essen. Tobi schaute Lisa an. »Ich *muss* es nicht essen«, sagte er.

Keine Antwort von ihr, dafür von Scholzen: »Ja geil, dann nehm ich deins.«

Tobi räusperte sich. »Ich mein, ich *kanns* essen, ich muss aber nicht.« Wieder keine Reaktion. Er drehte die noch geschlossene Carazza-Verpackung in der Hand. »Sieht schon lecker aus.«

Lisa sah ihn kurz an, wandte sich dann aber an die Runde: »Wie können wir denn die beste Route herausfinden?«

Was sollte das denn jetzt? Lisa konnte doch nicht einfach das Thema wechseln, ohne sich vorher klar zu Tobi und sich geäußert zu haben. Auch Tobi sprach nun zur Gruppe: »Können wir jetzt erst mal in Ruhe frühstücken?« Er riss die Tüte ein, um seinen Worten Nachdruck zu verleihen. Er konnte das Beste der Bifi schon riechen. Fast bettelte er nun: »Also, wenn es jemandem lieber ist, dass ich die Finger davon lasse …«

Lisa räusperte sich. Endlich. »Ich fands halt nur ekelig, jemanden zu küssen, der gerade Fleisch gegessen hat«, sagte sie zu Tobi. »Aber ich schreibe dir nicht vor, was du essen sollst. Das mache ich bei Georg ja auch nicht.«

Na toll. Tobi spürte, wie verschiedene Magendrüsen in Wallung gerieten, um schon mal den Trägersaft für Erbrochenes anzurühren. Egal. Tobi würde es essen. Essen müssen! Dann würden halt wieder Tiere für ihn sterben. Tiere, die sich mal schön bei Lisa bedanken konnten.

Er knabberte an der Teigtasche. Nur um zu zeigen, wie ernst er es meinte. Lisa hatte recht. Es war ekelhaft. Aber es nützte nichts. Mit einem Lächeln und der nötigen Vorsicht biss Tobi ein weiteres kleines Stück aus dem Brotmantel. Es gab nun einen Durchbruch zum Inneren der Pizzatasche. Das klaffende Loch samt Tomatensoße und Schmelzkäse erinnerte an eine eiternde Wunde.

»Ich hab doch keinen Hunger«, sagte Georg noch tonloser als sonst und schob sein Carazza zu Scholzen. »Irgendwie schlägt mir das alles auf den Magen.«

Lisa sah ihn von der Seite an. »Komm, wir drehen mal ne Runde zu zweit.«

Georg nickte und stand auf. Lisa folgte ihm. Als die

beiden ein paar Schritte gegangen waren, drehte Lisa sich um. »Tobi?«, rief sie.

»Ja?«

Sie warf ihm ihr Carazza zu. »Hier, dann hat jeder von euch zwei. Guten Appetit.«

06:55 UHR

Scholzen hatte sich gerade das vierte Carazza reingestopft, als Lisa und Georg wiederkamen. Hektisch zog Tobi zwei der leeren Verpackungen auf seine Seite des Tisches. Lisa quittierte den Vertuschungsversuch mit einem milden Lächeln, sparte sich aber jeden weiteren Kommentar. Sie war gedanklich nicht mehr beim Frühstück.

»Für Georg ist es immer noch wichtig zu erfahren, was mit seiner Mutter los ist. Und da dachten wir …«

»Also, Lisa dachte«, warf Georg ein.

»Na ja, auf jeden Fall würden wir gerne noch mal mit Georgs Vater telefonieren.«

Georg räusperte sich. »Und da dachte Lisa, dass das vielleicht wieder Scholzen übernehmen könnte. Weil du ja beim letzten Mal, also, das beste Resultat erzielt hast.«

Georg war sichtbar erleichtert, dass Plan und Anfrage nun ausgesprochen waren.

Scholzen nickte. »Klar bring ich die Aktion«, sagte er. »Unter einer Bedingung. Ich mach das auf meine Weise.«

07:05 UHR

Der Nokia Communicator lag auf dem Picknicktisch, den Scholzen eher zweitrangig als Ablage nutzte. Vor allem diente ihm der Tisch als Abstandshalter zum zunehmend nervöser werdenden Georg. Der saß mit den anderen auf der Bank dahinter und knetete seine Finger. Alle fixierten das laut gestellte Telefon. Es tutete, zwei Mal, drei Mal. Scholzen posierte wie ein stolzer Wanderer nach geschafftem Tagwerk. Nur, dass er sich mit seiner Hand statt auf einen Spazierstock auf eine Eisenstange stützte, die er zuvor zwischen all dem anderen Müll gefunden hatte.

Georg hatte sich mittlerweile auf seine Hände gesetzt. Es war ihm sichtbar schwergefallen, nicht nach Scholzens Plan zu fragen. Vermutlich wäre es aber auch schwer auszuhalten gewesen, die Antwort zu hören. Wenigstens hatte Scholzen einen Plan. Und zwar einen, der funktionieren würde, wie er versicherte.

Nach dem fünften Tuten hob Pohlmann ab. Er hielt sich nicht mit Begrüßungen auf. »Georg! Wo seid ihr?«

Georg zuckte, schwieg aber. Das war Scholzens Telefonat.

»Hallo, Herr Pohlmann, Scholzen hier.«

»Wo ist Georg?«

»Wissen Sie, ich habe gar nicht angerufen, um Fragen zu beantworten. Ich habe angerufen, um Fragen zu stellen.«

Pohlmann war für einen Moment sprachlos, fing sich aber. »Was soll das heißen?«

»Das ist ja schon wieder eine Frage. Eigentlich möchte ich nur eine Sache besprechen: Was ist los im Hause Pohlmann? Was ist mit Georgs Mutter passiert?«

Pohlmann wurde lauter: »Junge, ich werde ganz bestimmt nicht meine Familiengeschichte mit dir diskutieren.«

»Wenn Sie meinen. Aber das hat dann natürlich Konsequenzen.«

»Drohst du mir? Womit willst du mir denn drohen?«

»Nun, ich habe eine Geisel in meiner Gewalt.«

»Wer soll das denn sein?«

»Die Frage ist nicht wer, sondern was.«

Scholzen legte die Stange beiseite und ging vorbei an einem abgewrackten Ford Fiesta zum Golf Bon Jovi, um dort drei Mal kurz auf die Hupe zu drücken. Anschließend kam er zurück, fast tänzelnd, und beugte sich wieder über das Handy.

»Ich habe das John-Mobil.«

Pohlmann lachte. »Ja und?«

»Und wenn Sie mir nicht sagen, wieso Georgs Mutter plötzlich wieder lebt, werde ich dem John-Mobil sehr wehtun.«

»Jetzt haben wir alle mal gelacht, und nun ist gut.«

»Erzählen Sie, was damals passiert ist?«

»Ganz bestimmt nicht.«

»Okay.«

Tobi, Lisa und Georg saßen da, ebenso irritiert wie interessiert. Scholzen kratzte sich am Kopf. Dann beugte er sich ächzend, auch an ihm war die Nacht im Auto nicht spurlos vorübergegangen, und hob die Eisenstange auf. Mit ihr in der Hand ging er wieder zu den Parktaschen. Er hob die Stange über seinen Kopf und schwang sie wie ein Samurai sein Schwert, allerdings wie ein Samurai mit Rückenproblemen. Er holte aus. Georg sprang auf und brüllte: »Nein!« Aber Scholzen war schon in der Bewegung. Er holte weiter aus und zertrümmerte die Windschutzscheibe des Fiestas neben dem John-Mobil. Die Scheibe prasselte in tausend Teilen ins Wageninnere und auf die Motorhaube.

»Georg? Georg! Was war das?«, rief Pohlmann durchs Telefon. Er hatte offenbar den Aufschrei seines Sohnes erkannt.

Scholzen stand nun wieder am Tisch und beugte sich über den Communicator. »Herr Pohlmann, das war die Windschutzscheibe. Und die Betonung liegt auf war.«

Am anderen Ende der Verbindung wurde geschwiegen.

»Was ist mit Georgs Mutter passiert? Sie können auch eine andere Frage beantworten: Linker oder rechter Außenspiegel?«

»Ich werde keine dieser Fragen beantworten.«

»Letztlich auch egal. Ich trete einfach beide Außenspiegel ab. Und danach springe ich auf der Motorhaube Trampolin, und auf dem Dach. Und falls die anderen Scheiben dann nicht eh schon am Arsch sind –«

Trotz der mäßigen Verbindung hörte man Pohlmanns Zähne knirschen. »Okay, okay. Ich erzähls. Kann mein Sohn mich hören?«

07:15 UHR

Schon nach wenigen Minuten wirkte es nicht mehr so, als müsste Pohlmann seine Geschichte erzählen, um das John-Mobil zu retten. Eine verschleppte Verspannung schien sich mit jedem Satz mehr und mehr zu lösen. Scholzen hatte sich wieder zu den anderen an den Tisch gesetzt. Zu viert lauschten sie nun Georgs Familiengeschichte.

Pohlmann erzählte davon, wie er Georgs Mutter Sybille 1978 kennengelernt hatte. Dass auch er mal jung war, verliebt und unvernünftig. Wie Sybille sofort schwanger wurde. Wie er sich freute, obwohl er gerade für die nächsten achtzehn Monate zum Grundwehrdienst eingezogen worden war. Wie er bei Sybilles Vater um die Hand der Tochter anhielt. Wie der ablehnte, weil Pohlmann überhaupt nichts zu bieten hatte. Und wie er es schaffte, Sybilles Vater umzustimmen, indem er sich als Berufssoldat verpflichtete.

Dann kam der Sommer 81. Pohlmann war bei der NVA gerade zum Stabsfeldwebel befördert worden und konnte so seiner Frau Sybille und dem kleinen Sohn Georg zum ersten Mal etwas bieten: Status, Privilegien und Sicherheit. Die Welt war in Ordnung.

Bis Pohlmann in einer Augustnacht, er hatte gerade Dienst, zu seinem Vorgesetzten gerufen wurde. Anfangs war das Gespräch oberflächlich. Dann wurde es merkwürdig privat. Der Vorgesetzte wollte wissen, wie es seiner Frau gehe, ob sie eine gute Mutter sei und wie es generell um seine Ehe stehe. Nach über einer Stunde eröffnete man Pohlmann, dass seine Frau Republikflucht begangen hatte. Pohlmann lachte. Er hielt das für einen Irrtum. Auch als berichtet wurde, dass seine Frau den gemeinsamen Sohn dabeigehabt hatte. Dass sie offensichtlich vorgehabt habe, mit ihm durch den Teltowkanal in den Westen zu schwimmen, ihn aber zurückgelassen habe, nachdem sie von Grenzposten entdeckt worden war. Aus dem Gespräch wurde eine Befragung, aus der Befragung ein Verhör. Plötzlich ging es nur noch darum, was Pohlmann gewusst hatte. Ob er die Pläne gekannt hatte. Ob er den Teltowkanal empfohlen hatte. Und ob auch seine Flucht geplant gewesen sei. Pohlmann erinnerte sich, wie er nicht mehr lachte, wie er immer wütender wurde. Es gab schließlich Hunderte, wahrscheinlich sogar Tausende Pohlmanns in der DDR. Er beteuerte, wirklich keine Ahnung zu haben, welche Frau Pohlmann da stiften gegangen sei, aber mit Sicherheit nicht seine. Irgendwann habe man es dabei belassen, fürs Erste. Pohlmann unterschrieb etwas, dann brachte man ihn in eine andere Stube. Und da sah er seinen Sohn. Auf einem Stuhl, still und noch blasser als sonst. Noch keine drei Jahre alt und allein. Georg hatte von irgendwem ein Stofftier bekommen, das er unter sein T-Shirt gesteckt hatte und nun mit beiden Händen an sich drückte.

Pohlmann stockte in seiner Erzählung. Er holte Luft und sprach dann lauter. Einen Moment lang habe er einfach dagestanden, unfähig, einen Schritt zu gehen. Weil er wusste, dass es ein Schritt in ein völlig anderes Leben sein würde. Noch immer konnte er nicht sagen, was ihn damals fassungsloser gemacht hatte: dass seine Frau ihm seinen Sohn hatte wegnehmen wollen, oder dass sie Georg zurückgelassen hatte, als es eng wurde. Dann ging Pohlmann drei Schritte. Er nahm sein Kind und brachte es nach Hause.

In den nächsten Tagen folgten weitere Gespräche. Eigentlich war es immer das gleiche Gespräch, nur mit verschiedenen Menschen. Anfangs mit Vorgesetzten, die er kannte, dann mit Vorgesetzten, die er nicht kannte, und zuletzt nur noch mit Leuten in Zivil, die er danach nie wieder sah. Man machte ihm schließlich ein Angebot. Eigentlich verkündete sein Vorgesetzter viel eher ein Ergebnis, das ohne Pohlmann ausgehandelt worden war: Man würde ihn versetzen, an einen Ort, an dem man seine Familiengeschichte nicht kannte. Offiziell sollte er behaupten, dass seine Frau gestorben sei. So würden weder sein Ansehen noch das der Armee beschädigt. Georgs Vater willigte ein. So, dachte er, könnte er seinem Sohn das Fehlen der Mutter erklären. Offiziell war Georgs Mutter in der Ostsee bestattet worden. Die einfachste Möglichkeit, keine Fragen zum fehlenden Grab beantworten zu müssen. Pohlmann glaubte daran, dass sich so wieder Normalität herstellen ließe, wenn auch eine neue Normalität.

Es kam anders. Am neuen Standort knüpfte er keine

Kontakte, und auch in der Armee hatte er Probleme. Pohlmann hatte keinerlei Aufstiegschancen mehr. Im Gegenteil: Er wurde bei nächster Gelegenheit degradiert und war ab dann nur noch Fahrlehrer für einfache Militärfahrzeuge.

1989, Georg war mittlerweile elf Jahre, fiel die Mauer und damit das Einzige, das Georgs Mutter von ihrem Mann und ihrem Sohn getrennt hatte. Dachte Pohlmann. Er wartete auf ein Lebenszeichen seiner Frau. Er glaubte, dass sie nun wiederkommen würde, jetzt, wo sie mit ihm und ihrem Kind auch in Freiheit leben konnte. Aber sie meldete sich nicht.

Zwei Jahre später entschied Pohlmann, ein neues Leben zu beginnen. Weg von all dem, was ihn an seine Frau und die gemeinsame Vergangenheit erinnerte. Er zog mit Georg in die Holsteinische Schweiz und übernahm dort eine Fahrschule.

Aber auch in den folgenden Jahren meldete Sybille sich nicht. Weder bei ihm noch bei alten Bekannten. Sie blieb verschwunden. Pohlmann kamen Zweifel. Vielleicht war er belogen worden. Von seinen Vorgesetzten und diesen fremden Männern. Vielleicht war seine Frau tatsächlich tot. Beim Fluchtversuch erschossen. Und seine Versetzung und die offizielle Geschichte, die man ihm an die Hand gegeben hatte, alles nur Vertuschung. Aber er wollte es nicht mehr wissen. Denn sein zweiter Neustart funktionierte. Für ihn und für Georg. All das sollte nicht mehr ins Wanken gebracht werden. Und dann, als er mit Georg endlich in einem guten Leben angekommen war, meldete sich am Montag plötzlich dieser Seelsorger, aus London, und erklärte, dass Georgs Mutter sich entschuldigen wolle. Entschuldigen! Während Georg zwei Meter weiter stand und an der Haustür mit Tobi und Scholzen sprach. Knappe fünfzehn Jahre, nachdem sie ihren Sohn zurückgelassen hatte. Entschuldigen!

Pohlmann wandte sich direkt an seinen Sohn: »Eine Mutter lässt ihr Kind nicht zurück. Diese Frau hat sich vor vielen Jahren dagegen entschieden, deine Mutter zu sein.«

Georg hatte seinem Vater nicht geantwortet, sondern einfach die rote Taste auf dem Nokia gedrückt. Und während die anderen am Tisch ihn schweigend ansahen, stand er auf und griff nach der Eisenstange, die Scholzen auf den Boden hatte fallen lassen.

Kontrolliert und ruhig ging er zu dem abgewrackten Ford Fiesta, dessen Windschutzscheibe Scholzen bereits auf dem Gewissen hatte. Georg holte aus und schlug den Seitenspiegel ab. Anschließend zertrümmerte er das Beifahrerfenster, bevor er, ohne mimisch weiter darauf einzugehen, mehrere Dellen in die Motorhaube schlug. Dann atmete er tief ein, streckte den Rücken durch und legte die Stange fast schon behutsam auf den Boden. Georg kehrte zum Picknicktisch zurück und ließ sich auf die Bank sinken. Er blickte über die anderen hinweg und sagte: »Was für eine Schwachsinnsidee. Lasst uns umkehren.«

Scholzen rutschte auf der Bank vor und zurück, ohne den malträtierten Fiesta aus den Augen zu lassen. »Georg, bist du fertig mit dem Auto? Dann würd ich noch mal.«

Georg nickte, also stand Scholzen auf. Er nahm die Stange und kletterte damit erst auf die zerbeulte Motorhaube, dann aufs Dach.

Dort stehend schlug Scholzen die restlichen Scheiben des Wagens ein. Er führte die Stange dabei wie einen Golfschläger beim Abschlag, nur umgekehrt. Tobi sah Scholzen dabei zu, wie der mittlerweile auf dem Dach herumsprang. Er hätte sich eigentlich auch gern mal eines der Autos vorgeknöpft, fand aber keinen ausreichend triftigen Grund.

Lisa dagegen konzentrierte sich auf Georg. »Bist du dir sicher, dass du nach Hause willst?«, fragte sie.

»Weiß nicht. Was soll ich bei dieser Frau? Wie kann man denn so sein, als Mutter?«

Lisa tastete mit der Zunge die Innenseite ihrer Wange ab. »Keine Ahnung. Aber es gibt nur eine Person, die dir das beantworten kann.«

Scholzen kam zurück und knallte ein großes rotes Buch auf den Tisch. »Leute, guckt mal, was ich in der Schrottkarre gefunden habe. Einen Straßenatlas.«

11:13 UHR

Draußen wurde es warm, drinnen noch wärmer. Die Fenster mussten trotzdem geschlossen bleiben. Georg hatte eine Rechnung aufgestellt, der niemand so recht hatte folgen können. Im Kern war es darum gegangen, dass sich die Aerodynamik bereits bei einem offenen Fensterschlitz um null Komma irgendwas verschlechtert hätte und so der Benzinverbrauch erhöht worden wäre. Da sie es mit der Tankfüllung aber mindestens bis zur niederländischen Küste schaffen mussten, hatte Georg auf optimale Bedingungen gepocht. Zuvor war er regelrecht aufgegangen in der Lektüre des Straßenatlas. Er hatte den Grenzübergang bei Bad Bentheim gewählt. So hatten sie möglichst lange auf der A1 bleiben können, denn laut Georg galt die Regel: »Die A1 ist 1A.« Begründet wurde das mit einer Formel mit den Variablen Zustand, Richtgeschwindigkeit und Fahrzeugdichte. Zusätzlich gefiel es ihm, dass sie dank dieser Route hinter der Grenze wieder auf einer A1 unterwegs sein würden, die bestimmt auch in den Niederlanden die beste Autobahn war.

Georg hielt das Motorengeräusch konstant bei einem Ton, der kein Schnurren mehr war, aber noch kein Fauchen. Der Tacho zeigte 122 km/h, die optimale Geschwindigkeit im Verhältnis zum Verbrauch. Und so machten sie das, was Georg Kilometerfressen nannte.

Scholzen hatte vor Hamburg gefragt, ob er mal fahren könne. Georg hatte nicht geantwortet. Hinter Hamburg hatte Scholzen noch mal gefragt. Dann vor Bremen. Und ein letztes Mal auf der Höhe von Osnabrück. Bei Rheine hatte er gefragt, ob sie nicht doch mal kurz Sauerstoff reinlassen könnten. Immerhin das war von Georg abgenickt worden.

Die Luft wummerte durch die geöffneten Fenster und übertönte Scholzen. Gut möglich, dass Georg auch das so berechnet hatte. Die vorderen Schlitze zogen den Fahrtwind ein, die hinteren spuckten ihn wieder aus, angereichert mit Hitze, Schweiß und Scholzens Carazza-Atem. Alle paar Kilometer wurde der Standstreifen zu einer Ausfahrt ins Nirgendwo, das hier Salzbergen, Schüttorf oder Nordhorn hieß. Über Nordhorn wusste Tobi, dass es sich um einen der deutschen Handballorte handelte, die nie groß waren, weil es sonst wohl Fußballorte geworden wären. Dann kündigte ein Schild den Rasthof De Poppe an, in fünf Kilometern. Der erste Rasthof hinter der Grenze. Sie waren also gleich in den Niederlanden. Vor ihnen Bremslichter. Georg reduzierte das Tempo. Der Fahrtwind wurde leiser. Leise genug, um wieder miteinander reden zu können.

»Was ist, wenn wir kontrolliert werden?«, fragte Lisa.

Georg schaute kurz zu seiner Beifahrerin: »Vor einem Jahr trat Schengen II in Kraft.«

So, wie Georg es sagte, war das wohl alles in allem eine gute Sache. Lisa wollte es trotzdem etwas genauer wissen: »Und?«

»Und das bedeutet, dass es zu keinen Kontrollen mehr an Binnengrenzen der anwendenden Staaten kommt.«

Lisa entspannte sich, auch Tobi verlor an Anspannung, selbst Georg war für seine Verhältnisse gelöst. Höchste Zeit für Scholzen einzugreifen: »Beim Schengener Abkommen gibt es eine Ausnahme: Großereignisse. Da wird stichprobenweise kontrolliert.«

Georg missfiel alles daran. Sowohl die Information als auch der Umstand, von Scholzen korrigiert zu werden: »Und warum kennst du dich so gut aus mit Schengen?«

»Mi estas pasia eŭropismaj.«

»Bitte?«

»Ich bin ein leidenschaftlicher Europäer.«

»Und welche Sprache soll das bitte sein?«

»Esperanto.«

Rechts huschte ein großes Schild vorbei. Auf blauem Grund umrahmte ein Kreis aus gelben Sternen das Wort Niederlande. Darunter der Hinweis: zweitausend Meter. Georg trat auf die Bremse. Für einen Moment wirkte es so, als hätten die Niederlande ihm einen Schreck versetzt. Tatsächlich aber passte er nur das Tempo an den Vordermann an. Vor ihnen immer mehr Autos, und auch im Rückspiegel wurde es voller.

Lisa drehte sich nach hinten. »Was meinst du mit Großereignis?«, fragte sie.

Scholzen dachte nach. »Mir fallen jetzt spontan nur zwei Beispiele ein: Staatstreffen und internationale Sportevents.«

»Gut, wir haben gerade eine EM in England, aber das ist ja nicht mal Kontinentaleuropa«, beruhigte Georg in erster Linie sich selbst.

Scholzen kratzte sich am Kopf. »Aber bis morgen dauert ja auch noch der G7-Gipfel in Lyon.«

Vor ihnen Warnblinker. Georg drosselte weiter das Tempo. Bis der Golf stand. Die Mittagshitze schwappte durch die offenen Fenster.

Georgs Bronchien arbeiteten hörbar. Er zog das Asthmaspray aus der Hosentasche, setzte es an und inhalierte einen Stoß. »Das ist kein Stau. Das ist ein Rückstau.«

11:22 UHR

Stop-and-Go. Scholzen verlor als Erster die Nerven und öffnete seine Tür. »Ich guck mich mal um«, sagte er beim Aussteigen.

»Bleib hier«, rief Georg. »Das Letzte, was wir jetzt gebrauchen können, ist –« Die Tür knallte zu, und Scholzen war weg. »Wieso kann der nicht ein Mal hören?« So wütend, wie Georg zwischen Lisa und Tobi hin- und herschaute, schien er tatsächlich eine Antwort zu erwarten. Also antwortete Tobi: »Der checkt nur kurz die Lage.«

»Als er gestern ohne uns los ist, hat er eine Tankstelle überfallen.«

»Die nächste Tankstelle ist auf dem Rasthof De Poppe, gut eineinhalb Kilometer entfernt.« Tobi fühlte sich mit diesem Gegenargument nicht so richtig wohl. Denn er wusste, dass Tankstelle hier nur ein Platzhalter war für irgendeine Scheiße, die Scholzen bauen konnte. Außerdem war Scholzen tatsächlich zielstrebig in die Richtung der nächsten Tankstelle gelaufen.

Während sich Georgs Miene zunehmend verfinsterte, hellte sich Lisas Gesicht auf. Sie lächelte. »Der ist ja süß.«

Im Opel Astra auf der Spur nebenan klebte ein etwa sechsjähriger, überfütterter Junge an der Scheibe und glotzte rüber. Immer wenn sein Fenster auf Lisas Höhe war, warf er ihr Küsse zu. Tobi ärgerte sich über den Jungen. Und über Lisas Oberflächlichkeit. Klar konnte man das Verhalten des Kindes auf den ersten Blick als süß bewerten. Eigentlich aber war dieses Verhalten übergriffig, vielleicht war das sogar schon Belästigung. Und überhaupt wilderte der Typ in Tobis Revier. Okay, der Junge war vielleicht gerade obenauf, aber letztlich warf er die Küsse nur zu, getrennt durch zwei Scheiben. Tobi dagegen hatte Lisa schon richtig geküsst. Vielleicht sollte er mal aussteigen und dem dicken Jungen sagen, dass sie in verschiedenen Ligen spielten. Auch wenn Tobi gerade auf der Tribüne saß und schon länger keinen Einsatz mehr gehabt hatte.

Lisa fing die Küsse des Jungen mit großer Handbewegung, um sie sich danach an ihr Herz zu halten. Ihre Hand schnellte mal hierhin, mal dahin, um die Küsse einzufangen. Georg zuckte. Unklar, ob er wegen der Hand erschrak, die vor seinem Gesicht zuschnappte, oder wegen des Luftkusses, der ihn fast getroffen hätte.

Tobi erwischte sich bei dem Gedanken, dass falls Scholzen wieder eine Tankstelle überfiel, er hoffentlich noch mal Aquarius mitbringen würde. Er hatte Durst wie noch nie in seinem Leben. Wann hatte er eigentlich das letzte Mal getrunken? Gestern irgendwann. Nur, dass gestern diesmal deutlich länger her war als an gewöhnlichen Tagen.

Der Junge von nebenan stach einen Strohhalm in eine Capri-Sonne. Auch das noch. Tobi beneidete ihn still. Er hatte alles, was Tobi wollte: Lisas Herz und ein Fruchtsaftgetränk. Dieses lustvolle Augenschließen, während er an der Tüte nuckelte, die seine Mutter vermutlich gerade erst aus einer Kühltasche gezogen hatte, war kaum mitanzusehen. Bestimmt hatten die auch noch eine Klimaanlage.

Im Golf dagegen hatte der Duftbaum so viel Magic Bubble Gum ausgedünstet, dass die Luft fast Fäden zog. Tobi sah den Pappbaum an und hatte das Gefühl, dass er seit dem Morgen gewachsen war. Waren das schon die Halluzinationen eines Dehydrierten? Andererseits: Warum sollte der blöde Baum nicht gewachsen sein? Es herrschten ideale Bedingungen. Die Mittagssonne hatte den Wagen längst in ein Treibhaus verwandelt.

Georg drehte den Zündschlüssel, trat leicht aufs Gas und ließ das John-Mobil ein paar Meter rollen, bis das Fahrzeug wieder auf gleicher Höhe mit dem Opel war und Tobi Auge in Auge mit seinem Rivalen. Der Junge winkte lachend. Tobi winkte zurück, allerdings nicht mit der ganzen Hand, eigentlich nur mit einem Finger, dem Mittelfinger. Der Junge schrie etwas. Der Vater schaute entgeistert rüber. Und als Tobi auf der Höhe der Eltern war, konnte er auch sehen, von wem der Junge sein Übergewicht hatte: vom Vater. Und der Mutter. Der Vater zeigte Tobi den Scheibenwischer. Weil Georg im gleichen Moment bremsen musste, bekam Lisa die Verärgerung des Vaters zu sehen.

Sie reagierte überrascht. »Was ist denn mit dem los?« Lisa strafte den Scheibenwischer-Vater mit Nichtbeachtung und wandte sich Georg zu. »Wir können doch nicht einfach der Grenzkontrolle entgegenrollen. Was machen wir jetzt?«

»Neben uns Autos, hinter uns Autos«, sagte Georg etwas lauter als angebracht. »Wir kommen hier nicht raus.«

Lisa ließ sich den etwas zu ruppigen Ton gefallen. Vermutlich, weil sie wusste, dass Georg mindestens inhaltlich richtiglag. Sie standen auf einem Fließband, das sie langsam, aber sicher der Schlachtung zuführte.

Die hintere rechte Tür wurde aufgerissen. Scholzen ließ

sich neben Tobi auf die Rückbank fallen. »Wir haben eine Chance«, sagte er.

Georg fragte per Schulterblick: »Das heißt?«

»Ich war vorne. Die beiden Spuren werden zu einer zusammengeführt, Reißverschlussverfahren, und dann wird jedes dritte Auto kontrolliert.«

»Also eine Chance von 66,6 Prozent.«

Hinter ihnen wurde gehupt. Georg ließ den Motor an und fuhr wieder drei Meter näher an die Entscheidung heran. Währenddessen hakte er nach: »Hast du die Autos gezählt?«

»Was geht denn jetzt ab?« Scholzens Reaktion galt dem Jungen nebenan. Immer noch Capri-Sonne trinkend zeigte er seinen Nachbarn einen Vogel. Lisa ignorierte das Kind. Scholzen gelang das nicht. Er zeigte dem dicken Jungen ebenfalls einen Vogel, dermaßen aufgebracht, dass er sich mit dem Zeigefinger fast ins Auge gestochen hätte.

»Scholzen!« Georg wurde energischer. »Hast du die Autos gezählt?«

»Das sind super viele.«

»Dann müssen wir sie zählen, wenn wir näher dran stehen. Damit wir wissen, was Sache ist.«

Wieder Hupen, wieder bewegte Georg den Wagen ein paar Meter. Der Nachbarsjunge streckte die Zunge raus. Scholzen wollte gerade in die Grimassenschlacht einsteigen, als Georg ihn zum Dienst rief: »Scholzen, ich brauche dich jetzt als Späher.« Er öffnete das Schiebedach. »Los, Kopf raus, Autos zählen.«

Scholzen kraxelte durchs Wageninnere und steckte den Kopf durch die Luke. Lisa ignorierte weiterhin den Jungen, während Tobi damit beschäftigt war, Scholzens Hintern so wenig wie möglich im Gesicht zu haben. Georg konkretisierte die Aufgabe: »Warte, bis ein Auto kontrolliert wurde, und zähl ab dann im Zickzack, so, wie die Autos zu einer Spur zusammengeführt werden.«

Der Golf tuckerte weiter. Scholzen zählte. Nach einer Weile zog er den Kopf ein und ließ sich auf die Rückbank plumpsen. »Wir sind das siebenundzwanzigste Auto«, sagte er.

Während Scholzen noch rechnete, fasste Georg das Ergebnis zusammen: »Scheiße.«

»Ich zähle noch mal«, sagte Lisa. Sie steckte ihren Kopf durch die Decke und zählte inklusive dem John-Mobil vierundzwanzig Autos. Andere Zahl, gleiches Ergebnis.

Georg dachte kurz nach. Dann: »Wir müssen die Reihenfolge ändern.«

»Aber wie?« Lisa sah Georg ratlos an.

»Beim Reißverschlussverfahren. Wenn wir dran sind, lassen wir einfach kein Auto vor.«

Wer jemals eine Fahrstunde bei Georgs Vater hatte, der wusste, dass es Regeln gab, auf denen diese Gesellschaft fußte, und eine davon hieß: Beim Reißverschlussverfahren ließ man immer ein Auto vor, immer, immer, immer, egal wie eilig man es hatte. Dass Georg bereit war, diesen Gesellschaftsvertrag aufzukündigen, zeigte, wie ernst die Lage war. Sie waren nun so nah an die Grenze herangefahren, dass man zum Autozählen nicht mal mehr den Kopf rausstecken musste. Tobi zählte noch mal nach: Sie waren das elfte Auto, vorausgesetzt, sie würden den Opel Astra neben sich nicht reinlassen. Dann wäre der Opel das zwölfte Auto und würde somit kontrolliert.

Sie waren am Nadelöhr angekommen, aus den beiden Spuren wurde eine. Der Wagen vor ihnen setzte sich in Bewegung. Und auch der neben ihnen. Georg musste für einen Moment unaufmerksam gewesen sein. Er hatte es versäumt, Stoßstange an Stoßstange zu bleiben. Der Opel war bereits leicht auf ihrer Spur, konnte aber nicht weiter, weil auch Georg anfuhr. Der Vater hupte kurz und sah rüber. Georg fuhr einfach weiter und dachte gar nicht daran, die Familie von nebenan reinzulassen. Der Vater hupte wieder, diesmal länger. Hupe und sein Gesicht ließen wenig Interpretationsspielraum. Er wollte reingelassen werden, und zwar jetzt. Georg fuhr weiter, er trat sogar minimal aufs Gas. Der Vater ließ sein Fenster herunter.

Auch Lisa senkte ihre Scheibe. Sie wollte mal sehen, ob sie nach dem Sohn auch noch den Vater um den Finger wickeln konnte. »Entschuldigung«, sagte sie mit freundlicher Stimme, »ich weiß, Reißverschlussverfahren und so. Aber wir haben es sehr eilig. Und es wäre wirklich sehr, sehr wichtig für uns, dass …«

Georg, Tobi und selbst Scholzen schauten rüber, bemüht um ein freundliches Gesicht. Ein Fehler. Denn so sah keiner von ihnen, dass das Auto vor ihnen wieder anfuhr. Der Opel stieß sofort in die Lücke und ragte jetzt so weit in die Spur, dass jeder Sachverständige der Welt Georg für eine Kollision verantwortlich gemacht hätte.

»Scheiße, Scheiße, Scheiße«, fasste Georg die Lage zusammen. Er versuchte gar nicht mehr, den Wagen wegzudrängen. Der Astra fuhr weiter und stand nun vor dem Golf.

11:46 UHR

An der Grenze wurde wieder ein Wagen herausgewunken. Vor dem Golf warteten nun acht Autos. Mittlerweile konnte sogar Scholzen ausrechnen, dass es ein Problem gab.

Georg starrte geradeaus. »Das wars«, sagte er. »Wir sind am Arsch.«

Scholzen widersprach: »Jetzt warte doch erst mal ab.«

»Aber wir haben keinen Führerschein«, sagte Georg und sah in die Runde. »Ich werde das hier auf meine Kappe nehmen. Danke, dass ihr mitgekommen seid.«

»Oder …«, überlegte Scholzen laut und wechselte dann in den Kommandoton, den normalerweise Georg hatte. »Tobi, Socken her!«

»Was?«

»Deine Socken, jetzt!«

Scholzen zog selbst seine Schuhe aus, dann die Socken. Tobi machte es ihm nach. Scholzen stülpte eine Socke über eine zweite und machte so aus je einem Paar eine Sockenknolle. Er öffnete seine Tür, sagte Richtung Georg: »Ich werde beweisen, dass ich deine Auszeichnung verdient habe. Ein Freak of Freaks gibt nicht auf.«

Georg holte Luft, als wollte er etwas entgegnen, vielleicht mal ein grundsätzliches Missverständnis bezüglich der Titelvergabe aufklären, nickte aber schließlich nur. Scholzen stieg aus, mit den beiden Knollen in der Hand. Vor dem Golf standen noch drei Wagen, der vorderste wurde gerade kontrolliert, sodass wieder alle zum Stehen kamen. Scholzen huschte geduckt zur Rückseite des Opels und kam einen Moment später unverändert geduckt und mit leeren Händen zurück. Er ließ sich auf die Rückbank fallen und zog die Tür zu. Georg fuhr wieder an.

Stellvertretend für den Rest fragte Lisa: »Was hast du gemacht?«

»Ich hab die Socken in den Auspuff gesteckt.«

»Und was macht das?«

»Unterschiedlich. Entweder der Motor säuft ab oder«, Scholzen kratzte sich am Kopf, »ja, oder die Karre explodiert halt.«

Das vorderste Auto hatte die Kontrolle überstanden.

Die beiden Grenzbeamten traten einen Schritt zurück. Einer der beiden winkte den nächsten Wagen durch. Und dann auch den Opel Astra. Der fuhr an und blieb abrupt stehen. Motorkeuchen, zwei Mal, drei Mal, erfolglos. Der Opel stand und sprang nicht mehr an. Die beiden Männer vom Zoll sprachen kurz miteinander und zeigten dem Familienvater an, er möge rechts heranfahren. Genau das ging aber nicht. Einer schritt ans Fenster und blickte ins Wageninnere. Ein kurzes Gespräch, dann schoben die beiden Beamten an, während der Vater sein Auto rechts neben die Fahrspur lenkte.

Georg, Lisa, Tobi und Scholzen hatten zum ersten Mal freie Sicht auf die Niederlande.

Einer der beiden Zollbeamten, sichtlich genervt, winkte sie durch. Sie durften weiterfahren. Das tat Georg dann auch. Und als sie im Schritttempo am Opel vorbeifuhren, hielten alle die Luft an. Nur Scholzen gluckste ein wenig, als er dem dicken Jungen zuwinkte.

12:17 UHR

Georg schüttelte den Kopf, leicht und kaum sichtbar. »Und dann steckt Scholzen einfach eure Socken in den Auspuff«, lachte er und schaute auf die nackten Fesseln, die zwischen Tobis Hose und Turnschuhen hervorblitzten. Als hätte er sich noch mal vergewissern müssen, dass das tatsächlich so passiert war.

Auch Tobi musste lachen: »Ein klassischer Scholzen.«

Kurz hinter der Grenze waren sie von der Autobahn abgefahren, den Schildern zum nächsten Supermarkt gefolgt und schließlich auf diesem Parkplatz gelandet. Es war klar gewesen, dass sie etwas essen und trinken mussten, und zwar schnell. Am Hauptweg des Parkplatzes stand ein Imbisswagen, ihre große Hoffnung.

Sie hatten alle Münzen aus ihren Hosentaschen zusammengeworfen, dem Imbissverkäufer hingehalten und beinahe gebettelt, ihnen dafür etwas zu geben. Aber der Mann hinter der Theke hatte kein Deutsch gesprochen, jedenfalls nicht mit ihnen. Er hatte auf die deutschen Münzen gezeigt, irgendwas mit Gulden gesagt und den Kopf auf international verständliche Art geschüttelt. Scholzens Hinweis, dass dieser ganze Währungsquatsch bald der Vergangenheit angehören würde, dass sie bald alle mit Ecu zahlen würden, hatte den Frittenmann nicht beeindruckt. Letztlich war es auch egal, denn selbst Scholzen hatte verstanden, dass sie nicht bis zur Einführung einer Gemeinschaftswährung würden warten können. Er war vorgeprescht und hatte ausgesprochen, was auch in den Köpfen der anderen bereits herumgeschwirrt war: »Lasst uns einfach in den Supermarkt gehen und was klauen.«

Nachdem Georg sich noch mal versichert hatte, dass der Unterschied zwischen Diebstahl und Überfall allgemein bekannt war, hatte er eingewilligt. Scholzen hatte einen Komplizen gefordert, jemanden mit Nervenstärke. Die Wahl fiel einstimmig und ohne Enthaltung auf Lisa. Dann waren die beiden in dem Flachbau verschwunden, an dessen Dach in blauen Buchstaben der Name Albert Heijn montiert war.

Tobi sah Georg an. Die beiden hatten gerade zum ersten Mal miteinander gelacht. In guter Atmosphäre, wohlwollend über Scholzen. Er überlegte, ob er Georg noch mal daran erinnern sollte, dass er zwischen den Brombeersträuchern genau so etwas wie diese Sockennummer gemeint hatte. Dass genau diese Ideen Scholzen zu einem wertvollen Teil der Gruppe machten. Er entschied sich dagegen, weil es letztlich Rechthaberei gewesen wäre. Stattdessen nutzte er den Moment, um etwas anderes anzusprechen: »Du hattest übrigens recht am See.« Georg sah ihn fragend an, also wurde Tobi konkreter. »Ich bin tatsächlich nur wegen Lisa mitgefahren.« Er knetete seine Finger. »Das heißt aber nicht, dass mir deine Situation egal ist.«

Georg nickte. Und schwieg.

Tobi tastete sich weiter vor: »Ich habe bisher noch nicht mal begriffen, was mit Lisa ist, mit uns. Wie das passieren konnte. Und dann ruft dieser Typ im Auto an, und plötzlich ist auch bei dir alles am Arsch, noch viel schlimmer als bei mir.«

Georg holte tief Luft: »Du musst da gar nichts zu sagen. Ich hab ja selbst keine Ahnung, was man da sagen soll. Überhaupt weiß ich nichts mehr. Bis gestern dachte ich, ich bin der Sohn einer liebevollen, aber toten Mutter und eines Witwers. Aber das bin ich alles nicht mehr. Genau genommen war ich es nie. Wer also bin ich?«

Jetzt schwieg Tobi. In diesem Moment glitten die Schiebetüren des Supermarkts auseinander. Lisa und Scholzen traten auf den Parkplatz und schlenderten mit demonstrativ teilnahmslosen Gesichtern über den Platz. Niemand folgte ihnen, zumindest niemand ohne Einkaufswagen.

Lisa war ein paar Schritte schneller als Scholzen und präsentierte als Erste ihre Beute: einen Tetrapak Vanille-Vla, ein halbes Pfund Butter und einen Käsehobel. Erwartungsvoll schaute sie zu Scholzen. Auch er präsentierte einen Tetrapak: Schokoladen-Vla.

»Das ist alles?«, fragte Georg.

»Nein, wir haben noch Käse. Und Wasser. Und das allerbeste: Hagelslag fürs Vla. Meine erste große Liebe«, sagte Lisa.

Scholzen räusperte sich. »Äh, nein, haben wir nicht.«

Lisa sah ihn an. »Was haben wir nicht?«

»Käse … und Wasser … und Hagelslag. Ich musste aufhören, weil ich vom Personal beobachtet wurde.«

»Aber du hast eine Packung Streusel genommen. Ich stand doch daneben.«

»Das war ja das Problem. Ich habe sie gegessen. Dabei wurde ich gesehen.«

Georg wirkte ernsthaft interessiert. »Warum kannst du nicht fünf Minuten warten?«

Auch wenn Scholzen für seine Verhältnisse relativ kleinlaut war, sah er die Schuld woanders. »Lisa hat so von diesen Streuseln geschwärmt«, erklärte er. »Das hat mich natürlich neugierig gemacht.«

Georg beließ es dabei. Es gab Wichtigeres als Schokostreusel: »Wir brauchen Wasser.«

Scholzen schüttelte demonstrativ seine Tüte Vla. »Warum?«, fragte er. »Wir haben etwas Besseres! Vla. Two in One! Pudding zum Essen und zum Trinken.«

»Aber Trinken ist doch nicht nur die Abwesenheit von Kauen«, erklärte Georg.

Scholzen sah das anders. »Also ich hab jetzt richtig Durst auf ein Glas Vla.«

Georgs Laune sank. »Wenn du in der Wüste gerade einen Marathon gelaufen bist, womit stillst du dann deinen Durst? Mit Vla?«

»Also ich glaube nicht, dass man in einer Wüste einen Marathon laufen sollte. Das sind ja unglaubliche Temperaturen dort. So was geht schnell auf den Kreislauf.«

Georg sprach leiser. »Womit. Stillst. Du. Dann. Deinen. Durst? Mit Vla?«

Scholzen dachte nach. »Kommt drauf an. Was ist die Alternative?«

»Wasser. Kaltes, klares Wasser.«

»Welche Sorte?«

»Es ist einfach nur Wasser.«

»Ich meine das Vla.«

»Keine Ahnung. Egal. Vanille.«

»Es gibt kein Aquarius? Nach einem Marathon in der Wüste wäre ein isotonisches Getränk ideal.«

»Nein. Nur Wasser.«

»Mit Kohlensäure?

»Von mir aus.«

»Und Vanille-Vla?«

Georg ließ nicht locker. »Ja. Vor dir steht ein Tisch mit einer Kanne Wasser und einer Kanne Vla. Was trinkst du?«

Scholzen hatte sich verrannt, und er wusste es. Er versuchte, wenigstens ein Unentschieden herauszuholen: »Ich mache mir eine Vla-Schorle.«

Wirkungstreffer bei Georg. Aber er stand noch. »Das geht nicht«, gab er zurück.

»Warum? Du hast es gesagt, da steht Wasser und Vla. Ich nehme die Kanne Wasser, schütte die Hälfte weg, dann nehme ich das Vla und fülle damit die Kanne wieder auf.«

»Man kann sich aber nicht immer einfach alles nehmen, nur weil es gerade dasteht.«

Ein schwaches Argument innerhalb einer Gruppe, die sich seit vierundzwanzig Stunden so ziemlich alles nahm, was irgendwo herumstand. Vielleicht gab Georg deswegen auf, vielleicht war er aber auch einfach nur erschöpft. »Haben wir denn wenigstens Becher fürs Vla?«, fragte er in die Runde. »Wir können ja wohl kaum alle an der gleichen Tüte nuckeln.«

Lisa schüttelte den Kopf.

»Wir brauchen Pappbecher. Und was zu trinken. Und Brot. Und Käse.«

Scholzen dachte nach: »Lisa und ich können nicht noch mal rein. Der Supermarkttyp, der mich mit den Streuseln gesehen hat, hat auch gesehen, dass ich mit Lisa da war. Das heißt, ihr müsst gehen.«

Georg reagierte mit Hektikflecken an Wangen und Hals. Tobi hoffte, dass sein nervöses Kribbeln nicht genauso aussah. »Und wenn wir einfach zum nächsten Supermarkt fahren?«

Niemand reagierte, wohl auch, weil die Antwort klar war. Sie brauchten jetzt etwas zu essen und zu trinken. Und das bedeutete, Georg und Tobi mussten ran.

Scholzen konkretisierte Georgs vorher formulierten Einkaufszettel: »Dann bringt doch echt noch was zum Trinken mit. Am besten –«

Georg unterbrach: »Aquarius, das ist isotonisch, ich weiß.«

»Quatsch. Wir sind in Holland. Hier trinkt man Fanta Cassis.«

Georg nickte. »Scholzen, wir brauchen deinen Rucksack.«

Der ging zum Kofferraum, kramte darin und kam mit seinem leeren Rucksack zurück. Er gab ihn Tobi und erinnerte noch mal an seine Bestellung: »Fanta Cassis. Die ist lila.«

Georg wollte es einfach nur hinter sich bringen und täuschte Tatendrang vor. Er gab Tobi einen Klaps auf die Schulter. »Dann wollen wir mal.«

Die beiden gingen los. Lisa rief ihnen noch hinterher: »Bringt ihr Hagelslag mit?«

Scholzen konterte: »Bitte nicht. Noch mehr Hagelslag, und ich muss kotzen.«

Für Georg Ansporn genug.

Die Schiebetüren glitten auseinander, und Georg und Tobi tauchten ein in klimatisierte Luft. Genau das, was sie brauchten, um ihre glimmenden Nerven auf Funktionstemperatur zu kühlen. Tobi schnallte sich Scholzens Rucksack um, denn es war eh klar, an wem der strafrelevante Teil dieser Aktion hängen bleiben würde. Georg schaute sich eine Reihe ineinander geschobene Einkaufswagen an, dachte nach und nahm schließlich einen. »So ist es unauffälliger. Ein herkömmlicher Ladendieb nimmt ja wohl kaum einen Einkaufswagen.«

Davon abgesehen tat es Georg gut, sich an etwas festhalten zu können. »Pappbecher, Pappbecher …«, murmelte er, während er sich suchend umsah. Es schien ihm relativ egal zu sein, was sie tranken, Hauptsache, sie taten es jeder aus einem eigenen Becher.

Tobi versuchte sich daran zu erinnern, wie er sich sonst in Supermärkten bewegte, wenn er nichts klauen wollte. Besser noch: Wie seine Eltern sich im Supermarkt bewegten, denn die beiden waren die unverdächtigsten Personen, die er kannte. Weil ihm nichts Besseres einfiel, griff er in der Obst- und Gemüseabteilung nach einer Ananas. Er hielt sie demonstrativ hoch und schaute sie prüfend an.

»Was wollen wir denn mit Ananas?«, fragte Georg.

»Keine Ahnung. Irgendwas müssen wir ja in den Einkaufswagen packen.«

»Aber muss es unbedingt Ananas sein?«

Tobi legte die Ananas zurück. »Und was sollen wir bitte nehmen?«

Georg drehte sich einmal suchend um die eigene Achse, nahm ein Netz Zitronen und legte es in den Wagen. Sie standen noch immer so nah am Eingang, dass sie das Paar sehen konnten, das durch die Schiebetüren spazierte. Zuerst konnte Tobi die Gesichter nicht zuordnen, aber als er das hinterhertrottende Kind sah, wusste er es wieder: die Familie aus dem Opel Astra. Wenn sie gerade erst angekommen war, mussten die Zollbeamten sie recht gründlich kontrolliert haben. Besser, es gäbe keine weitere Begegnung. Tobi stieß Georg an und deutete zum Eingang. Der verstand und schob den Wagen weiter.

Auch wenn Tobi noch nie in Amerika gewesen war, stellte er sich US-Supermärkte wie diesen vor. Hier gab es nicht nur deutlich mehr Farben, jede einzelne war auch intensiver. Und es gab von allem mehr. Als sie vor einem Regal mit abgepacktem Brot standen, war es fast unmöglich, sich zu entscheiden. Zum einen, weil es so viele verschiedene Packungen gab. Zum anderen, weil sich darin das immer gleiche, labbrige Brot befand. Tobi nahm erst eine Sechserpackung weiche Brötchen in die Hand, die hier Bolletjes hießen, griff dann aber zu einem schon geschnittenen halben Laib Brot. Ohne weitere Vergleiche legte er ihn in den Wagen. Es erschien ihm unangemessen, bei etwas, das er nicht bezahlen würde, zu wählerisch zu sein.

Ab zu den Kühlregalen, in denen sie den Käse vermuteten. Sie gingen vorbei am verpackten Fleisch, das, sofern es nicht unter Panade versteckt war, ein sattes Rot hatte, wie man es nur aus der Werbung kannte. Dann standen sie vor der Theke mit abgepacktem Gouda. Es gab fünf Sorten, alle unterschiedlich alt, alle unterschiedlich gelb, aber letztendlich war es eben doch immer Gouda. Georg verunsicherte die Auswahl, er schaute hin und her zwischen Mai-Gouda, Mittelalt und Alt. Tobi entschied sich für Mittelalt, am Stück. Auch beim Thema Gouda galt: Er war kein Mann der Extreme.

Georg nickte zustimmend, murmelte »Pappbecher« und ging weiter. Tobi schob den Wagen hinterher.

Sie kamen an den Getränken vorbei, sodass sie noch zwei große Plastikflaschen Wasser in ihren Wagen packten. Tobi lud zusätzlich ein paar lilafarbene Dosen Fanta ein, direkt aus dem Kühlschrank. Georg kam wieder, sagte »Pappbecher«, diesmal mit Ausrufezeichen, und präsentierte Becher, die aus Kunststoff waren. Damit hatten sie alles zusammengesucht und standen nun vor der eigentlichen Aufgabe. Bisher hätte man sie nur wegen groben Unfugs drankriegen können. Wie sonst hätte man es nennen sollen, wenn zwei Typen ohne Geld durch einen Supermarkt streunten und einen Einkaufswagen beluden? Jetzt aber mussten sie das Delikt in Diebstahl umwandeln.

Sie schauten sich um. Keine Kameras, keine Spiegel, hinter denen jemand stecken konnte, dafür aber jede Menge Kunden. Tobi und Georg brauchten einen sicheren Ort. Sie kurvten durch die Gänge, von den Fertiggerichten zur Erdnussbutter hin zu den Fischkonserven, und schließlich standen sie bei den Süßigkeiten und waren endlich allein. Georg sah sich hektisch um, und es war klar, dass sie möglichst schnell machen sollten, denn spätestens Georgs Unruhe würde sie mittelfristig verraten.

Tobi zog den Rucksack ab, stellte ihn in den Einkaufswagen und füllte mit beiden Händen die Beute um. Und als nur noch ein Netz Zitronen im Wagen lag und Tobi den Reißverschluss am Rucksack zuzog, stand er da. Der dicke Junge von der Grenze. Er hatte alles gesehen, und so wie er guckte, hatte er auch alles verstanden. Sie hätten dringend Lisa gebraucht, die das Herz des Jungen bestimmt ein zweites Mal erweicht hätte. Aber Lisa stand draußen.

Also ging Tobi auf das Kind zu. »Na, du?«, sagte er. »Lust auf was Süßes?«

Stummes Nicken.

»Schokolade oder Weingummi?«

Wieder Nicken.

Tobi blickte ins Regal und griff nach der Packung mit den meisten Signalfarben. Schlangen, die so bunt waren, dass sie in der Natur verhungern müssten, weil jedes potenzielle Beutetier sie schon von Weitem sehen würde. Tobi öffnete die Packung, holte eine Handvoll Weingummischlangen heraus und hielt sie dem Jungen hin. In den Pausbacken zuckte ein Lächeln. Der Junge griff danach, stopfte sich eine Schlange direkt in den Mund und den Rest in seine Hosentasche. Mit vollen Backen drehte der Junge sich um und verschwand hinter der nächsten Ecke.

Falls Georg es bisher noch nicht war, wurde er nun hektisch. »Lass uns mal schnell abhauen«, drängte er. »Wer weiß, nachher verpfeift der uns doch noch.«

Tobi zog sich den Rucksack über die Schultern, parkte den Einkaufswagen so weit wie möglich am Rand, und dann stapften sie Richtung Kassen.

Georg stockte. »Wir brauchen noch die Streusel für Lisa.« Sie kehrten um, und zwei Gänge weiter standen sie vor der vermutlich weltgrößten Streuselauswahl. Georg nahm eine Packung, rasselte damit triumphierend und erklärte gönnerhaft: »Die klaue ich, das ist nur fair, damit du nicht alles nehmen musst.«

Tobi sah das ein wenig anders. Was bitte sollte daran fair sein? Er hatte alles geklaut, die schwere Gouda-Entscheidung getroffen und den Jungen geschmiert. Aber wenn es darum ging, das einzige Teil zu nehmen, mit dem man Lisa glücklich machen konnte, verfiel Georg in Aktionismus? Das konnte der Kollege mal schön vergessen. Tobi formulierte es ein wenig um: »Das kann ich auch noch nehmen.«

»Ich habs doch schon in der Hand. Mach dir mal keinen Stress.«

»Ach, immer rein damit, null Problemo.« Tobi drehte sich um und hielt Georg seinen Rucksack hin. Statt den Rucksack zu öffnen, steckte Georg die Packung einfach in die linke Beintasche seiner Army-Hose und marschierte los.

Tobi konnte es nicht fassen, zu welcher Heimtücke Georg imstande war. Er brauchte einen Gegenschlag. Einen, der die Ordnung wiederherstellte. Und der Lisa klar zeigte, wer ihr Streuselprinz war. Er sah sich das Regal genauer an. Auf bestimmt drei Metern Länge und von oben bis unten nur Hagelslag. Tobi konzentrierte sich auf Venz, die Marke, nach der Georg gegriffen hatte. Die gabs in Puur, Melk und Extra Puur. Georg hatte Puur genommen. Damit war die Sache klar: Tobi würde Lisa mit Extra Puur glücklicher machen können als Georg, sozusagen extra glücklich. Es sei denn, sie hätte lieber Melk, dann wäre Tobi mit Extra Puur natürlich am anderen Ende ihrer Sehnsuchtsskala. Schöne Scheiße. Und schnell musste es auch noch gehen, sonst war Georg schon längst bei ihr.

Tobi sah sich das übrige Angebot an: die Albert-Heijn-Hausmarke, Fred & Ed, De Ruijter und noch mehr Venz-Varianten. Das war die Lösung: Es gab alle Venz-Sorten noch mal statt in blauer in grüner Verpackung. Und auf der grünen Packung standen drei große Buchstaben: XXL. Wenn er also wie Georg Puur nahm, konnte er mit XXL nur gewinnen. Tobi nahm die grüne Packung und lief los.

Georg stand in der Nähe der Kasse und setzte langsam einen Fuß vor den anderen, wie besonders schwere Fälle in Reha-Kliniken, nur dass die deutlich weniger schwitzten. Er sah Tobi an: »Die scheiß Dinger rasseln bei jedem Schritt. Wie soll ich denn damit durch die Kasse kommen?«

Tobi bemerkte erst jetzt, dass er seine Packung Streusel noch immer in der Hand hielt. Auch schlecht, um unbemerkt an der Kasse vorbeizukommen. Und als sie so dastanden und nicht weiterwussten, kam die Opel-Astra-Familie mit einer jungen Mitarbeiterin in Albert-Heijn-T-Shirt im Schlepptau. Der Vater zeigte auf Georg und Tobi und rief: »Da! Die haben geklaut. Mein Sohn hat alles gesehen.«

Der Blick der Mitarbeiterin, offensichtlich eine Aushilfe, pendelte ratlos zwischen Georg, Tobi und dem Vater. Der hatte gerade erst angefangen: »Los, durchsuchen Sie die mal.«

Die Mitarbeiterin bremste den Mann: »Ich darf Kunden nicht einfach durchsuchen.«

Das machte den Mann nur noch wütender. »Aber mich am Zoll durchsuchen, das dürft ihr, oder was?« Und als hätte irgendjemand nach einem Beweis verlangt, zeigte der Vater auf Tobis Füße und rief: »Da! Keine Socken!«

Die Mitarbeiterin schaute sich irritiert Tobis nackte Fesseln an. Der gab sich ahnungslos: »Im Sommer trage ich nie Socken. Außerdem hat nicht Ihr Sohn uns beim Klauen erwischt, sondern wir ihn.«

Die Mutter trat einen Schritt vor: »Das ist ja eine Unverschämtheit. Unser Junge hat noch nie etwas gestohlen.«

Endlich fand auch Georg ins Spiel: »Weingummischlangen hat der sich in die Hosentasche gestopft. Ich habe ihm gesagt, dass wir ihn nicht verpetzen, wenn er verspricht, dass er die geöffnete Packung kauft und so etwas nie wieder macht.«

Tobi suchte mit großer Geste im Einkaufswagen der

Familie nach einer angebrochenen Packung Weingummi. Der Vater wurde noch wütender: »So ein Unsinn!«

»Dann schauen Sie doch nach!« Georg kam langsam auf Temperatur. Die Mutter griff in die eine Hosentasche ihres Sohnes, drehte sie demonstrativ auf links. Nichts. Dann griff sie in die andere und hielt plötzlich zwei Weingummischlangen in der Hand. Die Mutter kniete sich vor den Jungen und sprach mit ihm. Die Mitarbeiterin sah Georg und Tobi an. »Entschuldigung«, sagte sie, »ein Missverständnis. Gehen Sie bitte zur Kasse.«

Eigentlich eine gute Idee, wenn Gehen nicht exakt das gewesen wäre, was sich Georg mit seiner rasselnden Beute nicht traute. Tobi hielt seine Streuselpackung hoch, rasselte demonstrativ und marschierte los. Georg folgte. Die Mutter redete unverändert auf den Jungen ein, der Vater auf die Mitarbeiterin.

Georg und Tobi hatten die Kasse erreicht. Tobi rasselte noch mal extra laut, während Georg schon Richtung Ausgang ging. Dann legte er die Packung XXL-Streusel aufs Band und fragte, ob man hier, so kurz hinter der Grenze, noch mit D-Mark zahlen könne. Die Kassiererin verneinte. Tobi bedauerte und fragte, ob er die Streusel zurückbringen solle. Sie schüttelte den Kopf und legte die Packung in einen Korb neben sich, in dem bereits allerlei andere Produkte lagen. Tobi entschuldigte sich. Und er meinte es auch so: Es tat ihm leid, Leute wie diesen Albert Heijn zu beklauen, die freundliche Aushilfe zu belügen und den dicken Jungen reinzureißen. Um nicht doch noch einzuknicken, ging er schnell nach draußen. Er wollte nur noch weg hier. Dann, kurz hinter der Schiebetür, spürte er einen Ruck. Er wurde am Henkel des Rucksackes festgehalten.

Tobi schaute nach hinten. Georg, zum Glück. Dann

hörte er den Reißverschluss des Rucksackes, ein Rasseln und wieder den Reißverschluss. »Was hast du gemacht?«, fragte Tobi.

»Ich habe die Streusel in den Rucksack gepackt. Lisa freut sich bestimmt, wenn du sie ihr gibst.«

13:10 UHR

Die vier verließen den Golf so hektisch, als würde er jeden Moment in die Luft fliegen.

Zuvor hatten sie nur weggewollt, weg vom Supermarkt und weg von der Opel-Familie. Aber jetzt, an der nächsten Raststätte, mussten sie essen und vor allem trinken. Während der Fahrt hatte Scholzen ausführlich beschrieben, wie er sich gleich eine schöne Vla-Schorle mischen würde. Georg hatte derartige Experimente daraufhin verboten. Scholzen hatte kurz protestiert, unterm Strich jedoch erleichtert gewirkt.

Auf dem Rastplatz schaute sich Georg suchend um, verzichtete aber darauf, den bestmöglichen Platz auszuwählen. Lisa ließ sich in den Schneidersitz sinken, die anderen machten es ihr nach und bildeten so einen Kreis. Tobi, der Lisa gegenübersaß, zog jedes geklaute Teil einzeln aus dem Rucksack wie ein zweitklassiger Zauberer Kaninchen aus einem Zylinder. Lisa sah erwartungsvoll zu. Das letzte Mal hatte sie ihm so gespannt zugeschaut beim Versuch, ein Kondom überzuziehen. Aber diesmal, da war sich Tobi sicher, würde seine Nummer zur Zufriedenheit des Publikums ausgehen. Nachdem schon Brot, mittelalter Gouda und die Dosen Fanta Cassis in ihrer Mitte lagen, griff Tobi ein letztes Mal in den Rucksack und zauberte ein Lächeln auf Lisas Gesicht. Hagelslag. Lisa schüttelte die Packung an ihrem Ohr und freute sich mit geschlossenen Augen über das Rasseln. Erinnerung an eine bessere Zeit.

Der dünn gehobelte Gouda und das zu weiche Brot ergaben das beste Käsebrot der Welt. Kauend genoss Tobi den weiten Blick über die flachen Felder und die Aussicht auf Lisa. Sie bereitete den Nachtisch vor: Vanille-Vla mit Hagelslag. Dann verteilte sie die gefüllten Becher. Mit dem Pudding kam der Optimismus. London war ein erreichbares Ziel. Alles schien wieder möglich.

Als ein VW-Bus mit Dachgepäckträger samt Surfbrett auf den Rastplatz rollte, wurde Scholzen unruhig. Zwei Jungs stiegen aus und reckten sich. Einer schlug sich in die Büsche. Scholzen stand auf. »Surfer kennen die komplette Küste. Ich frage die mal, wo die Fähren nach England ablegen.« Dann lief er auch schon zum VW-Bus. Georg sah ihm nach und entdeckte dabei am Ende des Rastplatzes ein kleines Gebäude. Eine Art Kapelle, nicht viel größer als ein Toilettenhäuschen, wahrscheinlich für ähnlich dringende Fälle erbaut.

»Ich glaub, ich geh da mal hin«, sagte Georg mehr zu sich. Lisa rollte mit den Augen.

Tobi antwortete: »Mach das. Finde ich gut.« Und das war die Wahrheit. Denn wie sonst sollte er es finden, allein mit Lisa zu sein? Und das in guter, mit Streuseln verzierter Atmosphäre.

»Was willst du da?«, fragte Lisa Georg. Und so wie sie das tat, war klar, dass sie mit der Antwort nicht zufrieden sein würde.

»Beten.«

»Warum? Gott wirds für dich nicht rausreißen. Oder hat er das bis hierhin getan?«

Ohne Lisa anzuschauen, sagte Georg: »Es geht nicht

darum, dass Gott mir ein tolles Leben gestaltet. Es geht darum, dass er mir Kraft gibt, mein Leben anzunehmen.«

Lisas Laune bröckelte. Tobi wünschte sich, dass Georg nun endlich beten gehen würde, bevor die Hagelslag-Schönwetterfront komplett verflogen war. Aber Georg blieb stehen, und Lisa redete sich in Rage. Tobi hatte gewusst, dass sie nicht sonderlich religiös war, aber ihr Plädoyer gegen Religion im Allgemeinen und Gott im Speziellen überraschte ihn dennoch. Lisa stolperte durch Sätze mit den Wörtern Gott, Hirngespinst, katholische Kirche und Verbrecherhaufen.

Georg hörte sich alles geduldig an. Ohne darauf einzugehen, beendete er das Gespräch mit einem »Also, ich glaube schon, dass es einen Gott gibt«. Lisa holte Luft, aber Georg wartete ihre Antwort nicht mehr ab und ging zum Gotteshäuschen am Ende des Rastplatzes.

Tobi atmete auf. Zu früh, denn Lisa war mit dem Thema noch nicht durch.

»Ich glaube schon, dass es einen Gott gibt«, wiederholte sie spöttisch und nahm wieder Fahrt auf: »Alle tun immer so, als ginge es um die Frage, ob es einen Gott gibt. Als wäre mit einem Gottesbeweis alles geklärt und alles gut.« Tobi schwieg, also machte sie weiter: »Dabei ist die Frage doch, vorausgesetzt, es gibt ihn: Wie ist Gott?«

Tobi hatte keine Lust, zwischen die Fronten zu geraten, ohne sagen zu können, vor wem er mehr Angst gehabt hätte, Lisa oder Gott. Also antwortete er nicht. Musste er aber auch nicht, Lisa hatte nur kurz Luft geholt: »Ich mein, für Zierfische ist der Besitzer ihres Aquariums auch Gott. Schließlich ist er viel größer als ihre Welt, und er kann machen, dass es Essen regnet und dass das Wasser sprudelt. Aber letztlich befinden sich Zierfische in Händen von Idioten. Wir wissen mehr über Typen, die sich Fische halten: zu blöd zum Ficken, hängen den ganzen Tag in ihrem abgedunkelten Zimmer rum, das sie nur verlassen, um zur Toilette zu gehen. Weil sie pinkeln müssen oder um mal wieder einen ihrer Guppys auf die letzte Reise zu schicken.«

Tobi überhörte absichtlich, dass da eigentlich gerade sein Vater beleidigt worden war. Stattdessen nutzte er die Möglichkeit, das Gespräch beiläufig auf Lisa und ihn zu lenken: »Streng genommen waren wir ja auch zu blöd zum Ficken.«

»Aber wir sind siebzehn. Und nicht, keine Ahnung, fünftausend Jahre alt. Und in den nächsten viertausend-wasweißich Jahren wirst du es doch hoffentlich mal schaffen, ein Kondom richtig anzuziehen.«

Hoffentlich? Hatte sie da mehr preisgegeben, als sie wollte? War es ihre Hoffnung, dass Tobi bald Sex haben würde? Denn wenn, dann ja wohl nur mit ihr. Jetzt bloß das Richtige sagen. Und nicht zu lange nachdenken. Scholzen plumpste neben Tobi. Wo kam der denn plötzlich her?

»Leute, ich kenn den Weg. Wir nehmen die Fähre von Hoek van Holland. Das bedeutet, wir müssen eigentlich nur Richtung Rotterdam fahren, zweieinhalb Stunden, an Gouda vorbei.«

»Das klingt doch super«, sagte Tobi und wandte sich dann an Lisa. »Wie meinst du das: hoffentlich?«

Lisa schwieg, im Gegensatz zu Scholzen: »Die benennen eine Stadt nach ihrem Lieblingskäse. Wahnsinn, oder?«

»Wie meinst du das, dass ich es hoffentlich mal schaffe?«

Lisa reagierte, allerdings auf Scholzen: »Städte werden doch nicht nach etwas benannt, sondern die Dinge nach der Gegend, aus der sie kommen, so wie Harzer Roller.«

»Das ist nun wirklich der größte Unsinn, den ich seit Langem gehört habe«, gab Scholzen lachend zurück.

»Dann hieße Karl Marx ja so, weil er aus Karl-Marx-Stadt kommt.«

»Außerdem habe ich es ja in der Nacht geschafft. Nur, dass du da halt schon geschlafen hast.« Tobi klang besserwisserischer, als er wollte.

»Warum hast du mich nicht einfach geweckt?«

Warum eigentlich nicht? »Weil es auch so perfekt war.«

Und weil Tobi dachte, dass sie noch viele Nächte haben würden, alle anders, alle perfekt.

Georg kam wieder, setzte sich aber nicht mehr. Er wollte weiter.

»Und, Scholzen, was rausgefunden?«

»Ja, wir müssen nach Hoek van Holland. Das ist bei Rotterdam. Was glaubst du, warum wurde Chemnitz Karl-Marx-Stadt genannt?

»Um Karl Marx zu ehren?«

Scholzen schaute triumphierend in die Runde. Ohne darauf zu reagieren, packte Lisa den übrig gebliebenen Proviant ein. Dann gingen sie zurück zum Wagen.

Lisa schwieg lange, mindestens bis zu dieser Käsestadt. Auch Tobi sagte nichts. Vielleicht hatte Lisa recht, und sie waren nur Zierfische in einem Aquarium. Und vielleicht war Gott auch nur ein Idiot. Wie auch immer, Tobi würde beim nächsten Stopp mal nach den Seepferdchen schauen.

16:01 UHR

Hoek van Hollands Hafen sah aus wie ein gewöhnlicher Hafen, nur kleiner.

Ein paar Container und mehrere Lkw standen herum. Zwei Fähren hatten angelegt. Aber all das schien nichts miteinander zu tun zu haben. Es gab keinen Kran, keine

Gabelstapler und auch keine Menschen mit Helm, die irgendetwas dirigierten. Alles war in nachmittäglicher Trägheit versunken. Bis auf die Möwen. Fünf oder sechs von ihnen kreisten in der Luft, noch mehr hüpften aufgeregt um einen Mülleimer herum. Sie tänzelten um eine Schale mit Pommesresten, die neben die Tonne geklatscht worden war.

Während Georg und Lisa den ausgehängten Fahrplan studierten, schauten Tobi und Scholzen den Vögeln beim Verteilungskampf zu. Immer wenn eine Möwe mit einer Fritte im Schnabel hektisch das Weite suchte, war eine andere zur Stelle und riss ihr die Beute wieder weg. Der Kampf wirkte noch existenzieller, weil die Schnäbel rot verschmiert waren, auch wenn es sich dabei wohl nur um Ketchup handelte.

Scholzen starrte gebannt auf den Pommeskampf. »Da kriegt man richtig Appetit. Glaubst du, ich würde mit den Biestern fertigwerden?«

Bevor Tobi antworten konnte, wandte Lisa sich vom Fahrplan ab. »Eine Person neunundachtzig Gulden, und ein Gruppenticket für bis zu fünf Personen mit einem Pkw zweihundertneunundvierzig Gulden.« Die beiden entscheidenden Zahlen ließ sie weg: Sie waren vier Personen und hatten null Gulden.

»Das können wir vergessen«, sagte Georg. »Heute legt die letzte Fähre um zwanzig Uhr ab.« Er blickte auf seine G-Shock. »Jetzt haben wir sechzehn Uhr und …«, er wartete einen Moment, »drei Minuten.«

Sie waren quer durch die Niederlande gefahren, hatten das Nokia-Schrillen ignoriert, sogar einmal bei Bon Jovi mitgesungen und sich an Fanta Cassis gewöhnt. Nur wie es an der Küste weitergehen sollte, hatten sie nicht besprochen.

Scholzen dachte laut: »Wir haben vier Stunden Zeit, um zweihundertfünfzig Gulden aufzutreiben. Wenn wir weniger Kohle zusammenkriegen, fährt heute eben nur Georg, und wir kommen morgen nach.«

Georg sah zu den Fähren. Eigentlich waren es schwimmende Hochhäuser, deren Höhe nur nicht auffiel, weil sie noch viel breiter als hoch waren. Er sah sie an wie Riesen, die es zu bezwingen galt. »Das schaffen wir nie. Ganz egal ob zweihundertfünfzig oder neunundachtzig Gulden.«

Scholzen klatschte in die Hände. »Alles, was wir brauchen, ist ein Plan.«

Plan? Das Einzige, das aus Scholzens Mund vergleichbar fremd klang, war Esperanto.

16:32 UHR

Sie waren zu Fuß den Schildern gefolgt. Aber jetzt wurde deutlich, dass es sich bei dem Wort »Zentrum« um eine Übertreibung handelte. Der Marktplatz war umringt von sechsstöckigen Häusern, die an Pauschalhotels aus vergangenen Tagen erinnerten. In ihren Erdgeschossen waren kleine Boutiquen, die sich an ältere Kunden richteten, ein paar Geschäfte mit Touristenbedarf, ein Supermarkt und ein Café.

Georg setzte sich auf eine Bank. Die anderen blieben stehen. Die Terrasse des Cafés war so nah, dass man hören konnte, wie die Touristen ihren Tag strukturierten. Auf Deutsch. Das war gut. Denn Tobi war sich sicher: Wenn Deutsche im Ausland auf Landsleute in Not träfen, dann würden die denen helfen. Georg war weniger optimistisch: »Die halten uns für Jugendliche, die von zu Hause ausgerissen sind und alles sofort in Drogen investieren.«

Scholzen dachte laut: »Am besten fragt Lisa die Leute nach Geld. Mädchen sind grundsätzlich freundlicher.«

Lisa widersprach und fand Worte, die Scholzens Geschlechtertheorie eindrucksvoll widerlegten.

»Dann mach ich es«, entgegnete Scholzen. »Als Holländer. Die Deutschen mögen die Holländer und wollen außerdem beweisen, dass sie keine Nazis sind.«

»Aber du bist kein Holländer«, sagte Georg. Diesen Einwand konnte nur jemand vorbringen, der während dieser EM kein Niederlande-Spiel mit Scholzen gesehen hatte. Scholzen sprach ein paar Sätze mit starkem niederländischem Akzent. Er imitierte Linda de Mol. Oder Marijke Amado. Die beiden Nummern waren nur voneinander zu unterscheiden, weil Scholzen als Marijke Amado irgendwann die Wörter Mini-Lädchen und Zauberkugel fallen ließ. Da er die Begriffe bei seiner kleinen Kostprobe schuldig blieb, hatte er wohl Linda de Mol nachgemacht, vielleicht auch Harry Wijnvoord. Wie auch immer, Georg überzeugte all das nicht.

Scholzen drückte weiter aufs Tempo. »Also was jetzt? Lisa auf Deutsch? Oder ich als Holländer?«

Georg bat Lisa, den Job zu übernehmen. Tobi nickte eindringlich. Lisas schlecht gelauntes Deutsch war deutlich berechenbarer als Scholzens gut gelauntes Niederländisch. Schließlich willigte sie ein und ging ohne weitere Absprachen los. Georg murmelte ein »wird schon schiefgehen«, als Tobi und Scholzen sich zu ihm auf die Bank setzten. Gemeinsam sahen sie dabei zu, wie Lisa zu den mit weißen Decken bezogenen Bistrotischen ging. Dort erklärte sie einem deutschen Rentnerpaar die Notlage: Zelten gewesen, Leute verloren, das Portemonnaie gleich mit, und nun brauche sie ein neues Bahnticket für die Heimfahrt. Lisa versicherte, den Betrag nur leihen zu wollen.

Selbstverständlich würde sie das Geld überweisen, sobald sie wieder zu Hause sei. Sie zeigte ihren Personalausweis, von dem man sich gern alle wichtigen Daten abschreiben könne. Die Rentner schüttelten den Kopf. Sie entschuldigten sich, waren aber fast nicht zu verstehen, weil sie mit vollem Mund sprachen. Lisa ging ein paar Tische weiter und wiederholte gestenreich ihren Vortrag. Wieder verlegenes Schulterzucken, kein Geld.

Den dritten Versuch unternahm Lisa an einem Tisch mit zwei älteren deutschen Männern, die Bier tranken. Lisa spulte ihre Nummer ab, die bereits erstaunlich gut saß. So gut, dass sie bei den Männern durchaus ein gewisses Maß an Hilfsbereitschaft auslöste. »Klar können wir dir was geben. Aber was bekommen wir denn dafür?«, sagte der linke, der entweder Sonnenbrand oder Bluthochdruck hatte.

»Sie bekommen ja meine Adresse. Als Sicherheit«, wiederholte Lisa ihr Angebot.

»Ach, wir brauchen keine Sicherheit«, sagte der rechte und prüfte, ob sein Polohemdkragen noch stand. Beide grinsten. »Trink doch was mit uns.«

Lisa schaute irritiert zu ihren Jungs. Während Tobi sich nicht sicher war, ob er das alles richtig verstanden hatte, rutschte Georg unruhig auf der Bank vor und zurück. Scholzen nickte aufmunternd.

Lisas Augen wurden Schlitze. »Ich leiste ganz bestimmt nicht für Geld irgendwem Gesellschaft.«

»Wir sind ja nicht irgendwer«, sagte der Rotgesichtige.

»Wie viel gebt ihr denn?«, rief Scholzen und stand auf. Er stellte sich zu Lisa.

Die schaute ihn nun mindestens so feindselig an wie zuvor die beiden Männer. »Alter, spinnst du?«

Scholzen winkte ab. »Aber wir müssen doch erst mal das Angebot kennen, um es eventuell ablehnen zu können.«

Georg stöhnte. Tobi schwieg. Der Kragenmann räusperte sich: »Also, zwanzig Gulden wären schon drin.«

Scholzen schaute angestrengt in die Ferne. Er überschlug die Kosten, die in den nächsten Stunden anfallen würden: »Wir brauchen dreihundert.«

Die beiden Männer tuschelten kurz, dann: »Es gibt fünfzig. Dafür soll sie aber auch noch singen und tanzen.«

»Nicht für fünfzigtausend«, fasste Lisa ihren Standpunkt zusammen.

Scholzens Reaktion war da positiver. »Sehr gute Idee«, rief er. »Na klar, Singen und Tanzen!«

17:25 UHR

Scholzen lief ein paar Schritte voraus. Die anderen trotteten hinterher. Er hatte die Gitarrentasche aus dem Kofferraum geholt und suchte nun mit dem geschulterten Instrument nach dem, was er die optimale Stelle nannte. Bald blieb er stehen, schaute sich prüfend um und nickte zufrieden. »Der Weg führt direkt zum Strand, hier kommen bestimmt viele Leute vorbei. Hier machen wir es.«

Georg, der von allen den größten Sicherheitsabstand zu Scholzen hielt, räusperte sich: »Was genau machen wir hier?«

»Wir geben ein Konzert.«

Scholzen konnte tatsächlich ganz gut Gitarre spielen, auch wenn er nacheinander aus allen drei Schulbands geworfen worden war. Die Gründe dafür unterschieden sich je nachdem, welche Seite man fragte. Es hatte wohl mit dem Thema Pünktlichkeit zu tun. Und bei der letzten Band wog auch das Lied schwer, das er über die Freundin des Sängers geschrieben hatte.

Scholzen blickte in die Runde. »Also, welche Songs haben wir drauf? *Wonderwall*, klar, eigentlich alles von Oasis. *Ironic* von Alanis. Und die Hits von Bon Jovi übernimmt Georg.«

Lisa und Tobi schauten Georg erwartungsvoll an. »Also, ich werde hier bestimmt nicht singen«, stellte der klar.

Scholzen fragte ein paar weitere Lieder ab, die sich gerade in den Charts tummelten. *Breakfast at Tiffany's*, *Lemon Tree* und *Killing Me Softly*. Außerdem einigte man sich auf *Macarena*, das ging in diesem Sommer immer, zur Not halt ironisch.

Scholzen verteilte die Aufgaben und Positionen. Er drapierte Lisa, Georg und Tobi hinter sich. Sie waren vor allem für den Chorus zuständig. Außerdem sollte Tobi die Menge animieren. Scholzen packte die Gitarre aus und legte die offene Tasche auf den Boden. Und bevor Georg weitere Einwände formulieren konnte, fing Scholzen auch schon an. *Wonderwall*. Er fand schnell in die Akkorde, beim Text tat er sich schwerer. Er hangelte sich von wenigen klar verständlichen Schlagwörtern in den Strophen hin zum allgemein bekannten Refrain. Und tatsächlich blieben zwei Typen stehen. Tobi verscheuchte sie aber beim nächsten Refrain mit einem »Und jetzt ihr!«.

Danach sang Scholzen Bon Jovis *Livin' on a Prayer*, textlich so unsicher, dass Georg sich gezwungen sah, zumindest im Refrain unterstützend einzugreifen. Zwei etwa fünfzehnjährige Slush-Puppie-schlürfende Mädchen blieben stehen. Scholzen tat in seiner Funktion als Bandleader das einzig Vernünftige. Er kürzte den Bon-Jovi-Hit massiv ein und sprach die Mädchen an: »Und? Für wen seid ihr? Gary oder Robbie?«

Beide riefen mit leuchtenden Augen: »Robbieee!«

Nach Take That hatten Gary Barlow und Robbie Williams ihre ersten Singles angekündigt. Die Videos dazu liefen seit Tagen auf Viva und MTV. Während Gary mit der ambitionierten Eigenkomposition *Forever Love* an den Start gegangen war, stolperte Robbie aufgedunsen durch einen Clip zur Coverversion von George Michaels *Freedom*. Eine Selbstverständlichkeit, dass Scholzen sich im Team Robbie sah, und nun hatte er mit den Mädchen zwei Verbündete. Er stimmte an: »I won't let you down«, und die Mädchen stiegen sofort ein: »I will not give you up.« Die Party konnte beginnen.

Ein paar Jungs blieben stehen. Ihr Interesse galt weniger Scholzen als den Sängerinnen. Um denen zu imponieren, ließen sie ein paar Münzen in die noch leere Gitarrentasche fallen.

Bald schon stand ein weiteres Grüppchen auf dem Bürgersteig, von dem fast die Hälfte mitsang. Höchste Zeit, das Gary-Lager dazuzuholen. Als Nächstes stimmte Scholzen die Take-That-Hymne *Never Forget* an. Im Original gesungen von Howie, gegen den niemand etwas haben konnte. Neutraler Boden, auf dem sich Fans von Robbie und Gary singend die Hand reichen konnten. Immer mehr blieben stehen, um mitzusingen oder sich die singenden Leute anzuschauen. Selbst Tobi konnte mit seinem beherzten »Und jetzt alle!« niemanden mehr verjagen. Die Menschentraube stimmte ein: »Neeever forget where you've come here from, neeever!«

Zwei weitere Jungs, siebzehn Jahre, vielleicht achtzehn, stellten sich dazu und sprachen andere Jugendliche an. Offensichtlich zwei Nachwuchsdealer, die sich um die Touristen kümmerten. Georg und Scholzen begriffen gleichzeitig, was da passierte. Georgs Miene verfinsterte sich, Scholzens Laune stieg.

Scholzens Repertoire war längst erschöpft. Er stimmte wieder *Wonderwall* an, zum dritten Mal. Tobi, Lisa und Georg sangen mit, lauter denn je, gingen aber trotzdem im Chor der Masse unter. Immer mehr Menschen knubbelten sich um Scholzen und seine Combo. Unklar, ob sie Lust auf die Musik hatten oder stehen geblieben waren, weil schlichtweg kein Durchkommen mehr war.

Die Dealer vertickten ihr Gras mittlerweile hemmungslos. Die Reaktionen ihrer Käuferschaft zeigten, dass der geforderte Preis über dem des Marktes lag. Aber letztlich wurde gezahlt, denn die Kundinnen und Kunden waren minderjährige Deutsche, die noch nicht selbst in einem der Coffeeshops einkaufen konnten. Scholzen schaute sich das Geschäftstreiben der beiden an und lächelte. Er spielte längst nicht mehr nur für ein paar Fährentickets, sondern auch noch für ein, zwei Gramm Gras.

Weil Scholzen nun wirklich nicht mehr wusste, was er noch spielen sollte, griff er zum Äußersten: *Macarena*. Die Menge beherrschte die Choreografie vom ersten Takt an. Alle machten mit. Und brauchten Platz. Je mehr deutsche Touristen auf dem Fahrradweg tanzten und sangen, desto genervter klingelten die vorbeikommenden Radfahrer. In Hoek van Holland gab es wenige rote Linien. Die Trennung von Bürgersteig und Fahrradweg gehörte aber offensichtlich dazu.

Scholzens Esperantokenntnisse reichten für eine lautmalerische Annäherung, die in einem inbrünstigen »Hey Macarena« mündete. Die Geschäfte florierten. Bei den dealenden Jungs und bei den Musikern. Lisa nahm bereits zum vierten Mal Kleingeld aus der offenen Gitarrentasche und füllte es in Scholzens Rucksack um, der hinter ihnen auf dem Boden lag. Und sie hätte das bestimmt noch einige Male getan, wenn nicht eine Sirene selbst die lautesten Gesänge übertönt hätte. Ein Polizist war auf seinem Motorrad an den Pulk herangefahren. Nachdem er sich der Aufmerksamkeit der Masse sicher sein konnte, stellte er Blaulicht und Sirene ab.

Scholzen hörte auf zu spielen. Etwas zeitversetzt ebbte auch der *Macarena*-Chor ab. Der Polizist rief einen Satz auf Niederländisch, merkte aber bald, dass er damit nicht weiterkam. Also rief er auf Deutsch: »Geht zum Strand, zu den Bars. Da könnt ihr tanzen. Hier muss der Weg frei bleiben.«

Georg zischte ein »Lasst uns gehen. Keinen Bock, jetzt kontrolliert zu werden«.

Aber Scholzen sah sich auch der guten Laune verpflichtet. Das hier war sein Festival, vielleicht sogar sein Woodstock. So was gab man nicht vorschnell auf, zumindest nicht er. Und überhaupt: Wann konnte man schon mal einen Motorradpolizisten offensiv in die eigene Bühnenshow einbinden? Also schlug Scholzen einen neuen Akkord an und rief: »It's fun to stay at the YMCA!«

Die Menge stieg ein. Dank Macarena ausreichend enthemmt tanzten die Leute die Choreo der Village People. Der Polizist ignorierte die Aufforderungen mitzumachen. Stattdessen sah er die beiden Nachwuchsdealer. Die Blicke trafen sich, und so viel wurde klar: Man kannte sich im kleinen Hoek van Holland. Er stieg von seinem Motorrad und rief einen Namen. Einer der beiden Jungs hatte noch die Gulden in der Hand, die er gerade von einem der Touristen für ein Tütchen Gras bekommen hatte, und warf die Münzen demonstrativ in die Gitarrentasche. Anschließend schlenderte er zum Polizisten. Der andere kniete sich vor den Rucksack und öffnete den Reißverschluss. Als gerade seine Hand darin verschwunden war, erwischte Georg ihn. Ein »Hey, Finger weg!« folgte, das keinen Zweifel daran ließ, dass mit Georg nicht zu spaßen war. Die Hand wurde herausgezogen und beschwichtigend hochgehalten. Georg behielt den Typen im Blick, während der zu seinem Kollegen ging, der bereits beim Polizisten stand. Gemeinsam holten die beiden sich dort eine Standpauke ab. Drumherum wurden weiterhin die Buchstaben Y, M, C und A getanzt. Ein guter Moment, um das Konzert zu beenden, fand selbst Scholzen, denn erstens sollten sie langsam mal zum Hafen gehen und schauen, wie viele Tickets sie bekommen würden, und zweitens war ein Polizeieinsatz ja durchaus ein gelungenes Konzertfinale. Der Polizist war mit seiner Ansage durch, sodass sich die beiden Jungdealer mit gesenktem Blick und schnellen Schrittes entfernten. Und auch der Rest des Publikums brach nun auf. Die Party war vorbei.

Ein wenig abseits des Weges hatte Scholzen das gesammelte Kleingeld zurück aus seinem Rucksack in die Gitarrentasche gekippt und betrachtete die vielen Münzen.

»Das reicht auf jeden Fall, um Georg heute schon nach England fahren zu lassen«, sagte er hörbar zufrieden.

Georg schien weniger begeistert. »Lasst uns das erst mal genau zählen. Keine Lust, da gleich mit zu wenig Geld am Ticketschalter zu stehen.«

Georg kniete sich hin und machte Münzhaufen. Eins, zwei, drei, vier, fünf Gulden: ein Haufen. Lisa warf einen Blick auf Georgs G-Shock: »Wir haben Viertel vor. Wir sollten zum Hafen gehen, sonst verpasst du die Fähre.« Georg reagierte nicht, sodass sie ihn am Ärmel zog. »Wir müssen los.«

»Moment noch.« Georg stapelte Zehncent- und Fünfundzwanzigcentstücke, ohne hochzusehen.

Tobi und Lisa warfen sich einen Blick zu. »Georg, wir müssen«, sagte nun auch Tobi.

»Wenn ihr euch nützlich machen wollte, könnt ihr gerne noch mal zählen. Doppelt hält besser.«

»Aber es reicht doch dicke!«, rief Scholzen und schaufelte die gezählten und ungezählten Münzen mit beiden Händen in seinen Rucksack.

Georg sah das entschieden anders. Er schüttete den Rucksack wieder aus. Die Münzen prasselten auf den Bürgersteig, ein paar rollten auf den Radweg.

»Das müssen wir jetzt alles noch mal zählen.«

20:02 UHR

Die Fähre lag noch am Hafen. Scholzen lief so schnell, wie man mit einer Gitarre auf dem Rücken laufen konnte. Tobi versuchte Schritt zu halten mit dem rasselnden Rucksack voller Kleingeld. Die beiden stürmten in die Schalterhalle. Dahinter betraten Lisa und Georg das Hafengebäude. Lisa rief quer durch die Halle: »Ein Ticket für die Fähre!«

Scholzen erreichte als Erster den Schalter. Er griff in den Rucksack auf Tobis Rücken und knallte eine Faust Gulden auf das Bord vor der Trennscheibe. Ein paar Münzen fielen klimpernd zu Boden. Der Mann hinter dem Plexiglas schüttelte den Kopf. »Boarding ist abgeschlossen. Die Fähre legt jeden Moment ab.«

Während Georg einfach nur dastand, stumm und regungslos, hatte Lisa noch nicht aufgegeben: »Er hier muss auf das Schiff! Hören Sie, er muss!«

Scholzen nahm Lisa beiseite. »Lass mich das mal machen. Von Holländer zu Holländer.« Dann trat er vor den Schalter und gab für deutsche Ohren eine durchaus passable Marijke Amado.

Der Ticketverkäufer aber sah sich und seine Landsleute wohl verunglimpft. Säuerlich und in fast perfektem Deutsch antwortete er: »Ich kann nichts für Sie tun. Und was meinen Sie überhaupt mit Mini-Lädchen?«

Dann dröhnte ein dunkler lang anhaltender Ton. Das Horn der ablegenden Fähre. Scholzen sammelte die Münzen wieder ein. Er gab sich selbstkritisch. »Vielleicht war das mit Marijke Amado ein Fehler. Vielleicht ist die in Holland gar nicht so beliebt wie bei uns. Ich hätte es mit Jopi Heesters versuchen sollen.«

Die vier gingen raus, durch die menschenleere Halle. Draußen standen sie vor dem Kai, an dem eben noch die Fähre lag. Jetzt hatte sie bestimmt schon fünfzig, sechzig Meter hinter sich gelassen. Scholzen legte Georg eine Hand auf die Schulter. »Spring ins Wasser und schwimm hinterher«, schlug er vor. »Auf hoher See müssen die dich da rausziehen. Da sind die verantwortlich.«

Aber Georg blieb an Land. Und mit jedem weiteren Meter zwischen ihm und der Fähre wurde er ruhiger. Als wäre es umgekehrt. Als hätte er es gerade noch geschafft und würde nun von der Reling dem Hafen beim Kleinerwerden zuschauen. Aus seinen Sehschlitzen wurden große, müde Augen.

»Ich hatte echt Angst, da allein hinzumüssen«, flüsterte Georg.

Lisa nahm seine Hand und schaute mit ihm aufs Meer. Irgendwo dahinter lag England.

»Wir machen das zusammen. Versprochen.«

»Jetzt haben wir noch weniger Geld.«

Schmallippig schaute Georg auf die vier Pappteller, die Scholzen aus einer Pressspanbude mit der Aufschrift »Hank's Snackpoint« herausgetragen hatte, um sie auf einem klebrigen Campingtisch zu servieren. Auf den Tellern lag etwas, das vor dem Bad in einer Fritteuse mal Fisch gewesen war, zur Hälfte bedeckt mit Remoulade. Scholzen nannte es Kibbeling und schob begeistert hinterher, dass die Niederländer damit ursprünglich Abfall bezeichnet hatten. Die Möwen hatten den Fisch trotz Teigmantel erkannt. Sie kreisten unerbittlich über Hanks Außenbereich.

»Fisch ist gut fürs Hirn«, erklärte Scholzen und holte weiter aus: »Wir haben etwa hundertfünfzig Gulden. Das heißt, wir brauchen noch hundert. Und dafür müssen wir fit im Kopf sein.«

In Georg rumorte es. In ihm rumorte es schon, wenn auch nur ein Millimeter von einem Plan abgewichen wurde. Man konnte nur ahnen, was gerade in ihm los war, jetzt, wo er meilenweit von irgendeinem Plan entfernt war. »Hast du denn schon eine Idee?«, fragte er.

»Klar. Wir könnten das John-Mobil verkaufen.«

Georg warf einen kurzen prüfenden Blick auf den Golf, der ein paar Meter hinter Hanks Baracke stand. Der gleiche Blick galt nun Scholzen: »Dein Ernst? Das ist aus so vielen Gründen Blödsinn, ich weiß gar nicht, wo ich anfangen soll. Erstens haben wir keine Papiere. Zweitens ist der Wagen vielleicht als gestohlen gemeldet. Drittens ist das kein reguläres Modell.«

»Gut, man müsste natürlich mit dem Preis runtergehen, weil überall Bon Jovi draufsteht.«

Georg holte Luft, winkte dann aber wortlos ab und widmete sich einem Stück Kibbeling. Er sezierte es auf seinem Teller und führte einen Teil davon zum Mund. Auch Tobi aß den Fisch und nickte anerkennend, während Lisa bei Pommes blieb.

Scholzen schaute kauend in die Runde. In seinen Mundwinkeln glitzerte das Fett. »Oder hat jemand eine bessere Idee?«, fragte er.

Der Rest der Runde schwieg.

»Hundert Gulden sind echt machbar. Die nächste Fähre fährt morgen um neun Uhr, also in zwölf Stunden. Das heißt, wir brauchen einen Stundenverdienst von …«

»Acht Gulden Komma Periode drei«, sprang ihm Georg bei, der die Rechenfunktion seiner G-Shock genutzt hatte.

Scholzen überlegte weiter: »Und wir sind zu viert. Jeder von uns muss also noch weniger pro Stunde klarmachen. Acht Komma noch was, geteilt durch vier sind … Georg?«

»Abgerundet zwei Gulden und acht Cent.«

»Danke. Und das Beste ist: Ein Gulden ist ja nicht mal eine Mark.«

Scholzens Optimismus hatte etwas Bestechendes. Doch Georg hatte andere Probleme, oder besser: zusätzliche. Er war darauf konzentriert, Ordnung auf seinem Pappteller herzustellen, und hielt die Remoulade in Schach, indem er sie mit einem aufgespießten Fischstück gegen ihre Fließrichtung kehrte.

»Hast du denn noch eine andere Idee, außer in den Gebrauchtwagenmarkt einzusteigen?«, fragte Lisa.

Scholzen musste nicht lange überlegen: »Zigarettenautomaten melken.«

Georg ließ von der Remoulade ab. »Was?«

Scholzen erklärte das Prinzip: »Wir stecken heute Abend in den Wechselgeldschacht aller Zigarettenautomaten von Hoek van Holland ein zusammengeknülltes Taschentuch. Und morgen früh ernten wir.«

Georg schaute unverändert fragend. Tobi dagegen konzentrierte sich auf sein Essen. Er kannte Scholzens Trick bereits und konnte sich auch Georgs Reaktion ausmalen. Scholzen holte weiter aus: »Immer wenn jemand auf Geldrückgabe drückt, weil seine Marke ausverkauft ist, landen die Münzen nicht in der Ausgabe, sondern fallen lautlos auf unser Taschentuch. Weil aber niemand mit einem Taschentuch rechnet, drücken die Leute noch zwei, drei Mal auf den Knopf, hauen ergebnislos gegen den Automaten, und dann müssen die weiter, weil sie Schmacht haben.«

Scholzen hielt inne. Er war abgelenkt von einem näherkommenden Knattern.

Zwei Vespas fuhren geradewegs zu auf Hank's Snackpoint, genau genommen auf Hanks Außenbereich, und noch genauer genommen auf den Tisch, an dem Scholzen gerade seine Melkvision erzählt hatte. Georg erkannte als Erster, wer da auf sie zukam: »Die Dealer.«

Scholzen verstummte. Die Fahrer hielten vor dem Tisch und bockten ihre Motorroller auf. Jetzt hatten auch Tobi und Lisa die beiden Jungs vom Straßenkonzert erkannt. Die zwei hielten sich nicht mit Geplänkel auf: »Hey, ihr habt da noch etwas von uns.«

Lisa schaute in die überraschten Gesichter am Tisch und antwortete stellvertretend: »Was meint ihr?«

Georg dagegen ahnte bereits etwas. »Hast du mit denen was laufen?«, fragte er an Scholzen gewandt.

Scholzen verneinte energisch. Für jemanden, der ihn so gut kannte wie Tobi, vielleicht etwas zu energisch. Er ging in die Offensive: »Keine Ahnung, was ihr meint. Ihr stört uns beim Essen.« Als Beleg schob er sich ein Stück

Fisch in den Mund, derart übertrieben, als wollte er das restliche Geld wieder in der Fußgängerzone verdienen, diesmal als Pantomime.

»Wollt ihr Ärger? Könnt ihr haben!«, rief einer der beiden Dealer.

Georg stand auf. »Ihr seid zu zweit. Wir sind zu dritt. Haltet ihr das für eine gute Idee?«

Lisa ergänzte: »Wir sind übrigens zu viert.«

Die beiden Jungs zeigten sich wenig beeindruckt. »Ihr kommt hier vor morgen nicht weg. Habt beim Konzert ja oft genug gesagt, dass ihr Geld für die Fähre braucht. Und wir haben Leute. Viele Leute.«

Scholzen stand ebenfalls auf. »Aber im Moment seid ihr zu zweit und wir zu dritt …«

»Zu viert!« Auch Lisa stand nun. Schwer zu sagen, wer sich mehr vor ihr in Acht nehmen sollte, die anderen Jungs oder die eigenen, die nur bis drei zählen konnten.

Um nicht als Einziger zu sitzen, stellte sich auch Tobi hin, wusste aber nicht so recht, wohin mit seinen Armen.

Einer der Niederländer gab sich nun versöhnlich: »Jeder von euch kriegt ne Tüte. Beste Qualität. Als Finderlohn. Wie gefällt euch das?«

Scholzen grinste: »Finderlohn? Das heißt, ihr habt etwas verloren? Dann machen wir es doch am besten so: Wir bitten unseren Freund Hank, die Polizei zu rufen.« Er deutete hinter sich zur Imbissbude. »So einen Verlust muss man ja bei der Polizei melden. Wegen der Versicherung. Und vielleicht hat jemand etwas gefunden und dort abgegeben.«

»Willst du uns verarschen?«

»Ich will nur helfen«, versicherte Scholzen und rief über seine Schulter: »Hank? Ruf doch bitte mal die Polizei?«

Einer der Jungs zischte: »Das hier ist noch nicht vorbei.«

Dann setzten sie sich auf ihre Vespas und knatterten davon, ohne sich umzudrehen.

Lisa schaute als Einzige nicht den Vespas hinterher. Ihr Blick galt einem ihrer Leute. »Scholzen«, sagte sie, »was ist hier los?«

Der kratzte sich am Kopf. »Lasst uns hier erst mal abhauen. Schnell.«

21:05 UHR

Hoek van Hollands Straßen waren nicht für eine Flucht gemacht worden. Die Nähte der aneinandergefügten Betonplatten ließen den Golf mehr hüpfen als fahren. Während Georg versuchte, den Wagen so gut wie möglich in der Spur zu halten, brüllte er in den Rückspiegel: »Ich kann nicht glauben, dass du uns die Drogenmafia auf den Hals hetzt.«

Scholzen schmollte mit verschränkten Armen auf der Rückbank. Tobi, der neben ihm saß, war so weit wie möglich nach links hinter den Fahrersitz gerutscht, um nicht Georgs wütendes Gesicht im Rückspiegel sehen zu müssen. Scholzen maulte: »Das sind zwei Ottos, und die kennen dann noch mal ein paar Ottos. Es ist gut, dass wir da weg sind, weil wir keinen Stress wollen. Aber die sind doch keine echte Gefahr.«

»Wie konnte das überhaupt passieren?«

»Als vorhin der Polizist kam, hat der eine ne Brötchentüte in den Rucksack gesteckt.«

»Du lässt dich als Drogenkurier missbrauchen!«

»Wir wissen doch gar nicht, ob in der Tüte Drogen sind.«

»Was denn sonst?«

»Brötchen?«

Der Wagen fuhr über eine besonders schräge Betonplatte und hob kurz ab, sodass Georg sich auf die Straße konzentrierte. Das John-Mobil bretterte an einem Sackgassenschild vorbei. Der Weg führte direkt auf einen Parkplatz, der kurz vor den Dünen endete. Georg widmete sich wieder dem Rückspiegel: »Und warum weißt du nicht, was da drin ist?«

»Gerade als ich nachgucken wollte, habt ihr gesagt, dass ich das Kleingeld mitzählen soll. Und dann mussten wir auch schon los.«

»Pass auf«, brüllte Lisa auf dem Beifahrersitz.

Georg sah nach vorne. Ein Mann in blauer Montur. Georg riss das Lenkrad nach links. Die Insassen wurden nach rechts geworfen. Der Kotflügel streifte ein paar Hagebuttensträucher. Georg lenkte gegen, und alle saßen wieder gerade. Tobi drehte sich nach hinten. In der Heckscheibe reckte der blaue Mann einen breiten Besen in die Luft und schimpfte.

Der Golf fuhr nun im Schritttempo über den gut gefüllten Parkplatz. Dann hielt Georg. Er atmete durch. Der blaue Mann hatte sich wieder beruhigt und kehrte mit gleichmäßigen Bewegungen den Dreck vor sich her. Georg ärgerte sich: »Blaue Klamotten. Warum trägt der nicht Orange? Das ist doch wichtig, damit man den sieht.«

»Weil Orange hier die Nationalfarbe ist«, wusste Scholzen, der im nächsten Moment schon seine Tür öffnete und samt Rucksack ins Freie hüpfte.

Tobi steckte den Kopf zwischen die Vordersitze. »Was machen wir jetzt?«, fragte er.

Von draußen rief Scholzen: »Kommt, wir gehen ans Meer.«

Dann öffnete er den Kofferraum und kramte darin

herum. Lisa trat auf den Parkplatz und schloss ihre Tür. »Meer ist gut. Die suchen uns bestimmt nicht am Strand.«

Auch Georg stieg aus und inspizierte den Kotflügel. Tobi folgte. Scholzen hielt nun die Brötchentüte in den Händen. Er öffnete sie und schaute rein. Seine Stimme überschlug sich. »Oh. Leute, das ist … mehr. Das ist … viel mehr. Da können wir uns gleich am Strand mal schön was bauen.« Er schnupperte am Inhalt.

Georg sah ihm dabei zu. »Lass das«, sagte er. »Kein Bock, dass du wieder high wirst.«

Ohne seine Nase aus der Tüte zu ziehen, antwortete Scholzen: »Das ist ja auch Medizin. Wusstest du, dass Cannabis viele Krankheiten heilen kann? Zum Beispiel Asthma.«

»Du hast kein Asthma.«

Scholzen lächelte überlegen. »Aber hast du dich schon mal gefragt, warum ich kein Asthma habe? Riech mal.« Scholzen hielt Georg die Papiertüte hin.

»Das mach ich bestimmt nicht.«

»Das Zeug muss brennen, damit du high werden kannst. Jetzt riech halt mal.«

Georg nahm die geöffnete Tüte und steckte sein Gesicht in die Öffnung wie in einen Inhalator. Er atmete mehrmals ein und aus. »So ein Unsinn«, sprach er in die Tüte.

Aber das hörte Scholzen schon nicht mehr. Er war zu den Dünen gelaufen. Da stand er jetzt im Dünengras und ließ sich rücklings in den Sand fallen: »Ey, Leute, wer bin ich?«

»Der Jever-Mann«, löste Lisa. Der Tonlage nach ging es ihr aber nicht um die Punkte, sondern darum, das Spiel zu beenden.

Scholzens Stimme überschlug sich: »Genau! Wie das Land, so das Jever!«

Georg korrigierte: »Das Land ist hier aber zufällig Holland. Und hier trinkt man wohl kaum Jever. Und komm da jetzt runter. Es ist verboten, in die Dünen zu gehen. Dünen schützen!«

»Aber wir müssen durch die Dünen. Wie sollen wir sonst zum Meer kommen?«

Lisa löste wieder: »Zum Beispiel, indem wir da vorne entlanggehen.«

Sie zeigte auf einen plankierten Weg, der etwa hundert Meter entfernt durch das Dünengras führte. Scholzen trottete zurück zur Gruppe. Nicht ohne seinen Unmut kundzutun: »Das ist ein Umweg.«

Widerwillig folgte er Lisa und Tobi, die sich Richtung Durchgang bewegten. Nur Georg stand noch am Wagen. »Moment. Hier braucht man ein Parkticket«, sagte er. »Scholzen, haben wir noch Münzen im Auto?«

Doch Scholzen wollte zum Meer. Er ignorierte sogar die Papiertüte, die Georg ihm zurückgeben wollte. Tobi und Lisa waren schon vorgegangen. Scholzen drängte jetzt: »Wir brauchen kein Parkticket. Um die Uhrzeit kontrolliert niemand mehr.«

»Man bezahlt ja auch nicht fürs Kontrolliertwerden, sondern fürs Parken. Außerdem verstehen die Holländer da keinen Spaß. Gerade bei Deutschen gibts sofort ne Parkkralle.«

Scholzen griff in seine Hosentasche und holte ein paar Gulden hervor. Dank der Konzerteinnahmen würden sie bis ans Ende der Reise genügend Kleingeld haben. Er gab Georg die Münzen und lief dann Tobi und Lisa hinterher.

Die drei warteten auf Georg, bis der endlich das Parkscheinprojekt abgeschlossen hatte. Gemeinsam gingen sie über die Holzplanken durch die Dünen. Als sie aus den grasbewachsenen Hügeln hervortraten und vor ihnen nur noch Strand und Meer war, blieben sie stehen. Eigentlich war das kein ungewöhnlicher Anblick für jemanden, der in Schleswig-Holstein lebte. Trotzdem begriff Tobi zum ersten Mal, weshalb sein Vater dieses Meer liebte. Die Nordsee war ein Versprechen. Dahinter ging die Welt weiter. Vielleicht fing sie da sogar erst an. Die vier blickten aufs Meer. Genau genommen auf die Sonne, die ihnen für heute ein letztes Mal den Weg wies, indem sie hinter den Horizont rutschte.

21:31 UHR

Scholzen kratzte sich am Kopf: »Morgen um diese Zeit sind wir in London, und du bist bei deiner Mutter.«

»Erst mal brauchen wir Geld für die Fähre«, relativierte Georg.

Lisa stellte sich zu den beiden: »Ich sehe nur eine Möglichkeit: Wir haben etwas, das die Dealer wiederhaben wollen. Also verkaufen wir ihnen ihr Gras. Für die Hälfte.«

»Wir machen keine Geschäfte mit Verbrechern«, sagte Georg reflexhaft.

Lisa suchte in Georgs Gesicht nach Spuren von Ironie. »Hast du es auch eine Nummer kleiner? Außerdem hast du ja schon das Geld für dein Ticket. Und wie Scholzen, sein Freund und ich uns unsere Tickets verdienen, geht dich eigentlich gar nichts an.«

Aus mehreren Gründen gefiel Scholzens Freund nicht, was er da hörte. »Wir sind also gerade vor den Dealern geflohen, haben dabei fast einen Straßenfeger über den Haufen gefahren, um jetzt zurück zu den Dealern zu gehen?«

Auch Scholzen legte Widerspruch ein: »Das Gras reicht,

um für den Rest des Sommers breit zu sein. Das gebe ich nicht mehr her.«

Georg wirkte erleichtert. Aber Lisa kam gerade erst auf Temperatur. »Das Gras gehört immer noch uns allen. Unser Konzert. Unsere Einnahmen. Unser Gras.«

Scholzen trat in den Sand. Er wollte das Gras. Er wollte aber auch unbedingt nach London zum EM-Finale. Er fand einen Kompromiss, in erster Linie mit sich selbst: »Wir verkaufen das Gras einfach selbst. Hier, in den Strandbars.« Er deutete auf ein paar Hütten, die entlang der Dünen gebaut worden waren und aus denen einladende Bässe wummerten. Tobi gefiel die Idee, nicht zu Dealern gehen zu müssen, sondern vorübergehend zu Dealern zu werden. Scholzens Argument war aber ein anderes: »Da müssen wir nicht so viel verkaufen, weil wir den marktüblichen Endpreis nehmen können. Und haben dann noch genug für den Eigenbedarf.«

Georgs Bronchien pfiffen. »Wir verkaufen keine Drogen an junge Leute.«

Scholzen hielt dagegen: »Müssen ja keine jungen Leute sein.«

Und auch Lisa wirkte überzeugt: »Außerdem musst du auch mal mit deinem Drogenalarm aufhören. Das ist Gras.«

»Eine Einstiegsdroge!«

Scholzen wirkte aufrichtig überrascht von so viel Sorge. »Wir sind in Holland. Hier darf man kiffen. Deswegen wird ja auch nur an deutsche Touristen verkauft.«

»Ja, aber die dürfen eben nicht kiffen, weil es in Deutschland verboten ist.«

»Aber in Deutschland bekommt ein zwanzigjähriger Ami ja auch Bier, obwohl das in Amerika verboten ist. Deswegen sind deutsche Kioskbesitzer trotzdem nicht Teil des organisierten Verbrechens.« Scholzen nahm Fahrt auf. »Und es gibt in den USA auch Bundesstaaten, in denen es verboten ist, beim Onanieren an Oralverkehr zu denken. Willst du das etwa auch einem erwachsenen amerikanischen Touristen verbieten? Es geht um die Freiheit, Georg! Wir kämpfen dafür, dass man ans Wichsen denken darf, während man einen geblasen bekommt.«

»Aber so rum ist es doch überhaupt nicht verboten.«

»Ja, aber wer weiß, wie lange noch? Freiheit ist das Ergebnis eines permanenten Kampfes. Wir müssen ein Zeichen setzen. Indem wir dieses Gras verkaufen!«

Es war wie so oft bei Scholzens Argumentationsketten: Irgendwas stimmte daran, irgendwas war aber auch totaler Quatsch. Weil man die Informationen allerdings nicht so schnell sortieren konnte, verstummte das Gegenüber in aller Regel.

Schließlich hatte Lisa noch ein Argument: »Weißt du, Georg, ich habe dir am Hafen versprochen, dass wir mit dir nach London kommen. Und das Gras ist die einzige Möglichkeit, dieses Versprechen zu halten.«

Georg schwieg und schaute dahin, wo eben noch die Sonne war. Dann: »Okay.« Lisa atmete auf. Auch Scholzen wirkte zufrieden. »Es gibt nur ein Problem«, druckste Georg. »Ich hab das Gras weggeschmissen.«

»Wie? Was? Hä?« Zum ersten Mal erlebten die anderen einen sprachlosen Scholzen.

»Eben auf dem Parkplatz. In die Mülltonne. Neben dem Automaten.«

Scholzen rannte los.

»Nicht durch die Dünen!«, schrie Georg.

Scholzen korrigierte seine Richtung und lief zum Holzsteg.

Tobi zuckte. »Der blaue Mann, der Straßenkehrer.«

»Was ist mit dem?«, wollte Lisa wissen.

»Der wird auch den Mülleimer leeren.«

Sie schauten Scholzen hinterher. Georg brüllte: »Schneller!« Aber der Wind schluckte sein Kommando.

Dann rannte Georg los. Richtung Parkplatz, Luftlinie, auf die Dünen zu.

21:35 UHR

Lisa hatte sich in den Sand plumpsen lassen und schaute aufs Meer.

Erschöpftes Luftholen. Zum ersten Mal seit eineinhalb Tagen gab es für sie und Tobi nichts zu tun. Tobi schaute zu den Dünen, hinter denen Scholzen und Georg verschwunden waren. Dabei blieb er unschlüssig stehen. Er wartete auf eine Einladung oder zumindest ein Zeichen, er möge sich doch bitte hinsetzen. Andererseits war das hier nicht Lisas Strand, nicht mal ihr Land. Weil er schon zu lange tatenlos herumgestanden hatte, wählte er die Strategie des zweiten Anlaufs. Er ging ein paar Meter Richtung Wasser, schaute zum Horizont, als hätten ihm diese sieben, acht Meter einen entscheidenden Vorteil bei der Sicht gebracht, und kehrte um. Als er wieder bei Lisa war, setzte er sich beiläufig vor sie in den Sand.

Tobi klapperte sein Repertoire an Small-Talk-Themen ab. Merkte aber selbst, wie falsch das war. Denn es gab ja richtige Themen. Schließlich rang er sich durch und blickte Lisa an. »War das das erste Mal?«, fragte er. »Also, dass dein Vater dich geschlagen hat?«

»Nein.«

»Warum hast du nichts gesagt? Vorher?«

»Weil es entwürdigend ist. Und weil man einen Ort

braucht, an dem die Welt in Ordnung ist. An dem man frei ist von all dem, frei von Demütigungen und auch frei von Mitleid. Hätte ich etwas gesagt, wäre das ab diesem Moment für immer in deinem Blick gewesen. Du hättest mich nie mehr so angesehen, als wäre alles in Ordnung.«

Lisa erkannte an Tobis Gesicht, dass hinter ihr etwas passierte. Sie wagte den Schulterblick. Georg und Scholzen kamen zurück. Sie hatten den Holzweg durch die Dünen hinter sich gelassen und stapften nun durch den Sand. Scholzen gestikulierte wild und quasselte auf Georg ein. Lisa runzelte die Stirn. »Kann Scholzen Georg nicht einfach mal in Ruhe lassen?«

Scholzens Kopf wackelte beim Reden hin und her. Überhaupt federte und schlackerte er, als würde sein Körper in mehrere Richtungen gleichzeitig wollen. Georg dagegen stakste noch steifer als sonst. Als sie noch etwa fünfzig Meter entfernt von Lisa und Tobi waren, reckte Georg die Papiertüte stolz in die Höhe. Er war schneller als Scholzen gewesen, sogar schneller als der Straßenkehrer. Und er war von nun an so etwas wie ein zertifizierter Outlaw, wenn auch nur im Teilbereich Dünen.

Als die beiden Tobi und Lisa erreichten, schüttete Georg den Inhalt der Tüte aus. Kleine, mit Gras gefüllte Plastiktütchen fielen in den Sand. Die Verpackungen sahen alle gleich aus: durchsichtig, mit Zippverschluss und einem aufgedruckten pinkfarbenen Hanfblatt. Scholzen zählte durch, kam aber immer wieder durcheinander, sodass Georg kleine Fünfer-Häufchen machte. Vor ihnen lagen schließlich vier Fünfer-Haufen und vier Tütchen.

Scholzen überschlug: »Die beiden Typen haben fünfzehn Gulden für ein Gramm genommen, das hab ich gehört. Wenn wir sie für den gleichen Preis verticken, bekommen wir … Georg?«

»Dreihundertsechzig Gulden«

Scholzen hüpfte im Kreis. »Wir brauchen bis morgen hundert Gulden. Es reicht also dicke, wenn wir zehn Stück davon verkaufen.« Aus seiner Sicht lagen da im Sand vierzehn Gramm Eigenbedarf. »Leute, je eher wir anfangen, desto früher haben wir Feierabend und können selbst noch bisschen Party machen.« Er sammelte das portionierte Gras wieder ein und stopfte es zurück in die Brötchentüte.

Georg bremste: »Erst mal brauchen wir einen Plan. Wer verkauft, wer trägt die Ware, wer sichert ab …«

Lisa verteilte die Aufgaben: »Ich führe die Verkaufsgespräche, Tobi hat die Ware, Georg sichert ab.«

Scholzen: »Und ich?«

»Du wartest mit dem Vorrat hier am Strand. Wir gehen immer nur mit maximal drei Gramm in eine Bar.«

Scholzen lächelte. Ihm gefiel die Idee, dass die größte Menge Gras bei ihm bleiben sollte.

Georg aber hatte noch Redebedarf: »Lasst uns ein Codewort ausmachen, falls wir Bullen bemerken. Wie wärs mit: ›Hey DJ, hast du auch was von Bon Jovi?‹«

Scholzen dachte nach. »Aber es könnte ja wirklich sein, dass du dir etwas von Bon Jovi wünschst. Woher soll man wissen, ob überall Bullen sind oder ob das nur dein, na ja, Musikgeschmack ist?«

Lisa stöhnte. »Wenn überall Bullen sind«, sagte sie, »erkennen wir das daran, dass überall Bullen sind.«

Das reichte Georg nicht. »Okay, vergessen wir Bon Jovi«, meinte er. »Das offizielle Codewort lautet …« Er dachte nach. *»Coco Jamboo.«*

Lisa nickte. »Solange du es nicht singst.«

Tobi griff in die Tüte und zog eine volle Faust wieder heraus. Er öffnete sie und hielt drei Tütchen in der Hand. Die richtige Menge für eine erste Tour. Er steckte sie in seine Hosentasche und stapfte gemeinsam mit Lisa und Georg zu der Strandbar. Scholzen blieb allein am Strand zurück.

22:01 UHR

Der Außenbereich der Strandbar war mit in Holz eingelassenen Glaswänden geschützt. Es gab ein paar große Doppelliegen, ein paar Himmelbetten und überwiegend Plastiksitzecken, die Rattanmöbeln nachempfunden worden waren. Überall lagen große Kissen und Fleecedecken. Ein paar Grüppchen Jugendlicher hatten sich dort versammelt, die ersten von ihnen waren bereits in Decken gehüllt. Trotz des gläsernen Windschutzes war es recht kühl.

Lisa, Tobi und Georg standen da wie neu angekommene Partygäste, die niemanden kannten und den Gastgeber des Abends nicht finden konnten.

Lisa deutete auf ein Schild, auf dem mit Neonmarker geschrieben stand: *Happy Hour – All Night Long – Longdrinks 2 for 1.* »Wir holen uns erst mal ein paar Getränke«, sagte sie und versuchte, den Sparfuchs in Georg zu begeistern. »Fünfzig Prozent Rabatt!«

Doch nicht der Sparfuchs antwortete, sondern der Mathematiker: »Aber nur, wenn wir vier Getränke kaufen. Das macht keinen Sinn.«

»Dann heben wir eins für später auf oder bringen es Scholzen.«

»Weiß nicht. Was fällt denn alles unter Longdrink?«

»Longdrinks sind immer was Alkoholisches mit Softdrink.«

»Okay, dann nehm ich ein Radler.«

Lisa schaute ratlos zu Tobi. »Lasst uns reingehen«, schlug

der vor. »Drinnen sucht ihr schon mal einen guten Platz, und ich besorg uns was zu trinken.«

Sie betraten die Holzbaracke. Der Boden des Innenbereichs war mit Sand ausgelegt. Tobi ging zur Theke. Lisa und Georg blieben unschlüssig mitten im Raum stehen. Der Barkeeper war gerade damit beschäftigt, die Musik zu wechseln. *Gangsta's Paradise* ging schlecht gemischt in *Return of the Mack* über.

Als Tobi sich mit vier aneinandergedrückten Gläsern Wodka Lemon in den Händen umdrehte, standen die anderen exakt da, wo er sie zurückgelassen hatte. Georg monologisierte, weil er nervös war. Lisa war nervös, weil er monologisierte. Georg lief auf Hochtouren: »Niemand kifft allein. Gäste, die allein abhängen, brauchen wir also gar nicht erst anzusprechen. Wir wenden uns nur an Leute, die zu zweit sind. Die wollen was erleben und sind Drogen gegenüber aufgeschlossen. Das gilt aber nur für Zweier-Konstellationen, die kein Paar sind. Pärchen erleben eh nichts mehr.«

Tobi dachte nach. Tatsächlich erlebten auch Lisa und er mehr, seitdem sie kein Paar mehr waren. Hatte Georg also recht? Und viel wichtiger: Hieß das, dass sie gerade die Lösung lebten?

Tobi stellte die Gläser auf einem Stehtisch ab und lockte Georg und Lisa so aus der Mitte des Raums. Lisa nahm ein Glas. Eins schob Tobi vor Georg. Aber der wollte erst mal das organisierte Verbrechen zu Ende organisieren.

»Wichtig ist, dass wir nur potenzielle Kunden ansprechen, also niemanden aufschrecken, der mit Haschisch nichts zu tun haben will. Was sind die Erkennungsmerkmale eines Haschischkonsumenten? Hmm?« Nachdem weder Lisa noch Tobi aufzeigten, unterrichtete Georg weiter: »Gerötete Augen, leichter Silberblick, beseeltes

Lächeln. Und, ganz wichtig, erhöhte Speichelproduktion.«

Tobi musste lächeln, auch auf die Gefahr hin, sich verdächtig zu machen. »Woher weißt du denn bitte so etwas?«

»Von meinem Vater. Als Fahrlehrer ist es wichtig, diese Vögel rechtzeitig zu erkennen.«

Lisa nahm einen Schluck Wodka Lemon und schaute sich um. »Ich geh mal zu den beiden da.« Sie deutete mit ihrem Kinn auf zwei Mädchen, ungefähr in ihrem Alter, die an einem Tisch mehr hingen als standen. Den leeren Gläsern vor ihnen zufolge, hatte ihre Happy Hour bereits mehr als sechzig Minuten. Währenddessen konzentrierte Georg sich darauf, die anderen Tische der Strandbar zu scannen, wie er es nannte.

Auch wenn man wegen der lauten Musik nichts verstehen konnte, schien Lisas Verkaufsgespräch gut zu laufen. Die Mädchen wechselten Blicke und wirkten freundlich bis interessiert. Georg stieß Tobi so in die Seite, dass sein Wodka Lemon überschwappte. Er nuschelte etwas. Lisa lachte mit den Mädchen, dann berührte sie eines der beiden am Oberarm, lachte wieder und kam zurück. Georg nuschelte lauter, war aber noch immer nicht zu verstehen.

Lisa strahlte. »Die beiden nehmen ein Tütchen«, sagte sie stolz.

Georg zischte: *»Coco Jamboo. Coco Jamboo!«*

Lisa und Tobi schauten sich suchend um, doch entdeckten nichts Verdächtiges.

»Die beiden Typen da hinten in der Ecke. Zivilbullen.« Georg deutete mit seinen Augen in eine Richtung. Tatsächlich saßen da zwei junge Typen auf Barhockern an einem Stehtisch und unterhielten sich. Vor ihnen standen zwei Amstel-Flaschen.

»Wie kommst du da drauf?«, fragte Lisa.

»Weil sie Lederjacken tragen. Im Sommer! Mit Lederjacken kann man ein Pistolenholster am besten kaschieren.«

»Vielleicht tragen sie aber auch nur Lederjacken, weil sie mit Motorrädern hier sind.«

Lisa zeigte mit ihrem Wodka Lemon auf zwei Helme, die hinter den Männern auf dem Boden lagen. Mittlerweile hatten die beiden bemerkt, dass über sie geredet wurde. Kein Wunder, denn ihr Tisch stand nur wenige Meter entfernt in einer mäßig besuchten Bar. Georg konterte all das mit einem eindringlichen: *»Coco Jamboo!«*

Tobi zuckte mit den Schultern. Ihr Alarmsystem hatte eine klare Schwachstelle: Es gab zwar ein Codewort, aber darüber hinaus war überhaupt nicht besprochen worden, was im Alarmfall zu tun wäre. Wenn man in einem brennenden Haus steht, reicht es ja auch nicht, »Feuer« zu rufen.

»Georg, das sind Biker, die ein Bier trinken«, sagte Lisa. »Polizisten würden ja wohl kaum Alkohol trinken, wenn sie mit Motorrädern unterwegs sind.«

»Tut mir leid, aber da weiß ich mehr. Gerade Polizisten trinken, weil sie von ihren Kollegen keine Kontrolle zu befürchten haben.« Georg sah sich mit flatterndem Blick um. So getrieben, wie er wirkte, hielt ihn vermutlich niemand für einen potenziellen Dealer. Wenn überhaupt, wirkte er wie ein Konsument, der etwas brauchte, und zwar dringend.

Lisa sah ihn an. »Und was sollen wir jetzt deiner Meinung nach tun?«

»Erst mal unauffällig weitermachen.«

»Weitermachen? Womit?«

»Weiß nicht. Gute Laune. Tanzen oder so.«

Passend dazu drehte der Mann hinter der Bar die Musik lauter. Aus den Boxen dröhnte Kula Shakers *Tattva*. Als Zeichen des guten Willens nickte Tobi im Rhythmus.

Georg dagegen bewegte sich gar nicht und schaute aus den Augenwinkeln weiter zu den Motorradjungs. Einer der beiden streckte nun den Rücken durch und blickte zurück. Georg raunte Tobi zu, er solle ihm die Tütchen unter dem Tisch geben. Tobi gab das Gras, bereute es aber im selben Moment. Georg stellt seinen Wodka Lemon ab und marschierte im Stechschritt auf die Tanzfläche. Dort stand er kurz etwas verloren, sah sich suchend um und verschwand schließlich in einem Gang am Ende der Bar.

Lisa und Tobi schwiegen. Nur noch zu zweit bemühten sie sich nicht mal mehr um Partystimmung. Die beiden von Georg identifizierten Zivilpolizisten hatten sich wieder einander zugewandt. Einer erzählte, der andere nickte, während er am Etikett seiner Amstel-Flasche herumknibbelte. Kula Shaker wurde abgelöst von Garbage und *Only Happy When It Rains*. Tobi schüttete den vierten Wodka Lemon zur Hälfte in Lisas mittlerweile leeres Glas. Georgs Glas war nahezu unberührt, also kippte Tobi den Rest ins eigene. Endlich kam Georg wieder.

»Was war das denn gerade?«, wollte Lisa wissen.

»Ich habe unser Problem gelöst.«

»Welches Problem?«

»Ich war auf dem Klo. Habe den Stoff runtergespült.«

»Alle drei Tütchen?«

»Natürlich.«

Es war eine gute Idee gewesen, Georg und den Vorrat zu trennen. So hatten sie noch einundzwanzig Gramm in Scholzens Obhut und konnten diese Prozedur, wenn nötig, noch einige Male durchführen. Die beiden Mädchen schauten fragend zu Lisa. Tobi fasste die Situation zusammen: »Also brauchen wir neues Gras von Scholzen.«

Scholzen hing auf allen vieren. Von Weitem hatte er ausgesehen wie ein kotzender Hund. Als Tobi neben ihm stand, sah er, dass nicht wirklich gekotzt wurde. Scholzen hatte seinen Freund noch immer nicht bemerkt.

»Was ist los?«

Scholzen sah zu Tobi hoch. Mit geröteten Augen und leichtem Silberblick. Scholzen lächelte beseelt: »Guck mal, ich habe ein eigenes Meer gemacht. Aus Spucke.«

»Während wir drinnen Geld verdienen, kiffst du dir hier schön einen, oder was?«

»Nein, nein! Ich habe lediglich die Qualität getestet. Wir haben ja auch eine Verantwortung.«

Tobi wollte es so kurz wie möglich halten. »Und? Wie wirkt es?«, fragte er.

Scholzen grinste und drehte sich auf den Rücken. Der selbst ernannte Verbraucherschützer war zufrieden.

»Ich brauch noch mal drei Tütchen«, sagte Tobi.

»Kann ich nicht mitkommen? Mir ist langweilig.«

»Nein. Es ist wichtig, dass Verkäufer und Vorrat getrennt sind.«

»Aber ich bin der Einzige, der etwas über die Ware sagen kann. Du würdest Lisa ja auch keine Wurst verkaufen lassen.«

»Wir brauchen dein Expertenwissen hier draußen, beim Qualitätscheck. Nur du kannst das.«

Scholzen nickte mit ernster Miene. »Das stimmt natürlich.«

Er zählte sehr langsam drei Rationen ab und drückte sie Tobi in die Hand. Danach widmete er sich wieder seinem kleinen Binnenmeer.

Lisa und Georg hatten jeder ein Radler in der Hand. Offensichtlich hatte Georg sich in der Zwischenzeit um die Getränke gekümmert. Tobi gab Lisa ein Tütchen und erhielt im Gegenzug ihr Bierglas. Georg war bereits angetrunken, was bei ihm aber überhaupt nicht für Entspannung sorgte. Er starrte weiterhin die beiden Motorradfahrer an. Die wiederum hatten an Georg und seinen Leuten jedes Interesse verloren.

Nach erfolgreichem Geschäftsabschluss mit den Mädchen stand Lisa nun einen Tisch weiter bei zwei Jungs. Tobi hielt sie für Surfer. Nicht, dass man irgendwo ein Surfbrett sehen konnte. Aber die beiden hatten alles, was er an Surfern hasste: blonde, vom Salzwasser strähnige Locken, gleichmäßige Bräune, definierte Oberarme und ein breites Lachen. Man konnte sie trotzdem klar voneinander unterscheiden: Einer sah gut aus, der andere sehr gut. Die drei unterhielten sich. Es wirkte weniger flüssig als am Nachbartisch. Die beiden lachten schon wieder. Lisa lachte auch. Tobis Laune dagegen sank. Seit wann lachte Lisa eigentlich mit Gott und der Welt?

Sie kam zurück. Ihre Wangen leuchteten: »Die Jungs haben auch Interesse. Gib mir noch mal Nachschub.«

»Du gehst nicht allein zu denen. Das ist zu gefährlich.«

Lisa sah Tobi an. Er hatte vergessen, dass sie ihn ganz gut einzuschätzen wusste. Egal. War er halt eifersüchtig. Na und? Deswegen war er trotzdem uneingeschränkt objektiv, gerade bei solchen Surfer-Affen.

»Georg und ich kommen mit. Damit die sehen, dass du mit uns da bist.«

Lisa zuckte mit den Schultern. Also gingen sie zu dritt zu den Jungs.

Die beiden sprachen schlecht Deutsch. Trotzdem war klar, was sie wollten. Sie fragten Lisa, wie viel sie ihnen verkaufen könnte. Tobi erklärte, dass sie auf jeden Fall mehr hätten, als die Jungs rauchen konnten. Er lachte. Die beiden Surfer blieben ernst.

Sie berieten sich kurz auf Niederländisch. Dann pfiff der Schönere quer durch die Bar. Die beiden Lederjackentypen vom Stehtisch schauten herüber. Sie standen auf. Und nur zwei *Coco Jamboos* später standen sie am Tisch der Surfer. Georg legte noch ein *Coco Jamboo* nach, das aber nicht mehr alarmierend klang, sondern nur noch rechthaberisch.

Die beiden Motorradfahrer versperrten den Weg. Der weniger schöne Surfer schwenkte seinen Blick von Lisa über Georg zu Tobi. »Zeigt mal, was ihr in den Taschen habt«, forderte er.

Aus Georgs Gesicht war jedes Blut gewichen. »Das wars«, sagte er leise.

Tobi flüsterte, in der Hoffnung, von der Musik ausreichend geschützt zu sein: »Die können dir und Lisa gar nichts. Ich bin der Einzige, der was dabeihat, und das ist viel zu wenig, um richtig Ärger zu bekommen.«

Aber Georg hörte nicht zu. Er sah zum Eingang und schloss die Augen. Als er sie wieder öffnete, brüllte er in Richtung Tür: *»Coco Jamboo!«*

Scholzen stand da und schaute sich um. Dank Georgs Gebrüll hatte er seine Leute entdeckt. Er winkte. Genau genommen wedelte er mit der Papiertüte. Dem Lächeln zufolge war er bei seinen weiteren Qualitätstests gut vorangekommen. Als er am Tisch stand, rief der fassungslose Georg: »Ich würde jetzt gerne mal *Coco Jamboo* hören!«

Scholzen war irritiert. »Warum sagst du das mir? Sag das dem DJ. Alter, du hast aber auch einen Musikgeschmack.«

Vermutlich in der vagen Hoffnung, dass dann endlich Ruhe wäre, reagierte der Mann hinter der Theke. Er legte die aktuelle Maxi-CD von Mr. President in den Player.

»Put me up, put me down, put my feet back on the ground, put me up, take my heart, and make me happy.« Scholzen wippte mit.

Die beiden Mädchen von nebenan hüpften zur Tanzfläche. Scholzen sah ihnen dabei zu und rieb sich seine Augen noch etwas röter. »Was hatte es denn noch mal mit *Coco Jamboo* auf sich?« Er blickte fragend in die Runde. Jetzt erst bemerkte er die vier anderen, die Lisa, Georg und Tobi eingekreist hatten.

»Ey, Leute! Ich bin der Scholzen.«

Er ging einen Schritt auf einen der Surfer zu: »Habt ihr Bock auf Gras? Auf richtig, richtig gutes Gras?«

Er griff in die Papiertüte, nahm ein paar Tütchen und warf sie als Anschauungsmaterial auf den Tisch. Einer der Lederjackenjungs packte Scholzen. Er schien aufrichtig verärgert. »Willst du uns verarschen?«

»Nein. Warum? Wirklich, das ist richtig, richtig gutes Gras.«

Der Typ packte Scholzen noch etwas fester und zog ihn näher zu sich. Lisa ging dazwischen. Eigentlich versuchte sie eher, Scholzen wegzustoßen, was ihm vermutlich noch mehr wehtat.

»Wir sind Bürger der Bundesrepublik Deutschland«, sagte sie mit fester Stimme und ergänzte etwas leiser: »Wir haben Rechte.«

Der Typ ließ Scholzen los und ging einen Schritt auf Lisa zu: »Scheißegal, wo ihr herkommt. Hier gilt, was wir sagen.«

Langsam schien es durchaus im Bereich des Möglichen, dass Zivilpolizisten im Dienst Bier tranken. Der schönere Surfer flirtete nun nicht mehr mit Lisa. »Das ist unser Revier«, sagte er forsch. »Und hier verkaufen nur wir.«

Während Lisa und Georg noch darüber nachdachten, wie das nun wieder zusammenpasste, hatte Scholzen als Erster verstanden, dass es sich bei den anderen wohl um so eine Art Kollegen handelte. Er murmelte irgendwas von wegen »kein Thema« und »leben und leben lassen«, sammelte seine Ansichtsexemplare vom Tisch ein und warf sie zurück in die Papiertüte. Bevor er das letzte Exemplar vom Tisch nehmen konnte, knallte ein Lederjackenärmel mit flacher Hand auf das Tütchen. Der Motorradfahrer nahm es hoch und betrachtete es. Dann zeigte er es seinem Kollegen.

Eine niederländische Frage, eine niederländische Antwort. Das Tütchen wurde weitergereicht an die Surfer. Beide sahen sich das aufgedruckte pinkfarbene Hanfblatt an. Dann stellte der Schönere fest: »Ihr wart das. Ihr habt die Jungs abgezogen.«

So langsam schien Georg es zu bedauern, dass es keine Zivilbullen waren. Ein wenig Polizei hätte der Situation vermutlich ganz gutgetan. Er räusperte sich: »Nun, also abgezogen ist vielleicht nicht das richtige Wort.«

»Ihr habt Yannick bestohlen.«

Scholzen mischte sich ein: »Da gibts eventuell ein Missverständnis. Aber das lässt sich easy peasy klären, wirklich. Die haben uns das Zeug gegeben, und wir dachten, das wäre so ne Art Spende. Es gab da auch eine, na ja, Sprachbarriere. Die sprachen kaum Deutsch. Nicht so wie ihr jetzt. Ihr sprecht sehr gut Deutsch. Sehr, sehr gut! Toll, wirklich!«

Scholzen tätschelte anerkennend eine der Lederjackenschultern. Ihr Besitzer blickte so, als würde er ein weißes

Jackett tragen und Scholzen sehr schmutzige Hände haben. Scholzen zog die Hand weg und beschränkte sich auf ein international verständliches Daumen-Hoch.

Die vier schwiegen. Dann lachte einer der Surfer, eigentlich beide, die Motorradfahrer stiegen ein. Scholzen bekräftigte sein Kompliment: »Ihr könnt wirklich gut Deutsch, gerade wenn man bedenkt, dass das ja fast eine Art Fremdsprache für euch ist.«

Scholzen nickte nun auch zu Lisa, als müsste er auch sie von der beeindruckenden Leistung der anderen überzeugen. Trotz aller ermunternden Komplimente sprachen sie nun in ihrer Muttersprache weiter. Einer der Surfer wiederholte immer wieder einen Satz, irgendwas mit Yannick. Dabei schüttelte er ungläubig den Kopf. Dann lachte er. Die anderen stiegen ein. Der zweite Surfer legte seinen gebräunten Arm auf Scholzens Schulter: »Die sind richtig sauer. Die haben nichts mehr.«

Die vier lachten immer mehr. Scholzen lachte auf Verdacht mit: »Der Yannick ist ne Type, echt!«

Dann wurde der Surfer halbwegs ernst: »Hier könnt ihr das Gras trotzdem nicht verkaufen. Der Strand, die Bars, alles bis zu den Dünen ist unser Revier. Verkauft von mir aus hinter den Dünen. Da ist Yannicks Revier. Aber ich sage euch: Der Spinner ist echt sauer.«

Scholzen dachte nach. »Yannick ist sauer?«

Die vier nickten.

»Und ihr findet das lustig.«

Nicken.

»Das sind also gar nicht eure Freunde.«

Kopfschütteln.

»Das ist eure Konkurrenz.«

Nicken.

»Und eure Konkurrenz hat kein Gras mehr.«

Nicken, Lachen.

»Das ist ja erst mal auch ganz gut für euch, ne?«

Nicken.

»Das heißt, ihr müsst jetzt mehr Nachfrage bedienen.«

Nicken.

»Und das heißt, ihr braucht kurzfristig mehr Gras. Und wir haben – zufällig – Gras.«

Zögerliches Nicken.

»Warum machen wir nicht ein Geschäft? Wir müssen morgen früh eh die erste Fähre nehmen. Dann seid ihr uns los. Wir lassen euch das Gras für einen guten Preis. Und alle sind happy.«

»Bis auf Yannick«.

Zum ersten Mal lachten alle. Selbst Georg imitierte ein Lachen.

»Wie viel habt ihr?«, fragte der größere der Motorradfahrer.

Georg rechnete: »Zwanzig Gramm.«

Der Motorradfahrer nickte anerkennend.

Georg rechnete weiter: »Zwanzig mal fünfzehn sind dreihundert Gulden. Wir lassen es euch für zweihundert.«

Der weniger schöne Surfer fasste zusammen: »Also ihr habt zwanzig Gramm.«

Nicken.

»Die müsst ihr heute loswerden, denn ihr seid nicht so dumm, Drogen mit auf die Fähre zu nehmen.«

Nicken von Georg, halbherziges Nicken von Scholzen.

»In unserem Revier verkauft ihr nichts. Und hinter den Dünen wartet Yannick.«

Schulterzucken.

»Wir geben euch hundert.«

»Dann rauch ich es lieber selbst. Ist ja noch hin bis morgen früh.« Wieder glaubte Scholzen, was er da sagte.

»Zweihundert. Wir brauchen schließlich auch noch ein Hotel für die Nacht.«

»Wir geben euch hundertfünfzig. Und ihr könnt hierbleiben. In unserem Revier passiert euch nichts. Sobald die Bars geöffnet haben, ist das hier für Yannick und seine Jungs tabu. Die Dünen sind die Grenze, das wissen die, und da halten die sich dran.«

Georg hatte recht gehabt: Dünen schützen.

Scholzen schlug ein. »Abgemacht.« Er schob die Tüte über den Tisch.

Alle vier warfen nacheinander einen Blick hinein. Die beiden Surfer zogen ein paar zerknitterte Scheine aus ihren Hosentaschen. Sie zählten unter dem Tisch und reichten Scholzen hundertfünfzig Gulden. Sie nahmen die Tüte, lachten, einer gab Scholzen einen freundschaftlichen Klaps auf den Oberarm und schüttelte den Kopf: »Ihr seid Spinner, echt.«

Dann zogen sie sich in die Ecke zurück, in der immer noch die beiden Helme auf dem Boden lagen. Scholzen rieb sich die Hände: »Wir haben die Kohle zusammen. Morgen früh bringt uns die Fähre nach England. Und bis dahin sind wir in Sicherheit.«

Seine roten Augen leuchteten: »Ich habe eben noch sechs Joints auf Vorrat gebaut. Für später!«

»Und wenn die das nachwiegen?«, fragte Georg nervös.

»Ich hab aus jedem Tütchen nur ein paar Krümel genommen. Außerdem: Wenn die es nachwiegen, steht ja wohl erst mal Yannick im Verdacht, beschissen zu haben.«

Georg war nun wieder stocknüchtern. »Diese Joints kommen nicht mit auf die Fähre. Hast du mich verstanden?«

Scholzens Wangen glühten jetzt. »Das kann dann ja nur eins heißen: Happy Hour all night long!«

Sie hatten Geld. Sie hatten Schutz. Sie hatten Zeit. Mit anderen Worten: Zum ersten Mal gab es für sie nichts zu tun. Scholzen sah das anders. Er hatte ein Projekt: ein ehrgeiziges, eines für Fortgeschrittene, eines, das sechs bereits gedrehte Zigaretten umfasste.

Scholzen und die anderen waren an den mittlerweile menschenleeren Strand zurückgekehrt. Er hatte ihnen das Spuckemeer zeigen wollen, es aber nicht mehr gefunden. Vermutlich war es versickert. Auch das größere Meer war versickert, oder es hatte sich zurückgezogen. Scholzen ließ sich in den Schneidersitz sinken. Auch Georg, Lisa und Tobi setzten sich und bildeten mit ihm einen Kreis. Scholzen zog einen Joint aus seiner Gesäßtasche. Er strich ihn glatt, fast zärtlich. Sein Oberkörper schwankte dabei vor und zurück, als säße er an Deck eines Schiffes und müsse die Bewegungen der rauen See ausgleichen. Wenn man ihn so sah, erschloss sich, warum im Laufe der Evolution ausgerechnet der Schneidersitz die standesgemäße Position der Kiffer geworden war. Man konnte nahezu nicht umkippen, Einnicken schien denkbar, und selbst Erbrechen wäre ohne Gefahr für Leib und Leben möglich gewesen. Eine gesellige Form der stabilen Seitenlage gewissermaßen.

Scholzen zwirbelte das dickere Ende des Papiertrichters zu einer feinen Spitze. Als er fertig war, steckte er sich die sorgfältig restaurierte Tüte in den Mund und zündete sie mit seinem Feuerzeug an. Scholzen stieß den dichten Qualm etwas versetzt wieder aus. Im nächsten Moment wurde der Rauch vom Wind weggewischt. Mit zusammengekniffenen Augen sah er aufs Meer, dann in die Runde: »Ich weiß nicht, ob ich das packe.«

»Was?«, fragte Georg.

Scholzen nahm wieder einen Zug, hielt den Rauch in seinen Lungen und antwortete beim Ausatmen: »Die sechs Geräte. Ihr müsst mitrauchen.«

Es musste ihm ernst sein. Scholzen bat nicht oft um Hilfe.

Georg dagegen versuchte noch immer, das Problem zu verstehen. »Aber du musst ja nicht alle sechs rauchen.«

»Du hast die Jungs gehört: Wir werden wohl kaum so dumm sein und Drogen mit auf die Fähre nehmen.« Scholzen wirkte aufrichtig verzweifelt.

Tobi überlegte. »Wir können den Rest morgen früh einfach wegschmeißen.«

Glaubte man Scholzens Blick, war dieser Vorschlag noch viel dümmer, als Drogen mit aufs Schiff zu nehmen. Lisa hielt ihre linke Hand mit gespreiztem Zeige- und Mittelfinger hin, als wollte sie Stein, Schere, Papier spielen. Scholzen sah auf die Hand und dann fragend in ihr Gesicht. Er verstand es nicht. Vielleicht fiel ihm nur nicht ein, womit Schere geschlagen werden konnte. Also formulierte Lisa aus: »Dann gib mal her.«

Scholzen reichte ihr seinen Joint. Lisa nahm einen Zug und hustete frei von jeder Eleganz. Sie zog gleich noch mal, als ginge es darum, den Hustenreiz in die Flucht zu rauchen. Tobi hob eine Augenbraue. Seit wann kiffte Lisa? Er war unentschlossen, wie er diese neue Grasallianz finden sollte. Die einzigen beiden Menschen, die ihm nahestanden und die er bisher im echten Leben nackt gesehen hatte, unternahmen zum ersten Mal etwas gemeinsam, ohne ihn als verbindendes Element zu benötigen. Tobi störte aber nicht nur, dass Scholzen und Lisa plötzlich ein Team waren, sondern auch, dass das im Umkehrschluss Georg und ihn zu einem Team machte. Sie waren die anderen. Der Rest. Die, die nicht kifften und auch sonst nicht wussten, wie man Spaß hatte im Leben.

Lisa nahm einen weiteren Zug und inhalierte tief. Sie gewöhnte sich an den Rauch. Das Husten war einem entspannten Gesicht gewichen. Sie gab die Tüte wieder Scholzen. Auch Georg saß jetzt im Schneidersitz. Bei ihm wirkte es aber wegen des durchgedrückten Rückens eher wie eine Meditationsparodie. Er schaute sich an, wie der Schein der knisternden Glut Scholzens Gesicht in ein gesundes Orange tauchte. Dann räusperte er sich. »Sag mal, und das stimmt mit dem Asthma? Also, dass Cannabis da helfen kann?«

Scholzen nickte gütig mit geschlossenen Augen. »Logen. Das hilft gleich doppelt. Die Bronchien werden geweitet. Und außerdem macht es dich locker. Und locker ist immer gut, bei allen Krankheiten.«

»Woher weißt du das?«

»So was weiß man halt.«

Scholzen nahm einen Zug. Georg rutschte vor und zurück, als müsste er sich für den nächsten Satz in die optimale Position bringen. »Ja, dann gib mir doch mal das Teil.«

Georgs Experimentierfreude wurde wohl auch dadurch befeuert, dass er zu diesem Zeitpunkt bereits einen Wodka Lemon und ein Radler intus hatte. Scholzen nickte anerkennend und reichte ihm den Joint.

Georg betrachtete die bereits deutlich heruntergebrannte Zigarette. Er entschied sich gegen Lisas Hau-Ruck-Methode und nahm einen kleinen Zug. Die Hälfte pustete er gleich wieder aus, den Rest inhalierte er. Georg schien dabei aufmerksam in sich hineinzuhören. Als wartete er auf ein Okay seines Körpers, von dem er aber noch nicht wusste, in welcher Sprache er antworten würde.

»Also, ich würde auch noch mal«, sagte Lisa. Georg gab ihr den Joint. Sie zog daran und lächelte in die Runde. Dann hielt sie Tobi den Stummel hin. Und das war ein Angebot, das er nun wirklich nicht ablehnen konnte. An der gleichen Kippe zu ziehen war schließlich fast wie Küssen.

23:26 UHR

»Merkst du was?«

»Nee, du?«

»Ich auch nicht. Sonst jemand?«

»Nö. Alles wie immer.«

»Vielleicht teilen wir uns noch eine Tüte. Ist ja genug da.«

23:38 UHR

»Und jetzt?«

»Also, ich merk nichts. Du, Lisa?«

»Ich auch nicht.«

Scholzen musste lachen: »Wie du das gesagt hast: Ich auch nicht.«

Da musste selbst Georg ihm recht geben. Das war wirklich lustig. Tobi grinste.

00:03 UHR

Scholzen friemelte am dritten Joint. Die anderen schauten zum Wasser.

»Wahnsinn, oder?« Georg sprach mehr mit sich. »Da geh ich mein Leben lang zur Ostsee, um an meine Mutter zu denken, und dann ist sie in England, mitten in der Nordsee. Mein Vater hat mich all die Jahre zum falschen Meer geschickt.«

Scholzen zündete die Tüte an. »Also, ich finde deinen Vater eigentlich ganz okay. Der hat das ja auch nicht gewusst.«

»Aber er wusste, dass ihre Asche nicht in der Ostsee verstreut war.«

»Ja, schon.«

»Und er wusste, dass sie vielleicht noch lebt.«

Scholzen schaute auf die dunkler werdende Glut. Dann: »Aber was hätte er dir denn sagen sollen?«

»Die Wahrheit? Stattdessen hat er lieber meine Mutter geschützt.«

Lisa machte wieder ihr Scherenzeichen und bekam Scholzens Joint. Sie zog daran, als hätte sie die letzten siebzehn Jahre durchgekifft. »Er hat nicht deine Mutter geschützt«, sagte sie. »Er hat deine Erinnerung an sie geschützt.« Sie nahm einen weiteren Zug.

»Und er hat nie schlecht über deine Mutter gesprochen«, sagte Scholzen und stutzte. »Mein Vater spricht ständig schlecht über meine Mutter. Sogar wenn sie danebensteht.«

»Also ist mein Vater jetzt der Gute, oder was?«, fragte Georg und klang ein wenig gereizt.

Scholzen kratzte sich am Kopf. »Er hat dir einen Ort gegeben, an dem du deiner Mutter nah sein konntest. Er ist dafür mit dir sogar an die Ostsee gezogen.«

00:31 UHR

Tobi watete barfuß durch das Wasser. Er hatte unbedingt zum Meer gewollt. Die kalte Nordsee umspielte die Füße und kühlte damit den ganzen Körper, auch die Gedanken. Tobi dachte an Lisas Vater, an Georgs Mutter, an Scholzens Eltern und daran, dass er es mit den eigenen Eltern vielleicht gar nicht so schlecht getroffen hatte. Er wusste nicht, wie lange er schon am Wasser entlangschlenderte. Alles ging irgendwie langsamer, aber das in kürzerer Zeit.

00:47 UHR

Tobi setzte sich. Und konnte sein Glück nicht fassen. Sand! Wo kam der denn plötzlich her? Er legte sich hin, um so viel Sand wie möglich zu spüren. Wahnsinn, wenn man bedachte, wie alt Sand schon war. Das waren ja Steine, nur viel kleiner. Und dann gab es wieder Tiere, die so klein waren, dass Sandkörner für sie ganz normal große Steine waren. Und Steine waren für sie Felsen. Oder Berge. Und Tobi mittendrin. Das Meeresrauschen füllte die Stille auf gute Art. Zum ersten Mal seit einer Ewigkeit war er allein. Und irgendwie war das auch befreiend. Keine Erwartungen anderer. Keine Enttäuschungen anderer. Nur das Rauschen und der eigene Herzschlag.

01:21 UHR

Hatte Tobi gepennt? Irgendwo spielte jemand Gitarre, und ein paar Leute sangen dazu *Perfect Day*. Das perfekte Liebeslied. Scholzen hatte mal erzählt, dass Lou Reed darin gar nicht die Beziehung zu einer Frau besungen hatte, sondern seine Liebe zu Heroin. Vielleicht war das ja die Lösung: Vielleicht würde Tobi in Zukunft einfach Cannabis lieben.

Perfect Day ging nahtlos über in *The Passenger.* Zuerst dachte Tobi, dass da ein paar sehr alte Menschen zusammensitzen mussten und die gute alte Zeit besangen. Weil dafür aber zu viele junge Stimmen mitmachten, waren es wohl eher *Trainspotting*-Fans, die den Soundtrack des Films feierten. Dann sang jemand *Hey God* von Bon Jovi. Also war doch mindestens eine alte Person dabei. Oder Georg.

01:28 UHR

»Wir sind Steffi und Daniela.« Steffi zeigte dabei erst auf sich, dann auf ihre Freundin. Es waren die beiden Mädchen, denen Lisa am Anfang des Abends ein Tütchen Gras verkauft hatte. Scholzen fasste für den dazugekommenen Tobi zusammen: »Die haben auch kein Hotel und schlafen einfach in den Himmelbetten vor den Strandbars. Und wir auch, wir müssen nur noch warten, bis die Bars dicht sind.«

Steffi, Daniela und Lisa nickten. Sie hatten sich schon mal ein paar Decken von der Bar genommen und sich darin eingewickelt. Georg schien all das egal zu sein. Er kiffte. Tobi wandte sich an Lisa: »Wo hat er den denn her? Wir hatten doch schon alle sechs Joints geraucht?«

»Wir hatten noch was«, antwortete Steffi und stand auf. Sie zog auch Daniela in den Stand. »Wir holen Getränke.« Als sie zu einer der Strandbars gingen, schaute Scholzen hinterher. Mädchen, die ihnen Gras abkauften, um es dann mit ihnen zu teilen, während sie ein paar Getränke besorgten. Er hätte nicht verliebter sein können.

Lisas Blick glitt in die Ferne. »Das Meer lässt einen immer ruhig werden«, nuschelte sie. »Ich glaube, weil alles Leben ja aus dem Meer ist. Das ist immer ein bisschen wie nach Hause kommen.«

Scholzen stupste Georg an: »Gibst du mir mal den Autoschlüssel?«

»Du kannst doch nicht mehr fahren.«

»Keine Angst. Ich brauche nur die Schlüssel.«

»Warum?«

»Weil ich die Gitarre schon mal wegbringen will. Ich fahre nicht. Versprochen.«

Georg sah Scholzen lange an, wohl auch, weil er ein wenig Schwierigkeiten hatte, ihn zu fixieren. Dann kramte er in seiner Hosentasche, fingerte den Autoschlüssel heraus und hielt ihn Scholzen hin.

02:04 UHR

Scholzens Schatten hatten die anderen bereits früher gesehen. Was er dabeihatte, aber erst, als er vor ihnen stand. In den Händen hielt er das Aquarium von Tobis Vater. Schwer atmend stellte er es in den Sand und schaute zufrieden auf sein Werk.

Tobi suchte lange nach der richtigen Frage. Dann hatte er sie endlich gefunden: »Was soll das?«

»Die Seepferdchen sind ja auch nur Fische. Und wenn wir schon mal mit ihnen an der Nordsee sind, dann sollten wir ihnen zeigen, wo sie herkommen. Lisa hat gesagt, das Meer ist das Zuhause von uns allen. Und wenn wir hier heute Abend nach Hause kommen durften, dann sollten die Seepferdchen das ja wohl auch dürfen.«

Die Seepferdchen tänzelten durchs Wasser. Hatte

Scholzen also recht? Freuten sie sich, die Nordsee zu sehen? Oder war Scholzens Schlepperei für sie einfach nur ein langes Seebeben gewesen, von dem sie sich erst mal wieder erholen mussten?

Scholzen nahm ein bisschen Gras aus dem Tütchen von Steffi und Daniela und bröselte es in das Wasser der Seepferdchen. »Nur, um sie ein wenig zu beruhigen.«

02:12 UHR

Die letzte Station eines langen Tages. Alle sechs standen im Außenbereich der hintersten Strandbar vor vier symmetrisch angeordneten Himmelbetten. In der Baracke war es dunkel, also konnten sie endlich ihr Nachtlager aufschlagen. Zum Glück hatten sich die Mädchen um Decken gekümmert. Eigentlich eine klare Sache: drei Mädchen mit Decken, drei Jungs ohne. Jedes Mädchen würde die Patenschaft für einen frierenden Jungen übernehmen müssen und ihn unter die Decke lassen, dachte Tobi und fragte sich, wie er es wohl unter Lisas Decke schaffen konnte. Steffi störte dieses Gedankenspiel empfindlich, als sie ihre Decke auf ein freies Bett warf und unter Danielas schlüpfte. Lisa wiederum legte sich mit ihrer Decke auf eines der Betten und sagte etwas, das so klang wie: »Mir egal.«

Scholzen flüsterte Tobi zu: »Keine Angst, ich sorge dafür, dass nicht Georg bei Lisa pennt.« Er zwinkerte seinem Freund zu, und dann lag er auch schon bei Lisa.

Tobi hatte nicht ganz verstanden, was da gerade passiert war. Weil er aber auch nicht mehr so gut stehen konnte, legte er sich in das freie Bett, auf das Steffi ihre Decke geworfen hatte. Georg stand noch ein wenig verloren in der Gegend und legte sich dann zu Tobi.

Als Tobi den anderen eine gute Nacht wünschte, reagierte schon niemand mehr.

03:30 UHR

Es war noch immer dunkel. Lisa brabbelte etwas. Tobi versuchte in der Dunkelheit zu erkennen, was in ihrem Bett los war. Da lag nach wie vor Scholzen. Und – hä? Vermutlich Georg. Und in Tobis Arm: tatsächlich Lisa.

SAMSTAG, 29. JUNI 1996
07:31 UHR

Über Tobi kreisten Möwen. Ihr aufgeregtes Gebrüll klang hämischer als am Tag zuvor. Weil die Sonne blendete, konnte er die Vögel nicht genau erkennen. Waren das wirklich Möwen, oder vielleicht doch Aasgeier? Überhaupt, was war denn mit der Sonne los? War die über Nacht näher an die Erde gerückt? Tobi tastete sich Richtung Welt. Die abwaschbare Matratze unter ihm erkannte er wieder. Er lag unverändert vor der Strandbar in einem der Betten. Waren die anderen noch da? Nichts zu hören, außer Möwen. Neben ihm war schon mal niemand. Er richtete sich auf.

Im Bett gegenüber saßen Lisa und Georg. Still, zusammengekauert und jeweils eingewickelt in eine Decke. Sie hatten sich so weit wie möglich unter das bisschen Schatten zurückgezogen, das eine ausladende Plastikpalme spendete. Scholzen war weg. Und gegenüber, da hätten doch eigentlich diese beiden Mädchen liegen müssen. Oder waren die nur eine Rauschfantasie gewesen? Einiges sprach dafür, dachte Tobi, zum Beispiel, dass er sich nicht an ihre Namen erinnern konnte. Überhaupt wusste Tobi nicht mehr viel von der Nacht. Aber an Lisa in seinem Arm, daran konnte er sich erinnern. Oder?

»Morgen.«

Das »Guten« sparte sich Tobi. Denn erstens wäre das nun wahrlich eine Übertreibung gewesen. Und zweitens hatte er das Gefühl, dass sein aktiver Wortschatz über Nacht geplündert worden war und er mit dem Rest ein wenig haushalten sollte.

Georg hob die Hand zum Gruß, zuckte und wackelte dabei ein wenig mit dem Kopf. Wie eine Marionette, bei der halbherzig an zu vielen Fäden gezogen wurde. Von Lisa nur ein leises Brummen.

»Wo sind denn –« Tobi stockte. »Also, wo ist denn der Rest?«

Georg antwortete so langsam, als wäre Deutsch noch sehr unsicheres Terrain: »Steffi und Daniela besorgen Brötchen. Und Scholzen: keine Ahnung.«

Richtig! Steffi und Daniela! Damit war klar: Die Nacht hatte es gegeben. Zumindest in Teilen. Weil Liegenbleiben auch keine Lösung war, versuchte er es mit Aufstehen, legte auf der Bettkante aber einen Zwischenstopp ein. Seine Füße berührten schon mal sicheren Grund. Er spürte den Sand. Wo waren denn seine Schuhe? Auf dieser Seite des Bettes waren sie nicht. Tobi ließ sich rücklings ins Bett sinken, robbte die letzten zwanzig Zentimeter, um auf der anderen Seite zu schauen. Ebenfalls nichts.

»Habt ihr meine Schuhe gesehen?«

Georgs Oberkörper ruckelte, was an normalen Tagen wohl ein Schulterzucken gewesen wäre. Lisa schwieg. Die Schatten der Palmblätter tänzelten durch ihr Gesicht. Sie hielt die Augen geschlossen, weil trotz Schatten alles zu hell war. Tobis Blick wanderte den Stamm der Plastikpalme hinunter bis zum Zementsockel. Und davor lagen sie: seine Schuhe. Was machten die denn dort? Dann fiel Tobi wieder ein, dass er vor dem Einschlafen durch Palmblätter geschaut hatte. Dass er es schade gefunden hatte, keinen freien Blick auf den Sternenhimmel zu haben. Vor der Strandbar stand aber keine weitere Palme. Also hatte er sich ursprünglich in das Bett gelegt, in dem nun Lisa und Georg saßen. Warum aber lag er jetzt gegenüber? In dem Bett, das sich gestern Steffi und Daniela genommen hatten? Die Fragen in Tobis Kopf brüllten gegen die Möwen an: War das heute Nacht in seinem Arm gar nicht Lisa gewesen, sondern Steffi oder Daniela? Oder beide? Und war Lisa deswegen so wortkarg? Was genau war da gelaufen?

Tobi entschied sich, der Außenwelt eine andere Frage zu stellen: »Weiß jemand, wie das Wetter wird?«

Georg schwieg. Lisa machte mit. Dann kam Scholzen. Man hörte ihn schon von Weitem: »Leute, das Meer ist so geil!«

Er lief, nur in Shorts und mit nassen Haaren, in den Gang zwischen den Betten und schüttelte sich. Tobi bekam ein paar Tropfen ab. Fühlte sich eigentlich ganz gut an. Scholzen konnte unangenehme Stille immer problemlos mit zahlreichen Geräuschen füllen. Selbst an diesem Morgen.

»Wow, was für eine Nacht. Das müssen wir unbedingt öfter machen.« Scholzen hüpfte auf einem Bein und hielt den Kopf dabei schräg. »Wo sind eigentlich die Mädels?«

Tobi hatte es schon wieder vergessen. Georg wusste es noch: »Brötchen holen.«

»Geil. Hoffentlich Fischbrötchen. Das wäre jetzt genau das Richtige. Ich habe nämlich einen leichten Kater. Gerade, wenn ich so in die Augenwinkel gucke, zwackt es ein bisschen.«

Fischbrötchen, Fischbrötchen. An irgendetwas erinnerte Tobi dieses Wort. Fischbrötchen. Fisch-Brötchen. Fisch. Fische!

»Was ist mit den Seepferchen?«

Scholzen überlegte: »Du, die sind mir viel zu sehr ans Herz gewachsen. Ich könnte die niemals essen. Obwohl … gesund wäre es schon …«

Tobi sah sich um. Kein Aquarium zu sehen, also wurde er konkreter: »Wo sind sie?«

Scholzen überlegte. Den Gesichtern nach zu urteilen hatten auch Georg und Lisa keinen blassen Schimmer.

Tobi war sich sicher, dass er das Aquarium nicht vom Strand weggetragen hatte, weder vor diese Bar noch zurück zum Auto. Die daraus folgende Frage war also denkbar einfach: »Hat von euch jemand das Aquarium mitgenommen?«

Die Antwort darauf war ebenfalls recht simpel: »Ich nicht.« Drei Mal.

Scheiße! Tobis Vater würde ihn umbringen. Er musste zum Strand. Nur wo lang? An einem gewöhnlichen Tag ließ sich der Strand leicht orten: Er lag irgendwo zwischen dem eigenen Standort und dem Meeresrauschen. Aber an diesem Tag war alles anders. Die Welt klang anders. Und auch das Meer klang fremd, eher wie eine Erinnerung, wie das dumpfe Rauschen versehentlich am Vorabend angelassener Boxen.

Tobi ging Richtung Rauschen und versuchte dabei, jede Erschütterung zu vermeiden. Sein Kopf fühlte sich an, als wäre die Schädeldecke entfernt worden, und nun drohte bei jedem falschen Schritt Hirnflüssigkeit überzuschwappen. Er hatte wohl schon einiges an Hirnsuppe verloren, denn es fiel schwer, einen klaren Gedanken zu fassen. Wo stand das Aquarium? Wo standen er und Lisa? Und wo war jetzt noch mal der Strand? Ach ja, unter ihm.

»Wohin gehst du?« Scholzen kam von hinten angekeucht.

»Ich suche die Seepferdchen.«

»Cool. Ich komme mit. Du musst aber unbedingt auch mal ins Wasser.«

»Wir müssen jetzt erst mal das Aquarium finden. Wo waren wir gestern Abend?«

»Wie meinst du das?«

»Wo waren wir, als du das Aquarium aus dem Auto geholt hast?«

»Am Strand.«

Sie würden wohl eine Weile suchen müssen. Die Sonne blendete immer noch, spendete jetzt aber auch ein wenig Wärme und ergänzte sich ganz gut mit dem kühlenden Wind. Überhaupt klärte sich die Welt ein Stückchen auf.

Tobi nutzte den unfreiwilligen Strandspaziergang, um die dringendste seiner vielen Fragen anzugehen. »Wo habe ich heute Nacht geschlafen?«, versuchte er es bei Scholzen.

»Wie meinst du das?«

»In welchem Bett lag ich? Und mit wem?«

»Mit Georg, oder? Keine Ahnung, habe einen Filmriss. Das war echt die geilste Nacht seit Langem.«

»Woher willst du das wissen, wenn du einen Filmriss hattest?«

»Aber das ist doch der Beweis.«

»Wer lag wo, heute Morgen?«

»Als ich aufgewacht bin, lag ich allein. Und ihr hattet alle die Decke über den Kopf gezogen.«

»Und warum gehts dir eigentlich schon wieder gut?«

»Willenskraft. Und Meerwasser.«

»Meerwasser?«

»Ja, du musst das trinken. Wegen dem Salz.«

Während Tobi noch darüber nachdachte, wie viel Meerwasser Scholzen an diesem Morgen wohl gesoffen hatte, rief der: »Da!«

Scholzen zeigte auf einen dunklen Punkt auf dem

feuchten Teil des Strandes. Das konnte es sein. Scholzen lief schneller. Tobi versuchte mitzuhalten, gab aber schließlich auf. Bald war er so nah, dass er klar die Umrisse des Aquariums erkannte. Scholzen war schon da und schaute prüfend in den Glaskasten. Dann stand auch Tobi vor dem Aquarium. Die Seepferdchen waren weg.

08:02 UHR

Tobi und Scholzen schleppten das Aquarium gemeinsam zur Strandbar. Scholzen redete noch mehr als sonst. Ein Indiz für sein schlechtes Gewissen.

»Vielleicht ist das ein anderes Aquarium.«

»Was glaubst du denn, wie viele Aquarien so am Strand von Hoek van Holland stehen?

»Keine Ahnung. Zwei?«

»Scholzen, ernsthaft?«

»Vielleicht hat auch jemand die Seepferdchen geklaut. Jemand, der eigentlich angeln gehen wollte und dann sieht, dass da Seepferchen im Aquarium sind. Die sind ja viel einfacher zu angeln. Das finde ich so scheiße, echt jetzt. Das ist genauso unehrenhaft wie Stierkampf. Die Stiere können in der Arena ja auch nicht entkommen. Genau wie Fische im Aquarium.«

»Und wie viele Angler hast du gestern am Strand gesehen?

»Keine. Aber das heißt nichts. Man sieht auch keine Stierkämpfer. Trotzdem gibts die.«

Tobi fehlte die Kraft, um zu antworten. Also machte Scholzen einfach weiter: »Seepferdchen sind ja auch Fische. Vielleicht sind das fliegende Fische. Ich meine, kennst du dich wirklich aus mit Fischen?«

»Und wie weit sind die deiner Meinung nach geflogen?«

»Fliegen! Jetzt hab ich's. Die scheiß Möwen haben die Seepferdchen gefressen. Die essen Fisch, da bin ich mir relativ sicher, bietet sich ja auch an, am Meer.«

So ging es weiter. Scholzen hatte noch verschiedene Theorien. Eine mit Katzen. Eine mit Salzsäure. Und eine mit Raum-Zeit-Kontinuum. Bis sie wieder bei den anderen waren.

»Das hat aber ganz schön gedauert«, maulte Georg, während Tobi und Scholzen das Aquarium abstellten.

»Sind Steffi und Daniela mit dem Frühstück denn schon wieder da?«, fragte Scholzen.

»Nein. Aber trotzdem.« Georg blickte suchend ins Aquarium: »Wo sind die Seepferdchen?«

Tobi reduzierte alle Theorien von Scholzen auf ihren gemeinsamen Nenner: »Weg.«

Georgs Blick blieb am Aquarium kleben: »Aber warum habt ihr nicht das Wasser ausgeschüttet? Ich meine, das ist doch bestimmt schwer, die ganze Schlepperei?«

Schwer war es vor allem, jetzt nicht komplett auszuflippen.

»Auch wieder richtig.« Scholzen kippte das Aquarium, bis das Wasser über die Kante schoss. Georg sprang auf eines der Betten, als wäre gerade ein Karton Ratten geleert worden. Scholzen hob das Aquarium nun an, um auch noch den Rest herauszuschütten. Ein paar Algen platschten hinterher, und als Letztes rutschten drei, vier Muschelscherben sowie das Geäst, das Scholzen vor der Abfahrt noch hineingetan hatte, aus dem Glaskasten in den Sand.

Während Tobi noch überlegte, ob es wohl in Ordnung wäre, sich zu Georg und Lisa aufs Bett zu setzen, ließ Scholzen sich auf den sonnigen Teil ihrer Matratze plumpsen. Georg und Lisa stöhnten gequält. Tobi setzte sich auf das Nachbarbett.

Steffi kam wieder, allerdings allein. »Daniela ist noch am Strand«, sagte sie. »Duschen.« Sie stellte eine raschelnde Papiertüte in die Mitte: »Sind für jeden zwei drin.«

Alle zogen ein Rosinen-Bolletje heraus. Georg und Lisa mümmelten vorsichtig daran. Scholzen dagegen schmeckte es schon wieder. Auch Tobi aß in der Hoffnung, dass ihn das irgendwie stabilisieren würde.

»Ich muss heute Nacht hier irgendwo den Verschluss meines Bauchnabelpiercings verloren haben. Das ist so ne Kugel zum Schrauben«, sagte Steffi und tastete ihren Bauchnabel ab, wohl um noch einmal da zu suchen, wo sie das Ding zuletzt gesehen hatte.

Tobi schaute sich um, eher als Geste. Georg war da schon engagierter, mit Erfolg. »Meinst du das hier?«

Zwischen seinem Zeigefinger und Daumen glänzte etwas in der Sonne. Steffi sah das Kügelchen, strahlte, nahm es und schraubte es sich unters T-Shirt. Dann setzte sie sich neben Georg, rief irgendwas mit »Danke« und küsste ihn auf den Mund. Der schien mindestens so überrascht wie der Rest der Runde und murmelte ein »Das wäre doch nicht nötig gewesen«.

Selbst Scholzen stellte vorübergehend das Kauen ein. Steffi bemerkte die allgemeine Irritation, vor allem Georgs, und fragte ihn: »Du kannst dich aber schon an heute Nacht erinnern, oder?«

Er antwortete mimisch, das Nein war trotzdem laut und deutlich. Steffi flüsterte etwas in sein Ohr. Was immer sie ihm gesagt hatte, es bescherte ihm Hektikflecken am Hals. Er flüsterte auch in ihr Ohr, allerdings viel zu laut: »Wir?«

Steffi bemerkte die Blicke der anderen. Sie lachte verlegen: »Kann sich keiner von euch an die Nacht erinnern?«

Schweigen. Scholzen sprach mit vollem Mund: »Habt ihr gepoppt, oder was?« In seiner Stimme rangen Empörung und Bewunderung miteinander.

Steffi verneinte, war aber nicht zu hören, weil Georg noch viel lauter verneinte.

Scholzen rückte näher. »Aber was lief dann?«

»Ich habe nur mit Tobi die Plätze getauscht. Und dann haben wir ein bisschen gekuschelt.«

»Also, ich habe geschlafen. Außerdem geht das niemanden was an.«

»Dass du geschlafen hast?«, hakte Scholzen nach, doch Georg antwortete nicht mehr.

Tobi fasste den Stand im Stillen zusammen: Wenn Steffi im Laufe der Nacht seinen Platz neben Georg eingenommen hatte, musste er wohl bei Daniela gelandet sein. Aber wer hatte gewollt, dass Steffi und er die Plätze tauschen? Hätte sie nicht noch sagen können, wessen Idee all das gewesen war? Andererseits war es vielleicht besser so.

Daniela kam von den Strandduschen. Mit nassen Haaren und einem eher sorgenvollen Blick. Auch sie nahm sich ein Rosinen-Bolletje.

»Gerade am Strand haben mich ein paar Typen angesprochen, die auf der Suche nach vier Deutschen sind. Und die Beschreibung passt ziemlich genau auf euch.«

»Was heißt Typen?«, hakte Georg nach. Daniela erzählte, und es gab wenig Zweifel daran, dass es sich dabei um diesen Yannick und seine Leute handelte.

Scholzen brachte all das nicht aus der Ruhe. Er biss in sein zweites Bolletje und sprach mit vollem Mund: »Wenn die Strandbars geöffnet haben, ist für die alles hinter den Dünen tabu. Habt ihr doch gestern gehört. Und die Saison hat ja gerade erst begonnen. Das heißt, die Strandbars sind noch bis mindestens September geöffnet.«

Lisa brach ihr morgendliches Schweigen: »Vielleicht meinten die Jungs von gestern aber nicht die Saison, sondern die täglichen Öffnungszeiten.«

Sie schauten sich um. Alle Bars waren geschlossen.

08:30 UHR

In der Ferne marschierte eine Gruppe auf die Strandbars zu. Noch war sie so weit weg, dass man nicht erkennen konnte, ob Yannick darunter war.

Georg stand auf. »Wir müssen hier weg«, sagte er. »Jetzt.«

Grundsätzlich sah Tobi das auch so. Er hätte nur vorher gern noch ein paar Fragen geklärt: Wer hatte wann wo und mit wem gelegen? Scholzen dagegen brannte nur eine Frage unter den Nägeln: »Georg, isst du dein zweites Bolletje nicht mehr?«

Der war mit dem Thema Frühstück durch. »Wir müssen es ja nur bis zum Auto schaffen. Und dann ab zum Hafen.«

»Okay«, antwortete Scholzen mit vollem Mund. »Aber falls die uns gesehen haben und hinter uns herkommen: Was machen wir, wenn da eine Schlange am Ticketschalter ist? Wir können uns schlecht anstellen und warten.«

»Wenn ihr uns Geld gebt, können wir vorlaufen und euch die Tickets besorgen«, bot Steffi an. »Wir haben ja Zeit«, fügte Daniela hinzu.

Lisa nahm Georg und ging mit ihm ein paar Schritte beiseite, um die Lage zu bereden. Auch wenn man nur ein paar Schlagwörter verstehen konnte, wurde Lisas Standpunkt deutlich. Sie war nicht begeistert von der Idee, relativ fremden Leuten, die sich nicht mal ein Zimmer leisten konnten, das ganze Geld anzuvertrauen.

Tobi nutzte die Gelegenheit, um diskret eine andere Sache zu besprechen. »Du, Daniela«, wandte er sich leise an sie. »Das klingt jetzt vielleicht blöd, aber lief was zwischen uns, also heute Nacht?«

Ihrem Blick zufolge klang es nicht nur vielleicht blöd. Dann lachte sie: »Wie viel habt ihr euch denn gestern reingezogen? Keine Sorge, wir lagen nur ganz kurz gemeinsam in einem Bett. Ich hab doch mit Lisa getauscht und bei Scholzen gepennt.«

»Okay, wir machen es.« Georg und Lisa standen wieder bei der Gruppe. Scholzen kramte das Geld aus seiner Hosentasche und schüttete Scheine und Münzen in Steffis Hände.

Steffi und Daniela verloren keine Zeit und zogen mit den Einnahmen des vergangenen Tages los.

Georg schaute unschlüssig hinterher. »Vielleicht hätte ich den Piercingverschluss behalten sollen«, überlegte er. »Als Pfand.«

»Quatsch. Die ist total verliebt in dich«, wollte Scholzen ihn beruhigen, dann dachte er ein wenig darauf herum. »Gut, andererseits hast du ihr das Herz gebrochen, ihr vielleicht heute Nacht die Unschuld geraubt und willst jetzt nichts mehr davon wissen, weder von der Nacht noch von ihr.«

Georg widersprach heftig, wohl auch, weil ein Teil von ihm Scholzens Sorge teilte. Dann ging er los, die anderen hinterher. Sie liefen nicht wie Steffi und Daniela den Hauptweg entlang, sondern hinter der Baracke querfeldein. Irgendwo dort musste der Parkplatz mit dem John-Mobil sein.

»Hat jemand eine Ahnung, wie wir laufen müssen?«, fragte Lisa.

»Auf jeden Fall nach rechts«, wusste Georg, während sie vorsichtig durch die Dünen tapsten. Tobi konzentrierte sich auf den Boden. Jedes Abrutschen bedeutete ein Kopfschmerzgewitter inklusive Blitzeinschlag. Georg und Lisa liefen vor. Scholzen ließ sich extra ein paar Meter zurückfallen: »Hey Tobi, hast du das gehört? Daniela hat sich heute Nacht zu mir gelegt!«

»Natürlich habe ich das gehört. Sie hat es ja mir gesagt.«

»Ist das geil, oder was? Ich habe die Nacht mit einer Frau verbracht!«

»Bringt dir aber nichts. Denn leider hast du ja einen kompletten Filmriss.«

»Ja und? Trotzdem geil.«

Einerseits war Tobi froh, dass Daniela die Nacht bei Scholzen und nicht bei ihm verbracht hatte. Andererseits nervte es, dass hier scheinbar alle mal eben ein Mädchen abbekamen, selbst Georg, und nur bei Tobi war alles unklar.

Sie stießen auf einen asphaltierten Weg. Die Dünen zu ihrer Rechten schleppten sie sich so schnell sie konnten in die Richtung, in der sie den Parkplatz vermuteten.

Der Weg stellte sich als Fahrradweg heraus. Für Fußgänger genauso verboten wie Dünen. Nur, dass man diesmal immer wieder von Fahrradfahrern daran erinnert wurde. All das konnte Scholzen aber nicht aus der Ruhe bringen. Ihm ging es gut. »Ich glaube, ich bin richtig verknallt in Daniela. So lange wie jetzt waren wir noch nie getrennt.«

Tobi schaute ihn an.

»Also, seitdem wir zusammen sind.«

Wie immer sprach Scholzen ein wenig zu laut. Tobi tat aber nicht nur Scholzens Lautstärke weh, sondern auch der Quatsch, den er erzählte. Scholzen bemerkte Tobis Blick. »Ach, komm. Das mit Lisa und dir wird schon wieder, und dann machen wir mal einen Pärchenabend.«

Sie erreichten den Parkplatz, und Georg entdeckte das John-Mobil. Und noch etwas. »Runter!«, zischte er. »Da hinten stehen sie.«

Alle vier gingen in die Hocke. Georg gab sich zuversichtlich: »Wir schleichen zum Wagen, steigen ein, Knöpfchen runter, und dann gehts ab zum Hafen.«

Tobi blickte durch die Scheibe des fremden Wagens. Yannick und sechs weitere Jungs waren etwa hundert Meter entfernt. Sie saßen auf ihren Vespas wie auf Barhockern und behielten Parkplatz und Weg zum Strand im Blick.

Das John-Mobil war nur noch fünf Parktaschen entfernt. Eine machbare Strecke, selbst wenn sie einfach zum Wagen gingen. Sie blieben aber vorsichtig und watschelten weiter zwischen den geparkten Autos. Als sie nur noch eine Parktasche entfernt vor der Motorhaube eines anderen Wagens kauerten, sah Georg den Zettel hinter dem Scheibenwischer. »Schöne Scheiße. Ein Knöllchen. Wir haben vergessen, für die Nacht ein neues Ticket zu ziehen.«

Lisa wiegelte ab: »Ein Knöllchen ist nicht gerade das Krasseste, was wir uns in den letzten Tagen geleistet haben. Jetzt müssen wir erst mal in den Wagen.«

Ein Taxi hielt neben ihnen und lud eine komplette Familie aus. Deutsche. Die beiden Kinder, etwa acht und zehn Jahre alt, standen unschlüssig auf dem Parkplatz herum, während die Eltern noch ihre Strandtaschen sortierten. Das jüngere der Kinder fragte Lisa, ob sie Verstecken spielte. Sie verneinte.

»Aber warum versteckt ihr euch dann?«

»Okay, wir spielen Verstecken.«

»Vor wem versteckt ihr euch?«

»Vor den Jungs da vorne.«

Dann rief der ältere der beiden: »Hier sind die! Hier!« Dabei winkte er den Vespa-Jungs.

»Ihr kleinen Ratten.« Lisa flüsterte. Wohl weniger wegen Yannick als wegen der Eltern. Jetzt musste es schnell gehen. Georg und Lisa standen auf. Sie liefen an der Motorhaube des Golfs vorbei und gingen auf die Fahrerseite, Scholzen und Tobi folgten und positionierten sich an der anderen Seite. Yannick und seine Leute starteten ihre Vespas und fuhren im Schritttempo auf den Golf zu. Auch das Taxi fuhr los, während die beiden Kinder von ihren Eltern an die Hand genommen und zum Strandaufgang gezogen wurden.

Georg schloss die Fahrertür nicht auf. Er schaute an seiner Wagenseite herunter und wurde noch ein wenig blasser, sofern das nach dieser Nacht überhaupt möglich war. Georg fasste die neue Situation mit einem Wort zusammen: »Parkkralle.«

Tobi und Scholzen wechselten auf die Fahrerseite, sodass es nun alle vier sahen: Das Vorderrad wurde fast komplett von einem gelb lackierten Metalldreieck verdeckt. Befestigt war die Kralle mit Ketten und einem Schloss. Niemand machte sich die Mühe, die Anweisungen auf dem Aufkleber zu lesen.

So genüsslich, wie Yannick sich mit seiner Entourage näherte, wusste wohl auch er, dass der Golf so schnell nirgendwohin fahren würde.

Scholzen war nicht nur der Einzige, der an diesem Morgen in regulärer Geschwindigkeit denken konnte, er war auch der Einzige, der brüllen konnte, ohne sich selbst dabei einen Schädeltrümmerbruch zuzufügen. Also brüllte er: »Taxi!« Der Wagen hatte eine Runde auf dem Parkplatz gedreht, um zu wenden, und war nun kurz vor der Ausfahrt des Parkplatzes. Scholzen rannte ein paar Meter, wedelte mit beiden Armen und rief noch mal: »Taxi!«

Die Vespa-Jungs blickten sich um und sahen gleichzeitig, dass das Taxi abermals wendete. Nun gaben sie doch Gas.

Taxi und Vespas kamen etwa gleichzeitig vor dem John-Mobil zum Stehen. Scholzen sprang auf den Beifahrersitz, der Rest auf die Rückbank. Scholzen wandte sich dem Fahrer zu: »Sprechen Sie Deutsch? Esperanto?«

»Was soll ich denn bitte mit Esperanto?«, gab der Taxifahrer in perfektem Deutsch zurück.

»Okay, wir müssen zum Hafen.«

»Zum Hafen? Das sind fünf Minuten. Das lohnt sich nicht für mich. Geht da mal schön zu Fuß hin. Die Fähre legt erst in einer halben Stunde ab.«

»Dann haben wir ja noch Zeit. Zeigen Sie uns doch noch ein paar Sehenswürdigkeiten der Stadt.«

»Sightseeing? Hier? In Hoek van Holland?«

»Fahren Sie uns einfach bisschen rum. Wir zahlen. Es wäre halt nur wichtig, die Typen auf den Vespas abzuhängen, falls Ihr Auto das überhaupt schafft.«

Der Taxifahrer stutzte und fuhr los.

Im Rückspiegel waren die Vespas zu sehen, bis der Taxifahrer auf einer langen Geraden Scholzens Zweifel ausräumte und zeigte, was sein Auto so konnte. Einen Moment später waren links und rechts nur noch brachliegende Felder.

Scholzen bat den Fahrer, kurz anzuhalten, dann drehte er sich zur Rückbank: »Was machen wir jetzt?«

Georg musste auf jeden Fall noch mal zum John-Mobil, das Telefon holen, denn die dort eingespeicherte Nummer war der einzige Kontakt zu dem Londoner Krankenhaus, in dem seine Mutter lag. Also war das die Route: zurück, Zwischenstopp am Strandparkplatz und dann weiter zum Hafen.

»Falls die anderen unser Taxi bemerken, sollten sie nicht

gerade uns sehen. Das heißt: abtauchen.« Scholzen machte es vor und rutschte auf seinem Vordersitz unter die Sichthöhe. Das war auf dem Beifahrersitz problemlos möglich, allein und mit der größtmöglichen Beinfreiheit. Zu dritt auf der Rückbank sah das schon anders aus. Auch hier wusste Scholzen die Lösung: »Einer muss in den Kofferraum. Und zwei können sich dann auf die Rückbank legen.«

Der Taxifahrer hielt wenig davon. »Was ist, wenn mich die Polizei anhält? Mit einem im Kofferraum?«

»Es gibt zehn Gulden extra.«

Der Taxifahrer schwieg. Scholzen deutete das als Einverständnis. »Also, wer machts?«, fragte er Richtung Rückbank.

»Ich gehe in den Kofferraum«, sagte Georg, ohne lange zu fackeln. Lisa sah das anders: »Das ist nicht gut für dein Asthma, da ist es ziemlich stickig.«

»Für die kurze Strecke ist das kein Problem.«

»Aber du hast auch Platzangst.«

»Ich?«

»Hinten ist die Erschütterung heftiger. Und das mit deinen Kopfschmerzen.«

»Du hast doch auch Kopfschmerzen.«

Georg begriff nicht, was Lisa wollte. Tobi hatte da schon eher eine Ahnung. Sie wollte offenkundig lieber mit Georg als mit ihm eng aneinander auf der Rückbank liegen. Also erlöste er sie: »Oder ich gehe nach hinten.«

Nachdem niemand auch nur als Geste protestiert hatte, wechselte Tobi in den Kofferraum. Lisa hatte es schon ganz richtig eingeschätzt: Die Luft war schlecht, und es war eng und dunkel. Tobi konzentrierte sich auf das Positive: Die Abwesenheit von Licht tat bei diesen Kopfschmerzen gut. Nach kurzer Fahrt öffnete sich der Kofferraum. Scholzen stand im Licht, das nun doppelt so weh tat. Im Gegenlicht wirkte Scholzen wie eine Erscheinung. Vielleicht eine Folge des Sauerstoffmangels.

Scholzen beugte sich zu Tobi. »Sag mal, ich habe gerade mit Lisa und Georg gesprochen. Hast du eigentlich noch Geld? Ich habe alles Steffi gegeben.«

Auch Tobi hatte keine Gulden mehr. Wenn Steffi und Daniela nicht wie versprochen am Hafen warten würden, mit Tickets und ausreichend Wechselgeld, hätten sie mindestens ein Problem mehr.

Nachdem Georg das Mobiltelefon in einer seiner vielen seitlichen Hosentaschen verstaut hatte, wurde die Fahrt fortgesetzt. Nach ein paar Minuten hielt das Taxi wieder. Es klackte bei Tobi. Der Fahrer hatte den Kofferraum wohl von seinem Platz aus geöffnet. Tobi drückte die Klappe nach oben und schaute raus: Sie waren am Hafen. Weit und breit niemand, den Tobi kannte. Im Fall von Yannick und seinen Leuten war das gut, im Fall von Steffi und Daniela eher nicht.

Tobi kletterte aus dem Kofferraum, auch Lisa und Georg stiegen aus. Nur Scholzen saß im Wagen. Er schaute auf den Stand des Taxameters: genau fünfunddreißig Gulden. Mit dem vereinbarten Zehner Trinkgeld waren das fünfundvierzig Gulden mehr, als sie hatten.

Er steckte den Kopf aus dem Fenster und sagte: »Schaut doch bitte mal nach den Mädels. Die sind ja bestimmt drinnen oder so.« Er deutete auf das Hafengebäude.

Tobi ließ Scholzen als unausgesprochenes Pfand zurück und ging in die Halle. Drinnen gab es Ticketschalter, Wartebereiche, ein paar Infostände und den Zutritt zur Fähre, die von Fußgängern über eine Gangway betreten wurde. All das sah er, nur Steffi und Daniela nicht. Tobi ging wieder raus.

Schon als sich die Schiebetüre öffnete, hörte er die schrillen Motoren von Vespas, denen zu viel Tempo abverlangt wurde. Yannick und seine Jungs fuhren die Küstenstraße entlang, noch etwa dreihundert Meter entfernt. Tobi warf Scholzen einen Blick zu, der eigentlich alles sagte: keine Steffi, keine Daniela, keine Tickets und keine Kohle.

Scholzen fragte trotzdem: »Und? Habt ihr das Geld?«

Der Fahrer hatte die Situation deutlich schneller verstanden. Klacken, vier Mal. Hatten die hier also auch schon Zentralverriegelung. Alles, was Scholzen jetzt noch retten konnte, war ein Kopfsprung aus dem geöffneten Beifahrerfenster, und zwar schnell, denn die Vespas kamen näher.

»Da seid ihr ja! Wir waren noch kurz an der Fischbude, was gegen Kater besorgen.«

Gott sei Dank: Steffi und Daniela. Sie gaben jedem ein eingepacktes Fischbrötchen.

»Wir brauchen unser restliches Geld. Schnell.«

Steffi verstand. Sie zog ein paar Scheine aus der Hose und gab sie Tobi. Der reichte sie Scholzen durchs Fenster. Nachdem bezahlt worden war, klackte es ein weiteres Mal. Scholzen öffnete die Tür und ging zielstrebig auf Daniela zu, um ein Fischbrötchen in Empfang zu nehmen.

Doch Yannick und seine Leute waren so nah, dass man schon ihre Mimik deuten konnte. Lisa zog Scholzen am Ärmel. Gemeinsam mit Tobi und Georg liefen sie zum Eingang des Hafengebäudes. Daniela verteilte die Tickets im Laufen. Lisa ging als Erstes durch die Kontrolle, hinter ihr Georg. Der stockte kurz vor dem Drehkreuz, ging zurück, sah Steffi tief in die Augen und gab ihr dann förmlich die Hand. Danach verschwand auch er durchs Drehkreuz, während Steffi ungläubig auf ihre Hand schaute.

Scholzen stand noch bei Daniela. Er sah sie an: »In ein paar Tagen bin ich wieder hier.« Scholzen wollte sie küssen, doch Daniela drückte ihn weg.

»Scholzen, ich habs dir heute Nacht schon gesagt. Es wird nicht geknutscht.«

»Wie? Aber wir sind doch, ich meine, du bist doch, warum wolltest du dich dann zu mir ins Bett legen?«

»Das war doch nicht meine Idee. Lisa wollte die Plätze tauschen.«

Scholzen schaute mindestens so überrascht wie Tobi. In diesem Moment öffnete sich die Schiebetür der Halle, und im Eingang stand Yannick.

Tobi sah ihn als Erstes. »Scholzen, wir müssen.«

09:02 UHR

»Wie lange muss man da denn jetzt winken?« Georg schwenkte mechanisch seinen linken Arm hin und her, mit dem rechten hielt er sich an der Reling fest.

»Kommt drauf an, wie viel heute Nacht bei dir und Steffi gelaufen ist«, sagte Lisa grinsend.

Für einen Moment bedauerte Tobi, nicht mit Steffi und Daniela am Kai zu stehen. Er hätte gern gewusst, wie lange Lisa ihm nach dieser Nacht zugewunken hätte. Auch Tobi wedelte kraftlos mit seinem linken Arm. Im Gegensatz zu Georg versuchte er aber wenigstens, ein freundliches Gesicht zu machen.

Die beiden winkenden Mädchen standen am Festland, giggelten und dachten gar nicht daran, die Fährenpassagiere aus der Abschiedsszene zu entlassen.

Der hektische Aufbruch vom Strand hatte ausreichend körpereigene Schmerzstiller ausschütten lassen, um es bis zum Hafen zu schaffen. Aber mit Betreten der Fähre war die Produktion spürbar eingestellt worden. Alles andere kam wieder zum Vorschein: die Übelkeit, das Schwindelgefühl und das lärmende Pochen unter der Schädeldecke. Lisa, Georg und Tobi krallten sich an der Reling fest, als seien sie in schwere See geraten. Kein gutes Zeichen, wenn man bedachte, dass die Fähre zwar leicht vibrierte, aber noch nicht mal abgelegt hatte.

Nur Scholzen stand freihändig da. Er schmiss beide Arme in die Luft und schüttelte sie glucksend in alle Richtungen. Eine Mischung aus Abschiedsgeste und Siegerpose. Allerdings winkte er nicht den Mädchen, sondern Yannick und seinen Jungs.

»Ich glaub, es reicht jetzt«, ermahnte ihn Tobi. »Sonst kommen die doch noch auf die Fähre.«

Georg erschrak: »Aber Steffi und Daniela wollten doch in Holland Urlaub machen.«

Ein Horn ertönte. Das leichte Vibrieren, an das Tobi sich gerade erst gewöhnt hatte, schwoll an. Eine schwarze Rußwolke wurde aus einem schornsteingroßen Auspuff in den Himmel gestoßen, und das Schiff setzte sich schwerfällig in Bewegung.

»Gleich ist es vorbei«, entfuhr es Georg, während er seinen schwer gewordenen Arm in einem immer kleiner werdenden Radius kreisen ließ. Er hatte wohl das Tempo, mit dem so ein großes Schiff den Hafen verließ, überschätzt, denn in dieser Geschwindigkeit schien es unvorstellbar, dass Steffi und Daniela jemals außer Sichtweite geraten würden, geschweige denn, dass England irgendwann in Sichtweite kommen könnte.

Die Vespa-Jungs brausten davon, und bald waren sie verschwunden. Was nicht an der Fähre lag, sondern daran, dass sie sich so schnell entfernt hatten.

Scholzen verlor sofort jedes Interesse. »Leute, ich bin mal unter Deck«, verkündete er. »Auf Fähren gibts immer eine Spielhalle.«

Und weg war er. Auch Lisa und Georg ließen ihre blutleer gewunkenen Arme sinken. Georg sagte irgendwas mit Ruheraum, Liegen, und dass man da schnell sein müsse, weil die Engländer sonst alles reservieren würden. Lisa nickte. Und dann waren auch die beiden verschwunden.

Tobi blieb. Denn Steffi und Daniela standen unverändert fröhlich im Hafen, und einer musste ja zurückwinken. Außerdem tat es gut, mal allein zu sein. Zumindest relativ allein, denn links und rechts an der Reling standen andere Reisende, die sich allerdings von niemandem verabschiedeten, sondern das Hafenpanorama fotografierten. In Hoek van Holland ließ man gewöhnlich wohl niemanden zurück.

Über der Fähre schwebten wieder die Möwen und beschimpften sich gegenseitig. Vielleicht verfolgten sie Tobi absichtlich, um ihm mal zu zeigen, wie es sich anfühlte, wenn jemand einem nicht von der Seite wich. Aus dem Vibrieren der Fähre wurde ein Zittern. Ohne dass Tobi es gemerkt hatte, waren Steffi und Daniela nun doch schon deutlich kleiner geworden. Sie winkten noch mal mit aller Kraft, als ginge es darum, die letzten Reste der Nacht aus dem Arm zu schütteln. Dann drehten sie sich um und gingen. Erlöst ließ Tobi seinen zweiten Arm auf das Geländer sinken.

Neben ihm stand eine Mutter mit ihrem kleinen Jungen, der ein Eis leckte. Das Eis lief bereits an der Waffel herunter, ein aussichtsloses Wettrennen gegen die Außentemperatur. Nicht zuletzt, weil das Kind trödelte und die Waffeltüte immer wieder als Zeigestock verwendete, um der Mutter die irritierend nahen Vögel zu zeigen.

Die Möwen hatten es wohl eher als Angebot gedeutet. Eine kam im Sturzflug auf den Jungen zu und riss ihm mit ihrem Schnabel die Waffel aus der Hand. Das Eis ließ sie durch geschicktes Kopfschütteln auf den Boden fallen, nicht ohne auf dem Weg nach unten noch das Shirt des schreienden Kindes zu versauen. Tobi dachte an Scholzens Theorie. Möglicherweise hatten tatsächlich Möwen die Seepferdchen seines Vaters über Nacht gestohlen. Es war diesen Gangstern durchaus zuzutrauen.

Die Fähre verließ die Hafenenge und stach ins offene Meer. Hoek van Holland – Ecke von Holland – Tobi verstand erst jetzt den Namen dieses Ortes. Tatsächlich fuhr das Schiff vorbei an einer fast rechtwinkligen Landecke. Auf seiner Seite der Ecke waren Hafen und Industrie, auf der anderen der Küstenstreifen, den sie bereits kannten, mit den Strandbars und einem überraschend klein wirkenden Badestrand. Im ersten Moment dachte Tobi, der schmale Strand sei ein Beleg dafür, dass sie schon weit draußen waren und alles am Ufer eben kleiner wirkte. Doch die Strandbars, die Häuser und sogar die Menschen schienen noch immer recht groß, und da begriff Tobi es: Der Strand war tatsächlich kleiner geworden als heute Morgen. Das Meer kam wieder. Wie hatte er das übersehen können? Die Algen im randvollen Aquarium, die Muschelscherben, die beim Ausschütten hinterhergerutscht waren: Scholzen hatte Georg heute Morgen Meerwasser vor die Füße gekippt. Nicht die Möwen hatten die Seepferdchen geholt, sondern die Nordsee. Irgendwann heute Nacht war die Flut gekommen und hatte das Aquarium vorübergehend verschluckt und anschließend randvoll zurückgelassen. Wie war das wohl gelaufen? Hatte das Meer die Seepferdchen mit sich gezogen, gegen ihren Willen? Oder hatten sie sich darüber gefreut, aus ihrem Gefängnis gerissen zu werden?

Und was bedeutete die Flut für Tobi und die anderen? Wenn auch sie nur Zierfische im Aquarium eines Idioten waren: Konnten auch sie entkommen?

09:44 UHR

Die meisten Passagiere waren englische Lkw-Fahrer, die die Überfahrt nutzten, um ein paar Bier zu trinken. Auf Tobis Suche nach den anderen hatte es unterschiedliche Begegnungen gegeben. Sie hatten aber alle eines gemein: Tobi war als Deutscher erkannt worden, und das, obwohl er kein Wort gesprochen hatte. Ebenfalls auffällig: Auf der Seite der Trucker gab es etwas mehr Diskussionsbedarf zu dem Halbfinale, in dem Deutschland vor drei Tagen England aus dem Turnier geworfen hatte. Im Elfmeterschießen, natürlich.

Als Tobi schon fast vergessen hatte, wen oder was er suchte, fand er endlich Georg und Lisa. Die beiden lagen jeweils auf einer Art Fernsehsessel und schliefen. Georg zuckte im Schlaf. Lisa lag einfach nur da. Beide sahen unglaublich erschöpft aus. Auch Tobi war unendlich müde, und er nahm auf dem Sessel neben Lisa Platz. Er legte sich auf die Seite, obwohl das bei Sesseln gar nicht so leicht war. Er wollte Lisa weiterhin ansehen können.

Vor genau einer Woche war das größte Problem in Tobis Welt, dass ein paar Kondome fehlten. Was war seitdem alles passiert? Die Nacht mit Lisa. Das Missverständnis im Dubrovnik. Die Fahrprüfung. Die Tankstelle. Hoek van Holland. Er schaute in Lisas Gesicht, wo sich immer noch leicht die Spuren ihres Vaters abzeichneten. Wie hatte Tobi übersehen können, dass bei den Lambrechts nicht nur Niels Gewalt und Demütigung erlebte? Wie viel

Schuld trug Tobi am letzten Ausbruch? Und warum hatte er unbedingt mitfahren wollen? Um mit Lisa in Ruhe zu reden? Dazu hatte es doch längst Gelegenheiten gegeben. Die Wahrheit war, er wusste nicht, was er sagen sollte. Was er sagen konnte.

Auch Lisa zuckte jetzt. Plötzlich kam es Tobi unangemessen vor, sie anzuschauen. Bei Schlafenden war das Gesicht nackter als sonst. Und Tobi glaubte nicht, dass er Lisa noch so nackt sehen durfte. Er drehte sich auf den Rücken und starrte an die niedrige Decke. Dann machte er die Augen zu. Nur für einen Moment.

15:05 UHR

Als Tobi erwachte, saßen Georg und Lisa einander zugewandt und unterhielten sich.

»Wie lange habe ich geschlafen?«

Lisa sah ihn über ihre Schulter hinweg an. Sie wirkte ein Stück weit erholt und wohlwollend. »Wir sind auch noch nicht lange wach«, sagte sie. »In etwas mehr als einer Stunde sind wir in England.«

Tobi hatte also bestimmt fünf Stunden geschlafen. Er versuchte sich an einen Traumfetzen zu erinnern, aber da war gefühlt nur ein tiefes, schwarzes Loch gewesen. Lisa setzte sich wieder richtig auf ihren Sessel und öffnete so die Gesprächsrunde für Tobi.

»Wir legen in Harwich an. Müssen also noch irgendwie nach London kommen. Und da hatte Georg eine Idee. Wir fahren per Anhalter.«

Der wurde konkreter: »Wir machen die alte Luder-Strategie. Lisa wickelt einen der Lkw-Fahrer um den Finger. Und wenn der schon zugestimmt hat, kommen wir Jungs hinter dem nächsten Gebüsch hervorgesprungen und fahren mit.«

Die Vorstellung, dass Lisa mit einem der Trucker reden sollte, gefiel Tobi überhaupt nicht.

»Gebüsch? Wo wollen wir denn hier ein Gebüsch herbekommen?«

»Das ist ja nur ein Beispiel.«

»Ja, aber ein scheiß Beispiel. Es gibt nämlich auf einem Schiff zufällig kein Gebüsch.«

»Jetzt halt dich doch nicht am Gebüsch auf.«

»Habt ihr euch die Typen mal angeschaut? Die sind irre! Die zerren Lisa höchstens ins nächste Gebüsch.«

»Ich denke, es gibt kein Gebüsch.«

»Und überhaupt: Lisa ist doch kein Luder.«

Georg verstand den Einwand nicht. »Tobias, Luder ist ein völlig wertfreier Fachbegriff der Jäger«, erklärte er. »Man verwendet ein Luder, um Raubtiere anzulocken.«

»Hörst du dir eigentlich zu? Du willst Lisa verwenden, um Leute anzulocken, die du mit Raubtieren gleichsetzt.«

»Kann ich da vielleicht auch noch ein Wort mitreden?«, fragte Lisa.

»Wir brauchen auf jeden Fall eine Mitfahrgelegenheit«, überlegte Georg weiter, »und Lisa ist das einzige Luder, das wir haben. Wer von uns soll das sonst machen?«

»Hey Leute, da seid ihr ja. Ich habe euch schon überall gesucht.« Scholzen ließ sich auf den unteren Teil von Lisas Liege plumpsen. »Ich habe eine Frau kennengelernt. Die ist mega! Debbie. Das ist die Kurzform von Deborah. Ist das nicht ein Wahnsinnszufall? Debbie interessiert sich auch für Fußball! Eine Frau, die Fußball mag, wie krass ist das denn bitte? Sie geht morgen sogar mit einer Freundin zum Finale ins Wembley-Stadion. Ganz ehrlich: Ich glaube, ich bin verliebt. Bin mir nur beim Altersunterschied unsicher. Das könnte noch zu einem Problem werden. Apropos Problem: Ich habe keine Kohle mehr, und ich brauche jetzt dringend Geld, damit das weitergeht mit Debbie und mir.«

Natürlich warf das viele Fragen auf: Wofür brauchte er das Geld? Damit was weiterging? Altersunterschied? Verliebt? Lisa konzentrierte sich auf die wesentliche Frage: »Ist Debbie mit einem Auto auf der Fähre?«

Scholzen nickte. Und damit war klar, wer das Luder war.

15:21 UHR

Nachdem Scholzen die anderen kreuz und quer durch das Innenleben der Fähre geführt hatte, standen die vier in einem fensterlosen Raum, umgeben von blinkenden Lichtquellen und Automatengedudel. Die Luft schmeckte nach Elektrosmog. Verteilt im Raum standen ein paar Kinder vor Automaten und starrten auf die Bildschirme. Georgs Blick wanderte durch den Raum, blieb an jedem der wenigen Mädchen kurz hängen. »Was hatte Scholzen über den Altersunterschied gesagt?«

Lisa versuchte zu beruhigen: »Debbie ist doch mit dem Auto auf der Fähre.«

»Ja, aber sitzt sie auch am Steuer?«

Scholzen zeigte auf einen Flipper, unter dem eine Tasche lag. »Weit kann Debbie nicht sein. Ihr Rucksack steht noch da.«

Irgendwo brüllte eine helle Stimme: »You stink!«, und eine noch hellere Stimme: »No, you stink!«

Vor einem Bildschirm rangelte eine erwachsene Frau mit einem vielleicht neunjährigen Jungen. Auf den ersten Blick sah es so aus, als wollte eine Mutter ihr Kind vom

Spielautomaten wegziehen. Tatsächlich versuchten aber beide, den jeweils anderen vom Joystick zu verdrängen.

»Da ist sie«, rief Scholzen.

Die Frau sah hoch. »Hey folks«, rief sie. »I'm Debbie!«

Georg wirkte erleichtert. Vor ihnen stand eine alte Frau, vermutlich Mitte, vielleicht sogar schon Ende zwanzig. Er stellte sich und die anderen vor.

Debbie nickte ihnen zu, hielt sich ansonsten aber nicht mit Formalitäten auf. »Do you have any money?«, fragte sie.

Scholzen wippte unruhig auf seinen Fußballen. »Georg, was ist denn jetzt mit dem Kleingeld?«

»Wollen wir nicht erst mal klären, ob sie uns nach London mitnehmen kann?«

»Klar kann sie das.«

»Frag sie bitte.«

Scholzen drehte sich mit großer Geste zu Debbie und fragte sie.

»I'll love to give you a lift if you beat me.«

»Wenn du sie schlägst? Was meint sie damit?«, hakte Georg nach.

»Sie nimmt uns mit, wenn ich gegen sie gewinne.«

»Worin?«

»In ihrem Mini Cooper.«

»Nein, worin musst du gewinnen?«

»Flippern.«

Georg drehte sich zu Lisa und Tobi. »Was ist, wenn Scholzen verliert? Dann haben wir keine Zeit mehr, eine andere Mitfahrgelegenheit zu suchen. In einer guten halben Stunde legt die Fähre an.«

»Aber dann nimmt sie uns doch trotzdem mit. Das hier ist doch nur so 'n Geplänkel zwischen den beiden«, beruhigte Lisa. Tobi nickte.

»Nee, nee, da bin ich Ehrenmann«, widersprach Scholzen. Er sah Debbie an: »You only take us with you if I win the match.«

»Of course.«

»Sonst machts ja keinen Bock«, erklärte Scholzen den irritierten Gesichtern. »Aber keine Sorge, ich habe den Flipper jetzt verstanden. Ich drehe das Match.«

»Was heißt, du drehst das Match?«

»Wir haben vorhin schon angefangen. Wir sind mittendrin. Best of Five. Deswegen bin ich ja zu euch gekommen. Weil wir Geld zum Nachschmeißen brauchten.«

»Und wie steht es?«

»2:0 für Debbie. Das hol ich auf. Da gewinne ich locker 5:3.«

Georg holte tief Luft. »Du kannst nicht 5:3 gewinnen«, sagte er. »Best of Five bedeutet, ihr spielt bis drei. Wenn Debbie also nur noch ein einziges Spiel gewinnt, hast du verloren.«

15:35 UHR

Scholzen warf Georgs Gulden in den Flipper, unter dem Debbie ihren Rucksack geparkt hatte. Auf dem beleuchteten Schild am Kopfende des Flippers hielt ein gut gelaunter Hund mit USA-Shirt den Weltmeisterpokal hoch. Darüber stand: World Cup Soccer 94. Scholzen drückte zwei Mal auf den Startknopf und ließ Debbie den Vortritt. Sie brachte sich breitbeinig in Position und flitschte die erste Kugel ins Spiel. Debbie flipperte nicht einfach nur. Sie befand sich in einer körperlichen Auseinandersetzung. Sie schob den Flipper, stieß und rüttelte, halb darüber hängend, immer in der richtigen Intensität, um den Lauf der

Kugel zu beeinflussen. Falls alles nichts half, beschimpfte sie mal die Kugel, mal den kompletten Flipper.

Scholzen beugte sich zu Georg. »Sie ist der absolute Wahnsinn, oder?«

Georg nickte. Er teilte Scholzens Einschätzung, allerdings ohne dessen Begeisterung. Dann sauste die Kugel auf die mittlere Lücke zwischen den beiden Schlegeln zu. Debbie rüttelte. Ohne Erfolg, die Kugel war im Inneren des Flippers verschwunden. Debbie fluchte und übertönte dabei problemlos eine Computerstimme, die irgendwas mit Bonus brüllte. Punktestand: dreiundachtzig Millionen.

Was die wert waren, würden die anderen nun sehen. Scholzen war dran. Er versuchte es mit Präzisionsarbeit und wollte die Kugel mit dem linken Schlegel stoppen und unter Kontrolle bringen. Die Kugel rollte über den Schlegel hinaus, allerdings mit zu wenig Schwung, um auf dem rechten Schlegel zu landen, und fiel ins Aus. Vierunddreißig Millionen. Immerhin.

Debbie machte mit der zweiten Kugel da weiter, wo sie aufgehört hatte. Sie produzierte wieder den Soundbrei des Erfolgs: Flipper-Gebrüll, Fanfaren und Fanblockrauschen. Debbie hämmerte links und rechts auf die Tasten. Als sie der Kiste wieder einen Stoß versetzte, passierte es: Auf dem Display war »Tilt« zu lesen und mehrere Ausrufezeichen. Die Schlegel waren blockiert, und Debbie konnte ihrer Kugel nur noch hinterhersehen. Zweihundertvierundzwanzig Millionen auf ihrem Konto. Fluchend machte sie Platz für ihren Gegner.

Scholzen erwischte einen guten Start. Die Kugel jagte im oberen Bereich hin und her. Es prasselte Punkte. Debbie hockte neben dem Flipper und zog ihren Rucksack hervor. Aus einem der äußeren Fächer kramte sie einen Lippenpflegestift hervor, auf dem tiefrot »Cherry« stand.

Damit balsamierte sie ihre von Nervosität geschundenen Lippen ein. Scholzen blickte immer wieder mit großen Augen zu ihr. Die Kugel rauschte ab durch die Mitte. Er hatte den Punktestand auf zweihundertsechsunddreißig Millionen erhöht. Scholzen führte.

Debbie verstaute ihren Cherry-Lippenstift wieder und schob den Rucksack mit einem Fuß zurück. Mit einem fettglänzenden Lächeln übernahm sie den Flipper und jagte kurz darauf die Kugel eine der Rampen hoch. Stille, alles flackerte, Ruhe vor dem Sturm. Dann: Multiball-Gewitter. Debbie konnte sich auf keinen der Bälle richtig konzentrieren, musste sie aber auch nicht. Es ging nur darum, die Kugeln irgendwie im Spiel zu halten. Der Flipper kam gar nicht mehr nach, hinauszuposaunen, was da gerade passierte und wie viele Punkte das mit sich brachte. Besonders häufig brüllte er »Super Spinner«, und entweder meinte er damit den sich mittlerweile drehenden großen Ball in der Mitte oder Scholzen, weil der wirklich geglaubt hatte, dieses Spiel gewinnen zu können.

Wieder bearbeitete Debbie den Flipper mit vollem Körpereinsatz. Die Kiste war ihre Werkbank und sie fest entschlossen, darauf ihr Meisterstück zu fertigen. Ihr Punktestand schwoll auf dreihundert Millionen an, vierhundert, eine halbe Milliarde. Alarm. Extraball! Um ein Seitenaus zu verhindern, schob Debbie den Flipper minimal nach links, und die Kugel blieb im Spiel. Debbie drückte auf den Button, um sie wieder in die Höhe zu flippen, aber der Schlegel hakte. Die Kugel rollte durch und plumpste ins mittlere Aus. Debbie hämmerte auf den Buttons herum und trat schließlich gegen die Beine des Flippers. Das Display drohte mit »Tilt«, doch Debbie zeigte sich unbeeindruckt. Rang sie eben noch mit dem Flipper, war sie nun zum Wrestling übergegangen. Dann:

Sirene. Tilt! Die Lichter erloschen. Der Flipper war tot. Was Debbie nicht daran hinderte, weiter auf das wehrlose Gerät einzudreschen. Auf dem dunklen Spielfeld machte nicht mal eine Notbeleuchtung Hoffnung darauf, dass das Spiel bald weiterlaufen würde.

Scholzen legte seine Arme um Tobi und Georg und fasste seine Einschätzung der Gesamtsituation zusammen: »Germany rules!« Dann sang er schunkelnd: »We are the Champions!« Georg und Tobi bewegten sich stumm und hüftsteif mit.

»Go fuck yourself, bloody pricks«, schimpfte Debbie und trat noch mal gegen eines der Flipperbeine. Dann rauschte sie davon.

15:54 UHR

»Scholzen, war das nötig?« Georgs Bronchien pfiffen.

»Debbie und ich, wir sind wie die Gallagher-Brüder. Hochexplosiv, aber letztlich werden wir immer wieder Frieden schließen.«

Scholzen wurde von einer Durchsage unterbrochen. Eine Stimme bat auf Englisch, zu den Autos zu gehen. Nach und nach lösten Eltern ihre Kinder von den Automaten. Es dauerte nicht lang, und in der Spielhalle waren nur noch Lisa, Tobi, Scholzen und ein unruhiger werdender Georg. Scholzen blieb dabei: »Debbie muss wiederkommen. Sie hat ja noch ihre Sachen hier stehen.« Er deutete auf den Rucksack, der unter dem Flipper lag.

Weil er sich da aber selbst nicht mehr so sicher war, schaute er nach. Er ging in die Hocke, öffnete den Reißverschluss der Vordertasche und kramte darin herum.

»Seht ihr, alles drin.« Er rasselte mit einem Schlüsselbund und öffnete ein Portemonnaie. »Geld und sogar der Ausweis.«

Wieder eine Durchsage, die alle Passiere aufforderte, sich in Position zu bringen. Georg schaute auf seine G-Shock. »Zeig mir mal die Schlüssel.«

Scholzen kramte den Schlüsselbund heraus und warf ihn Georg zu. Der schnappte ihn, löste den Autoschlüssel und warf den Rest des Bundes zurück.

»Dann los. Wir müssen schließlich noch den Wagen dazu finden. Immerhin wissen wir, dass es ein Mini Cooper ist.«

Dann passierte das Undenkbare: Scholzen wurde zur Stimme der Vernunft. »Leute«, sagte er, »das können wir nicht machen.«

»Warum? Debbie hat das Spiel abgebrochen. Wir haben ein Recht auf dieses Auto.«

»Aber wir haben ja nicht um das Auto gespielt, sondern um die Fahrt.«

Georg ging los, Lisa hinterher. Scholzen hockte noch immer am Flipper.

Tobi bearbeitete ihn: »Komm, wir müssen. Wir bringen Debbie das Auto wieder, schreib einfach ihre Adresse vom Ausweis ab, und dann los!«

»Ich hab keinen Stift.«

Wieder die Stimme aus den Lautsprecherboxen. Klang sie eben noch freundlich und höflich, wirkte sie nun bestimmt. Sie forderte ein letztes Mal dazu auf, zu den Autos zu gehen, in Englisch, auf Niederländisch und diesmal auch auf Deutsch. Es war ihr ernst.

»Harwich?«, fragte Georg in den Rückspiegel. Er zog die Handbremse an und drehte sich um: »Wie, Harwich?«

Scholzen studierte auf der Rückbank noch einmal Debbies Ausweis und stellte unverändert fest: »Debbie wohnt in Harwich.«

»Aber wenn sie hier lebt, wie hätte sie uns dann mit nach London nehmen sollen?«

»Sie fährt ja zum Finale«, sagte Lisa, die vorne links auf dem Beifahrersitz saß.

»Dann hätte sie uns ja erst morgen nach London gefahren«, überlegte Scholzen.

»Umso richtiger ist es, dass wir den Schlüssel genommen haben«, erklärte Georg, der jetzt wieder nach vorne schaute, die Handbremse löste und ein paar Meter fuhr.

Nachdem die meisten Passagiere so freundlich gewesen waren, ihr Auto pünktlich von der Fähre zu fahren, war es nicht so schwer, Debbies Wagen zu finden. Der Mini Cooper war eines der wenigen Autos, die noch auf dem Parkdeck herumgestanden hatten. Georg hatte den Wagen zügig aus dem Bauch der Fähre gelenkt, und nun bewegten sie sich in dem vermutlich langsamsten Autokorso der Welt auf dem Hafengelände.

»Debbie hat den Spielabbruch herbeigeführt. Damit musste diese Runde für Scholzen gewertet werden. Und wenn sie sich dann dem weiteren Match entzieht, führt das ganz klar zur Disqualifizierung. Und damit haben wir ein Recht auf diesen Wagen.« Georg hatte seine Sicht der Dinge schon so oft wiederholt, dass auch er sie langsam glaubte. Juristisch würde der Diebstahl des Wagens glimpflich ausgehen, sofern sie sich vor einem Sportgericht verantworten müssten.

Auf dem Hafenareal liefen viele Menschen umher. Die meisten waren Passagiere, das erkannte man an dem schweren Gepäck, das sie umherschleppten. Aber es gab auch einige Leute mit Funkgeräten, die zielstrebig marschierten, ohne den Blick vom Boden zu heben. Debbies Mini Cooper kroch weiter Richtung Ausgang und wurde von so manchem Funkgerätträger überholt.

Lisa hielt ihren Kopf aus dem Seitenfenster und versuchte sich einen Überblick zu verschaffen. »An der Ausfahrt gibts wohl irgendeine Kontrolle«, stellte sie fest.

»Da fragt uns bloß jemand, ob wir was zu verzollen haben, fertig«, versuchte Scholzen zu relativieren.

»Und was ist, wenn die unsere Ausweise sehen wollen?« Georg klang schriller als sonst. Und er schrillte weiter: »Oder die Fahrzeugpapiere?«

»Die machen da höchstens Stichproben, und nur, wenn denen was spanisch vorkommt.«

Das war nicht gut. Debbie in einem Mini mag plausibel gewirkt haben. Aber vier Leute in so einem kleinen Auto, das sah schon von Weitem falsch aus. Als hätten die vier sich in einen zu kleinen Anzug hineingequetscht, und zwar alle gleichzeitig in denselben. Georg wurde unruhig: »Wir wissen doch überhaupt nicht, ob Debbie etwas zu verzollen hat. Hat denn mal jemand in den Kofferraum geschaut? Vielleicht ist der randvoll mit Drogen.«

Scholzen beruhigte: »Lisa lässt Tobi und mich jetzt mal raus. Dann schauen wir in den Kofferraum, und anschließend checken wir, was da vorne abgeht.«

Weil der Mini eh gerade wieder stand, öffnete Lisa die Tür, stieg aus und klappte ihren Sitz nach vorne. Scholzen und Tobi schlüpften nach draußen.

»Wartet.« Georg hielt Tobi das Nokia hin. »Nehmt den Communicator mit. Falls ich gleich Gas geben muss und wir uns verlieren, kann ich euch von einer Telefonzelle aus anrufen.«

Tobi nahm das Handy. Nachdem Lisa schon wieder saß, beugte er sich noch mal ins Auto: »Bis gleich. Dauert höchstens fünf Minuten.«

Scholzen öffnete den Kofferraum: »Keine Drogen.« In seiner Stimme schwang ein Hauch Enttäuschung mit. Dann mischten Scholzen und Tobi sich unter die Kofferleute und liefen mit dem Strom Richtung Ausgang. Fußgängerweg und Autospur lagen nebeneinander, und beide waren recht voll. Je näher sie der Ausfahrt kamen, desto unübersichtlicher wurde es. Auch bei den Fußgängern gab es einen Rückstau, der zu einer Menschentraube angewachsen war. Sie blieben stehen, um sich aus sicherer Entfernung einen Überblick zu verschaffen.

Scholzen kramte wieder Debbies Ausweis hervor. Er betrachtete ihr Bild, das schon ein paar Jahre alt sein musste. Debbie sah nicht nur jünger aus, sondern auch ein wenig überrascht vom Blitz.

»Ob ich sie jemals wiedersehen werde?«

Die Antwort auf diese Frage war einfach und kurz: »Bloody dickheads!«

Debbie kam auf die beiden zugestapft, ein paar Menschen wurden unsanft aus dem Weg geschoben. Als sie vor Scholzen stand, bekam der einen Schwall Englisch ab, von dem Tobi und Scholzen nicht alles verstanden. Sie ahnten aber auch so, was Debbie gedanklich gerade umtrieb. Die Tirade endete mit: »So where is my car?«

Scholzen schaute, als sei er sehr überrascht von all dem, was Debbie da behauptete, während er ihren Ausweis in seiner Jeans verschwinden ließ. Und dann schwallte er zurück. Gestenreich erklärte er, dass er überhaupt keine Ahnung habe, von welchem Auto sie da rede. Tobi hingegen hatte da schon so eine Ahnung. Vermutlich meinte sie das Auto, das mit Georg und Lisa langsam auf sie zurollte. Debbie glaubte Scholzen kein Wort. Aber der ließ sich nicht beirren: Weder habe er einen Schlüssel genommen noch den Wagen selbst. Und im Übrigen sei das ja wohl offensichtlich, schließlich seien sie zu Fuß unterwegs. Guter Punkt. Da war selbst Debbie für einen Moment sprachlos. Aber das sei ihm alles egal, denn das Schlimmste, das Allerallerschlimmste sei, dass er sie wirklich gemocht habe, und so habe natürlich alles keinen Sinn. Er sei menschlich enttäuscht, und er wäre, selbst wenn der Wagen wieder auftauchen sollte, nun nicht mehr bereit, sich von ihr nach London fahren zu lassen. Scholzens Schauspiel war beeindruckend.

Georg und Lisa kamen im Schritttempo näher. Noch zehn, fünfzehn Wagen, die vorbeirollen mussten, dann hätten die beiden aufgeschlossen.

Debbie sah Scholzen an, und er hielt ihrem Blick mit traurigen Augen stand. Dann fragte sie eher ratlos, wer denn dann an ihrem Rucksack gewesen sein könnte und den Autoschlüssel gestohlen habe. Scholzen zuckte mit den Schultern. Debbie glaubte ihm jetzt. Und fast hätte Tobi ihm auch geglaubt. Scholzen versprach, dass er und Tobi ab jetzt natürlich die Augen offen hielten. Was in Tobis Fall definitiv stimmte, denn er suchte den Blickkontakt zu Georg und Lisa. Wenn sie Debbie sehen würden, würden sie rechtzeitig ausscheren oder notfalls einfach aussteigen.

Die beiden waren nun schon so nah, dass Tobi erkennen konnte, dass sie nicht zu ihnen sahen. Ihre Aufmerksamkeit galt dem Nadelöhr, durch das die Autokarawane musste, um in die britische weite Welt entlassen zu werden. Dann sah Georg endlich Debbie. Er bremste und stand nun wenige Meter hinter ihr, die der Autospur den Rücken zugekehrt hatte. Georg gestikulierte wild in Tobis Richtung. Aber der konnte wohl kaum zurückgestikulieren. Tobi stellte sich also näher an Scholzen, um Debbies Blick noch weiter weg von den vorbeirollenden Autos zu lenken. Aber Debbies Mini rollte ja gerade gar nicht. Und das war das Problem. Denn der Fahrer hinter Georg wollte eben auch nur so schnell wie möglich weg und hupte. Und wie es immer war in einer Schlange: Wenn erst mal einer hupte, war der Bann gebrochen und die anderen stimmten mit ein. Debbie drehte sich um. Und sah ihren Mini Cooper. Sie fauchte noch irgendetwas in Scholzens Richtung und stampfte dann in großen Schritten auf ihren Wagen zu.

Georg und Lisa drückten hastig die Knöpfe an ihren Türen runter. Debbie zog erfolglos am Griff der Beifahrertür, während Georg und Lisa in dem Spielzeugauto gefangen waren. Debbie klopfte nun gegen die Scheibe. Schwer zu sagen, was sie sich davon versprach. Mit einem »Come in« war nicht zu rechnen. Das schätzte Debbie wohl ähnlich ein, denn nun rüttelte sie wieder am Türgriff. Sie schimpfte gegen Lisas Beifahrerfenster, dann gegen die Windschutzscheibe. Weil das aber auch nichts änderte, brüllte sie Richtung Nadelöhr: »Help! Police! Help! Officers!«

Drei Männer in Uniform wurden aufmerksam. Sie schauten, wo das Gebrüll herkam. Und Gebrüll gab es jede Menge. Debbie brüllte im Wechsel weiterhin die Windschutzscheibe ihres Wagens, Scholzen und die Officers an, die nun bitte langsam mal kommen sollten. Und das taten die dann auch. Der Ausrüstung nach handelte es sich dabei um keine vollwertigen Polizisten, sondern um Zollbeamte. Sie trugen keine erkennbaren schweren

Waffen an ihren Gürteln, stattdessen eine Taschenlampe mit übertrieben großem Stab, ein Paar Handschuhe und Handschellen. Sie ließen sich von Debbie die Lage erklären und schauten mit zusammengekniffenen Augen in den Mini Cooper. Georg und Lisa rührten sich nun gar nicht mehr. Menschen mit Koffern bildeten einen Pulk und schauten interessiert herüber. Alle sahen zu Debbie, den Officers und dem Auto.

Nur Scholzen und Tobi wurden von niemandem beachtet. Scholzen packte Tobi am Arm und zog ihn ein paar Schritte zur Seite. »Wir müssen die da rausholen.«

16:24 UHR

Selbst Scholzen hatte einen Moment nachdenken müssen, was jetzt zu tun war. Er kratzte sich am Kopf. »Die Autos, bei denen die Typen standen, als Debbie Alarm geschlagen hat, sind längst unkontrolliert weitergefahren.«

»Schön für die. Aber was heißt das für uns?«

»Wir müssen einfach nur ordentlich Rabatz veranstalten. So wie Debbie es getan hat. Wir müssen sie überbieten. Und ich hab auch schon eine Idee.«

Er zog Debbies Ausweis aus seiner Tasche und drückte ihn Tobi in die Hand, begleitet von einem »Halt mal«.

»Warum? Ich hab schon das Telefon. Sag mir erst, was du vorhast.«

»Keine Zeit.«

Scholzen drängelte sich wieder ins Zentrum des Geschehens. Hastig steckte Tobi Debbies Ausweis in seine Hosentasche und folgte ihm. Die Officers hatten sich mittlerweile aufgeteilt. Einer stand vor der Fahrertür und redete durch die Scheibe auf Georg ein, der stur nach vorne schaute. Einer stand auf Lisas Seite und sicherte dort die Tür. Der dritte Officer stand bei der aufgebrachten Debbie und hörte ihr geduldig zu. Insofern war er Scholzen vielleicht sogar dankbar, als der noch mal ein wenig Bewegung in die Situation brachte.

Scholzen stellte sich vor ihn, nahm seelenruhig die Mütze des Officers und setzte sie sich auf. Der reagierte mit britischer Höflichkeit: »Sir, I must ask you to return my hat.«

Scholzen schloss sich dem neuen Duktus an: »Sir, I must ask you to kiss my ass.«

Das wars mit der Diplomatie. Der Officer schnappte mit schnellen Bewegungen nach seiner Mütze. Scholzen wich aus, wie ein erfahrener Kirmesboxer den Schlägen eines betrunkenen Gegners. Bald hatte Scholzen auch die Aufmerksamkeit des Kollegen, der vor der Fahrertür stand. Der stellte das Gespräch mit Georgs Fensterscheibe ein und versuchte nun auch, Scholzen die Mütze vom Kopf zu reißen.

Scholzen lief los. So schnell und zackig, dass ihm die Mütze vom Kopf gesegelt wäre, hätte er sie nicht festgehalten. Die beiden Uniformierten hinterher. Der dritte blieb vor Lisas Tür stehen. Ihm ging es da wohl eher wie Tobi, der überhaupt nicht wusste, was zu tun war. Im Gegensatz zu Tobi hatte er sich aber schnell wieder gefangen. Er griff an eine seiner Gürteltaschen und zog etwas Glänzendes heraus, steckte es in den Mund und blies mit vollen Backen rein. Der schrille Pfiff ließ Tobi und die anderen Passanten zusammenzucken. Aus verschiedenen Ecken des Geländes kamen nun Männer in gleicher Uniform im Laufschritt zum Mini Cooper.

Ein Dutzend dieser Beamten hatte den Wagen umstellt. Georg löste sich aus seiner Starre. Er sah sich um. Er sprach mit Lisa. Die antwortete. Aus ihren Gesichtern war jeder Optimismus gewichen.

Immer mehr Uniformierte sammelten sich um Debbies Wagen. Viel zu viele Mützen für Scholzen. Aber der war ja auch mit der Verteidigung einer Mütze noch immer ausreichend beschäftigt. Er rannte über das Hafengelände. Tobi ging hinterher, weil das die einzige Situation war, auf die er vielleicht noch Einfluss nehmen konnte.

Seine beiden Verfolger hatten Scholzen in die Enge gedrängt. Er sprang auf die Kaimauer und drehte sich zur Menschentraube, die sich mit einem Sicherheitsabstand um ihn gebildet hatte. Er tanzte lasziv, nahm die Mütze ab und klemmte sie sich zwischen die Beine. Dann zog er sein FoF-T-Shirt aus, schwang es über dem Kopf und warf es Tobi zu, der nun auch Teil der Menschentraube war. Hinter Scholzen war das Hafenbecken. Und damit stand er als Nichtschwimmer mit dem Rücken zur Wand. Andererseits war Scholzen schon so oft mit dem Kopf durch die Wand gegangen. Warum also nicht auch diesmal? Er setzte sich die Mütze des Officers auf, salutierte dem Publikum, drehte sich um und sprang.

Tobi und die Beamten gingen einen Schritt auf die Mauer zu, um ins Hafenbecken schauen zu können. Tobi brüllte: »He can't swim!«, und stieg auf die Mauer, wollte hinterher, wurde aber von einem der Uniformierten zurückgerissen. Tobi brüllte nun direkt in dessen Gesicht: »He can't swim!« Der warf einen Blick auf den im Wasser mit allen vieren strampelnden Scholzen. Dann fauchte er ein paar Wörter direkt aus Debbies aktivem Wortschatz. Der Beamte zog Schuhe und Jackett aus und sprang ebenfalls ins Wasser. Der zweite Uniformierte beachtete Tobi nicht weiter, sondern rief Kommandos ins Wasser. Tobi schaute zurück zum Mini Cooper. Georg hatte seine Tür geöffnet und war ausgestiegen. Debbie und ein paar der Beamten gestikulierten auf ihn ein. Georg stand einfach nur da. Dann öffnete sich auch Lisas Tür. Sie wurde gleich von mehreren Uniformierten aus dem Auto gezogen. Direkt danach wurden sie und Georg ins Zollgebäude geführt.

Am Aufstieg der Kaimauer wurde Scholzen von dem Zollbeamten in Empfang genommen, der an Land geblieben war. Der zweite Beamte kam hinter ihm die Leiter hoch, mit seiner Mütze auf dem Kopf, das war ihm anscheinend wichtig. Die beiden führten Scholzen in das Gebäude, in dem schon Georg und Lisa verschwunden waren. Und Tobi blieb allein zurück. Er, die anderen, einfach alles war am Arsch.

DREI

SAMSTAG, 29. JUNI 1996
17:01 UHR

Tobi saß auf der Kaimauer. Vor ihm das blasse Meer, im Rücken das glanzlose Harwich. Ein Schiff zog in der Ferne einen Scheitel in die Nordsee und ließ Minuten später unter Tobi kraftlose Wellen gegen die Mauer schwappen. Er hatte sich nur kurz hinsetzen wollen, um nachzudenken. Das war nun schon eine halbe Stunde her. Anfangs baumelten seine Beine, jetzt hingen sie nur noch herab – die Nervosität war ersetzt worden durch Resignation. Am Horizont verschwamm der graue Himmel mit dem farblosen Meer. Dahinter lagen die Niederlande, und noch viel weiter weg die letzte Nacht am Strand. Fast genauso fern fühlte sich das an, was am Hafen passiert war.

Nachdem der triefende Scholzen abgeführt worden war, hatte sich die Lage innerhalb kürzester Zeit beruhigt. Die Schaulustigen hatten sich wieder an ihren ursprünglichen Plan erinnert, so schnell wie möglich durch die Kontrolle zu kommen. Auch Tobi hatte sich eingereiht. Ein Teil von ihm hatte gehofft, dass der Beamte im Glaskasten den Namen im Pass lesen, mit geweiteten Augen auf einen Alarmknopf drücken und Tobi daraufhin zu den anderen bringen würde. Das wäre wenigstens ein klarer Schlusspunkt gewesen, und man hätte mit den Aufräumarbeiten beginnen können. Aber der Mann hatte nur kurz Tobis Ausweis genommen, das Foto mit dem dazugehörenden Gesicht verglichen und einen schönen Aufenthalt gewünscht.

Wie sollte es jetzt weitergehen? Wie konnte es überhaupt weitergehen? Tobi wusste es nicht. Er fragte sich, was die anderen an seiner Stelle getan hätten. Scholzen hätte die Lage vermutlich nicht mal als Krise begriffen. Er hätte ein paar Leute kennengelernt und Spaß in England gehabt. Georg hätte sich allein nach London durchgeschlagen. Und Lisa? Vielleicht hätte sie hier einfach ein neues Leben begonnen, ohne ihren Vater. Und ohne Tobi. Auf jeden Fall hätten alle gewusst, was zu tun wäre. Aber ausgerechnet Tobi hatte es erwischen müssen. Ausgerechnet er hatte in Freiheit zurückbleiben müssen. Er hatte kein eigenes Ziel, kein Krankenhaus mit einer sterbenden Mutter, kein EM-Finale, eigentlich hatte er nicht mal von zu Hause weggewollt. Er war nur hier an dieser verblichenen englischen Küste, weil er bei Lisa sein wollte.

Worauf also wartete er noch? Auf eine Idee? Auf die anderen? Die würden das Zollamt wohl nur Richtung Deutschland verlassen dürfen. Ob sie einfach auf die nächste Fähre verfrachtet würden oder das Ganze auf einen richtigen Gefangenentransport hinauslief? Auf jeden Fall hatten sie jemanden, der sich kümmerte. Tobi hatte niemanden. Seine Reise war zu Ende.

17:17 UHR

Neben Tobi brummte es. Auf der Kaimauer lag alles, was ihm am Hafen in die Hand gedrückt oder geworfen worden war: das T-Shirt, das Scholzen kurz vor seinem Sprung ausgezogen hatte, Debbies Reisepass, den er Tobi zugesteckt hatte, und das Nokia, das nun brummend vibrierte. Tobi schaute aufs Display. Auch das noch. »Zuhause« blinkte ihm entgegen. Pohlmann rief an. Wie sollte Tobi Georgs Vater bloß erklären, dass sein Sohn vermutlich gerade verhört wurde? Andererseits: Früher oder später würde er sowieso erfahren, was passiert war. Letztlich ging es nur noch um Schadensbegrenzung. Vielleicht konnte Pohlmann ihm ja sogar helfen. Denn Tobis Eltern spielten gerade in irgendeiner türkischen Ferienanlage Bingo und waren bis auf Weiteres nicht zu erreichen. Und allein würde er es nicht zurück nach Deutschland schaffen. Tobi drückte auf den Knopf mit dem grünen Hörer und hielt sich das Handy ans Ohr.

»Hallo, Herr Pohlmann, hier ist Tobi.«

»Ich habe gerade einen Anruf bekommen«, brüllte Pohlmann. »Vom britischen Zoll? In Harwich? Ihr habt einen Wagen gestohlen? Noch einen? Und ihr seid festgesetzt worden?«

»Es ist ein wenig komplizierter. Es ist so, dass –«

»Ist der Vorwurf zutreffend? Ja oder nein?«

»Also, es ist so, dass –«

»Ja oder nein?«

»Ja.«

»Gib mir Georg.«

»Das geht nicht. Denn er ist, wie Sie ja schon sagten, festgesetzt worden.«

»Und du? Und die anderen?«

»Die anderen auch. Ich bin draußen.«

»Ihr müsst abgeholt werden, weil ihr minderjährig seid. Ich rufe jetzt eure Väter an.«

»Herr Pohlmann, bitte sagen Sie nichts Lisas Vater. Sie haben ihn doch erlebt.«

»Ihr hattet die Chance, das alles in Ordnung zu bringen. Die habt ihr vertan.«

Ein Klicken. Pohlmann hatte das Gespräch beendet. Tobi legte das Handy zurück auf das T-Shirt. Ihre Väter anrufen? Bei Tobi zu Hause konnte er es gern probieren. Und bei Scholzen? Da war man es gewohnt, dass Leute wegen des Sohnes anriefen. Bei den Scholzens würde ganz bestimmt niemand wegen eines Anrufs das Land verlassen, vermutlich nicht mal die Fernsehcouch. Aber Lisas Vater würde keine Sekunde zögern und nach Harwich fliegen, um seine Tochter an den Haaren zurück nach Deutschland zu schleifen.

Tobi atmete ein letztes Mal im Sitzen durch, dann stand er auf. Er wollte zu den anderen, nach Hause. Beim Zoll würden sie schon wissen, was jetzt mit ihm zu tun war. Er setzte sich in Bewegung. Aus seinem Schlurfen wurde ein Gehen.

»Excuse me.«

Tobi drehte sich um. Ein älterer Herr deutete auf die Mauer. »You've lost something.« Dort lag noch immer das Telefon und der Rest. Tobi nuschelte ein »thank you«. Sein Lächeln wirkte eher entschuldigend als dankbar. Der Mann spazierte mit auf dem Rücken verschränkten Armen weiter. Tobi ging zurück zur Mauer. Er nahm Debbies Pass und steckte ihn ein. Auch Georgs Handy. Dann hielt er das T-Shirt hoch. FoF.

Tobi dachte daran, wie Georg das Shirt auf der Party überreicht bekommen hatte. Wie er es genau so verstanden hatte, wie es gemeint gewesen war. Und wie Georg zwischen den Brombeersträuchern seinem Ärger Luft gemacht hatte. Wie er darauf gepocht hatte, dass Scholzen das T-Shirt nun tragen müsse. Und wie Scholzen das Shirt und den Titel angenommen hatte, gerührt, dankbar und voller Ehrfurcht.

Tobi lächelte, anders als eben bei dem alten Mann.

Scholzen hatte Wort gehalten: die Socken im Auspuff, das Zertrümmern der Schrottkarre, das Straßenkonzert ohne wirkliche Textkenntnisse. Scholzen hatte die Gruppe aus so vielen Sackgassen herausmanövriert. Er war ein würdiger Freak of Freaks gewesen.

Tobi sah das T-Shirt an. Scholzen hatte es ihm nicht einfach nur zugeworfen. Er hatte das Shirt weitergereicht. Er hatte den Auftrag weitergereicht. Es war an der Zeit, Freak zu werden. Tobi zog das Shirt über.

17:25 UHR

Junge. Das Shirt hatte vermutlich schon gestunken, als Georg es aus seiner Sporttasche gezogen hatte. Nach zwei weiteren Tagen, die Scholzen es getragen hatte, war es schlichtweg nicht auszuhalten. Tobi zog das Shirt aus. Symbolik hin, Symbolik her. Es reichte ja, wenn er wusste, dass er von nun an FoF war.

Tobi blätterte in Debbies Pass, bis er ihre Adresse fand. Manor Road, Harwich CO12 4DU. Dort lag der Schlüssel zur Lösung. Dort musste er hin, sich entschuldigen, die Lage erklären und schließlich gemeinsam mit Debbie die Situation am Zoll entschärfen. Tobi verstand nur die Hälfte des Adresscodes, aber das war egal. Er müsste es nur bis zur Manor Road schaffen. So klein, wie Harwich wirkte, wurden Straßennamen hier bestimmt nur ein Mal vergeben. Er würde es zu Fuß versuchen, nein schaffen, sprach er sich Mut zu. Mit dem Meer im Rücken konnte er nicht viel falsch machen, indem er einfach mal losging.

Auf den kleinen Straßen war so wenig los, dass der Linksverkehr Tobi jedes Mal aufs Neue irritierte. Er zählte beim Vorbeilaufen die hohen Holzmasten, die die Bürgersteige in großen Abständen säumten. Von ihnen waren sternförmig Leitungen zu den umliegenden Dächern gespannt, als wären die Häuser angeleint. Bei jeder Querstraße zückte Tobi Debbies Ausweis und ließ seinen Blick prüfend zwischen Straßenschild und weinrotem Pass pendeln. Er würde jemanden ansprechen müssen, dachte Tobi. Doch obwohl er die notwendigen Fragen mehrmals vor sich hin gemurmelt hatte, fühlte er sich völlig unvorbereitet, als ihm ein älteres Paar entgegenkam. Tobi wechselte die Straßenseite.

Warum nur war es so schwer, jemanden nach dem Weg zu fragen? Klar, es wäre Tobi peinlich gewesen, Vokabeln suchen zu müssen und am Ende trotzdem falsches Englisch zu sprechen. Die eigentliche Hürde war aber eine andere. Er hatte Angst, jemanden zu stören. Mit ein paar Pfund in der Tasche hätte er in einen Laden gehen können und dort ein Wasser oder einen Schokoriegel gekauft. Als zahlender Kunde wäre er zum Small Talk legitimiert gewesen, bei dem er nebenbei um eine Auskunft hätte bitten können. Aber ohne Mehrwert auf der anderen Seite? Tobi dachte darüber nach, in einem Zeitschriftenladen einen Straßenplan zu klauen, und wunderte sich selbst: Es fiele ihm leichter, einen unbescholtenen Ladenbesitzer zu beklauen, als ihn um eine Auskunft zu bitten.

Den Nächsten würde Tobi ansprechen, das schwor er sich. Nützte ja nichts. Und bis dahin würde er in Bewegung bleiben. Hinter einer Biegung sah er endlich wieder jemanden. Tobi legte sich schon mal die Satzteile zurecht:

Excuse me. May I ask. Irgendwas mit directions. Please. Der Typ kam näher und war zu Tobis Überraschung gar kein Typ. Ihm kam eine Frau entgegen, die exakt die gleiche Statur hatte wie die männlichen Lkw-Fahrer auf der Fähre: dünne Beine, kleiner Hintern, dicker Bauch, alles an freier Haut unterhalb des Halses war tätowiert. Was bei den Truckern schon beunruhigend aussah, wirkte bei ihr angsteinflößend. Sie hatte Tobi längst bemerkt und schaute abschätzig. Einerseits sollte er sie bald ansprechen, schon mal Augenkontakt suchen, ein freundliches Gesicht machen. Einerseits. Andererseits hatte er geschworen, den Nächsten anzusprechen. Also, »den« und nicht »die«. Da musste er genau sein. Bei so einem Schwur ging es ja auch um das Kleingedruckte. Als die beiden nur noch ein Meter trennte, nuschelte Tobi ein »Excuse me«.

Das hatte schon mal hervorragend funktioniert. Tobi war zufrieden. Aussprache top, Betonung auch. Darauf ließ sich aufbauen. Den Nächsten würde er ansprechen. Er schwor das Ganze noch mal, sicherheitshalber.

18:27 UHR

Nachdem Tobi eine Weile an kleinen Häusern vorbeiflaniert war, stieß er auf eine Hauptstraße. Alles war plötzlich größer. Er sah breitere Bürgersteige, Autos an Ampeln und auf der anderen Straßenseite einen steinernen Torbogen, hinter dem ein Park lag. Und vor diesem Eingang stand sie, etwa in Tobis Alter. Sie sah die wenigen Passanten an, die zum Park gingen, mal prüfend, mal fragend. Vielleicht war sie hier auch fremd. War es dann überhaupt ratsam, sie anzusprechen? Geteiltes Leid oder doch nur doppelte Ratlosigkeit? Sie sah herüber. Vielleicht war sie verabredet, dachte Tobi. Was hatte sie denn da in der Hand? Einen Stapel Zettel? Na klar, sie verteilte Flyer! Deshalb der suchende Blick. Das war perfekt. Sie konnte Passanten gebrauchen, selbst einen wie Tobi. Er würde einen Flyer nehmen und ihn interessiert studieren. Interesse wäre die Währung, mit der er ihre Auskunft bezahlen konnte.

Tobi überquerte die Straße. Die oder keine! Und der Schwur? Was war jetzt mit »der« Nächste? Andererseits war Tobi hier in England, und hier gab es keine männlichen oder weiblichen Artikel. Hier gabs nur »the next«. Amtssprache Englisch! Das musste man als Gast respektieren. Also war sie the next. Tobi ging weiter, nicht direkt auf sie zu, aber in ihre Richtung, denn idealerweise würde nicht er sie, sondern sie ihn ansprechen. Und dann würde er, jetzt, wo sie eh schon mal im Gespräch über irgendein ausgedrucktes Sonderangebot waren, nach dem Weg fragen.

Auch weil Tobi es vermied, direkt in ihr Gesicht zu schauen, fielen ihm ihre Doc Martens auf, hoch und in dunklem, mattem Rot. Darüber ein schwarzer Rock. Und darüber eine neongrüne Leinen-Umhängetasche und ein weißes T-Shirt mit verwaschenem Schriftzug. The La's. Noch nie gehört. Tobis Augen wanderten weiter, bis sich ihre Blicke vermutlich trafen. Definitiv konnte man es nicht sagen, weil die Kante ihres Ponys genau vor den Augen endete. Jetzt wäre ein guter Moment zum Ansprechen gewesen, dachte er und ärgerte sich darüber, dass sie ihn hatte verstreichen lassen. Sie guckte weg, er auch. Dann würde er es wohl machen müssen. Tobi zählte seinen lautlosen Countdown. Drei. Zwei. Eins. Los.

»Excuse me«, sagten beide gleichzeitig. Tobi lächelte. Sie lachte. So konnte es weitergehen.

»What«, Tobi zeigte auf die Zettel in ihrer Hand. Und

um auch nur annähernd eine Frage daraus zu machen, schob er ein »is this?« hinterher.

Sie pustete sich den Pony aus dem Gesicht. »You came here to ask what these flyers are about?«

Tobi suchte nach einer Antwort. Auch in Deutschland wäre ihm da wenig Schlüssiges eingefallen. In England klang das so: »I thought, because, what, yes, the flyers.« Um letzte Unklarheiten auszuräumen, was mit »flyers« gemeint war, deutete er auf den Stapel in ihrer Hand. Und weil Tobi gerade schon mal dabei war, redete er weiter: »But I also, I need, I'm looking for an address. I found a passport and now …«

Seine Hand strich hilflos durch die Luft, als wäre damit der Rest ja wohl hinreichend erklärt. Pony-Pusten, Schweigen. Er zückte Debbies Pass und hielt ihn hoch, als sei das die amtliche Bestätigung seiner Geschichte. Das Flyer-Mädchen nahm den Ausweis, blätterte zielstrebig zu Debbies Adresse und überlegte kurz.

»You can give it to me. The address is on my way.«

»No! No, no, no, no! Really! No!« Tobi wedelte mit beiden Armen. Genau genommen kriegten seine Arme sich überhaupt nicht mehr ein. Ihr Kopf wich zurück. All das war viel zu laut aus Tobi herausgepoltert. Sie hielt ihm den Pass hin, und er zog ihn unangemessen energisch aus ihrer Hand.

Kurzes Nachdenken bei ihr, dann: »Are you okay?«

Die Frage brach über Tobi herein. Ob er okay war? Nein, nichts und niemand war okay. Lisa nicht, Georg nicht, vermutlich nicht mal Scholzen. Und Tobi war der Einzige, der das ändern konnte. Er, der es nicht mal schaffte, nach dem Weg zu fragen. Tränen schossen ihm in die Augen und liefen eine Sekunde später die Wangen herunter. Als hätte diese Frage alles zum Überlaufen gebracht. Nach einem kurzen Moment befreiender Gleichgültigkeit kehrte die Peinlichkeit zurück. Hätte er doch bloß die tätowierte Frau angesprochen. Der wäre es herzlich egal gewesen, wie es ihm ging. Aber jetzt stand er hier. Vor diesem attraktiven Mädchen, das ihn wohlwollend, aber auch fordernd ansah. Er verbarg das Gesicht in seinen Händen. Tobi war fest entschlossen, sich die Augen zuzuhalten, bis das Flyer-Mädchen verschwunden war. Irgendwann müsste sie mit dem Verteilen der Zettel weitermachen, und das konnte sie ja wohl kaum neben einem weinenden Deutschen tun. Sie würde sich einen neuen Standort suchen müssen. Tobi spürte eine Handfläche am Oberarm. Er war noch weit entfernt von beruhigt, aber alles klang in ihm ein wenig ab. Er murmelte ein »sorry«, das ein wenig blubberte und auch für ihn kaum zu verstehen war. Seine Hände blieben zwischen Welt und Gesicht.

»Hey, why don't we sit down and have some water?«

Tobi nuschelte in seine Hände: »You don't have to …«

»I know.«

Ihre Hand ruhte weiter auf seinem Arm. Warum ging sie nicht? In Tobi stieg so etwas wie Neugierde auf. Vielleicht sollte er sich dieses merkwürdige Mädchen mal genauer ansehen. Er ließ die Hände sinken. Ihr Gesicht war ernst und freundlich. Sie kramte ohne hinzusehen in ihrer Umhängetasche, zog ein Taschentuch hervor und hielt es Tobi hin. Er nahm es, trocknete sein Gesicht und putzte die Nase.

»Thank you«, murmelte er. Sie ließ seinen Arm los. Allerdings nur, um nach seiner Hand zu greifen. Sie zog Tobi hinter sich her, durch den Torbogen, der die laute Straße von einem Park trennte, der so gepflegt war, dass er mehr wie ein großer Garten wirkte. Nach ein paar Metern über akkurat getrimmten Rasen ließ sie ihn los. Sie sank in den Schneidersitz. Auch Tobi setzte sich und stützte sich nach hinten ab. Sie hatte ein Stück Schatten ausgesucht. Allein das tat unendlich gut. Sie verstaute die Flyer, die sie immer noch in einer Hand gehalten hatte, in ihrer Leinentasche, kramte und zog eine Plastikflasche Wasser heraus. Nach einem kurzen Nippen hielt sie Tobi die Flasche hin. Endlich trinken. Wieder suchte sie in ihrer Tasche und zog ein zu zwei Dreiecken geteiltes und in Plastik verpacktes Sandwich hervor. Sie öffnete die Verpackung, reichte ihm eine Hälfte und biss in die andere.

»By the way, I'm Melissa.«

»Oh, sorry, my name is Tobi.«

»Tobi, what's going on?«

Wieder eine einfache Frage, diesmal war die Antwort noch komplizierter. Während Tobi noch überlegte, was er sagen sollte, hörte er sich schon mal loslegen. Er erzählte frei von Satzzeichen und Grammatik, was die letzten zwei Tage passiert war. Von Georgs Mutter, der Fahrt, von Hoek van Holland, der Fähre, der Festnahme und von Debbie, ihrer einzigen Chance.

Tobi atmete durch. Er rechnete fest damit, dass Melissa ihn mindestens für einen Spinner hielt. Aber ihr Gesicht blieb freundlich.

»Wow«, sagte sie, als er fertig war. Sie pustete ihren Pony hin und her und erklärte, dass sie ihm den Weg zu dieser Debbie zeigen könne. Und dass sie vielleicht mitkommen sollte, nur zur Sicherheit, weil sie – nichts gegen Tobis Englisch – vielleicht besser erklären könnte, was los sei.

Damit hatte sie ganz bestimmt recht, und vermutlich war Tobi genau das peinlich. Er beugte sich nach vorne, um wieder mit seinen Armen wedeln zu können. Er müsse das wirklich selbst machen, und es reiche völlig, wenn sie ihm den Weg erklärte. Melissa nickte.

Sie zog aus ihrem Beutel Stift und Flyer-Stapel, drehte den obersten Flyer um und schrieb auf die Rückseite ein paar Straßennamen, versehen mit Pfeilen nach links oder rechts: Wick Lane, Seafield Road, Highfield Avenue, Manor Lane, und dann endlich: Manor Road. Sie reichte Tobi den Zettel, worauf er ihr förmlicher dankte, als man es in jedem Englischunterricht lernte. Sie lächelte. »You're welcome«, sagte sie.

Tatsächlich fühlte Tobi sich willkommen, zum ersten Mal seit Tagen.

»And if you're still in Harwich tonight, and you don't know where to go: You and your friends are on the guest list.«

Tobi hatte keine Ahnung, wovon sie sprach. Und das sah man ihm wohl auch an.

»Check out the flyer.«

Er drehte den Zettel mit ihrer Wegbeschreibung um und las auf der bedruckten Seite: *Live music with Melissa, The Royal Oak, 29 June, 9 pm.*

Tobi lächelte. »Thanks.«

Dann drehte er sich um und ging. Er würde Debbie finden. Und er würde ihr einfach alles erklären. So wie er es Melissa erklärt hatte. Was sollte schon passieren?

19:11 UHR

Vor Tobis Nase herrschte aufgeregtes Ameisendurcheinander. Gern hätte er die kleinen Kerle beruhigt. Ihnen gesagt, dass er nur vorübergehend auf ihrer Hauptverkehrsachse lag und sie bestimmt bald wieder ihrer geregelten

Arbeit nachgehen könnten. Letztlich war doch alles nur ein Missverständnis, das sich klären ließ. Sobald Tobi zu Wort kommen würde.

Auf ihm kniete Debbie und drückte seine linke Gesichtshälfte auf den rissigen Beton ihres Vorgartens. Seitdem sie die Haustür geöffnet hatte und mit zusammengekniffenen Augen auf ihn gesprungen war, überschüttete sie ihn keuchend mit einer nicht enden wollenden Tirade. Tobi verstand nur wenige Wörter, »bloody«, »prick« und »car« gehörten dazu. Auch ohne Übersetzer wurde deutlich: Debbies Ärger über die Autosache war noch nicht gänzlich verflogen. Und wenn Tobi ehrlich war, kam das für ihn nicht völlig überraschend. Er hatte sich auf dem Weg in die Manor Road auf den Vorwurf des Autodiebstahls eingestellt. Hatte sich extra ein paar Vokabeln bereitgelegt, um glaubhaft zu erklären, dass alles ganz anders gewesen war. Weil er nun unter Debbie aber wenig Luft bekam, verkürzte er sein Plädoyer auf das Nötigste: »Please!«

Sie schien davon wenig beeindruckt. Immer wieder »prick«, immer wieder »car«. Tobi musste sich etwas anderes einfallen lassen. Vielleicht einfach mal wehren? Schwierig. Denn grundsätzlich ging es ja nicht darum, diesen Kampf zu gewinnen, sondern Debbie auf seine Seite zu ziehen.

Er versuchte es noch mal mit der Kraft des Wortes: »We didn't steal your car. I can prove it. Look in my pocket.«

Rotwangig fauchte Debbie etwas in Tobis Gesicht, ließ aber von ihm ab. Sie schaute sich die vorderen Hosentaschen an, ohne reinzugreifen.

»Backside pocket«, schob Tobi hinterher.

Debbie wendete ihn wie ein frisch erlegtes Tier. Er ließ es geschehen und spürte einen Moment später ihre Hand in seiner Jeanstasche. Rascheln.

»Oh!«, ihre Stimme war nun deutlich höher. »Live music at Royal Oak's!«

Tobi drehte sich um. Debbie las Melissas Flyer.

»Not the flyer. This.« Er griff in seine andere Hosentasche und zog den Ausweis hervor.

Debbies Augen wurden wieder zu Schlitzen. »You also stole my passport!«

Sie steckte den Flyer ein und stürzte sich wieder auf Tobi, diesmal brüllend. Er brüllte auch, damit sie ihn überhaupt hörte. Während Tobi versuchte, ihre Angriffe abzuwehren, erklärte er die Lage. Da er das ja nun gerade erst bei Melissa getan hatte, war er für seine Verhältnisse regelrecht wortgewandt. Wieder erzählte er von Georgs Mutter und davon, dass sie keine Zeit mehr hatten. Dass sie unbedingt und sofort nach London weiterfahren mussten und deswegen ihr Auto genommen hatten. Tobi beteuerte, den Ausweis hätten sie nur genommen, damit sie ihre Adresse hatten, um anschließend den Wagen zurückbringen zu können. Debbie schnaufte vor Wut. Sie zischte, dass sie niemals gedacht hätte, dass Scholzen so einer sei, die anderen ja, aber doch nicht Scholzen.

Tobi erklärte, dass es Scholzens Idee gewesen war, den Ausweis zu nehmen. Weil er sie niemals bestehlen würde. Und weil er sie unbedingt wiedersehen wollte. Debbie ließ von ihm ab und sank schwer atmend neben ihn.

Tobi nutzte die Stille und erzählte davon, dass die anderen immer noch im Zollamt festgehalten wurden, und dass – wenn überhaupt – nur Debbie die drei da rausholen konnte, indem sie die Anzeige zurücknahm. Nun liege es an ihr, ob Georg noch seine Mutter kennenlernen würde.

Nachdenkliches Schweigen. Debbie räusperte sich und sprach plötzlich mit einer anderen Stimme, fast schon lieblich: »And Scholzen really wanted to see me again?«

19:39 UHR

Es tat gut, Debbies Beifahrer zu sein. Zum einen, weil Tobi nicht mehr im Fokus ihres Zorns stand. Zum anderen, weil klar wurde, dass ihre ständigen Beleidigungen nicht so wahnsinnig persönlich gemeint waren. Das komplette Vokabular, das sie vorhin noch an Tobis Kopf geworfen hatte, schleuderte sie nun in andere Richtungen. Fußgänger, Auto- oder Radfahrer: Alles Pricks, Wankers und Arseholes. Debbie kämpfte mal mit der Welt, mal mit ihrem Mini. Tobi fragte sich, ob es wohl auch in Großbritannien Fahrschulen gab. Denn alles, was Debbie machte, war so ziemlich das Gegenteil von dem, was er bei Pohlmann gelernt hatte. Sie bremste immer viel zu stark. Und an jeder Ampel, die auf Grün sprang, gab Debbie so abrupt Gas, dass der Nokia Communicator von der Armaturenablage in Tobis Schoß rutschte. Geduldig legte er ihn jedes Mal zurück.

Geschätzte zehn Zurücklegen später quietschten Debbies Reifen vor dem Zoll am Hafen. Tobis Oberkörper kippte ruckartig nach vorne, um im Anschluss direkt vom Gurt zurückgerissen zu werden. Vielleicht, dachte er, handelte es sich bei dem Ganzen gar nicht um Fliehkräfte, vielleicht versuchte das geschundene Auto lediglich, seine Peiniger abzuwerfen.

Debbie sprang aus dem Mini, knallte ihre Tür so, dass Tobi danach ein Fiepen im Ohr hatte, und marschierte festen Schrittes zum Eingang des Zollgebäudes. Auf halber Strecke blieb sie stehen, drehte sich um und sah ihren Beifahrer auffordernd an. Der kurbelte sein Fenster herunter und rief: »Maybe it's better if I wait in the car.«

Beim Zoll wäre Tobi bestimmt keine Hilfe gewesen. Außerdem hielt er es immer noch für möglich, dass Debbie heimlich einen anderen Plan verfolgte und nur den vierten Autodieb übergeben wollte.

Sie gurgelte ein Lachen und erklärte, dass sie bestimmt nicht so dumm sei, Tobi ein zweites Mal unbeaufsichtigt in der Nähe ihres Wagens zu lassen. Musste man auch verstehen. Tobi schnallte sich ab, stieg aus und schloss die Autotür in drei Anläufen. Zwei Mal zu sanft, ein Mal zu fest. Dann trottete er zu Debbie und schließlich neben ihr her.

Als sie den Eingang erreichten, legte Tobi einen Schritt zu und öffnete die Tür. Mit einem leichten Diener wies er Debbie den Weg und murmelte »Ladies first«. Im Vorbeigehen sah sie ihn irritiert an. Vermutlich war sie noch nie als Lady bezeichnet worden. Und tatsächlich ging es ihm auch nicht im klassischen Sinne um gutes Benehmen. Es erschien einfach sinnvoll, Debbie bei anstehenden Auseinandersetzungen ein, zwei Schritte vorgehen zu lassen. Das Gesicht hinter dem Holztresen gab Tobi recht. In ihm konnte man lesen, dass der Zollbeamte die Frau wiedererkannte, die da gerade auf ihn zustampfte.

Debbie stellte sich breitbeinig an die Theke und hielt sich mit beiden Händen am Brett fest, das sie und den Beamten trennte. Tobi hatte sie schon mal so stehen sehen, auf der Fähre, am Flipper. Er ordnete sich mit großzügigem Abstand hinter ihr ein, wie man es an Schaltern machte, an denen Diskretion gewahrt werden sollte. Was in diesem Fall unmöglich gewesen wäre, denn Debbie sprach so laut, dass Tobi sie auch gut verstanden hätte, wäre er im Auto geblieben. Sie redete von einem Missverständnis, das es da wohl gegeben habe. Und wie auch immer, jetzt wolle sie die drei hier festgehaltenen Jugendlichen wiederhaben. Der Beamte räusperte sich, antwortete mit einem lang gezogenen »Well«, dann räusperte er sich wieder. Sein Blick flatterte Hilfe suchend zu Tobi. Der nickte ihm freundlich zu. Mehr konnte Tobi beim besten Willen nicht für ihn tun.

Der Beamte fuhr fort: »I'm sorry, but –«

Debbie unterbrach ihn. Sie sprach sehr schnell und wohl auch Slang. Tobi verstand kein Wort. Auch die Versuche des Beamten, Debbie zu antworten, verstand er nicht. Das allerdings lag daran, dass der Mann hinter dem Tresen leiser und leiser wurde. Er räusperte sich wieder, sammelte Kraft und endete mit einem »I'm really sorry«, das tatsächlich bedauernd klang.

Debbie keifte jetzt. Und den Ausweichbewegungen des Beamten zufolge spuckte sie dabei. Während Debbie bei den Konflikten im Straßenverkehr eher beliebig gewirkt hatte, schien sie diesen hier persönlich zu nehmen. Das sei ihr Wagen und mit dem Inhalt ihres Wagens könne sie ja wohl machen, was sie wolle. Georg, Lisa und Scholzen waren endgültig zu Verhandlungsmasse geworden. Debbie warf dem Zoll immer wieder Freiheitsberaubung vor, jedes Mal ein wenig lauter als zuvor. Der Mann schlug mit der flachen Hand auf die Holztheke, so laut, dass Tobi zusammenzuckte. Man könne nicht einfach eine Anzeige aufgeben und wieder einkassieren, wie es einem gerade in den Kram passe. Entweder hätten die Kids nun versucht, ihr Auto zu stehlen, oder sie hätte eine bewusste Falschaussage gemacht. Debbie konterte, dass heute Samstag sei und er hoffen solle, dass sie heute Abend nicht seiner Frau begegne. Denn Debbie könne sich vorstellen, dass auch er seiner Frau gegenüber eine Falschaussage getätigt habe. Zu letztem Samstag, King's Crown Pub, falls er sich noch erinnern könne. Während Debbie mittlerweile dunkelrot war, wurde der Mann besorgniserregend blass. Es wäre Tobi wohl früher aufgefallen, wenn Engländer sich erkennbar duzen oder siezen würden: Der Zollbeamte hatte Debbie gar nicht wiedererkannt, weil sie hier bereits am Nachmittag vorstellig geworden war, sondern weil man sich in einem so kleinen Ort wie Harwich eben kannte. Und was immer im King's Crown Pub passiert war, es war wohl besser, Debbie würde es für sich behalten. Der blasse Mann lenkte ein: »For God's sake take the kids, but please – please! – leave the office.« Resigniert schob er hinterher: »I'll get them.«

Der Mann verschwand, ohne Debbie den Rücken zuzukehren, seitlich in einer Tür.

Sie schaute hinterher, dimmte ihr Gesicht von Rot auf Rosa, knurrte aber weiterhin in Stand-by.

Ein paar Minuten später öffnete sich die Tür wieder. Der Beamte trat mit ernster Miene ein, hinter ihm Scholzen, Georg und Lisa. Scholzen sah Debbie zuerst. Er lachte und winkte. Sie nickte und stellte das Knurren ein. Dann bemerkten auch Georg und Lisa, wer da auf sie wartete. Beide wirkten erleichtert. Man hatte ihnen anscheinend nicht gesagt, wem sie übergeben werden sollten. Scholzens Blick sprang zwischen Debbie, Tobi und dem Beamten hin und her: »Was geht denn eigentlich hier ab?«

Weil nur Tobi ihn verstanden hatte, antwortete er: »Debbie hat das Missverständnis aufgeklärt und ihre Anzeige zurückgenommen.«

»Hä? Wieso Missverständnis?«

Bemerkenswert, wie viel weniger Gefahr von Scholzen ausging, wenn er von anderen nicht verstanden wurde.

»Können wir ja draußen bequatschen. Lasst uns erst mal abhauen.«

Die Tür zum hinteren Raum öffnete sich ein weiteres Mal. Ein zweiter Zollbeamter kam herein. Er sah sich überrascht um und sprach mit seinem Kollegen. Beide trugen die gleiche Uniform. Auch wenn keine Abzeichen zu erkennen waren, war er seinem Tonfall zufolge ranghöher. Und auch das wurde deutlich: Er war nicht begeistert von der Idee, Georg, Lisa und Scholzen einfach gehen zu lassen. Nach der Ansage an den Kollegen sprach der dazugekommene Beamte zu Debbie: »We can't let these young people go.«

Dann wandte er sich in erstaunlich gutem Deutsch an Georg: »Ich bin sorry, wir müssen auf deinen Vater warten.«

Diesmal klang es überhaupt nicht nach Entschuldigung, sondern einfach nur nach Feststellung. Debbie stützte sich am Brett vor ihr auf und wuchs entscheidende zwei, drei Zentimeter. Der da, sie deutete mit einer abfälligen Handbewegung auf ihren bisherigen Verhandlungspartner, habe der ganzen Sache schon zugestimmt. Der da schaute zwischen seinem Kollegen und Debbie hin und her, während er sich mit einem Stofftaschentuch die Stirn abtupfte. Er würde das hier nicht überleben. Auch wenn noch ungeklärt war, wer ihn umbringen würde.

Debbie schoss sich auf den Ranghöheren ein. Während sie im Stakkato schimpfte, fuhr ihr Zeigefinger durch die Luft. Mal tippte der Finger energisch auf ihre Brust, dann zielte sie damit wieder auf ihr Gegenüber. Hin und her. Es wirkte wie ein Abzählreim, der über Sieg und Niederlage entscheiden würde. Halt nur ohne Reim und ohne jede Chance für den Mann vom Zoll. Der hielt mittlerweile beide Hände beschwichtigend in die Luft. Dann reckte er sie noch ein wenig höher. Er hatte sich offenbar gerade ergeben. »Miss, please! Calm down!«

Wieder wandte er sich an Georg: »Ihr könnt gehen. Unter einer Bedingung. Dein Vater muss zustimmen. Ich schlage vor, wir rufen ihn an.«

Tobi zuckte. Nach dem Telefonat, das er vorhin mit Pohlmann geführt hatte, war mit Einverständnis nicht zu rechnen. Von Lisas Vater mal ganz abgesehen. Georg schätzte die Situation sichtbar ähnlich ein. Ohne jeden Elan nickte er und fügte sich dem Unausweichlichen. Der Deutschsprechende schritt zum Schreibtisch, griff nach dem Telefonhörer und wählte Georgs Nummer, die wohl noch vom letzten Telefonat auf einem Zettel vor ihm lag. Er lauschte in den Hörer. Alle anderen im Raum starrten ihn dabei an. Der Mann atmete ein, setzte an und – schwieg. Dann sah er zu Georg: »Anrufbeantworter. Ich fürchte, eure Väter sind schon on the way to Harwich. Wir müssen hier also warten. Sorry.«

Georg und Lisa warfen einander einen Blick zu. Resignation. Selbst Debbie schwieg.

Tobi dachte nach. Das konnte es doch noch nicht gewesen sein. Er ging zwei Schritte nach vorne und stand nun neben Debbie an der Holztheke, die die Besucher vom Rest des Raums trennte. »Officer, bitte rufen Sie noch mal an. Auf dem Anrufbeantworter wird die mobile Nummer genannt. Mit dieser Nummer können Sie die Väter unterwegs erreichen.«

Georgs Kopf zuckte in Tobis Richtung: »Spinnst du jetzt, oder was?« Er wirkte beinahe verärgert über diesen Vorschlag. Aber Lisa hatte verstanden. Sie legte ihre Hand auf Georgs Unterarm: »Gute Idee. Dein Vater hat bestimmt sein Handy dabei.« Georg warf nun ihr den Blick zu, der eben noch Tobi galt: »Wohl kaum.«

Der Officer hatte deutlich weniger Bedenken als Georg: »Okay. Lasst es uns versuchen.«

Er drückte auf Wahlwiederholung und hörte im Anschluss konzentriert zu. Dabei notierte er, was ihm Pohlmann via Band diktierte. Er legte auf und schaute sich die aufgeschriebene Handynummer an. Er sprach mehr zu sich selbst: »So let's call Mr. Pohlmann.« Er griff wieder zum Hörer und tippte Ziffer für Ziffer in die Tastatur seines Apparates.

Tobi wandte sich an Debbie: »Would you give me the key to your car? I forgot something.«

»The key? I won't give my key to any of you bloody slickers«, schimpfte Debbie.

Der Officer am Telefon unterbrach die Eingabe der Nummer und schaute interessiert zu Debbie. Die bemerkte nun auch ihre leicht widersprüchliche Position und lächelte in die Runde: »I'm kidding. Of course you can have the key.« Sie lachte, aber bei genauem Hinhören erkannte man darin ein warnendes Fauchen.

Tobi schnappte nach dem Schlüssel, den Debbie ihm nun hinhielt, und verließ so schnell er konnte das Gebäude. Draußen rannte er zu Debbies Mini und schloss die Beifahrertür auf. Auf der Ablage vibrierte und blinkte der Nokia Communicator. Tobi atmete noch einmal tief ein und aus. Dann nahm er das Gespräch an und meldete sich mit der tiefsten Stimme, die er hatte: »Pohlmann.«

20:02 UHR

Tobi lehnte an Debbies Mini, als die Tür des Zollamts aufschwang. Scholzen stolperte heraus, die anderen folgten. Auf dem Weg sprang Scholzen im Dreieck zwischen Debbie, Lisa und Georg. Debbie ließ ihn abprallen, Lisa und Georg hatten seiner Euphorie nichts entgegenzusetzen. Ungehindert konnte er sie drücken, umarmen und bei Lisa einen Schwitzkasten andeuten.

Scholzen beschleunigte, setzte zum Sprung an und

landete in Tobis Armen. Der wankte und versuchte ihn abzuschütteln. Scholzen aber klammerte. Dabei brüllte er immer wieder in Tobis Ohr: »Du bist der beste Freak!«

Dann hatten auch die anderen Debbies Wagen erreicht. Scholzen ließ von Tobi ab und strahlte in die Runde: »Wer ist der beste Freak? Sagt schon! Wer?«

Debbie und Lisa sahen ihn fragend an. Während Debbies Blick mit ihrer Sprachbarriere zu erklären war, schien Lisa trotz Barrierefreiheit nicht richtig zu wissen, nach wem da gefragt wurde. Georg übernahm: »Tobi!« Und damit auch wirklich klar war, wen er meinte, klopfte er mit der flachen Hand auf Tobis Rücken. In Georgs Währung war das wohl als Umarmung zu werten. Noch irritierender: Er hatte zum ersten Mal Tobi statt Tobias gesagt. Das war allerdings dann auch genug bekundete Nähe seinerseits. »Wir haben viel Zeit verloren«, rief er. »Lasst uns sofort weiter.« Dann wandte er sich an Tobi: »Debbie fährt doch auch nach London wegen des Finales. Und sie hat gesagt, dass sie uns mitnimmt.«

Scholzen übersetzte der unverändert irritierten Debbie. Währenddessen wunderte Tobi sich noch ein wenig über Georg. Sein »Tobi« war ganz klar freundlich gemeint. Wie unterschiedlich eine Koseform doch verwendet werden konnte. Was beim eigentlich distanzierten Georg ein Upgrade war, war aus Lisas Mund weiterhin eine Degradierung vom früheren »Tobs«.

Aber vielleicht hatte sich ja auch bei ihr etwas verändert. Hatte Lisa eben im Zollamt nicht gelächelt, als sie Tobi gesehen hatte? Wenn dieser Moment für Tobi und Georg ein Neuanfang sein konnte, dann musste das auch für ihn und Lisa möglich sein. Tobi wollte unbedingt wissen, wie sie ihn im Hier und Jetzt nannte. Lisa musste seinen Namen aussprechen. Und Tobi wusste auch schon, wer sie dazu bringen würde. Im Flüsterton erklärte er Scholzen, was zu tun war. Letztlich eine Kleinigkeit. Er müsse Lisa lediglich dazu bringen, Tobi beim Namen zu nennen. Es war oft ein Fluch, in diesem Fall aber ein Segen, dass Scholzen nichts hinterfragte, sondern einfach mal machte.

Tobi wandte sich dem Rest der Gruppe zu, damit klar war, dass er nichts mit Scholzen zu tun hatte. Lisa und Debbie redeten mittlerweile auf Georg ein. Debbie erklärte dem Tonfall zufolge zum wiederholten Mal, dass es sinnlos sei, noch heute nach London zu fahren. Dass die Besuchszeiten in englischen Krankenhäusern schon um neunzehn Uhr endeten, also vor einer Stunde, und dass man in England eher aus einem Hochsicherheitsgefängnis herauskäme, als in ein Krankenhaus nach Ende der Besuchszeit. Zusätzlich bot Debbie der Truppe an, bei ihr zu übernachten, um dann am nächsten Morgen gemeinsam nach London zu reisen. Alles nicht das, was Georg hören wollte.

»Lasst uns trotzdem schon mal nach London fahren. Per Anhalter.«

»Und dann?«, gab Lisa zu bedenken. »Wo sollen wir die Nacht in London verbringen?«

Scholzen kam dazu: »Wer hat eigentlich gerade das Telefon?«

»Tobi«, sagte Georg und widmete sich wieder Lisa: »Aber dann bin ich morgen früh direkt vor Ort, wenn die wieder aufmachen.«

»Debbie lässt uns bei sich pennen«, hielt Lisa weiter dagegen. »Und das ist super. Duschen, was essen und dann schlafen.«

Scholzen grätschte wieder dazwischen: »Lisa? Wem haben wir noch mal zu verdanken, dass wir wieder draußen sind?«

Lisa sah ihn verständnislos an. Ohne Scholzen geantwortet zu haben, wandte sie sich wieder an Georg. »Das wird morgen ein sehr heftiger Tag«, sagte sie. »Sammeln wir noch mal ein bisschen Kraft.«

»Lisa, sag doch mal. Wem haben wir das zu verdanken?« Scholzen ließ nicht locker.

»Warum willst du das wissen?«

»Nur so.«

»Und wenn ich es dir sage, lässt du mich dann in Ruhe?«

»Ja.«

Lisa holte Luft. »Debbie«, sagte sie.

Scholzen schaute zu Tobi und zuckte ratlos mit den Schultern.

»Aber das war Debbie ja nicht allein«, sagte Tobi und bereute es im nächsten Moment, sich dermaßen die Blöße gegeben zu haben.

Lisa legte den Kopf schief und ihre Stirn in Falten. Im Mundwinkel zuckte ein Lächeln. »Ihr meint den Typen, der all das letztlich erst möglich gemacht hat?«

Scholzen und Tobi nickten um die Wette.

»Also wenn ich den Zollbeamten richtig verstanden habe, war das Herr Pohlmann«, sagte Lisa und lachte. Sie würde Tobi niemals den Gefallen tun, seinen Namen zu nennen.

»Ist ja auch egal«, versuchte Tobi das Ganze halbwegs würdevoll zu beenden. Vielleicht war das der momentane Ist-Zustand. Vielleicht war Tobi gerade nicht eindeutig zu benennen. Und eigentlich war das ein Fortschritt.

Georg hatte immer noch ganz andere Probleme. »Aber ich kann hier nicht einfach nur rumsitzen und darauf warten, dass es morgen wird«, drängte er.

Debbie überlegte. Sie sah sich scheinbar ein wenig in gastgebender Verantwortung und kramte den Flyer hervor, den sie Tobi im Vorgarten abgenommen hatte. »There's live music at the Oak.«

Georg schien wenig überzeugt. »Das kostet doch bestimmt Geld. Wir haben nichts mehr.«

Tobi versuchte, so zu klingen, als sei der folgende Satz für den neuen Tobi, den König der Freaks, das Normalste der Welt: »Wir stehen auf der Gästeliste.«

20:56 UHR

Im Royal Oak waren die Sauerstoffvorräte für den Abend bereits aufgebraucht. Tobi kam ein Schwall verrauchter Luft entgegen, und für einen Moment beneidete er Lisa und Georg. Die beiden waren kurz entschlossen in Debbies Wohnung geblieben, um sich von den Strapazen des Tages zu erholen. Stattdessen wurden er, Scholzen und Debbie von Jenny begleitet, der Freundin, mit der Debbie am nächsten Tag zum EM-Finale fahren würde. Jenny sah aus wie die Möbelpacker-Variante von Debbie: robuster, tätowierter und wortkarger.

Die anderen Gäste schienen sich an die Luft gewöhnt zu haben. Sie lachten und brüllten gegen Pulps *Common People* an, das aus den Boxen schepperte.

In den Sitzgruppen, die jeweils durch Balustraden mit aufwendig gedrechselten Stäben voneinander getrennt waren, saßen ein paar jüngere Männer in Anzug und gelockerter Krawatte. An der wuchtigen Theke aus dunklem Holz lehnten Leute, die so aussahen, als würden sie da jeden Tag stehen und sich von so etwas wie Samstagabend nicht aus der Ruhe bringen lassen. Aber es gab auch jüngere Gäste, die vielleicht ebenfalls hier waren, weil sie im Laufe des Tages von Melissa einen Flyer in die Hand gedrückt bekommen hatten. Debbie und Jenny wollten ein paar Pints besorgen und wuselten Richtung Theke.

Tobi sah sich um. Wo war Melissa? Er hätte sich gern bedankt, für ihre Hilfe und dafür, dass sie ihn und seine Leute tatsächlich auf die Gästeliste gepackt hatte. Aber sie war nicht zu sehen. Stattdessen kam Jenny wieder. Sie hielt drei große Gläser Ale gegen ihre Brust gepresst und deutete auf eines, das Tobi ihr abnehmen sollte. Debbie kam dazu und hatte ebenfalls drei Pints dabei, von denen Scholzen eins zugeteilt wurde. Alle Gläser waren schaumlos und so voll, dass sie auf dem Weg zu den Jungs übergeschwappt waren und Flecken auf den Shirts von Debbie und Jenny hinterlassen hatten. Den beiden war es egal. Vermutlich wussten sie, dass sie einen Abend im Pub eh nicht sauber überstehen würden.

Die vier prosteten sich mit dem rotstichigen Bier zu. Tobi fragte Jenny, für wen die anderen Pints seien. Sie erklärte, dass sie keinen Bock habe, sich für jedes Bier wieder anzustellen, aber leider nur drei Gläser tragen könne. Wer sein Bier als Erster getrunken hätte, bekäme einfach eins der übrig gebliebenen. Scholzen erkannte den sportlichen Aspekt und brüllte: »Challenge accepted!« Hastig setzte er sein Bier an, Augen und Mund weit aufgerissen. Es lief links und rechts die Mundwinkel herunter, tropfte ihm aufs Shirt, sodass er schon nach der Hälfte des Glases eingesauter war als Debbie und Jenny zusammen. Er musste kämpfen, das sah man, aber er gab nicht auf. Schließlich setzte er das leere Glas ab, wischte sich mit dem Handrücken über den Mund und schaute mit rot geäderten Augen zufrieden in die Runde.

Debbie und Jenny tranken längst ihr zweites Bier. Sie drückten Scholzen die leeren Gläser und ein paar Pfund in die Hand und schickten ihn Nachschub holen.

Das Ale zeigte erste Wirkung. Debbie und Jenny sangen textsicher bei einem Lied mit, das Tobi zum ersten Mal hörte. Dann wurde das Licht gedimmt und die Musik ausgestellt. Beides sorgte für Unruhe. Die meisten Leute richteten sich zur Bühne aus und verstummten. Es gab aber auch einige, die mit Unmut reagierten, weil sie das gerade abgedrehte Lied zu Ende hören wollten, und sie schimpften oder sangen weiter. In manchen Fällen war das auch nicht einwandfrei trennbar. Auch Debbie und Jenny maulten in die mittlerweile erwartungsvolle Stille der anderen.

Melissa betrat die Bühne, wobei Bühne ein zu großes Wort war, letztlich trennte sie nur eine Stufe vom restlichen Boden. Sie registrierte Jennys Blöken, schirmte ihre Augen ab und sah suchend in den Raum. Sie versprach, den Song am Ende des Sets zu spielen, wenn man ihr bis dahin die Lyrics aufschreibe.

Jenny stimmte begeistert zu, kramte Stift und Papier aus ihrer merkwürdig damenhaften Handtasche, setzte sich an einen der Tische und schrieb. Melissa ergänzte schulterzuckend, dass wenn Erwachsene einen ungestörten Abend haben wollten, die Kinder eben beschäftigt werden müssten.

Das Publikum lachte. Jenny hatte davon nichts mitbekommen, sie war beschäftigt.

Melissa hatte eine Gitarre umgehängt und schaute mindestens so erwartungsvoll wie das Publikum. Als wäre auch sie gespannt auf diesen Abend. Ein letzter Probeakkord, ein letztes Stimmen, dann spielte sie den ersten Song, ein eigenes Stück.

Tobi wurde direkt in den Bann gezogen. Nicht, weil Melissa attraktiv war. Gut, deswegen auch. Aber vor allem, weil sich die Sängerin auf der Bühne überhaupt nicht von dem Flyer-Mädchen im Park unterschied. Das dritte Stück war *There She Goes* von The La's. Tobi erinnerte sich: die Band vom T-Shirt. Selbst Jenny war nun Melissa-Fan, in der einen Hand das mittlerweile vierte Pint, in der anderen den fertig geschriebenen Songtext. Zwei weitere Lieder später standen alle Gäste, bis auf Scholzen und Debbie. Die beiden hatten sich in eine der leeren Sitzecken zurückgezogen und knutschten selbst für Scholzens Verhältnisse hemmungslos. Überhaupt waren alle zu diesem noch frühen Zeitpunkt respektabel betrunken. Einen der Gründe erklärte Jenny, als sie Tobi schon wieder ein Bier hinhielt. In Harwich schlossen die Pubs um elf, man musste sich also schon ein wenig beeilen.

Ein paar Stücke später kündigte Melissa auf der Bühne das letzte Lied des Abends an und fragte nach Jennys Lyrics. Die drückte Tobi aufs Stichwort ihr erneut ausgetrunkenes Glas in die Hand und kämpfte sich mit ihrem Textblatt zur Bühne. Melissa nahm den Text und bat das Publikum um ein wenig Unterstützung. Sie legte vor: »I tell you what I want, what I really, really want.«

Dann hielt sie ihr Mikro auffordernd in die Menge, die ihr entgegenrief: »Just tell me what you want, what you really, really want.«

Das Royal Oak kochte, und zwar so, dass Kondenswasser von der Decke tropfte.

Jenny stand wieder bei Tobi mit zwei neuen Pints in den Händen. Er fragte sie, was es mit diesem Lied auf sich hatte, das hier jeder kannte. Das seien die Spice Girls, eine ganz neue Band, so eine Art Boygroup, nur mit Girls. Fünf Mädchen, die alle einen komplett anderen Charakter hätten, da sei für jeden eine Identifikationsfigur dabei. Es gebe zum Beispiel Baby Spice, die so heiße, weil sie die Jüngste sei. Oder Sporty Spice, die so heiße, weil sie sportlich sei. Oder Scary Spice, weil sie angsteinflößend sei.

Oder Posh Spice … Tobi ergänzte: »Because she's posh?« Jenny nickte anerkennend. Sie schien überrascht, dass sich das Prinzip der Namensgebung auch Nicht-Fans erschließen konnte.

Tobi fragte, welches dieser Spice Girls Jennys Identifikationsfigur sei. Die musste nicht lange nachdenken: »Posh Spice.«

Tobi hatte eher mit Scary Spice gerechnet. Und genau deshalb widersprach er nicht.

22:26 UHR

Jenny kam mit drei neuen Pints zurück. Tobi hätte besser keins mehr genommen, hatte aber auch schon zu viel getrunken, um Widerstand zu leisten. Als er Jenny zuprostete, tippte ihm jemand von hinten auf die Schulter: Melissa. Sie strahlte und sagte, dass sie sich sehr freue, ihn hier zu sehen. Fragte aber auch, ob es nicht eher eine schlechte Nachricht sei, dass Tobi noch immer in Harwich steckte. Er versuchte im Duell mit den dröhnenden Boxen den Stand der Dinge zusammenzufassen. Melissa nahm Tobi kurz entschlossen an die Hand und führte ihn durch den stickigen Laden ins Freie.

Wohltuende kühle Nacht. Sie setzten sich auf eine kleine Gartenmauer, ein paar Häuser weiter. Tobi erzählte, was seit dem Nachmittag passiert war und wie es nun weitergehen würde. Aber er wollte gar nicht so viel über den zurückliegenden Tag reden und auch noch nicht an morgen denken. Tobi war noch immer berauscht vom Konzert und vielleicht auch, das hielt er durchaus für möglich, von dem Ale, mit dem ihn Jenny versorgt hatte. Außerdem kurbelte die frische Luft seinen Kreislauf an und ließ den

Alkohol noch schneller ins Blut schießen. Tobi musste alles Wichtige sagen, bevor das Bier seine Englischkenntnisse weggespült haben würde. Er schwärmte davon, mit welcher Leichtigkeit Melissa auf der Bühne stand, sang und mit dem Publikum plauderte. Und er fragte sie, wie sie das bloß schaffte.

Sie blies sich den Pony aus dem Gesicht und dachte nach. Schließlich zuckte sie mit den Schultern. »That's me«, sagte sie und fügte hinzu, dass es nicht so schwer sei, sie zu sein, letztlich sei es das Einzige, das sie wirklich gut könne.

Dann brüllte die Menge im Royal Oak: »Oh yeah, she was taking me over, and oooh yeah, it was the start of the summer.«

Melissa sprang auf und rief »Ash!«. Wieder nahm sie Tobi an die Hand und hüpfte mit ihm zurück in den Pub. Seine Hand ließ sie erst wieder los, als beide in der Menge standen. Alle sangen und tanzten. Melissa auch, und Tobi machte mit, so gut er konnte. Melissas Unbefangenheit färbte mehr und mehr auf ihn ab. Sie tanzte mal mit geschlossenen Augen, mal sah sie ihn an, aber immer lächelte sie dabei. Jenny stolperte an ihnen vorbei und riss sie fast um. Tobi machte sich ein wenig Sorgen, da sie mittlerweile außerordentlich betrunken war. Andererseits fiel sie im Vergleich zu den anderen Gästen nicht weiter auf. Tobi lernte an diesem Abend, dass Engländer in ganz andere Sphären des Betrunkenseins vorstoßen konnten. Reichte die deutsche Skala von Schwips bis sternhagelvoll, gab es hier noch eine weitere Stufe: britisch voll. Und Jenny schwankte in großen Schritten darauf zu. Der komplette Pub sang nun bei jedem Lied mit.

Dann lief *Whatever* von Oasis. Hatten Tobi und Melissa bis dahin eher beiläufig voreinander getanzt, tanzten sie nun miteinander. Melissa legte ihre Arme um Tobi. Er dachte an Lisa. Und sah Melissa. Liam Gallagher sang: »I'm free to be whatever I choose.« Tobi hatte zuvor nie sonderlich auf den Text geachtet. Es stand ihm frei, zu sein, was immer er wollte. Jetzt musste er nur noch herausfinden, was genau das eigentlich war.

23:41 UHR

Debbie schwankte. Sie kniff ein Auge zu und versuchte mit dem Schlüssel das Schloss ihrer Haustür zu treffen. Scholzen hatte eine Idee, wie es klappen könnte: »Du musst das Schloss treffen. Mit dem Schlüssel. The key!« Mehr Hilfe war nicht zu erwarten, denn Scholzen wankte selbst. Außerdem hatte er keine freie Hand, um einzugreifen. Er hielt zwei Pints, die er aus dem Royal Oak mitgenommen hatte, für Georg und Lisa. Die beiden mochten eigentlich kein Bier. Das konnte Scholzens Meinung nach aber nur daran liegen, dass sie Abbot Ale noch nicht kannten.

Tobi, Scholzen und Debbie hatten sich vom Pub bis zu Debbies Haus im Schneckentempo bewegt, damit die randvollen Gläser nicht überschwappten. Einen Schluck abzutrinken war keine Option gewesen, denn dann hätte Georg es nicht mehr angerührt. Alternativ etwas wegzuschütten hatte wiederum Debbie verboten, dafür nahm sie das Thema Bier zu ernst. Den kompletten Weg hatte Scholzen gequengelt. Er hatte wissen wollen, was mit Melissa gelaufen war. Tobi war immer einsilbiger geworden, bis er tatsächlich nur noch mit einer Silbe reagierte: »Nix.« Vier, fünf Nixe später ging doch noch die Haustür auf. Mit Schwung schlug sie gegen eine Garderobe, die so vollgehängt war, dass die Jacken den Aufprall dämpften.

Debbies Haus war nicht im klassischen Sinne ein Haus. Es war eher eine Wohnung, verteilt auf zwei Stockwerke, die mit einer steilen Treppe verbunden waren. Im Erdgeschoss waren Küche und Bad, in der ersten Etage Wohn- und Schlafzimmer.

Oben brannte noch Licht, und es lief Musik. Debbie polterte die enge Treppe hoch. Scholzen stolperte hinterher und balancierte dabei die beiden Biere in seinen Händen. Tobi hielt sich links am Geländer fest und rechts an der Wand. Er versuchte so, Scholzen nach hinten abzusichern. Ein Unfall schien möglich, eher wahrscheinlich, denn Scholzen drehte sich beim Hochgehen immer wieder zu Tobi um. »Es kann doch wohl nicht angehen, dass du mit Melissa vor die Tür gehst, ohne dass was läuft«, tönte er.

»Guck nach vorne und hör auf. Ich will das nicht vor den anderen bereden.«

Scholzen grummelte missmutig und ging dann stumm weiter.

Seine Laune hob sich wieder, als sie im Wohnzimmer standen. Lisa und Georg schliefen beide auf der ausgezogenen Couch. Scholzen sah Tobi an. »Geil. Dann können wir doch noch die beiden Schätzchen hier trinken.« Er reichte Tobi ein Pint, stieß an und trank. Tobi machte mit. Nach einem Schluck reichte er Debbie sein Glas, aber die lehnte dankend ab und ging raus. Sie kam wieder mit ein paar Decken, die sie auf dem Sofa ablud. Dann schlurfte sie wortlos ins Schlafzimmer.

Hätte man Lisa und Georg nicht atmen gesehen, hätte man sie auch für Opfer eines Gewaltverbrechens halten können. Sie lagen angezogen und ohne Decke da. Ihre Arme und Beine wirkten leicht verdreht. Und auch der Rest des Raums sah aus wie ein Tatort: Schubladen standen offen, CDs waren auf dem Boden verteilt, leere Flaschen lagen herum. Es wäre wirklich beunruhigend gewesen, hätte es nicht bereits am frühen Abend so ausgesehen.

Von nebenan rief Debbie: »Schuuulzen, come to bed! Now!«

Beiläufig wurde damit die Bettenverteilung neu geregelt. Am frühen Abend hatte Debbie festgelegt, dass die Mädchen im Schlafzimmer pennen würden und die Jungs im Wohnzimmer. Allerdings hatte sich seitdem einiges geändert. Scholzen und Debbie hatten während Melissas Konzert rumgemacht, und außerdem schlief Lisa ja bereits im Wohnzimmer. Tobi lächelte. Würde er sich wohl zu Lisa legen müssen.

Die eh schon laute Musik kam aus dem Fernseher und wurde in diesem Moment von einem Stop-Motion-Clip unterbrochen, dessen komprimierter Sprecher viel zu laut erklärte, dass man gerade MTV schaue. Trotz des Gebrülls keine Regung auf der Couch.

Scholzen nutzte den Moment zum vermeintlichen Vier-Augen-Gespräch. »Also, was lief mit Melissa?«

»Nix.«

»Aber warum denn nicht? Die hat in dich investiert, Mann! Vier Mal Eintritt. Und du konntest auf ihren Deckel mittrinken.«

»Es lief trotzdem nix.«

»Würdest du es mir denn erzählen, wenn was gelaufen wäre?

»Nein.«

»Aha! Also ist es möglich, dass was mit Melissa lief.«

Tobi stutzte. Ein Déjà-vu. Das Gespräch hatten sie genauso schon einmal geführt. Dann allerdings nahm die bis dahin bekannte Situation eine neue Wendung.

»Wer ist Melissa?«

Auf der Ausziehcouch setzte sich Georg ächzend auf die Kante. Er sah Scholzen an, hatte aber Schwierigkeiten, seinen Kopf gerade zu halten. Außerdem sah er offenbar mindestens zwei Scholzens und konnte sich nicht entscheiden, welchen er fixieren sollte. Kein Zweifel, er hatte sich dem Brauchtum des gastgebenden Landes gefügt. Er war britisch voll. Es hatten vorhin wohl doch weniger leere Weinflaschen auf dem Boden gelegen. Georg kratzte sich: »Melissa … irgendwas sagt mir das.«

»Hier, wir haben dir ein Ale mitgebracht«, versuchte Tobi das Thema zu wechseln.

Georg griff nach dem Glas, inspizierte es, roch daran und lallte in die Runde: »Hat da schon jemand von getrunken oder so?«

Bevor Tobi antworten konnte, nahm Georg einen ordentlichen Schluck und dachte nach. Er guckte in Richtung der beiden Scholzens: »Hieß Melissa nicht Jenny?«

»Jenny, das ist die von Debbie. Melissa ist die von Tobi.«

Georg saß mit offenem Mund da und versuchte, die Informationen zu ordnen.

»Wer ist Melissa?«, mischte sich eine weitere Stimme ein. Lisa blinzelte in die Runde und war so sehr darauf konzentriert, nüchtern zu wirken, wie es nur Betrunkene konnten.

Tobi holte Luft, Scholzen holte Luft, beide stockten – und Georg antwortete: »Melissa ist nicht Jenny. Aber da lief nichts.«

»Sagt Tobi«, relativierte Scholzen.

Tobi packte ihn an den Schultern. »Da war nichts. Verstanden?« Er war jetzt lauter als jeder MTV-Trailer. »Sprich mir nach: Es lief nichts mit Melissa.«

»Aber das ist doch kein Grund, hier rumzuschreien«, beschwichtigte Scholzen. »Du weckst noch Georg.«

Tobi drehte sich zur Couch. Tatsächlich. Georg war mit dem Oberkörper zurück aufs Bett gefallen und schlief wieder. Daneben saß Lisa und schaute interessiert auf den Fernseher. Auf MTV lief *Great Things* von Echobelly. Immerhin war Lisa abgelenkt.

»Schuuulzen!«, rief Debbie wieder aus dem Schlafzimmer, und diesmal klang es ungehalten.

Scholzen zuckte mit den Schultern. »Sorry, ich muss«, sagte er. »Eine Lady lässt man nicht warten.« Dann trollte er sich ins Nebenzimmer.

»Ich hätte nie gedacht, dass Georg sich so die Kante geben kann.« Bei Tobi klang auch ein wenig Respekt mit.

»Es war nicht geplant. Aber ich glaube, es hat ihm gutgetan.«

Scholzen kam noch einmal um die Ecke, sah sich suchend um, fand Georgs Pint neben der Couch, nahm es, meinte: »Debbie sagt, bevor es keiner trinkt«, und verschwand wieder. Gemeinsam zogen Lisa und Tobi Georgs Beine ins Bett und legten eine der Decken über ihn. Tobi zählte nach: nur zwei Decken. Das wurde ja immer besser. Lisa und er würden sich eine Decke teilen müssen.

Tobi machte den Fernseher aus, Lisa das Licht. Weil Lisa sich im Dunkeln ihre Jeans auszog, machte Tobi es ihr einfach mal nach. Nachdem sich die Augen an die Dunkelheit gewöhnt hatten, konnte er sich ausreichend orientieren. Da stand das Bett. Links lag Georg, in der Mitte Lisa, also taperte Tobi vorsichtig zur rechten Seite. Als er unter die Decke schlüpfte, merkte er, dass Lisa nicht darunter lag. Er reichte ihr einen Zipfel: »Hier, die Decke.«

»Danke, ich lieg bei Georg mit drunter.«

»Aber ist es nicht besser, Georg hat eine Decke nur für sich?«

»Warum?«

Manchmal nervte Lisa mit ihren Fragen.

»Weil … Du hast ja selbst gesagt, dass der Trip für ihn besonders schwer ist.«

»Und das ändert eine eigene Decke?«

»Ich dachte ja nur. Nachher ziehst du ihm die Decke im Schlaf weg, und dann verkühlt er sich die Nieren.«

»Aber damit das nicht passiert, wärme ich ihn ja von hinten.«

»Und was ist mit meinen Nieren?«

»Du hast ja eine eigene Decke.«

Man hätte fast meinen können, es sei gar nicht wirklich um Nieren gegangen. Tobi drehte sich zu Lisa und versuchte, ihr Gesicht zu erkennen.

»Es ist wirklich nichts zwischen Melissa und mir gelaufen.«

»Ich weiß.«

»Und was ist dann das Problem?«

»Letztlich hat sich Scholzen eben doch genau wie die Typen im Dubrovnik aufgeführt.«

»Ja, weil er spinnt.«

»Es gab halt nur einen Unterschied. Eben wurde dir geglaubt, dass nichts lief. Weil es dir diesmal wichtig war, dass es kein Missverständnis gibt.« Lisa hielt kurz inne. »Und für mich war wichtig, mich nach unserer Nacht auf dich verlassen zu können. Gute Nacht.«

Sie drehte sich zu Georgs Nieren. Und Tobi lag wach.

SONNTAG, 30. JUNI 1996
13:30 UHR

Tobi hatte die Seepferdchen noch nie so lebendig gesehen. Er kannte sie bisher nur als träge Körper, die antriebslos durchs Aquarium seines Vaters trieben. Jetzt bewegten sich sogar ihre gekringelten Schwänze. Sie schwammen rauf und runter und kamen neugierig an die Glaswand. Tobi versuchte, Kontakt aufzunehmen. Er klopfte an die Scheibe.

»Wie gehts euch?«, fragte er die Seepferdchen.

Sie sahen ihn an. »Wir müssen los«, antworteten sie.

Eins der Seepferdchen rief Tobi zu: »Komm!«, und die anderen stiegen mit ein, rhythmisch und fordernd: »Komm, komm, komm!«

Tobi wollte ihnen folgen, wollte sich mitnehmen lassen. Aber die Seepferdchen entfernten sich. Während sie kleiner wurden, rief eines von ihnen ein letztes Mal: »Komm mit uns!«

Tobi spürte das Wasser. Es war auf seiner Seite der Scheibe. Jede seiner Bewegungen wurde gebremst. Wo war der Ausgang? In alle vier Richtungen Wände aus Glas. Über ihm freier Himmel und Tonnen von Wasser, die auf ihm lasteten. Die Seepferdchen hatten ihn zurückgelassen.

»Komm!«

»Wir müssen los!«

»Es ist schon Mittag. Wir haben verpennt.« Tobi brauchte einen Moment. Georg rüttelte an seinem Arm. Um sie herum hektisches Gewusel. Lisa schnürte sich die Schuhe. Debbie telefonierte schlecht gelaunt. Überhaupt wirkten alle übellaunig. Bis auf Scholzen. Der sprang aufgeregt durchs Zimmer und wusste nicht, wohin mit seiner Freude. Er reckte beide Hände nach oben und brüllte »Fiiinaaale«, als wäre in diesem Moment das gewonnene Halbfinale abgepfiffen worden.

Georg saß auf der Kante der Schlafcouch. Er bemerkte Tobis Irritation. »Jenny hat die ganze Nacht gekotzt und kommt nicht mit nach London«, klärte er ihn auf. »Scholzen hat ihr Ticket für das Spiel heute Abend bekommen.«

Georg setzte das Asthmaspray an und inhalierte einen Stoß. Dann sagte er mehr zu sich: »Auf gehts.«

Da erst begriff Tobi: Es war Sonntag. Gleich würden sie nach London weiterfahren. Und dort würde die Reise enden. Finale.

14:31 UHR

Der Fahrtwind bollerte durch die halb offenen Fenster. Ansonsten war es still in Debbies Mini. Bestimmt, weil alle verkatert waren. Aber wohl auch, weil jeder wusste, dass es bald ernst werden würde. Am Donnerstag waren sie aufgebrochen. War das wirklich gerade mal drei Tage her? Sie waren in so hohem Tempo durch die Welt gehetzt, gestolpert und manchmal auch getanzt, dass keine Zeit geblieben war, um über das eigentliche Ziel nachzudenken. In etwas mehr als zwei Stunden würden sie es erreichen, das Whipps Cross Hospital. Und dann würde Georg seine Mutter sehen, genau genommen würde er sie kennenlernen. Schwer vorstellbar.

Ein Vorteil von Autobahnen war, dass es erst mal nur eine Richtung gab. Kein Wenden möglich, zumindest nicht in drei Zügen, wie Tobi es mit Pohlmann auf sicherem Terrain geübt hatte. Die Klarheit der Route entspannte. Auch körperlich war der gerade Streckenverlauf eine Wohltat. Jede Kurve, jedes Abbiegen in Harwich hatte bei Tobi für mulmige Unruhe im Magen gesorgt. Und glaubte man den anderen blassen, schmallippigen Gesichtern im Wagen, war er damit nicht allein. Selbst Debbie wirkte angeschlagen, was ihr fast etwas Sanftmütiges gab. Kein Schimpfen, kein Knurren, nur hier und da ein Seufzen über die Zumutungen der Welt. Sie hielt den Mini bei konstanten siebzig Meilen pro Stunde auf der linken Spur. Der Wagen dankte es ihr, indem er gleichmäßig vor sich hin brabbelte.

Sie entfernten sich mehr und mehr von der Küste. Über ihnen wurde die Wolkendecke dichter und ließ nur noch durch wenige Löcher ein paar Sonnenstrahlenbündel. Tobi dachte an eins der Lieder, das Melissa gespielt hatte. Sie hatte den blauen Himmel besungen und dass er immer über ihnen sei, auch wenn man ihn gerade mal nicht sehen konnte. Klang bei ihr aber poetischer.

Draußen zog England vorbei. Die Spuren der Zivilisation verschwanden nach und nach, mal abgesehen von der vierspurigen Autobahn, die die Landschaft teilte. Aus Dörfern wurden Siedlungen und aus Siedlungen einsame Gehöfte. Links und rechts nur noch Wiesen, auf denen Schafe unbeeindruckt von den vorbeifahrenden Autos ihr Ding machten. Je größer das Panorama wurde, desto kleiner kamen Tobi die eigenen Probleme vor. Gemessen an Georg und Lisa war seine Welt in Ordnung. Lisas Worte vom Vorabend hallten noch immer in ihm nach. Hatte Tobi im Dubrovnik nicht energisch genug dementiert, als es darum ging, ob er mit ihr Sex gehabt hatte? Offensichtlich. Hatte es ihm geschmeichelt, dass die anderen ihm zugetraut hatten, dass was gelaufen sei? Vermutlich. Wo standen er und Lisa jetzt? Sie sprach wieder mit ihm, aber eine gemeinsame Decke war ihr zu viel. Andererseits: In Hoek van Holland hatte sie sich sogar in sein Bett geschlichen. Auch wenn nicht ganz klar war, ob sie sich daran erinnern konnte, nachdem sie den Tagesbedarf einer niederländischen Kleinstadt weggekifft hatten.

Nach einer Stunde durch sattes Grün näherten sie sich spürbar London. Die Felder und Wiesen um sie herum wurden immer häufiger von Häusergruppen unterbrochen. Es gab Abfahrten, und auch sonst schlängelten sich abseits der Autobahn Straßen durch die flache Natur. Alles wurde blasser und matter. Dort, wo mehr Menschen lebten, sah die Welt gleich ein wenig trister aus.

Der Betrieb auf ihrer Straße nahm zu. Immer wieder überholten rechts Autos, meist vollgepackt mit Menschen, die irgendwas mit Fußball auf den Oberkörpern stehen hatten, mal mit, mal ohne T-Shirt. Scholzen grüßte jedes Mal ehrfürchtig.

Bei der dritten Ausfahrt, auf deren Wegweiser der Beisatz London stand, zog Debbie den Wagen nach links und verließ die Autobahn. Scholzen las den ausgewiesenen Stadtteil. Seine Stimme überschlug sich. »Walthamstow!«, rief er. Die komplette Rückbank sah ihn fragend an. »Walthamstow!«, wiederholte Scholzen. Er betonte jede Silbe, als müssten jetzt aber wirklich alle Fragen vom Tisch sein. Waren sie aber nicht. »Mann! So hieß das erste Album von East 17!«

Da klingelte etwas bei Tobi. East 17 war laut Scholzen die erste Boyband der Welt, die zu krass für Mädchen war. Harte Jungs mit harten Songs, deren Debütalbum nach dem Stadtteil benannt worden war, auf dessen Straßen sie sich kennengelernt hatten.

Scholzen war außer sich vor Freude. Er würde nicht nur das Finale, sondern auch noch die Gegend von East 17 sehen! EM-Schlachtenbummler und Boygroup-Pilger, in Scholzens Welt kein Widerspruch.

Bald fuhren sie im Schritttempo durch die verstopften Straßen von East 17s Jugend. Und so viel wurde deutlich: Die Jungs kamen wirklich aus keiner guten Gegend. Scholzen drehte mehr und mehr auf. Als er ein Geschäft sah, über dessen Eingang der Schriftzug *Pet Shop* prangte, gab es kein Halten mehr: »Pet Shop! Hier haben sich die Pet Shop Boys kennengelernt. Haben die bei Bravo TV erzählt.«

Lisa rollte mit den Augen. »Das ist eine einfache Zoohandlung, wie es Tausende gibt.«

Aber Scholzen war sich sicher: »Dann lasst uns anhalten und nachfragen. Vielleicht sind die Pet Shop Boys ja sogar gerade da.«

»Warum um alles in der Welt sollten sie?«

Lisa hatte etwas Grundsätzliches bei Scholzen nicht begriffen: Er hatte immer eine Antwort. »Weil es East End Boys sind, die scharf auf West End Girls sind«, gab er zurück. »Weil die feinen West End Girls aber nie ins raue East End kommen, ist denen natürlich total langweilig. So langweilig, dass sie sogar in einer Zoohandlung abhängen.«

»Scholzen, die Pet Shop Boys sind schwul.«

»Ja, was sollen die denn auch machen? Ohne West End Girls?«

Debbie beendete die Diskussion mit einem »Schuulzen? Shut up«. Sie musste sich konzentrieren, um den Wagen durch die Straßen zu manövrieren. Links und rechts auf den Bürgersteigen strömten Fußballfans in die Richtung, in die auch Debbie ihren Mini lenkte. Immer häufiger schwappte die Fußballmeute auf die enge Fahrspur.

Als das Whipps Cross Hospital in Sichtweite war, fuhr Debbie weniger als Schritttempo. Sie kurbelte ihr Fenster herunter und wandte sich an den Mob, der in der Einfahrt stand. Tobi war erleichtert: Sie versuchte nicht, die Leute aus dem Weg zu keifen, sondern wollte lediglich wissen, was hier los war. Man erklärte es ihr. Es hatte Zusammenstöße gegeben zwischen englischen und deutschen Fans. Die Verletzten beider Lager wurden nun im Krankenhaus versorgt, was wiederum die Unversehrten veranlasste, vor Ort Beistand zu leisten und gegebenenfalls doch noch mit dem gegnerischen Fanblock in die Verlängerung zu gehen.

16:34 UHR

Debbie parkte vor einem großen schmiedeeisernen Tor, dessen beide Flügel geöffnet waren. Dahinter das Whipps Cross Hospital. Georg atmete tief ein und beendete sein Schweigen: »Und jetzt?«

»Jetzt gehen wir rein und fragen an der Information nach der Zimmernummer deiner Mutter«, antwortete Lisa.

»Aber falls wir gesucht werden, wird die Rezeption informiert sein. Und die geben dann der Polizei Bescheid.«

»Okay, wir checken erst die Lage. Lasst uns den Seelsorger anrufen«, schlug Lisa vor.

Georg atmete noch mal hörbar ein und aus und griff dann nach dem Handy. Er wählte die Nummer und stellte den Lautsprecher des Communicators an. Mit diesem Telefonat wollte er offensichtlich nicht allein sein.

»Hallo, hier ist Georg Pohlmann. Also, ich bin jetzt da, wollt ich sagen. Wo finde ich denn meine Mutter?«

»Gut, dass Sie hier sind«, sagte eine helle warme Stimme. »Ich habe eben schon Ihrem Vater und seiner Begleitung das Zimmer Ihrer Mutter gezeigt.«

Georgs Finger schnellte auf die rote Taste. Das Telefonat war beendet.

»Mein Vater.«

Pohlmann hatte sich also tatsächlich auf den Weg gemacht, um seinen Sohn vom Zoll in Harwich abzuholen. Dort hatte er dann wohl eins und eins zusammengezählt und war zum Krankenhaus gefahren.

Auch Lisa wurde unruhig: »Begleitung? Ist mein Vater mitgekommen? Ruf noch mal an.«

»Vielleicht ist es jemand vom Zoll.« Georg hatte noch nicht zu Ende gesprochen, da sah er Lisa an, dass ihr die Antwort auf keinen Fall genügen würde. Er drückte Wahlwiederholung.

»Hier ist noch mal Georg Pohlmann. Wer hat meinen Vater denn begleitet?«

»Zwei Herren aus Deutschland, aus Ihrem Ort.«

Diesmal beendete Lisa das Gespräch per Knopfdruck. Georg und Lisa redeten durcheinander. Ihre vier Arme wirbelten durch die Luft, soweit das auf der Rückbank eines Minis möglich war. Dann hielt Lisa inne und fragte: »Wer ist der dritte Mann?«

Tobi zuckte mit den Schultern: »Also, mein Vater ist in der Türkei.«

Scholzen blickte still durch die Frontscheibe, ohne einen

konkreten Punkt zu fixieren. Sein leicht geöffneter Mund formte lautlos Gedanken. Dann sagte er leise: »Hätte nie gedacht, dass er so eine Aktion bringt.« Scholzen strahlte. »Mein Vater ist gekommen.«

16:42 UHR

Das Whipps Cross Hospital war ein vierstöckiges rotes Backsteingebäude mit einigen beige-grau verputzten Flächen und sah aus wie die Fabrik einer siechenden Industrie. Umgeben war das Gebäude von Grünzeug ohne Konzept. Wer immer sich um die Beete kümmerte, hatte das entweder lange nicht mehr getan oder einen Hang zu abstrakter Kunst. Debbie wartete im Auto, wohl auch, um den Druck auf Scholzen hochzuhalten, weil in gut zwei Stunden das Spiel beginnen würde. Ein Druck, den Scholzen aber noch nicht spürte, für ihn war es ganz normal, vorzupreschen. Georg, Lisa und Tobi eilten hinterher. Sie suchten den Eingang, und zwei Wegweiser später standen sie vor ein paar Stufen, die zu einer großen geschlossenen Holztür führten.

»Oh.« Scholzen bemerkte als Erster, wer davor stand und grimmig in ihre Richtung schaute. Dann sahen auch die anderen die Polizisten. Georg blieb stehen. Obwohl sie längst noch nicht in Hörweite zum Eingang standen, flüsterte er: »Was ist, wenn die wegen uns hier sind?«

»Ganz ehrlich, ich glaube, die haben andere Sorgen.«

Um sie herum brodelte es. Unter den Fans überwogen nun die Hooligans. Beide Lager bildeten Sprechchöre. Auch wenn man kein Wort verstand, weder bei den englischen noch bei den deutschen Schlachtrufen, war klar: Da wurden keine Höflichkeiten ausgetauscht.

»Lasst uns das mal anschauen«, schlug Scholzen vor und deutete auf die bewachte Tür. »Früher oder später wird ja mal jemand reinwollen.«

Die Stimmung vor dem Whipps Cross Hospital heizte sich mit jeder Minute mehr auf. Eine Flasche flog Richtung Eingang, noch eine, und eine dritte zerschellte an der Backsteinwand. Einer der Polizisten rief etwas in sein Funkgerät.

Dann wollte endlich jemand ins Krankenhaus. Jemand, der erkennbar nichts mit Fußball am Hut hatte und einfach nur einen Krankenbesuch abstatten wollte. Er trug ein kurzärmeliges Hemd, eine lederne Aktentasche und in der Hand einen Blumenstrauß. Die Polizisten stellten sich in den Weg. Der Besucher kramte ein Portemonnaie aus der Ledertasche, zog seinen Ausweis heraus und reichte ihn dem Beamten. Nach kurzem Passbildcheck funkte der Polizist die Personalien irgendwohin. Polizisten und Besucher warteten schweigend, bis ein unverständliches Krächzen aus dem Funkgerät ertönte. Der Überprüfte bekam seinen Ausweis wieder und durfte samt Blumenstrauß hinter der hohen Holztür verschwinden.

Selbst Scholzen schwieg nun. Allen war klar: Wegen der Fanausschreitungen war der Laden praktisch dichtgemacht worden. Wenn selbst dieser Mann durchgecheckt wurde, hatten sie keine Chance, um eine Kontrolle herumzukommen.

»Und jetzt?«, fragte Lisa schließlich und klang nicht so, als rechnete sie mit einer einfachen Antwort. Georg klang noch pessimistischer: »Mein Vater muss beim Zoll gewesen sein, um uns abzuholen. Das heißt: Er wird dort komplett ausgerastet sein, als er erfahren hat, dass wir laufen gelassen wurden.« Den spuckesprühenden Pohlmann konnte sich jeder von ihnen lebhaft vorstellen. »Außerdem waren ja auch noch Scholzens und Lisas Vater dabei. Und spätestens Lisas Vater wird darauf bestanden haben, dass wir zur Fahndung ausgeschrieben werden. Der hält das Ganze ja eh für eine Entführung.« Georg machte eine kurze Pause. Alle schienen ihm zu folgen. »Wenn also unsere Namen im Polizeiregister überprüft werden, sind wir am Arsch, und ich komme nicht mehr zu meiner Mutter.«

Scholzen trat ein paar Schritte zurück, um eine bessere Sicht auf das Gebäude zu haben. »Wir müssen einen anderen Weg finden«, schlussfolgerte er.

Er wollte einmal ums Krankenhaus herumgehen, um sich einen Überblick zu verschaffen. Die anderen trotteten hinterher. Nicht zuletzt, weil in diesem Moment die Blaulichter herbeieilender Polizeimannschaftswagen an der Backsteinwand Schatten tanzen ließen. Sie hielten die Augen offen nach einem Lieferanteneingang, einem Kellerfenster, irgendeinem Schlupfloch. Aber die Türen, an denen Scholzen rüttelte, waren verschlossen und alle erreichbaren Fenster vergittert. Sie gingen weiter, bis sie auf der anderen Seite des Krankenhauses standen. Hier gab es einen zweiten Eingang, zu dem eine sichelförmige Auffahrt führte. Vor der Auffahrt war ein Schild angebracht: AMBULANCES ONLY. Aber das war fast schon egal, denn daneben standen wieder Polizisten, deren Gesichter wenig Grund zu Optimismus gaben. Blaulicht flackerte jetzt auch hier. Dazu quäkte eine Sirene, deutlich leiser, als man das aus Deutschland kannte. Tobi drehte sich um. Hinter ihnen ein Krankenwagen, darin ein Fahrer, der mit beiden Armen versuchte, die vier aus dem Weg zu fuchteln.

Sie gingen zur Seite. Der Fahrer brauchte seine Arme wieder zum Lenken und fuhr im Schritttempo weiter. Die Polizisten grüßten kurz und machten den Weg frei. Der Rettungswagen passierte, tuckerte die Auffahrt hoch und hielt unmittelbar vor dem Eingang. Die Fahrertür schwang auf, ein Sanitäter in dunkelgrüner Uniform hüpfte heraus, ging zum Heck des Wagens, schnell, aber ohne Hektik. Er öffnete die Flügeltür. Routiniert nahm er eine Trage mit daraufgeschnalltem Patienten in Empfang und ließ ein rollendes Gestell herab. Ein Notarzt und jemand in normaler Kleidung, vermutlich ein Angehöriger des Verletzten, stiegen aus dem Wagen. Und schließlich, nachdem die hinteren Türen zugeknallt worden waren, rauschten die drei samt Rollbett in den Eingang der Ambulanz.

Tobi sah dem Trupp hinterher. »So gehts.«

»Was?«, fragte Lisa.

»Mit dem Krankenwagen gehts«, erklärte Tobi. »Damit kommen wir rein.«

Georg sah ihn ratlos bis verärgert an. Er fasste die Idee aus seiner Sicht zusammen: »Wir sollen also einen Krankenwagen klauen, damit im Linksverkehr fahren, und zwar ohne den dafür erforderlichen Führerschein Klasse zwei?«

Scholzen überlegte kurz. »Also, ich würde mir das schon zutrauen.«

Aber Tobis Idee kam ohne Scholzens Fahrkünste aus. Er wurde konkreter: »Wir klauen den Krankenwagen nicht, wir rufen ihn.«

»Und warum sollten die uns dann mitnehmen?«, fragte Georg wenig begeistert.

»Weil du ins Krankenhaus musst. Wegen deines allergischen Schocks.«

»Aber mir gehts doch gut.«

Tobi kratzte sich am Kopf. »Dann wart mal ab, bis wir dich im Pet Shop mit Katzenbabys eingerieben haben.«

Georg fokussierte sein Ziel mit zusammengekniffenen Augen. So blickte vermutlich auch ein Bergsteiger am Fuße des Mount Everest. Nur war Georgs Berg ebenerdig und lag hinter einem großen Schaufenster, in dem Boxen, Käfige und Futtersäcke ausgestellt waren. Über dem Fenster hing ein gelbes Schild, auf dem in schwarzen Großbuchstaben stand: PET SHOP.

Debbie hatte die vier hörbar grollend vom Whipps Cross Hospital hergefahren. Sie hielt den Plan für überwiegend schwachsinnig. Gut daran fand sie, dass nicht sie, sondern ein Rettungswagen die Gruppe zurück zum Krankenhaus fahren sollte. In eineinhalb Stunden würde im Wembley-Stadion das Finale angepfiffen. Deshalb hatte sie sich nicht mal mehr die Mühe gemacht, einen regulären Parkplatz zu finden. Der Mini stand in zweiter Reihe vor dem Laden, und Debbie wartete darin auf Scholzen. Um ihn daran zu erinnern, hupte sie in immer kürzeren Abständen. Scholzen machte jedes Mal eine Geste in ihre Richtung, eine Mischung aus Gruß und Beschwichtigung. Auch Scholzen wollte den Anstoß zwischen Deutschland und Tschechien auf keinen Fall verpassen, Georgs allergischen Schock samt Abtransport aber auch nicht.

Wieder Hupen, länger, mehrstimmig. Hinter Debbie stauten sich Autos, die wegen des Gegenverkehrs nicht überholen konnten. Scholzen gestikulierte wieder zur Straße, diesmal Beschwichtigung ohne Gruß. Bei jedem Hupen zog Georg seine Schultern ein Stück höher. Er litt erkennbar darunter, dass seinetwegen die Straßenverkehrsordnung missachtet wurde. Auch Debbie zeigte Nerven. Mit halbem Oberkörper hing sie aus dem Fahrerfenster und schimpfte nach hinten. Anschließend erklärte sie in gleicher Tonlage Scholzen, dass sie mal eben eine Runde um den Block drehen würde. Der Autokorso der Entnervten setzte sich in Bewegung und spuckte als Zeichen der Verärgerung beim Anfahren dunkle Abgaswölkchen in die Luft.

Georgs Schultern sanken auf Normalhöhe. Er schüttelte den Kopf. Erst langsam und kaum sichtbar, dann energisch. »Ich schaff das nicht«, sagte er. Er behielt die Ladentür fest im Blick, als rechnete er jeden Moment mit einem unkontrollierten Angriff der Haustiere.

Lisa sah ihn an und kaute dazu auf ihrer Unterlippe. »Ist doch okay, dass du Angst hast. Ich kann das gut verstehen.« Sie hatte ihn mit diesem Satz beruhigen wollen, doch das Gegenteil passierte.

»Ich glaube kaum, dass du weißt, wie es sich anfühlt zu ersticken«, gab Georg leicht panisch zurück.

Lisa schwieg. Er hatte ja recht, sie wusste es nicht. Niemand der anderen wusste es. Und natürlich war es keine gute Idee, Georg in den Laden zu schicken, aber es hatte eben auch niemand eine bessere.

Georg drehte sich um. »Es muss einen anderen Weg geben.« Er ging zwei Schritte dahin, wo eben noch Debbies Wagen stand.

»Du hast doch gesehen, was am Krankenhaus los ist«, sagte Scholzen. »Es gibt keine andere Möglichkeit.«

Georg zischte in Scholzens Richtung: »Warum hast du nie Angst?« Es klang mehr nach Vorwurf als nach Frage.

Scholzen wirkte überrascht. »Wie meinst du das? Ich hab immer Angst.«

»Und warum baust du trotzdem die größte Scheiße von allen?«

Scholzen hatte keine Ahnung, was Georg mit »Scheiße bauen« meinte. Er versuchte sich trotzdem an einer Antwort: »Ich kann doch nicht die Angst bestimmen lassen, was ich tue.«

»Ja, weil du irre bist. Im Gegensatz zu mir.« Georgs Blick raste umher, als verfolgte er eine wild gewordene Wespe. »Wo ist Debbie? Ich will zum Krankenhaus.« Dann wandte er sich wieder Scholzen zu. »Und überhaupt, was soll das heißen, du hast immer Angst? Warum springst du dann ins Hafenbecken, obwohl du nicht mal schwimmen kannst?«

»Na ja«, Scholzen überlegte, als könne er sich an diese eher nebensächliche Episode kaum noch erinnern. »Man muss ja auch nicht schwimmen können. Man muss einfach in Bewegung bleiben. Nur diejenigen, die vor Angst erstarren, gehen unter.«

»Einfach in Bewegung bleiben«, wiederholte Georg lachend und schaute in die Runde, nach Bestätigung suchend. Dann noch mal: »Einfach in Bewegung bleiben«, laut und deutlich, als hätten Lisa und Tobi ihn beim ersten Mal nur nicht verstanden. Und wieder: »Einfach in Bewegung bleiben.« Diesmal sprach Georg es mehr zu sich. So klang es fast wie ein Mantra. Er drehte sich wieder zum Pet Shop, atmete leicht schmirgelnd ein und ging los. Lisa, Scholzen und Tobi folgten ihm. Einfach in Bewegung bleiben. Eigentlich gar nicht so schwer.

Georg stand nun direkt vor der Tür, umfasste den Knauf, ein letzter Schulterblick zu den anderen, ein letztes Vergewissern, dann drückte er gegen die Tür. Festeres Drücken, wieder Schulterblick, heftiges Rütteln. Die Tür war verschlossen.

17:50 UHR

Georg hatte noch drei Mal an der Tür gerüttelt, bevor er sich zu den anderen umdrehte. »Wir brauchen einen anderen Plan«, sagte er. In seinem Gesicht lag auch Erleichterung.

Dann klackerte hinter ihm ein Schlüsselbund gegen die Scheibe der Tür. Ein älterer Herr, dessen weniges, kurzes Haar in alle Richtungen stand, öffnete die Ladentür. »It's Sunday«, sagte er. »We're closed.«

Es war Sonntag? Wochentage hatten keine Bedeutung mehr gehabt, seitdem sie losgefahren waren. Und jetzt, auf der Zielgeraden, würde sie so etwas Banales wie ein Sonntag aufhalten? Scholzen preschte vor: »We don't want to buy anything.« Nicht das stärkste Argument, um in einen Laden gelassen zu werden. Scholzen wurde konkreter: »We only want to … äh, we have a question.«

Der Mann sah die Gruppe über seine Brillenränder hinweg an. Vermutlich blickte er so auch auf seltene Tiere, neugierig und wohlwollend. »Germans! Well, ich glaube, mein Deutsch ist besser als dein Englisch. Was ist eure Frage?«

Scholzen ging auf ihn zu, die anderen folgten. Aus der Nähe konnte man sehen, dass seine rosigen Wangen aus kleinen geplatzten Äderchen bestanden. Der Mann öffnete die Tür weiter, blieb aber im Eingang stehen.

»Können wir kurz reinkommen?«, fragte Scholzen und fügte leise hinzu: »Es geht dabei um die Privatsphäre Prominenter.«

Der Mann hob seine buschigen Augenbrauen, er wirkte interessiert. »Ich habe aber nicht viel Zeit. Ich muss noch die Aquarien reinigen, bevor das Spiel losgeht.« Er trat einen Schritt zurück und bat die vier mit einem Lächeln herein.

Lisa kam als Letzte in den Laden und schloss hinter sich die Tür. Scholzen sagte ein wenig zu laut und demonstrativ: »Georg, da hinten sind Kätzchen. Die liebst du doch so.«

Dann wandte er sich an den Händler: »Wie war das damals, als sich die Pet Shop Boys hier kennengelernt haben?«

»Wer? Pet Shop Boys? Wer soll das sein? Ich bin ein alter Mann. Ich kenne keine Boys.«

»Da behauptet Bravo TV aber etwas anderes.«

»Wovon redest du?«

»Bravo TV, RTL 2, in Germany. Heike Makatsch, Dr. Sommer, Doc Summer!«

»Ich weiß nicht, wovon du redest. Sorry. War noch was? Sonst muss ich euch bitten zu gehen.«

Georg hatte gerade erst zwei zaghafte Schritte Richtung Katzen geschafft.

Tobi mischte sich ein: »Ich hätte auch noch eine Frage.« Der freundliche Blick des Mannes ließ ihn weiterreden. »Wenn Seepferdchen ihr Leben lang im Aquarium waren, kann man sie dann in der Nordsee aussetzen? Ich meine, überleben die das?«

Scholzen schlenderte zu Georg und dann mit ihm in die Tiefen des Ladens. Der Händler legte seine Stirn in Falten und hängte seine buschigen Augenbrauen höher. Er rief in Richtung der beiden: »Bitte die Tiere nicht anfassen.«

Ein Hinweis, der an jedem anderen Tag in Georgs Leben nicht nötig gewesen wäre. Der ältere Herr widmete sich wieder Tobi. »Warum fragst du mich das?«

Georg würde noch ein wenig Zeit gebrauchen können, also holte Tobi weiter aus. Er erzählte von den Seepferdchen seines Vaters, von dem Aquarium am Strand und davon, dass wohl die Flut die Seepferdchen geholt hatte.

Der Händler kratzte sich am spärlichen Haar. »Komm, ich zeig dir was.«

Tobi folgte ihm in einen Gang und sprach extra laut, damit die anderen sie im Laden orten konnten: »Wissen Sie, die Seepferdchen bedeuten meinem Vater sehr viel.«

Sie blieben vor einem Regal mit mehreren Aquarien stehen. Ein paar bunte Fische kamen an die Scheiben geschwommen und beäugten Tobi.

Hinter dem Händler, einen Gang weiter, sah Tobi, wie Georg vorsichtig seine Hand in einen Käfig hielt, wie man es bei einem Terrarium machte, das gefüllt war mit Vogelspinnen. In diesem Fall saß dort ein Meerschweinchen.

Der ältere Herr ging in die Hocke und deutete auf einen kleineren Glaskasten. Tobi beugte sich hinunter und sah zwei Seepferdchen durch das Wasser gleiten. Nachdem der Mann den beiden seine Aufmerksamkeit geschenkt hatte, blickte er wieder über seinen Brillenrand: »Sah das Aquarium so aus? Also, waren da ein paar Pflanzen drin, ein wenig Geäst, irgendwas?«

Tobi nickte. »So ein Ast, ja.«

Der Mann stand seufzend wieder auf. »Dann hilf mir mal bitte, das Aquarium zum Abfluss zu tragen. Das wird heute sowieso gereinigt.«

Tobi hatte keine Ahnung, was das mit seiner Frage zu tun hatte. Er war aber froh, Zeit schinden zu können, da Georg noch immer unverändert aussah. In Trippelschritten schleppte er gemeinsam mit dem Ladenbesitzer das volle Aquarium zu einem Waschbecken. Dann kippten sie es und ließen ein wenig Wasser ab. Im Aquarium herrschte, verglichen mit dem eleganten Gleiten der vergangenen Minuten, helle Aufregung. Die beiden Seepferdchen schwammen gegen den Sog, erreichten das Geäst und schlangen ihren Schwanz um jeweils einen Ast. So verharrten sie, bis der Mann das Aquarium wieder in die Waagrechte brachte.

Im Hintergrund zog Scholzen ein weißes Häschen aus einer Box. Er hielt es wie einen überdimensionalen Wattebausch und tupfte Georg damit die Stirn ab.

»Siehst du, was passiert ist?« Der Mann deutete auf die Seepferdchen, die sich immer noch unbewegt ans Holz krallten. »Der Seepferdchenschwanz ist nicht rund, er besteht aus vielen Rechtecken. Damit können sie sich besonders gut festklammern.«

Tobi versuchte zu verstehen, was das bedeutete, und das sah man ihm auch an. Der Mann holte aus: »Du hast vorhin gesagt, die Flut habe die Seepferdchen geholt. Die Seepferdchen hätten sich aber einfach festhalten können, bis die Flut vorbei gewesen wäre. Das heißt, die Seepferdchen wurden nicht geholt. Wenn, dann haben sie die Flut genutzt, um rauszukommen.«

Tobi war erleichtert. »Das heißt, die Seepferdchen leben?«

»Das weiß ich nicht. Die Nordsee ist eigentlich nicht mehr geeignet für Seepferdchen. Was ich aber weiß: Die Seepferdchen haben sich für die Freiheit entschieden. Aber Freiheit ist immer gefährlich.«

Tobi dachte nach, während Scholzen Georgs Kopf in einen Käfig tunkte. Georg musste jetzt jeden Moment seinen Schock bekommen.

»Was kosten denn solche Seepferdchen?«

»Denkst du gerade darüber nach, sie heimlich zu ersetzen?«

Tobi schwieg.

»Davon kann ich nur abraten. Seepferdchen sind keine Hamster. Und dein Vater ist kein Fünfjähriger. Jedes Seepferdchen ist einzigartig.«

»Das heißt, Sie können die unterscheiden?« Tobi deutete auf die beiden Seepferdchen, die wieder seelenruhig durch das Wasser glitten.

»Natürlich.« Der Mann schob seine Brille auf dem Nasenrücken nach hinten, dann sah er sich die beiden an. Er zeigte auf das linke: »Das ist Neil«, und dann auf das andere: »Und das ist Chris. Benannt habe ich die beiden übrigens nach zwei Stammkunden des Pet Shop.« Er zwinkerte Tobi zu.

»Es geht los«, rief eine merkwürdig quakende Stimme, die an Georg erinnerte.

18:15 UHR

Scholzen und Georg waren wortlos nach draußen gestolpert, und der Händler brachte Lisa und Tobi zur Tür. Nachdem Tobi sich ausführlich bedankt hatte, wünschte der Mann den beiden viel Glück. Ob er ahnte, wie sehr sie es brauchen würden? Hinter Tobi und Lisa fiel die Ladentür ins Schloss. Vor ihnen taumelte Georg orientierungslos hin und her. Scholzen versuchte ihn einzufangen.

Lisa legte einen Schritt zu. Sie fluchte leise: »Schöne Scheiße. Warum haben wir den Krankenwagen nicht schon gerufen, bevor wir in den Laden gegangen sind?« Gute Frage. »Und überhaupt: Kennen wir eigentlich die Nummer des englischen Notrufs?« Wieder: gute Frage.

Tobi antwortete nicht. Er hoffte auf Scholzen und Georg. Als Lisa und Tobi die beiden erreichten, hörten sie Scholzen: »Und deshalb musst du jetzt dein Cortisonspray wegschmeißen. Du musst die Brücke zur Sicherheit abreißen. Erst dann bist du frei.«

Georgs Gesicht wirkte ein wenig praller. Wie ein Ballon, in den ein, zwei Luftstöße zu viel hineingepumpt worden waren. Scholzen packte Georg an den Schultern: »Hinter der Angst wartet das Leben.«

Georg nickte. Er fingerte sein Cortisonspray aus der Hosentasche und schaute sich suchend um. »Warte«, rief Tobi. »Behalt das mal lieber.«

Georgs Antwort war nicht zu verstehen. Das lag an seiner anschwellenden Zunge. Aber auch daran, dass gerade ein Kipplaster keuchend die Straße entlangkroch. Georg sah den Lastwagen, holte aus und warf seine Spraydose auf die Ladefläche. Treffer. Danach strahlte er aus enger werdenden Schlitzen in die Runde.

Auch Scholzen freute sich. »Und? Fühlt sich geil an, oder?«

Lisa trübte die gute Stimmung minimal ein. »Habt ihr die englische Notrufnummer?«, fragte sie.

Georg und Scholzen sahen sich an, und alles in ihren Gesichtern sagte: nein. Lisa rannte los. In die Richtung, in die der Lkw gekrochen war.

Scholzen kratzte sich am Kopf. »Ist doch bestimmt die gleiche wie in Deutschland«, vermutete er. »Kennt die zufällig jemand?«

Georg strahlte nicht mehr. Er schaute in die Richtung, in die der Lkw mit seinem Spray verschwunden war und aus der Lisa kurzatmig und ohne Spray wiederkam. Sie lief weiter zum Pet Shop. Lisa rüttelte am Knauf. Sie hämmerte mit der Faust gegen die Tür. Sie presste ihr Gesicht gegen die Scheibe. Der Händler war nicht zu sehen. Die Tür blieb verschlossen.

Georg rief – soweit man es verstehen konnte: »Bon Jovi! *Social Disease!* Der Song!«

»Das ist jetzt wirklich der falsche Zeitpunkt für scheiß Musik«, gab Lisa zurück, noch immer außer Atem.

Georg, selbst jetzt noch textsicher, sang: »You call nine one one, but you can't stop the fun!«

Scholzen hatte den Zweck des kleinen Ständchens verstanden: »Ja, klar! Neun, eins, eins! Ruf an!«

»Das ist der amerikanische Notruf«, bremste Lisa. »Wir sind in England.«

Schien so, als könnte der Fun doch gestoppt werden. Georg sah nicht gut aus. Genau genommen sah er sogar schlecht aus. Er war kaum noch zu verstehen. »Chmssmchmlstzn.« Dass das »Ich muss mich mal setzen« hieß, erkannten die anderen nur daran, dass er sich im Anschluss auf den Bürgersteig plumpsen ließ. Lisa, Tobi und Scholzen hockten sich zu ihm. Das hatten sie kürzlich im Erste-Hilfe-Kurs gelernt: Aufregung vermeiden, so wenig Ausnahmezustand wie möglich, ruhig und auf Augenhöhe mit der hilfsbedürftigen Person kommunizieren.

»For God's sake!« Debbie war wieder da und verhielt sich dem allgemeinen Erste-Hilfe-Wissen nach nicht optimal. Sie stand vor Georg und fluchte. Trotz ihres Akzents war sie diesmal ganz gut zu verstehen, zumindest im Vergleich zu Georg. Ihre Tirade war in drei Schwerpunkte zu unterteilen. Erstens: Hab ich doch gesagt, dass das Schwachsinn ist. Zweitens: Jetzt muss ich euch doch noch ins Krankenhaus bringen. Und drittens: Wenn ich wegen dieser Scheiße den Anpfiff verpasse, wirds für euch ein längerer Krankenhausaufenthalt.

Mit weit aufgerissenen Sehschlitzen schüttelte Georg den Kopf und wischte mit seinen Armen in der Luft herum. Auch Scholzen widersprach. Überhaupt schien er Debbies Pessimismus nicht zu teilen. »Mach dir keine Sorgen«, sagte er. »Es läuft alles nach Plan. Alles, was wir jetzt noch brauchen, ist die Notrufnummer.«

Dann kippte leider auch Debbie ins Unverständliche. Sie grapschte nach dem Nokia Communicator, den Tobi in der Hand hielt, hackte eine Nummer in die Tastatur und hielt sich den Hörer ans Ohr. Nach ein paar zackigen Sätzen legte sie auf und gab Tobi das Telefon zurück. »Ambulance is coming.«

18:26 UHR

In der Ferne jaulten Sirenen. Tobi versuchte, die Tonspuren der Großstadt zu trennen. Versuchte zu erkennen, ob das Jaulen näher kam. Georg saß auf dem Bürgersteig. Das Pfeifen beim Einatmen war zu einem Fiepen verkümmert. Lisa hockte neben ihm und strich über seinen Oberarm. Auch Scholzen versuchte zu beruhigen, allerdings Debbie, die ein paar Meter weiter auf und ab ging. Sie wollte längst hier weg sein. Das war in diesem Moment vermutlich ihre einzige Gemeinsamkeit mit Georg. Die fernen Sirenen wurden leiser, bis sie vom Grundrauschen geschluckt wurden. Lisa hielt Körper- und Blickkontakt mit Georg: »Wir lassen dich nicht allein.«

Tobi ahnte, dass sie nicht nur Georg Mut machte, sondern auch sich. Er nahm ihre Hand: »Keine Angst.« Schnell griff er auch nach Georgs feuchter Hand, um seiner Geste etwas Allgemeingültiges zu geben, Stichwort Teamgeist. Tobis Blick pendelte zwischen den beiden. »Zusammen werden wir mit allem fertig«, sagte er. »Auch mit euren Vätern.«

Lisa legte ihre Stirn in Falten. »Wie mein Vater und

Pohlmann drauf sein werden, kann ich mir vorstellen«, sagte sie. »Aber wie ist eigentlich Scholzens Vater?«

»Wie soll ich es sagen? Scholzen ist in seiner Familie, nun ja, der Solide.«

Lisa lachte. Dann flackerte Blaulicht die Straße entlang. Endlich. Tobi erinnerte sich, im Erste-Hilfe-Kurs gehört zu haben, dass Krankenwagen auf den letzten Metern die Sirene ausstellten, um so wenig Beunruhigung wie möglich auszulösen. Der Wagen hielt am Straßenrand, die Hydraulik ächzte. Fahrer und Beifahrer hüpften raus und kamen entschlossen, aber ohne zu rennen zu Georg.

Debbie übernahm die Kommunikation mit den Sanitätern, wohl auch aus Eigennutz, denn so würde alles ein wenig schneller gehen. Die beiden Sanitäter hörten zu, nickten und stellten knappe Fragen. Einer beugte sich zu Georg und sprach ihn an, in einer Lautstärke, als säße er auf der gegenüberliegenden Straßenseite. Aus Georgs geschwollenem Gesicht kamen ein paar Silben, unklar, in welcher Sprache. Der Sanitäter schien daraus trotzdem genügend Informationen destillieren zu können. Er ging zum Wagen, öffnete die Hecktüren und verschwand im Inneren, kehrte mit einem Koffer zurück und platzierte ihn neben Georg auf dem Bürgersteig. Während er darin kramte, sprach er mit Georg, nun in Normallautstärke. Er desinfizierte Georgs Armbeuge mit einem Spray und wischte mit einem Tuch darüber. Die Gruppe beobachtete stumm, wie er eine Spritze in eine Ampulle steckte, aufzog und die Ladung in Georgs Arm drückte.

Danach gabs noch ein paar Anweisungen an Debbie als ausgemachte Ranghöchste: Spritze wirken lassen und dann nach Hause begleiten, Ruhe, im Idealfall unter Beobachtung. Einer der Sanitäter ging zurück zum Wagen, der andere packte seinen Koffer zusammen. Das lief alles ein bisschen zu rund.

»You take him to a hospital, right?«, fragte Lisa, ebenfalls ahnend, dass der Plan gerade nicht funktionierte.

Der Sanitäter verneinte, ohne beim Sortieren seiner Ausrüstung hochzuschauen. Für Fälle wie diesen sei heute kein Platz in Krankenhäusern. In London seien schätzungsweise zweihunderttausend Fußballfans unterwegs, die meisten schon jetzt betrunken. Und genau deswegen müsse er jetzt auch weiter.

Lisa wurde energischer: »He can't go home. He's from Germany.«

Das Argument zündete durchaus, flog allerdings in die falsche Richtung. Genau genommen flog es Lisa um die Ohren. Der Sanitäter schaute hoch und erklärte, dass Georg dann erst recht nicht mal eben in ein britisches Krankenhaus gebracht werden konnte.

Georg grunzte Protest. Lisa erklärte, dass er sofort in einem Krankenhaus durchgecheckt werden müsse, wegen Herzrhythmusstörungen, Medikamentenunverträglichkeiten und Verdacht auf Epilepsie. Was ihr halt gerade so einfiel. Weil sie alle diese Vokabeln aber natürlich nicht kannte, wirkte sie wie eine überdrehte Scharade-Spielerin. Der Sanitäter erriet keinen der gespielten Begriffe. Er schüttelte den Kopf und trottete zurück zum Wagen.

Lisa hatte ihr Pulver verschossen. Eigentlich brauchte sie nicht nur neue Munition, sie brauchte eine neue Waffe, und Tobi wusste auch schon, welche. Er ging zu Debbie, die ein paar Meter weiter stand, und erklärte kurz die Situation: Wenn die Sanitäter Georg nicht mitnahmen, bräuchte man natürlich jemanden, der Georg zum Krankenhaus fahren würde. Und das könnte ja nur sie sein, auch wenn es dann vermutlich schwer würde, pünktlich zum Anpfiff im Stadion zu sein. Debbie schob Tobi zur Seite und stapfte zum Krankenwagen. Sie gestikulierte wild vor dem Fahrerfenster. Dabei schoss sie mit Wortsalven um sich. Sie ließ keinen Zweifel: Die Sanitäter mussten Georg mitnehmen. Die beiden stiegen wieder aus. Fluchend rauschten sie zu den Hecktüren, öffneten sie und zerrten eine Trage heraus.

Mit wenigen Handgriffen legten sie Georg darauf und fixierten ihn. Anschließend bugsierten sie die Trage zurück zum Wagen, ließen sie auf einer Schiene einrasten und schoben Georg ins Wageninnere. Glaubte man Georgs Gesichtsausdruck, verstand er nicht, was gerade mit ihm passierte. Allerdings konnte er wegen der geschwollenen Lider auch kaum noch etwas sehen.

Tobi, Lisa und Scholzen trotteten hinterher. Als sie hinter dem Sanitäter in den Wagen klettern wollten, drehte der sich um: »You can't take a ride on an ambulance. This is not a cab.«

Tobi erklärte, dass Georg seine Freunde bräuchte. Als Übersetzer. Für die medizinische Behandlung, aber auch für das bürokratische Zeug. Nur sie konnten ihn jetzt noch verstehen. Georg stimmte Tobi zu. Das heißt, möglicherweise tat er das, denn man verstand kein Wort von dem, was er da von sich gab. Der Sanitäter schien die Lust auf Diskussionen verloren zu haben und gestand genervt zu, dass eine Person mitfahren dürfe, aber wirklich nur eine.

Lisa und Tobi sahen sich an. Debbie und Scholzen würden sich auf den Weg zum Wembley-Stadion machen, und einer von ihnen würde mitfahren. Georg blökte etwas aus dem Wageninneren. Es klang wie »Lila«.

Lisa kletterte zu Georg. Der Sanitäter schob Debbie, Scholzen und Tobi von den Flügeltüren weg. Lisas Blick blieb an Tobi hängen.

»Ich komme nach«, rief Tobi. Lisas aufeinandergepressten Lippen öffneten sich, sie holte Luft und – der Sanitäter knallte die Türen zu und spurtete nach vorne. Der Krankenwagen rauschte davon, und Tobi rief: »Du kannst dich auf mich verlassen!« Wahrscheinlich hatte Lisa ihn nicht mehr gehört, aber das war fast egal.

Entscheidend war, dass er es gesagt hatte.

18:45 UHR

Die Fahrt zum Whipps Cross Hospital ließ sich recht knapp zusammenfassen: Debbie war nicht begeistert. Als sie vor dem Backsteingebäude hielt, war alles gesagt. Sie würde Tobi absetzen und dann mit Scholzen zum Stadion weiterfahren. Debbie schwieg, Tobi auch. Beide warteten darauf, dass Scholzen den Beifahrersitz freigeben würde, damit Tobi von der Rückbank aus dem Zweitürer klettern konnte. Der aber bewegte sich nicht. Mit offenem Mund starrte Scholzen durchs Seitenfenster.

Auffahrt und Wiese vor dem Haupteingang waren noch voller als vor zwei Stunden. Menschen liefen umher, einige in englischen Fußballtrikots, aber die meisten mit nacktem Oberköper, das T-Shirt wie einen griffbereiten Lappen in den Hosenbund gesteckt. Eine unheilvolle Mischung aus Alkohol und Wut hatte ihre Gesichter rot gefärbt. Jetzt hier auszusteigen war wirklich keine gute Idee.

»Get out«, zischte Debbie.

Sitzen zu bleiben schien für Tobi allerdings auch recht gefährlich. Also tippte er Scholzen auf die Schulter und sagte: »Dann lass mich mal raus.«

Scholzen öffnete die Beifahrertür und stieg aus. Aber statt seinen Sitz umzulegen, lief er Richtung Auffahrt.

»Schuuulzen!«, brüllte Debbie hinterher, aber da war er längst im Mob verschwunden. Sie zerrte fluchend an der Klappe des Handschuhfachs, bis sie endlich aufsprang. Daraus zog sie ein Ticket fürs Finale und hielt es Tobi hin, verbunden mit dem Auftrag, es Scholzen zu geben. Sie konnte unmöglich länger warten.

Tobi nahm die Karte und stellte sich vor, Scholzen zu sein. Dann hätte er da jetzt nicht rausgemusst, in ein Krankenhaus, in dem irgendwo Lisa und Georg waren. Dann hätte er sich für Fußball interessiert und für Debbie und wäre mit ihr zum Finale gefahren. Andererseits: Scholzen war Scholzen, und der war ohne zu zögern ausgestiegen.

Nachdem Tobi nach draußen gekraxelt war, beugte er sich auf Augenhöhe zu Debbie. Nach dem »Thank« und noch vor dem »You« fuhr Debbie los. Die offene Beifahrertür schlug beim Beschleunigen zu. Dann war sie weg. Genau wie Scholzen. Tobi steckte das Ticket ein und ging durch das schmiedeeiserne Tor.

19:09 UHR

Tobi sah sich um. Eigentlich war es nie besonders schwierig, Scholzen zu finden. In Wimmelbildern war er immer der Punkt, der am meisten wimmelte. Sofern überhaupt möglich, war es ungemütlicher geworden. Die Luft roch nach Alkohol, Urin und Schwefel. Am Boden lagen auf einem Glasscherbenteppich ausgebrannte Bengalos und leere Bierdosen. Die wenigen Polizisten, die vor zwei Stunden die Eingänge gesichert hatten, waren zu einer stattlichen Gruppe angewachsen. Die beiden Fanlager waren von der Polizei getrennt worden. Das war grundsätzlich gut und nahm dem Ganzen etwas Explosivität.

Tobi hätte sich aber deutlich mehr entspannt, wenn er sich nicht im Lager der britischen Fans befunden hätte. Wütende Fratzen schleuderten Schlachtgesänge gegen die Krankenhausfront. Kurz überlegte Tobi, nach Scholzen zu rufen, entschied sich aber dagegen, weil man ihn dann als Deutschen identifiziert hätte. Er hielt Ausschau nach Scholzens Kopf. Und dann sah er ihn. Seine wirren Haare stachen aus der Menschenmenge heraus. Etwa fünfundzwanzig Meter weiter gestikulierte Scholzen vor einem kleinen stämmigen Glatzkopf. Tobi rief nun doch seinen Namen, genau genommen rief er: »Schuuulzen!« Denn erstens war er hier immer noch auf gegnerischem Terrain, und zweitens hörte Scholzen deutlich besser auf Debbie als auf ihn. Scholzen aber kam nicht. Stattdessen winkte er Tobi zu sich. Als Tobi bei seinem Freund und dessen neuer Bekanntschaft stand, wurde er als »my best friend« vorgestellt. Der Glatzkopf erwiderte ein »Nice to meet you«. Tobi wunderte sich über die gewahrte Etikette. Ihm fielen allerlei Vokabeln zu dieser Begegnung ein, »nice« war keine davon. Scholzen tauschte etwas. Der Engländer wirkte nun zufrieden. Er und Scholzen verabschiedeten sich per Handschlag, dann verschwand der andere in der Menge.

»Was war das denn gerade?«, fragte Tobi. Vorwurf gepaart mit echter Neugier.

»Ich hab mit ihm ein paar Panini-Bilder getauscht. Engländer gegen Deutsche. Die Engländer sind hier ja viel mehr wert. Der hat mir quasi für nix Bierhoff, Ziege und Helmer gegeben.« Scholzen strahlte. Tobi war beeindruckt von dieser seltenen Mischung aus Grundschüler und Genie. Er gab Scholzen das Ticket fürs Stadion.

»Hier, Debbie ist schon weitergefahren. Warum bist du überhaupt ausgestiegen?«

»Ich wollt nur kurz mit rein.«

»Musst du nicht, wirklich. Vermutlich kommt man da allein viel besser durch.«

»Kein Problem. Ich wollte meinen Vater kurz begrüßen. Ich mein, der ist wegen mir von Holmstedt bis London gereist. Wie krass ist das denn?«

»Aber du wolltest unbedingt ins Wembley-Stadion.«

»Und deswegen hab ich auch nicht ewig Zeit«, beendete Scholzen die Diskussion und ging los. Tobi folgte ihm in den aufgebrachten Haufen. Die Orientierung fiel leicht. Sie mussten einfach nur in die Richtung laufen, in die der Schlachtenbummlerchor drohend seine Fäuste reckte. Scholzen bahnte sich einen Weg durch die Männer. Einige hatten eine umgebundene Englandflagge als Umhang über ihren Schultern liegen.

»Da vorne ist der Eingang!«, rief Scholzen.

»Warte doch mal. Wir brauchen einen Plan«, rief Tobi zurück und musste husten. Ein paar Meter weiter hatte jemand ein Feuer gemacht, der Rauch wehte ihm direkt ins Gesicht. Scholzen ging weiter, also hielt Tobi ihn fest. Er drehte sich um: »Was ist?«

»Wie wollen wir reinkommen?«

Scholzen sah Tobi an, als hätte er gerade die blödeste aller Fragen gestellt.

»Wie Georg. Als Patienten«.

»Aber wir haben keinen allergischen Schock, keine Verletzung. Wir haben nichts.«

Scholzen lächelte: »Dann warte mal ab, bis die Hools mit uns fertig sind.«

»Dein Ernst?«

»Klar. Wir rufen gleich einfach so was wie ›We fuck the Queen‹.«

»Bitte was?«

»Mach dir keine Sorgen, dann drehen die total durch.«

Dieser Haupt- und Nebensatz waren so in der Menschheitsgeschichte vermutlich zum ersten Mal miteinander gebildet worden. Tobi hoffte, mal wieder einen von Scholzens Späßen nicht verstanden zu haben, fragte aber sicherheitshalber noch mal nach. »Ernsthaft? Hast du dir die Typen mal angeschaut? Die schlagen uns tot.«

»Ach, die sind doch rotzevoll. Oder hast du eine bessere Idee?«

»Vielleicht könnten wir ja auch …« Da endete Tobis Satz. Nein, er hatte keine bessere Idee. »Aber wir müssen im direkten Sichtfeld der Polizisten am Eingang stehen. Die müssen uns sofort reinziehen können. Am besten noch vor dem ersten Schlag, als Präventivmaßnahme.«

Scholzen stimmte zu, aber Tobi sah ihm an, dass er das Wort Präventivmaßnahme noch nie gehört hatte. Scholzen ging weiter. Kurz darauf blieb er stehen, eigentlich erstarrte er. »Da.«

Er deutete mit seinem Kinn zur bewachten Schiebetür am Eingang. Dann sah Tobi ihn auch. Ein paar Meter daneben stand Lisas Bruder Niels und rauchte.

Wie zur Hölle kam der denn hierher? Scholzen drehte sich um und ging zurück, Tobi hinterher. »Wart doch mal. Wir müssen ja nicht durch den Haupteingang.«

»Ich geh jetzt zum Spiel.«

»Wie? Jetzt? Wegen Niels?«

»Ja.«

Tobi beschleunigte und überholte Scholzen, um sich vor ihn stellen zu können.

»Gerade wolltest du dich noch mit hundert englischen Hooligans anlegen, und jetzt läufst du vor Niels davon?«

»Ich will zum Finale.«

»Du kannst doch nicht für den Rest deines Lebens vor

Niels weglaufen. Das hättest du dir überlegen müssen, bevor du was mit Deborah angefangen hast.«

Scholzen packte Tobi an den Schultern: »Niels ist hier. Verstehst du nicht, was das bedeutet?«

»Na ja, der ist halt mitgekommen.«

»Niels ist der dritte Mann aus unserem Ort. Mein Vater ist nicht gekommen.« Scholzen sprach sehr laut. Das tat er oft, aber diesmal klang er anders.

»Ist das nicht gut?«, fragte Tobi.

»Selbst Lisas Vater hat sich auf den Weg gemacht!«

»Und das ist jetzt cool, oder was? Lisas Vater ist nur hier, um sie zurück nach Deutschland zu prügeln.«

»Ist ja schon mal was. Meinem Vater ist es scheißegal, ob ich hier vom Zoll festgehalten werde.«

Scholzen drehte sich um und lief zur Straße. Schon nach wenigen Metern war er in der Masse der Engländer verschwunden. Tobi würde die Queen wohl allein ficken müssen.

19:26 UHR

Ein knackiges »Hey Leute, wisst ihr was, ich ficke eure Königin« sollte doch möglich sein. Musste man sich halt nur trauen. Tobi ging durch die Menge und suchte ein Gesicht, das ausreichend enthemmt aussah, um auf eine plumpe Provokation anzuspringen, aber gefasst genug, um nicht komplett durchzudrehen. Als er sich so umschaute, musste er erkennen, dass das wohl eine eher seltene Kombination war. Erschwerend kam hinzu, dass diese Person nah genug am bewachten Eingang stehen musste. Nützte schließlich nichts, wenn Tobi eine Tracht Prügel kassierte, ohne dass die Polizisten etwas mitbekamen. Zu nah am

Eingang wiederum war auch nicht gut, denn da stand immer noch Niels und blickte stumpf in die Menge. Es war erst einen Tag her, dass Tobi sich hatte überwinden müssen, Fremde nach dem Weg zu fragen. Und jetzt das. Er versuchte, sich Mut zuzusprechen: Die Suche nach Ärger war im Prinzip auch nur eine Art Kontaktaufnahme.

Ein Typ, größer und breiter als Tobi, streifte ihn beim Überholen. Das war die Gelegenheit. Tobi holte Luft und formte daraus ein mittellautes »Hey«. Der Typ drehte sich um. Zwei müde getrunkene Augen versuchten Tobis Gesicht zu fixieren. Er hob schwerfällig seine Hand. Und klapste Tobi auf den Oberarm. »Sorry, mate.« Dann schlurfte er weiter. Die Polizisten hätten eh nichts mitbekommen. Also Glück gehabt. Tobi musste näher an den Haupteingang, in deren direktes Blickfeld. Mit jedem Schritt, den Tobi ging, wurden die Leute um ihn herum feuchter. Die meisten hatten verschwitzte freie Oberkörper, zusätzlich sabberten noch einige beim Skandieren ihrer Parolen. Vielleicht war auch das Evolution, dachte Tobi. Denn bei einer Rangelei überlebten logischerweise eher die, deren glitschige Körper nur schwer zu packen waren. Tobi konnte es egal sein. Hauptsache, die Polizisten würden ihn gut packen können.

Er schaute sich um, noch immer auf der Suche nach einem englischen Fan, der ihn ins Whipps Cross Hospital dreschen würde. Dann trafen sich ihre Blicke. Trotz der Entfernung sah Tobi, dass Niels ihn erkannt hatte. Seine Wangen wurden rotfleckig. Er kam auf Tobi zu. Zwei Schritte von ihm entfernt rief Niels: »Wo ist Lisa?«

Auch das noch. Jetzt würde alles noch komplizierter. Oder? Als Niels sich vor Tobi aufgebaut hatte, schien plötzlich alles ganz einfach: Bei genauer Betrachtung war Niels kein weiteres Problem, er war die Lösung. Stress ohne lästige Sprachbarriere. Niels hatte auf Georgs Party eh angekündigt, eigentlich sogar versprochen, Tobi bei Gelegenheit bewusstlos zu prügeln. Im Idealfall würde Niels ihn also nicht nur ins Krankenhaus katapultieren, sondern sie wären danach auch noch quitt. Also los!

»Wo Lisa ist, geht dich einen Scheiß an.«

»Sags mir. Oder wir kriegen richtig Ärger.«

Tobi legte eine Schippe drauf: »Ärger? Da bin ich aber gespannt.«

Beim letzten Wort mischte sich ein Kieksen in seine Stimme. Niels schaute erst überrascht, dann ungläubig. Jetzt bloß nicht nachlassen. Weil es wahnsinnig laut war und Tobi sich unsicher war, ob Niels ihn auch wirklich verstanden hatte, wechselte er ins Non-Verbale. Tobi schubste Niels. Besser gesagt, er versuchte es. Niels blieb nach dem Stoß auf seine Brust ungerührt stehen und schaute Tobi mit offenem Mund an: »Alter, spinnst du?«

Auch mit Niels' Stimme passierte etwas. In seiner aggressiven Ansage klang nun Verunsicherung mit. Niels packte Tobi. »Ich will wissen, wo Lisa ist«, drängte er.

»Musste schon aus mir rausprügeln.«

Niels konnte nicht glauben, was er da hörte. Und im Prinzip ging es Tobi da genauso.

»Das mach ich auch. Letzte Chance: Wo ist Lisa?«

»Damit du es dann deinem Vater sagen kannst? Da lass ich mich eher umhauen.«

Niels packte ihn fester: »Ich sags nicht meinem Vater.«

»Nein? Wer hat ihm denn erzählt, dass Lisa bei mir übernachtet hat? Standest du dabei, als er sie verprügelt hat? Und? Wars geil, dass zur Abwechslung mal nicht du auf die Fresse bekommst?«

Niels ließ ihn los. Hatte Tobi übertrieben? Egal. Jetzt würde es gleich scheppern. Doch nichts passierte.

Niels ließ seine Arme sinken, sah auf den Boden und dann Tobi direkt ins Gesicht. »Ich wollte das nicht. Das musst du mir glauben.«

»Und mit deinem Vater Lisa bis hierhin verfolgen? Wolltest du auch nicht, oder was?«

»Ich bin mitgekommen, um Lisa zu beschützen. Damit ich bei ihr bin, wenn mein Vater sie findet.«

»Warum sollte ich dir das glauben?«

»Weil mein Vater ein Wichser ist. Und sie meine kleine Schwester.«

Niels' Stimme zitterte. Jetzt war Tobi überrascht. Zu nichts war dieser Typ zu gebrauchen, nicht mal, um ihn ins Krankenhaus zu prügeln. Wieder fasste Niels Tobi an den Schultern, aber weniger fest. »Deshalb muss ich wissen, wo sie ist«, sagte er. »Da drinnen wartet mein Vater auf sie. Bitte.«

»Sie ist drinnen.«

Hatte Niels' Gesicht bis dahin rote Flecken auf weißer Haut, änderte sich nun das Verhältnis. Es waren jetzt wenige weiße Flecken auf rotem Grund. »Dann rein da«, rief er zu Tobi.

Niels setzte sich in Bewegung, doch Tobi hielt ihn am Arm. »Es kommt niemand mehr rein, wegen der Randale«, erklärte er. »Es gibt nur noch eine Möglichkeit. Wir müssen Stress mit den Hools bekommen.«

»Bist du irre? Was soll das bringen?«

So klang Niels also, wenn er Angst hatte.

»Wenn wir bluten oder so, müssen die Polizisten uns reinlassen, alles andere wäre unterlassene Hilfeleistung.«

Laut ausgesprochen klang der Plan doch etwas spekulativer, als Tobi lieb war.

»Das sind bestimmt hundert Leute. Und wir sind zu zweit.«

»Umso besser. Wir wollen ja nicht gewinnen.«

»Das ist die blödeste Idee, die ich je gehört habe.«

»Da drinnen ist dein Vater. Und deine kleine Schwester.«

»Aber wie soll das gehen?«

»Wir provozieren die. Wir rufen ›I fuck the Queen‹, fertig.«

Niels wiederholte konzentriert und rhythmisch: »I fuck the Queen«, als müsste er sich den Text draufschaffen.

Dann atmete er ein und rief: »I fuck …«, schluckte und sah sich um. I fuck? Wen wollte Niels denn damit provozieren? Damit würde er selbst bei der Queen nur für ein leichtes Kopfschütteln sorgen. Hier musste schon mehr her als ein grundsätzliches Bekenntnis zum Geschlechtsverkehr.

Tobi übernahm: »I fuck the Queen!«

Er hatte es gesagt, fast schon gerufen. Aber niemand störte sich daran. Der Grundlärm schluckte jeden Ton.

Niels nahm Tobis Hand. »Los, zusammen.«

Hätte man Tobi vor drei Tagen gesagt, dass er mit Niels in London Händchen halten würde, er hätte es wohl nicht geglaubt.

Sie versuchten es gemeinsam: »I fuck the Queen!«

Erste Hools guckten in ihre Richtung. Aus nachvollziehbaren Gründen konnte sich von denen niemand vorstellen, gerade richtig gehört zu haben. Jetzt ging es darum, letzte Zweifel auszuräumen, also brüllte Tobi noch mal: »I fuck the Queen«, und schob hinterher: »Also, we. We fuck the Queen.«

Die meisten Hools machten weiterhin unbeirrt ihr Ding, auch wenn vermutlich nicht mal sie sagen konnten, was genau ihr Ding war. Aber Tobi und Niels hatten immerhin die Aufmerksamkeit von sieben, acht Gentlemen mit entblößtem Oberkörper.

»Woatjasäi?« Slang plus schwere Zunge ergaben doch noch mal eine ganz eigene Sprache. Zum Glück ließ sich ihre Körpersprache einfacher übersetzen.

Tobi wiederholte grob ihre Absicht bezüglich der britischen Königin. Die Engländer kamen einen Schritt näher, und endlich waren auch die Polizisten auf die Situation aufmerksam geworden. Zwei von ihnen spazierten beiläufig zu Tobi und Niels, um sich mal ein Lagebild zu verschaffen. Die Sache lief.

»Waitwaitwait.« Durch die Menschentraube, die die beiden im Halbkreis umschloss, kämpfte sich ein kleiner Glatzkopf: Scholzens Panini-Kumpel. Er fragte, was los sei. Und weil ihre Seite der Geschichte wirklich nur schwer in aller Kürze zu vermitteln war, überließen Tobi und Niels den Hools die Erklärung. Tobi verstand nur wenig, den größer werdenden Augen der Panini-Glatze zufolge war die Lage aber ernst.

Er sprach jetzt so behutsam mit der Meute, dass selbst Tobi ihn wieder verstand. Sie seien Freunde eines Freundes. Und hätten es bestimmt nicht so gemeint. Ein Missverständnis. Das Gezeter der Gruppe schwoll ab zu einem Grummeln.

Der Panini-Mann drehte sich zu Tobi. »Are you mental?«, schnaubte er. Er erklärte, dass es kaum etwas Schlimmeres gab, als die Queen zu beleidigen. Ob er das nicht wüsste? Überhaupt gebe es nur eine Person im Vereinigten Königreich, die noch heiliger als die Queen sei. Tobi überlegte, wer das wohl war. Liam Gallagher? Oder doch Noel? John Major? Oder James Bond? Er kam nicht drauf, also fragte er den Glatzenmann. Der sah sich um, kam einen Schritt näher und raunte Tobi den Namen ins Ohr.

»Aaah.« Tobi lächelte dankbar. Er nickte den mittlerweile vier Polizisten zu, die bei ihnen standen und immer noch versuchten zu begreifen, was genau hier eigentlich das Problem war. Dann wandte Tobi sich an den Mob und rief aus voller Kehle: »We fuck Queen Mum!«

19:34 UHR

Es war gar nicht so sehr der Schmerz, der Tobi beeindruckte, es war das Geräusch. Als die Faust seine Nase traf, klang es wie der Biss in eine Gewürzgurke. Im gleichen Moment breitete sich um seinen Mund ein warmes Kribbeln aus. Als hätte ihm jemand einen Grunge-Bart aus ABC-Pflastern aufgeklebt. Tobi überlegte, ob das sein konnte. Und ob es wohl wehtun würde, das Pflaster wieder abzureißen. Gleichzeitig versuchte er sich auf die Wörter zu konzentrieren, die der Polizist in sein Gesicht schrie. Er hatte Tobi unter den Armen gepackt und schleifte ihn hinter sich her, während er in kleinen Schritten rückwärtslief.

Wo war denn der Dings, fragte sich Tobi. Wie hieß der noch mal? Niels? Ach da. Links war er, aber seine Füße bewegten sich nicht. Die Beine hingen schlaff herunter, wie sein Kopf. Trotzdem blieb er mit Tobi auf gleicher Höhe. Er schwebte irgendwie. Vielleicht wegen der beiden rennenden Polizisten, die ihn links und rechts hielten. Wo brachten die ihn und Niels wohl hin? Und wo wollten sie eigentlich noch mal hin? Hatten sie nicht einen Plan gehabt? Es fiel Tobi einfach nicht ein.

Der Arzt brüllte nur ein Mal, als er Niels aus der Bewusstlosigkeit ohrfeigte, gewissermaßen ein medizinisches Brüllen. Im Anschluss daran war er ruhig, sachlich und sehr müde. Nachdem Niels versorgt war, kümmerte er sich um Tobi.

Während in seinem Gesicht herumgedoktert wurde, sah sich Tobi Niels an: Die Blutergüsse unter den Augen waren lila, die Nase geschwollen zu einer Knolle, in deren Löchern Tampons steckten. Niels sah aus wie ein Pandabär, nur ohne jede Niedlichkeit. Tobi hoffte, dass es ihn nicht ganz so doll erwischt hatte. Eine Hoffnung, die wenige Minuten später zerstört wurde. Der Arzt drückte beiden Patienten einen Spiegel in die Hand und erklärte, worauf bei einer gebrochenen Nase zu achten war. Zusammengefasst: nicht berühren, andernfalls sehr, sehr schmerzhaft.

Danach ließ er Tobi und Niels von einer Schwester hinausführen. Beim Gehen fragte sie, ob die beiden soweit okay seien. Tobi bestätigte durch vorsichtiges Nicken. Sie reagierte erleichtert. Der einzige Ruheraum war nämlich bereits sehr voll, und da war es natürlich gut, dass nicht noch zwei weitere Plätze gebraucht wurden. Sie bot an, die beiden zum Ausgang zu begleiten. Niels und Tobi überboten sich in schlechtem Englisch: So gut ginge es ihnen nun auch wieder nicht. Noch einen Moment erholen, kurz hinsetzen, nein, besser liegen oder so was, wäre vermutlich schon notwendig. Die Schwester seufzte und kehrte um. Panda-Tobi und Panda-Niels trotteten hinterher.

Der Ruheraum war durch Vorhänge in viele Separees geteilt, in denen jeweils eine Liege und ein Stuhl standen.

Die meisten waren, das ließ der zugezogene Vorhang vermuten, besetzt. Die Schwester wies Tobi und Niels eine leere Zelle zu. Sie kündigte an, später noch mal nach den beiden zu schauen, falls sie es zeitlich schaffte. So wie sie es sagte, war klar, dass das hier ein Abschied für immer sein würde. Dann zog sie den Vorhang mit einem lauten Ratsch zu.

Tobi und Niels waren plötzlich zu zweit, eine Situation, die Tobi seit vielen Wochen vermieden hatte. Beide schwiegen. Und erst da fiel auf, wie viele verschiedene Stimmen und Geräusche in der abgestandenen Luft lagen. Ein Klangteppich aus Jammern und Stöhnen waberte durch den Saal.

»Alter, sehen wir scheiße aus.« Niels lachte. Tobi lachte auch. Wobei, eigentlich war es bei beiden mehr ein behutsames Nachformen von Lachlauten, denn echtes Lachen hätte zu wehgetan.

»He he he«, sagte Niels.

»He he he«, antwortete Tobi. Dann wurde er ernst. »Wir müssen so schnell wie möglich Lisa finden.«

Wie viel Vorsprung hatten Lisa und Georg wohl? Sie hatten sicher genug Zeit gehabt, um Georgs Mutter gesucht und am anderen Ende des Krankenhauses gefunden zu haben. Oder aber Georg war noch mal durchgecheckt worden. Womöglich hatte er sich vom allergischen Schock erholen müssen, einen Moment hinlegen im Ruheraum. Im einzigen Ruheraum des Whipps Cross Hospital. Tobi holte Luft und rief so laut er konnte: »Lisa! Georg!« Der Kopf dröhnte. Keine gute Verfassung, um zum ersten Mal an die eigene Dezibelgrenze zu gehen. Auch Niels hatte der Ruf sichtbar zugesetzt.

»Tobi?«, hallte es von der gewölbten Decke des Saals zurück. Lisa.

Niels sprang aus dem Stuhl. Tobi schwang sich von der Liege. Beide bereuten umgehend die schnelle Bewegung und stöhnten auf.

»Wo seid ihr?«, rief Tobi nur noch so laut wie nötig. Ratsch, Vorhang auf. Niels und er liefen auf den mit Laken abgesteckten Gang. Niels riss alle Vorhänge zur Seite, an denen er vorbeihastete. Dahinter schreckte jedes Mal ein Kopf hoch, meistens in Mull gepackt. Sie liefen um eine Ecke. Tobi rief noch mal die Namen. Ein Laken wurde zur Seite gezogen, und Lisas Kopf guckte hervor. Erst Freude: »Hey!«, dann Irritation: »Niels?«, dann noch mehr Irritation: »Wie seht ihr denn aus? Habt ihr euch geprügelt?«

Niels nickte, was Lisa sofort hochfahren ließ. »Ich habe dir gesagt, du sollst ihn in Ruhe lassen!«, fuhr sie ihren Bruder an.

»Wir haben uns nicht miteinander geprügelt«, bemerkte Tobi. »Wir haben uns mit den Hools geschlagen.«

»Du solltest mal die anderen sehen, he he he«, grinste Niels.

Um letzte Zweifel bei Lisa zu beseitigen, bestätigte Tobi die Version mit einem »He he«. Ein drittes »He« hätte zu sehr wehgetan. In einer übergehenden Bewegung winkte Lisa erst ab und dann die beiden herein. In der Zelle hing Georg auf der Liege. Er hob den Kopf zum Gruß, ließ ihn dann aber wieder sinken. Er lag da wie ein Astronaut während des Countdowns. Sein Gesicht war mittlerweile weitestgehend abgeschwollen.

»Was willst du hier?« Lisa klang überrascht, aber nicht auf die gute Art. Tobi zuckte, merkte dann aber, dass sie mit Niels gesprochen hatte.

»Ich bin wegen dir hier. Falls Papa wieder durchdreht.«

Man sah Lisa an, dass sie nicht wusste, was davon zu

halten war. Wohl auch, weil Niels bisher ja nicht mal sich selbst vor dem Vater schützen konnte.

Georg stemmte sich auf, saß schließlich auf dem Rand der Liege. »Wie geht denn das jetzt weiter?«

Eine Frage, die auf dieser Reise in immer kürzeren Abständen aufkam.

»Wir suchen das Zimmer deiner Mutter«, sagte Lisa.

»Da sind doch mit Sicherheit schon unsere Väter.«

Tobi mischte sich ein: »Dafür sind wir zu viert.«

Georg schaute ihn fast neugierig an. »Aber was wollt ihr denn in eurer Verfassung ausrichten?«, fragte er.

»Ach, das ist kein Problem«, erwiderte Niels. »Die Nasen tun nur weh, wenn man sie berührt oder hektische Bewegungen macht.«

Georg rutschte in den Stand. »Na, dann.«

20:14 UHR

In der großen Eingangshalle des Krankenhauses wirkten sie noch verlorener. Überall Türen, Treppen, Fahrstühle, Schilder. Tobi näselte durch seine Tamponage: »Ab jetzt sind wir einfach nur Besucher in einem Krankenhaus. Also fragen wir wie alle anderen am Empfang.«

Vorne, neben dem Haupteingang, war ein Fenster mit kleiner Luke. Das musste die Information sein. Hinter der Scheibe saß eine Nonne. Sie schrieb etwas in eine Mappe und ignorierte, dass da vier nervöse Gesichter in ihr Kabuff starrten. Niels verlor als Erster die Geduld und klopfte an die Scheibe. Die Nonne blickte hoch, deutete gütig auf eine Tafel, die am Fenster befestigt war, und widmete sich wieder ihren Einträgen. Auf der Tafel waren die Besuchszeiten angeschlagen: zehn bis neunzehn Uhr.

Niels klopfte wieder, die Nonne blickte ein zweites Mal hoch, schüttelte den Kopf und schrieb weiter. Ein drittes Mal Klopfen, diesmal heftiger. Die Nonne reagierte nicht mehr. Tobi zog Niels von der Scheibe und versuchte sein Glück. Wie sprach man eine englische Nonne an, fragte Tobi sich. Miss oder Misses? Denn auch wenn sie keinen richtigen Mann hatte, war sie ja mit Gott verheiratet. Tobi umging die direkte Anrede: »Excuse me, we're looking for a patient.«

Die Nonne schaute hoch. Sie erklärte, dass die Besuchszeit vorbei, aber morgen ein neuer Tag sei. Tobi gab ihr recht. Selbstverständlich seien die Besuchszeiten vorbei. Aber er und die anderen, und das könne man ja deutlich sehen, seien keine Besucher, sondern Patienten. Als Beweis zeigte er auf Niels' Gesicht und auf Georg, an dessen Unterarm noch immer eine gelegte Kanüle klebte. Die Nonne sah sich die Behandlungsmale an, nickte anerkennend und fragte, zu wem sie denn wollten. Das war gar nicht so einfach zu beantworten, Tobi versuchte es trotzdem: eine deutsche Patientin, Vorname Sybille, der Name eventuell Pohlmann. Er könnte noch die Krankheit sagen, wenn das hilft.

Sofern man das bei einer Nonne sagen durfte, schaute sie ungläubig. Sie könne nicht nach Vornamen und Diagnosen suchen. Denn erstens sei das hier nicht Scotland Yard, und zweitens gebe es schließlich für Patienten auch so etwas wie Datenschutz.

»Please«, flehte Tobi. »We came all the way from Germany.«

Die Nonne stellte emotionslos fest, dass es sich in diesem Fall dann ja wohl doch um Besucher handelte.

Lisa griff ein und erklärte, dass dieser Junge, sie zeigte auf Georg, gekommen sei, um seine Mutter zu besuchen, die wahrscheinlich in dieser Nacht sterben werde. Schnippisch fügte sie hinzu, dass Gott scheinbar ein entspanntes Verhältnis zu Öffnungszeiten habe, zumindest wenn es um seine Öffnungszeiten gehe.

Oje, dachte Tobi, Lisa fängt wieder mit Gott an. Er hoffte inständig, dass sie diesmal wenigstens den unterfickten Idioten wegließ. Sie machte weiter: Wenn Gott sie schon bis hierhin habe kommen lassen, dann sei es vermutlich auch sein Wille, dass sie es bis ans Ziel schafften.

Die Nonne griff schmallippig zum Telefonhörer. Sie wählte eine Nummer und fragte nach einer Sybille. Während des kompletten Telefonats hielt sie ihren Kopf merkwürdig geduckt, als würde sie jeden Moment mit einem Blitzeinschlag rechnen. Sie hörte zu, notierte etwas und legte auf.

Ohne Lisa eines weiteren Blickes zu würdigen, hielt sie ihr einen Zettel hin: Zimmer 301.

20:32 UHR

Dritter Stock, zwei Gänge. Ein Schild deutete den Weg: Zimmer 301 bis 330 links entlang. 330, 329, 328: Die kleinen Plaketten neben den Türen ersetzten den Countdown zu Zimmer 301. Der Gang mündete in einem großen Fenster, der einzigen, aber ausreichenden Lichtquelle.

Vor dem Fenster stand eine Person. Um wen es sich handelte, war im Gegenlicht nicht zu erkennen, aber es war definitiv die Silhouette eines Mannes. Also vermutlich Pohlmann oder Lambrecht.

Die vier Jugendlichen dagegen wurden gleich erkannt. Der Mann sah sie und kam ihnen entgegen. Die zackigen Schritte, kombiniert mit dem leicht schaukelnden Oberkörper ließen wenig Zweifel. Auf halber Strecke war dann auch das Gesicht zu erkennen: Pohlmann.

Georg stockte, geriet kurz aus dem Takt, wie beim Hochschalten in einer der ersten Fahrstunden. Aber wie ein Auto im nächsten Gang erhöhte auch Georg daraufhin das Tempo. Die anderen folgten ihm und ließen Zimmer 320 hinter sich, dann 319.

Niels schaute sich immer wieder um. Er traute der Ruhe nicht. Warum war hier nur Pohlmann? Wo war sein Vater? Zimmer 315, 314.

Vor der 313 stand Georg seinem Vater schließlich gegenüber. Keiner wich aus, keiner sagte etwas. In den Augen Entschlossenheit, bei beiden.

Seit drei Tagen hatte sie einander nicht gesehen und auch nur indirekt miteinander gesprochen. Pohlmann nickte seinen anderen Fahrschülern zu und nahm dann wieder Georg in den Blick. Auch Tobi, Lisa und Niels rührten sich nicht. Sie bildeten einen Halbkreis hinter Georg, flach und lautlos atmend. Irgendwo quietschten Gummisohlen auf Linoleumboden.

Georg drückte den Rücken durch. Er wischte sich den kalten Schweiß von der Stirn. »Papa, ich bin der Polizei entkommen, habe mich mit Dealern angelegt, und ich habe Katzenbabys gestreichelt. Glaubst du wirklich, du kannst mich jetzt aufhalten?«

Pohlmann schwieg. Er presste seine Lippen aufeinander, als dürfte kein Wort herausrutschen. Dann ließ Georg seinen Vater stehen und ging an ihm vorbei. Pohlmann bewegte sich nicht.

Dafür aber Lisa. »Warte, ich komme mit«, rief sie und passierte den noch immer regungslosen Pohlmann. Nach wenigen Schritten waren Georg und sie zu Schatten im Gegenlicht geworden.

Als Tobi Pohlmann so dastehen sah, zurückgelassen von seinem Sohn, tat er ihm leid. Er wollte etwas Nettes sagen, etwas Aufbauendes. Alles, was ihm einfiel, war: »Dem John-Mobil geht es gut.«

»Was?«

Pohlmann hatte Scholzens akustische Scheinhinrichtung des Autos offenbar völlig vergessen. Oder es war ihm egal. Tobi setzte sich in Bewegung. Niels auch. Gemeinsam liefen sie zu Georg und Lisa. Die beiden standen vor der letzten Tür des Gangs, eigentlich sogar der letzten Tür der Reise. Dahinter lag Georgs Mutter.

»Möchtest du, dass ich mitkomme?«, fragte Lisa.

Georg nickte. Er legte eine Hand auf die Klinke, als Pohlmann plötzlich nach ihm rief. Georg zuckte, sah aber nicht hin. Pohlmann rief noch mal: »Warte!«

Nun sah Georg doch zu seinem Vater.

»Bitte«, sagte Pohlmann in normaler Lautstärke, »nimm mich mit.« Er lief den Gang hinunter zu seinem Sohn. Als er Georg erreichte, drückte der die Klinke herunter und öffnete die Tür. In dem Zimmer war es dunkel. Verschiedene Geräusche waren zu hören, ein Piepen, ein Luftpumpen. Und das Rascheln einer Bettdecke. Dann wurde all das übertönt.

Am anderen Ende des Gangs polterte Lambrecht um die Ecke, bei ihm zwei Polizisten. Er brüllte: »There are the kidnappers! Arrest them!«

Sein Finger zielte auf Tobi und auf Georg, der noch immer vor der geöffneten Tür stand. Selbst Pohlmann und Niels gerieten ins Fadenkreuz des kreisenden Fingers. Ein »Stop« hallte den Gang entlang, das Georg an der Türschwelle verharren ließ. Die Polizisten näherten sich im Laufschritt.

Konnte das sein? Würde Georg vor der Tür seiner

Mutter verhaftet werden? Als Lisas Kidnapper? Lambrechts Gesicht zufolge war das seine Mindestforderung. Er stapfte den Polizisten hinterher.

Tobi packte Niels. »Wir müssen deinen Vater aufhalten«, sagte er. »Und zwar so, dass die Polizisten sich um uns kümmern.«

Niels nickte. Er hatte verstanden, jedenfalls theoretisch. Er lief seinem Vater entgegen und zog ihn am Hemd. So unentschlossen, dass Lambrecht ihn mühelos abschütteln konnte. Lambrecht blieb trotzdem stehen und verpasste seinem Sohn eine Ohrfeige. Niels schützte sein Gesicht mit seinen Händen. Auch das passte Lambrecht nicht: »Du erhebst die Hand gegen mich?«

Die Polizisten waren noch drei Zimmertüren von Georg, Lisa und Pohlmann entfernt. Tobi musste übernehmen. Er versuchte all die Wut in sich zu sammeln und rannte brüllend auf Lambrecht zu. Dieser Mann hatte Lisa geschlagen. Er hatte Niels zu dem gemacht, der er war. Er wollte das Gelingen dieser Reise verhindern. Auch Lambrecht kam auf Tobi zu und hatte bereits die Fäuste geballt. Tobi holte aus und hob ab. Er schaute auf seine Beine, die in der Luft hingen und erfolglos versuchten, Tritt zu fassen. Einer der Polizisten hatte ihn gepackt und vor einem möglichen Frontalaufprall mit Lambrecht abgefangen.

Noch immer in der Luft hängend schaute Tobi zu Georg, der wieder nach der Klinke griff. Und er sah Pohlmann, der eine Hand auf Georgs Schulter gelegt hatte. Dann verschwanden die beiden in der Tür. Lisa blieb davor. Tobi wirbelte mit den Armen in der Luft, er war hier noch nicht fertig. Ein zweiter Polizist kam dazu, ein dritter. Einer brüllte Kommandos in Tobis Gesicht, aber das Rauschen in seinem Kopf übertönte alles. Er strampelte weiter und schlug in die Luft.

Nicht berühren, weil sehr, sehr schmerzhaft, hatte der Doktor gesagt, als es um den weiteren Umgang mit Tobis gebrochener Nase ging. Ein Wissen, das wohl nicht nur einem Arzt zugänglich war. Einer der Polizisten stand nun relativ ruhig vor Tobi. Und drückte einen Daumen auf die Nase. Tobi fiel ein Wort ein, das Scholzen mal benutzt hatte: Vernichtungsschmerz. Er schlug längst nicht mehr, seine Arme baumelten ziellos in der Luft. Der Polizist drückte Tobi noch mal auf die Pandanase. Tobis Kopf wurde zu Schmerz, eigentlich der ganze Körper. Es wurde dunkel. Seine Nase war zum Ausknopf geworden. Für seine Arme. Für seine Beine. Für das Licht.

Er hörte Lisa brüllen: »Tobs!«, und: »Finger weg von meinem Freund.«

Dann verschwand der Rest der Welt.

21:03 UHR

Zuerst war da eine bekannte Stimme: »Bierhoff! Golden Goal!«

Während Tobi überlegte, was das nun wieder bedeutete, kam Scholzens Gesicht dazu, erst unscharf, dann mit Kontrasten. Wie eine Lampe hing Scholzen über ihm und strahlte auch in etwa so. Die gewölbte Decke hinter Scholzens Kopf hatte Tobi schon mal gesehen. Um ihn herum gespannte Vorhänge. Er war wieder im Ruheraum.

»Wo sind die anderen?«

»Georg ist bei seiner Mutter. Lisa wollte vor dem Zimmer warten.«

»Aber warum bist du nicht im Wembley-Stadion?«

»Bin zurückgekommen. Ihr braucht mich doch. Sorry, dass ich vorhin abgehauen bin.«

Tobi nickte. Selbst das tat weh.

»Und das Spiel?«

»Das konnte ich hier im Fernsehraum sehen.«

»Aber wie bist du ins Krankenhaus gekommen?«

»Ich hab den Polizisten an der Tür geschmiert. Mit einem Panini-Bild von Gareth Southgate.«

»Dafür haben die dich reingelassen?«

»Ja. Unfassbar, oder? Für so ne Pfeife wie Southgate.«

MONTAG, 01. JULI 1996
19:40 UHR

Pohlmann war kurz laut geworden, nachdem er das John-Mobil per Barzahlung von der Parkkralle befreien musste. Die Kralle war aber schnell vergessen, als er sah, dass im Wageninneren eine Gotcha-Farbkugel abgeschossen worden war.

Alles in allem hatte er jedoch wohl mit deutlich größerem Schaden gerechnet und sich schließlich wieder beruhigt. Kurz hinter der Grenze hatte er sogar für einen Moment bei *These Days* mitgesummt. Jetzt waren sie auf der A1, der besten Autobahn, wie er in den Rückspiegel dozierte. Tobi nickte stumm auf der Rückbank. War also auch geklärt, woher Georg diese Information hatte.

Georg hing erschöpft auf dem Beifahrersitz. Tobi, der auf der Rückbank in der Mitte saß, sah ihn schräg von der Seite an. Er konnte nicht erkennen, wie es ihm ging. In der Nacht war seine Mutter gestorben. Seitdem hatte er kaum einen Satz gesprochen. Er suchte wohl noch nach Worten. Was diese Begegnung bedeutete, würde er vermutlich erst später sagen können. Vielleicht würde er es auch immer für sich behalten. Er wirkte ruhiger, entspannter, und es schien, als hätte sich etwas in ihm gelöst.

Und so viel war schon jetzt klar: Dem Verhältnis von Vater und Sohn Pohlmann hatte diese Reise gutgetan. So friedlich hatte Tobi seinen Fahrlehrer noch nie erlebt. Auch im Umgang mit Georg. Tobi konnte es nicht ganz benennen, was mitschwang, wenn Pohlmann mit seinem Sohn sprach. Respekt? Stolz? Dankbarkeit? Vielleicht von allem ein bisschen.

Tobi schaute zu Niels, der links neben ihm saß. Pohlmann hatte sich bereit erklärt, ihn erst mal aufzunehmen. Niels war schon neunzehn und konnte als Volljähriger tun, was er wollte. Lisa dagegen würde erst mal bei Tobi wohnen. Lambrecht hatte die Pläne seiner Kinder schweigend zur Kenntnis genommen, bevor sich die Wege in London getrennt hatten. Wohl auch, weil sie damit gedroht hatten, ihn anzuzeigen.

Tobi hatte noch keine Ahnung, wie er zu Hause seinen Vater begrüßen würde. Willkommen zurück, Papa. Ach, übrigens, deine Seepferdchen sind abgehauen, dafür wohnt Lisa jetzt bei uns ... Er hatte zum Glück noch ein wenig Zeit, sich etwas auszudenken. Seine Eltern würden erst in vier Tagen aus der Türkei zurückkehren.

Pohlmann bremste, und eine Dose Fanta Cassis rollte durch den Fußraum. Tobi würde sie aufbewahren. Für Scholzen. Weil der sich darüber freuen würde. Und weil das Zeug warm war und sogar gekühlt – wenn man ehrlich war – furchtbar schmeckte.

Scholzen war nicht mitgekommen. Er hatte sich entschlossen, noch ein paar Tage bei Debbie in Harwich zu bleiben. Man müsse in Bewegung bleiben, damit nichts passierte, hatte er noch vor dem Pet Shop erklärt. Während alle anderen sich daraufhin in Bewegung gesetzt hatten, verweilte Scholzen nun an einem Ort. Vielleicht, damit ihm endlich mal etwas passieren konnte.

Wie unterschiedlich Befreiung aussehen konnte, dachte Tobi. Er würde all das mal mit Lisa besprechen. Aber gerade schlief sie an seiner Schulter.

Seepferdchen wieder da

Zandvoort – Touristen entdeckten bei einer Wattwanderung vor der niederländischen Küste einen Schwarm Seepferdchen. Ihre Aufnahmen legen nahe, dass es sich bei der Art um das sogenannte Kurzschnäuzige Seepferdchen *(Hippocampus hippocampus)* handelt. Meeresbiologen in ganz Europa feiern die Sichtung als kleine Sensation.

»Da die Strömung von West nach Ost verläuft, werden wir bald schon erste Exemplare vor der deutschen Nordseeküste finden«, erklärt Walter Gerdes vom Institut für Meereskunde und hofft, dass die Seepferdchen auch das norddeutsche Wattenmeer wieder besiedeln werden. Bereits seit den Dreißigerjahren gelten Seepferdchen in der Nordsee als ausgestorben. Nun sind sie offenbar zurück. Forscher rätseln über die Gründe.

Schleswiger Abendblatt, 28.09.1996

DANK

Vorab: Vielen Dank an alle, die sich jahrelang geduldig angehört haben, dass ich da an so einer Art Roman sitze. Darüber hinaus danke ich:

Thomas Hölzl fürs Dranglauben, fürs Verkaufen und dafür, dass du in den richtigen Momenten nachgehört hast, ob ich eigentlich noch schreibe.
Andreas Sudmann für deine Idee zum Titel.
Alva Gehrmann fürs Lesen und deine wertvollen Hinweise.
Christian Martin fürs Lesen und deine guten Ideen.

Mein besonderer Dank gilt Matthias Lohre und Philipp Schwenke. Ihr habt den Roman von der ersten Idee bis zur letzten Seite begleitet. Ohne den Austausch mit euch und eure vielen klugen Ratschläge und Anmerkungen wäre es nix geworden.

Und ich danke Franzi. Für alles.

ZITATNACHWEISE

Folgende Liedtexte werden zitiert:

Oh Yeah von Ash (*1977*, 1996)
Cop Killer von Body Count (*Body Count*, 1992)
Hey God von Bon Jovi (*These Days*, 1995)
Social Disease von Bon Jovi (*Slippery When Wet*, 1986)
These Days von Bon Jovi (*These Days*, 1995)
This Ain't a Love Song von Bon Jovi (*These Days*, 1995)
Freedom! '90 von George Michael (*Listen Without Prejudice Vol. 1*, 1990)
Macarena von Los del Río (*A mí me gusta*, 1993)
Coco Jamboo von Mr. President (*We See the Same Sun*, 1996)
Whatever von Oasis (*Definitely Maybe*, 1994)
We Are the Champions von Queen (*News of the World*, 1977)
Wannabe von den Spice Girls (*Spice*, 1996)
Never Forget von Take That (*Nobody Else*, 1995)
Y.M.C.A. von den Village People (*Cruisin'*, 1978)

1. Auflage April 2024
2. Auflage Juni 2024
3. Auflage September 2024
4. Auflage März 2025

Kein & Aber AG, Bäckerstrasse 52, CH-8004 Zürich, info@keinundaber.ch
Kontakt in der EU: Kein & Aber Verlag, Württembergallee 12, D-14052 Berlin, berlin@keinundaber.de

Covermotiv: Maurice Ettlin
Satz: Dörlemann Satz, Lemförde
Druck und Bindung: CPI books GmbH, Leck
ISBN 978-3-0369-6178-1
Auch als eBook erhältlich

www.keinundaber.ch